그레그 잔기프

루다 룬벡

"……설, 마………… 그……《천변만화》…… 입니, 까?"

"마스터어가 얼마나 대단한지 알았으면, 무릎을 꿇어야 해."

루다가 대체 뭐가 뭔지 모를 분위기로 허둥대고 있다.

티노는 나한테 딱 달라붙은 채, 차가운 눈으로 그레그 님을 노려봤다.

응. 위협하는 건 그만하자. **토할 것 같으니까.**

티노 셰이드

크라이 안드리히

"자, 잠깐…… 마스터? 라니…… 마스……터? 《발자국》의?"
"뭐…… 분에 넘치지만 말이죠, 그레그 님."
정말로 분에 넘치는 일이다.
그레그 님에게 이런 말을 해야 한다는 사실이 정말 괴롭다.

길베르트 부시

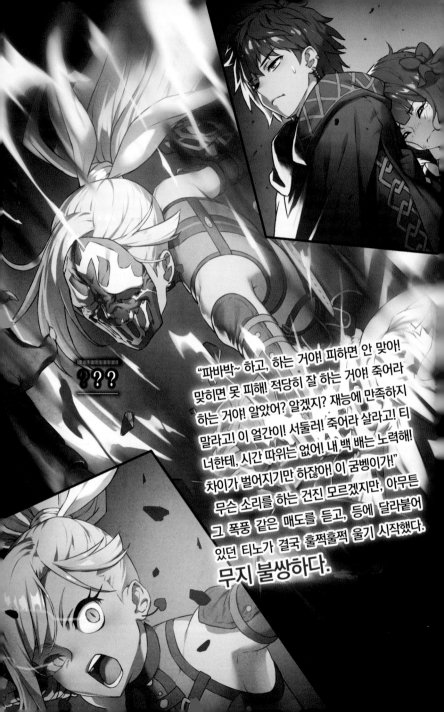

"파바박~ 하고, 하는 거야! 피하면 안 맞아! 피하면 못 맞아!
맞히면 못 피해! 적당히 잘 하는 거야! 죽어라
하는 거야! 알았어? 알겠지? 재능에 만족하지
말라고! 이 얼간이! 서둘러! 죽어라 살라고! 티
너한테, 시간 따위는 없어! 내 백 배는 노력해!
차이가 벌어지기만 하잖아! 이 굼벵이가!"
무슨 소리를 하는 건진 모르겠지만, 아무튼
그 폭풍 같은 매도를 듣고, 등에 달라붙어
있던 티노가 결국 훌쩍훌쩍 울기 시작했다.
무지 불쌍하다.

???

비탄의 망령은 은퇴하고 싶다

NAGEKI NO BOUREI HA INTAI SHITAI

~최약 헌터에 의한 최강 파티 육성술~

1

CONTENTS

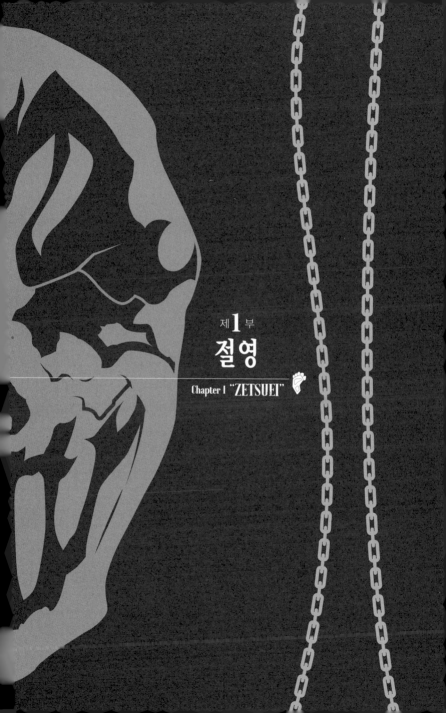

제**1**부
절영
Chapter 1 "ZETSUEI"

Prologue 꿈과 그 결말

모든 것의 시작은 절대로 잊을 수 없는 그 한마디.

트레저 헌터가 되자.

오래전, 우리가 아직 열 살도 안 된 어린애였던 시절의 이야기다.

항상 같이 놀던 친구들 그룹 중에 한 사람── 소꿉친구 중에 한 명이 말했다.

트레저 헌터가 되자. 세계 각지에 있는 『보물전』을 돌아서, 부와 영광을 손에 넣자.

목표는 단 하나, 세계 최강의 영웅이다. 우리라면…… 이 여섯 명이라면, 틀림없이 할 수 있다.

무모하고, 힘이 센, 그러면서도 용감한 남자 친구였다.

근거라고는 하나도 없는, 하지만 반짝반짝 눈부시게 빛나던 그 제안에, 발이 정말 빠르고 재주가 좋은 친구가 찬동했다.

책 읽기를 아주 좋아하는 친구가 쭈뼛쭈뼛 맞장구를 쳤고, 말수는 적지만 믿음직한 친구가 고개를 크게 끄덕였다.

항상 뒤를 따라다니던 여동생이 내 안색을 살폈고, 나도 거기에 찬성했다.

세계 각지의 유적들을 돌아다니면서 수많은 신기한 보구들을 찾아오는 트레저 헌터는, 예나 지금이나 화려한 존재다.

부, 명예, 힘.

이 세상에 존재하는 모든 것들을 손에 넣고 영웅이 되기 위해서, 그것만큼 빠른 방법은 없다.

물론 위험도 따른다.

흉악한 함정이나 무시무시한 마물, 팬텀(환영)에게 쓰러진 헌터의 이야기는 엄청나게 많고, 친구가 그런 제안을 하게 된 계기가 된, 어떤 헌터가 말해준 모험담 속에도 잔혹한 장면은 아주 많았다.

하지만 그 정도의 위험으로는, 이미 불 붙은 우리들의 모험심을 꺼버릴 수 없었다.

꿈을 품은 그날부터, 우리들의 모험은 시작됐다.

헌터가 되기 위해서, 우리들은 먼저 힘을 키웠다. 서로의 역할을 정하고, 각자가 일류 헌터가 되기 위해서 절차탁마했다.

용감하고, 무모하고, 힘이 센 남자 사람 친구는 무쌍의 『검사(소드맨)』이 되고, 발이 빠르고 재주가 좋은 친구는 함정을 간파하고 파티를 이끄는 『도적(시프)』(딱히 도둑질하는 건 아니지만, 일반적으로는 그렇게 부르고 있다)이 됐다.

그리고 다른 친구들도—— 다행인지 불행인지, 친구들은 제각각 헌터에게 필요한 주옥같은 재능들을 지니고 있었다.

그 편린은 헌터가 되기 전, 역할을 나눠서 훈련하는 단계에서 이미 드러났다.

재능이 없었던 건 나 하나뿐이다.

단 한 사람, 뭘 해도 보통 사람보다 못 했던 건 나 하나뿐이었다.

네 명의 친구들과 여동생과 나. 여섯 명 중에서 나 하나뿐이었다. 단 한 사람, 나만이 아무것도 못 했다.

영웅이 되기 위한 길이 보이지 않았던 건 나뿐이었다.

벌써 5년 전의 일이다.

아침부터 최악의 기분이었다.

하늘에는 두꺼운 검은 구름이 덮였다. 눈을 감으면 빗방울이 땅을 때리는 소리만이 들려온다.

물 냄새. 진흙 냄새.

사흘이나 계속된 악천후 때문에 땅바닥은 완전히 진창이 돼버렸다. 아직 낮인데도 밖이 어둠침침하다.

튼튼해 보이는 석조 건물 앞에, 남녀노소 여러 사람이 줄을 서 있다.

죽은 것 같은 눈빛인 사람, 큰 소리로 고함을 질러대는 사람. 순수한 인간은 물론이고 다른 종족의 특징을 보이는 사람도 있다. 유일한 공통점은 대부분이 살벌한 차림새를 하고 있다는 점이다.

무슨 가죽으로 만든 건지도 모를 만큼 더러워진 갑옷을 입은 사람. 온몸을 덮어서 가리는 것 같은 두꺼운 외투를 입은 사람. 그 중에는 기사가 장비하는 것 같은 거창한 전신 갑옷을 장비한 사람까지 있다. 칼이나 총 등등, 무기를 휴대한 사람도 적지 않다.

악천후 때문에 지나가는 사람이 거의 없는 길가에서, 그 일대만이 이상한 열기에 휩싸여 있었다.

하나같이 아주 작은 기회를 찾아서 여기에 모인 것이다.

이름 있는 현역 트레저 헌터에게 자기 실력을 보여주고 그 파티에 들어가기 위해서.

트레저 헌터는 예나 지금이나 화려한 직업이다.

세계 각지에 존재하는 유적—— 옛 문명을 모방한 『보물전(寶物殿)』을 탐색하고, 거기에 숨겨진 보구들을 손에 넣는다. 위험은 크지만, 재능만 있으면 부, 명예, 힘, 모든 것을 손에 넣을 수 있다.

귀족 가문이나 이름 있는 상인 가문에서 태어나지 않으면 절대로 손에 넣을 수 없는, 그런 영광을.

헌터는 파티라고 불리는 여러 명으로 구성된 그룹을 짜서 활동하는 경우가 많다. 경험이 풍부한 헌터가 다수 소속된 파티에 참여할 수 있으면, 혼자서 활동하는 것보다 위험부담이 훨씬 크게 줄어든다.

현역 헌터들도 항상 실력 있는 동료들을 찾고 있다.

오늘 이 자리에서 열리는 것도 그런 일이다.

오늘은 비가 와서 사람이 많이 오지 않을 거라고 생각했는데, 꽤 많이 온 것 같다.

한숨을 한 번 쉬고, 나도 줄 제일 뒤쪽에 가서 섰다.

지붕이 없는 덕분에 밖에서 줄을 선 사람들은 하나같이 흠뻑 젖었다.

외투에 달린 후드를 깊이 눌러쓰고, 몸을 움츠리고서 기다렸다. 아는 사람이 있는 것도 아니다 보니, 혼자서 이렇게 줄을 서 있으면 마음이 불안해진다.

"으아아아아아아아! 대체 왜 이렇게 사람이 많은 거야! 아무리 기다려도 안에 들어갈 수가 없잖아!"

앞쪽에서 짜증을 내는 것 같은 고함이 들려왔고, 몸을 더 움츠렸다.

안 그래도 순서를 기다리는 줄이 긴 데 비가 와서 춥기까지 하니, 정말 엉망진창이다. 짜증 나는 기분도 이해는 하지만, 저 사람만 그런 게 아니라 모두 마찬가지다.

헌터들은 힘 좀 쓰고 성질이 급한 사람들이 많다. 싸움이 벌어지고 거기에 말려드는 것도 흔한 일이다.

헌터가 되기 위한 재능 중 하나로 체격이 있다. 나는 평균적인 체격이지만, 주위에 있는 남자들은 대부분 나보다 머리 하나 정도 더 크다.

사람을 훨씬 뛰어넘는 힘을 지닌 괴물들과 태연하게 맞서 싸울 만큼의 실력과 용기를 지닌, 사람 가죽을 뒤집어쓴 괴물들이다.

내가 할 수 있는 일은 가능한 조용히 이 상황이 진정되기를 기도하는 것뿐이다.

다행히도 이번에는 웬일로 기도가 통했는지, 더 이상 큰 소동으로 발전하지는 않았다.

줄이 아주 조금 앞으로 갔다. 몸을 움츠리고, 다른 사람과 시선을 마주치지 않으려 하고 있는데, 문득 바로 앞에 서 있던 사람이 내 쪽을 봤다.

아름다운 파란 눈동자에 내 모습이 비쳤다.

"저기 말이야? 당신도 파티 지망자?"

"아…… 예."

짜증 나는 날씨에 어울리지 않는 밝은 목소리. 무시해도 문제가 벌어질 것 같아서 어쩔 수 없이 시선을 살짝 아래쪽으로 옮겼다.

말을 걸어온 사람은 10대 후반 정도로 보이는 여성 헌터였다.

잘 손질한 밝은 갈색 머리카락과 커다랗고 파란 눈. 옷자락이 긴 코트와 튼튼한 벨트에 장착한 커다란 파우치. 표준적인 헌터의 복장이지만, 깔끔한 머리카락과 붙임성 좋아 보이는 외모는 위험한 보물전들을 탐색하는 헌터처럼 보이지 않았다. 복장도 거의 더럽혀지지 않았고.

트레저 헌터가 대우받는 세상이다 보니 여성 헌터도 신기한 건 아니지만, 경험상 이런 분위기의 헌터들은 크게 두 가지로 구분된다.

헌터가 되기 직전이거나 된 직후라서, 아직 희망에 가득 차 있는 자.

그리고 수많은 모험을 거치고도 빛을 잃지 않은 영웅이 될 수 있는 특별한 재능을 지닌, 내 소꿉친구들 같은 진성 『괴물』.

십중팔구는 전자에 속하지만, 방심하면 안 된다. 이 업계에는── 정말로 사람 가죽을 쓴 괴물들이 많으니까.

딱 봐도 수상하다는 눈으로 쳐다보는 나를 본 여자 헌터는 씁쓸한 미소를 지었지만, 바로 밝은 표정으로 돌아와서 손을 내밀었다.

아무래도 바로 주먹을 휘두르는 인간은 아닌 것 같다.

나는 머릿속으로 조용히, 그 헌터의 위험도를 E로 설정했다.

표면만 보면 안전해 보이는 헌터에게 부여하는 위험도 등급이다.

"난 루다 룬벡. 레벨3 헌터야. 바로 얼마 전에 레벨이 올라가기는 했지만."

레벨3 헌터…… 중견인가. 생긴 것과 달리 꽤나 우수한 것 같다.

나는 조용히 눈앞에 있는 여자의 위험도를 D로 고쳤다. 적어도 햇병아리 헌터는 아니다.

트레저 헌터들은 그들을 일괄 관리하는 탐색자 협회── 소위 『탐협』에서, 본인이 세운 공적에 따라 레벨을 부여한다. 세상에는 헌터의 실력에 대한 지표로서 널리 알려져 있고, 헌터들끼리 자기소개를 할 때도 『직종』과 함께 말하는 경우가 많다.

레벨은 10까지 존재하는데, 레벨3이라는 건 중견 정도의 실력과 공적이 보장되는 레벨이다.

모든 헌터 중에 70%는 레벨3에서 끝난다는 통계가 있는데, 아직 젊은 나이에 그 레벨까지 도달한 루다는 유망하다고 할 수 있겠지.

경계해서 손해를 볼 건 없다. 헌터 중에서는 중견이라도 일반 시민한테는 괴물 같은 존재니까.

입술을 벌렸다. 아침부터 물 한 방울 안 마시고 여기까지 뛰어온 탓인지, 입에서 나온 목소리는 엄청나게 갈라져 있었다.

"…………나는…… 크라이 안드리히…… 잘 부탁해, 루다."

루다가 우호의 증거라도 되는 것처럼 내민 손은 잡지 않았다.

이 제도에 와서 5년 동안 헌터 일을 하면서 얻은 것 중에 가장 큰 것은 위기감이다.

손을 잡는 순간 집어 던져 버릴 수도 있기 때문이다. 꽉 쥐어서 뭉개버릴 수도 있고, 자기가 먼저 손을 내밀었으면서, 그 손을 잡는 순간에 사람 얕보는 거냐고 트집을 잡으면서 죽이려고 들 가능성도 충분히 하고도 남는다.

물론 악수를 하지 않았다고 적으로 간주할 가능성도 있지만.

루다는 잠깐 눈살을 찌푸렸지만, 바로 밝은 목소리로 말했다.

"당신도 솔로야? 다들 날카로운 분위기라서—— 정말 마음에 안 들었거든."

"…………."

"지금까지 계속 혼자서 헌터 일을 해왔는데, 요즘 좀 벽에 부딪친 느낌이라고 할까…… 그런 상황에 마침 대규모 헌터 모집이 있다는 말을 듣고 이렇게 왔어."

허리에 찬 벨트에 달린 칼집. 그 안에 들어 있는 단검(대거)을 툭 쳤다.

보물전에는 함정이나 숨겨진 통로 등의 다양한 기믹들이 존재한다. 살상 능력이 낮은 대거만 가지고 있다는 건, 루다는 마물과의 전투보다 그런 기믹들의 해제가 특기인 헌터라는 뜻이겠지.

그나저나 솔로 트레저 헌터라니…… 이 녀석, 위험한데.

나는 조용히, 루다의 위험도를 C로 올렸다.

보물전 공략에는 몇 가지 기능이 필요하고, 그걸 전부 혼자서 커버하는 건 정말 어려운 일이다.

솔로에도 메리트가 없는 건 아니지만, 생명이 위험할 수 있는 보물전에 달랑 혼자서 도전하는 건, 내 기준으로는 머리가 어떻게 된 인간이나 하는 짓이다. 원래 헌터 중에 정신이 나간 자들이 많기는 하지만, 솔로 헌터는 특히 그럴 가능성이 높다(내 기준으로).

탐협에서도 보물전을 공략할 때는 파티를 구성할 것을 추천하고 있다.

얼핏 보면 온화해 보이지만…… 파티에 참여할 수 없을 정도로 파탄이 난 성격이거나, 뭔가 귀찮은 사정이 있을지도 모르는데…… 어느 쪽이건 엮이고 싶지 않으니까.

무슨 말을 해야 좋을지 몰라서, 그냥 미소만 지었다.

곤란할 때는 미소를 지으면 어떻게든 된다는 건, 최근 몇 년 동안에 배운 몇 안 되는 좋은 일이다.

"혼자서—— 꽤나 힘들 텐데 말이야."

"맞아! 정말 그렇다니까! 【흰 늑대 둥지】에 가봤는데, 아무리 해도 사람 손이 부족해서…….."

말 상대에 굶주려 있었는지, 루다가 눈을 반짝이면서 말했다.

"그래서…… 다른 파티에라도 들어가 볼까 싶어서. 【흰 늑대 둥지】도 레벨3이 다섯 명 정도 있으면 충분히 공략할 수 있다고——"

"흥. 【흰 늑대 둥지】라고? 여기가 어딘지는 알고서 하는 소리야?"

갑자기 날아온 이쪽을 무시하는 것 같은 목소리에, 루다의 표정이 순식간에 험악해졌다.

목소리의 주인은 앞쪽에 서 있던 덩치 큰 남자였다.

금속과 가죽을 조합해서 만든 레더 아머에 피가 배서 거무스름

해진 외투. 루다가 반짝거리는 헌터 1학년이라면, 이 남자는 역전의 맹자 같은 풍격이 느껴진다. 허리에 찬 칼자루도 오래 사용한 것처럼 길이 들어 있다.

갑자기 끼어든 남자 때문에 나는 무뚝뚝한 표정을 지었다. 헌터들은 대부분 혈기가 왕성하다. 게다가 그 혈기는 실력에 비례하는 경우가 많고.

탐협에서도 왕성한 혈기가 헌터의 소질이라는 소리를 할 정도니까.

예상대로 루다가 자기보다 머리 두 개 정도는 키가 큰 남자를 상대로, 주눅도 들지 않고 소리를 질렀다.

"갑자기, 뭔데! 무슨 불만이라도 있어?!"

"정말이지, 레벨3 헌터?【흰 늑대 둥지】? 여기는 헌터가 된 지 며칠 되지도 않은 초보자들이 오는 데가 아니라고!"

덩치 큰 남자가 볼을 씰룩거리면서, 웃음이라고 부르기 힘든 표정으로 웃었다. 줄에 서 있는 다른 자들도 귀찮다는, 또는 재미있는 구경이라도 하는 것 같은 눈으로 덩치 큰 남자와 루다를 쳐다봤다. 하지만 말리려는 기색은 없다.

나는 조용히 한 걸음 뒤로 물러났다.

싸움에는 말려들지 않도록 세심한 주의를 기울였다. 이것도 헌터가 된 뒤에 배운 것이다.

헌터는 일반 시민을 다치게 해서는 안 된다. 능력치가 엄청나게 높기 때문이다. 치안을 유지하는 기사단에 걸리면 전과자가 되고, 긍지의 문제도 있으므로, 난폭한 헌터들도 그 부분은 조심한다.

하지만 헌터들 사이의 싸움은 묵인하는 경우가 많다. 나는 일반 시민한테도 질 만큼 약한 능력을 자랑하지만, 일단은 헌터라서 헌터들 사이의 싸움에 휘말려 다치면 아무도 날 도와주지 않는다.

게다가 반격하지도 않은 네가 잘못이라고 하면서, 자업자득으로 취급해버린다. 정말 말세다.

"여기 모인 놈들은 하나같이 실력에 자신이 있는 녀석들이라고. 게다가 여기서 멤버를 모집하는 건 그《발자국》에 소속된 파티잖아? 신흥이지만, 지금 이 제도에서 제일 잘 나가는 클랜이라고. 아무리 그래도 너희들처럼 경험도 없는 신참이 끼어들면 우리가 귀찮아진단 말이야!"

클랜이란 헌터들로 구성되는 집단의 형태 중에 하나다.

헌터 몇 명이 만드는, 평소에도 같이 행동하는 집합 형태가 파티. 그 파티가 여러 개 모여서 결성하는 것이 클랜이다.

결성하는 이유도 다양하다. 예를 들자면 정보 공유. 아이템 융통. 필요한 멤버가 부족한 경우의 상호 멤버 대여, 또는 난도가 높은 보물전에 도전할 때 같이 도전하기도 한다.

헌터 일을 원활하게 해나가기 위해서, 수평적인 인간관계는 빼놓을 수 없는 요소다. 그래서 탐협도 클랜 결성을 추천하고 있다.

지금 여기서 하는 파티 모집도 클랜이 주도하는 것이다.

《발자국》은 이 제도 제블디아에서 이름을 날리고 있는 클랜 중에 하나다.

정식 명칭은《시작의 발자국(퍼스트 스텝)》. 유명한 젊은이들로 구성된 파티들이 다수 소속된 클랜이고, 역사는 짧지만 지금 이 제도에서 세력이 쭉쭉 뻗어나가고 있는 클랜이기도 하다.

　아마 이 제도 제블디아에서 활동하는 헌터 중에서, 그 이름을 모르는 사람은 없겠지.

　원래 헌터의 파티 멤버 모집은 필요할 때 수시로 행하는 것이다.

　하지만《발자국》에서는 일 년에 한 번 소속 파티들이 모여서 대대적으로 멤버를 모집한다.

　희망자는 출신, 연령, 레벨을 가리지 않으며,《발자국》소속 파티들에게 시험을 받고, 거기서 눈에 들면 파티 멤버로 들어가게 된다.

　물론《발자국》에 소속된 파티들은 레벨이 높다. 합격하는 사람은 극소수지만, 연줄은 없어도 자신의 실력에 자신이 있는 헌터에게는 아주 큰 기회처럼 보이겠지.

　하지만, 그것은 잘못된 생각이다.

　《발자국》에 소속된 헌터는 이 제도의 헌터 중에서도 상당히 엄선된 존재들이다.

　내 친구들도 그렇지만, 그 재능은 천재라는 말로 간단히 표현하기에는 너무나 이상해서, 시험을 보려고 하는 자들 대부분의 자신감을 산산이 부숴버리게 된다.

　"뭐? 모집에는 레벨이나 헌터 경력은 가리지 않는다고 적혀 있었고, 난 레벨3이거든?!"

　"흥! 분명히 레벨3이 중견이라고 하기는 하는데 말이야!《발자국》에는 레벨3 헌터 따위는 썩어나갈 정도로 잔뜩 있다고!"

이를 드러내는 루다에게 덩치 큰 남자가 소리를 질렀다.

어떤 의미에서 보면 이 남자가 하는 말이 옳다.

레벨3은 어디까지나 중견에 불과하다. 이름 있는 파티에 레벨3이라는 칭호는 아무런 가치도 없겠지. 《발자국》에 소속된 멤버들은 대부분 레벨3 이상이다.

하지만 루다가 레벨3이 된 것은 어디까지나 현재의 일이다. 헌터의 70%가 레벨3에서 끝난다고 했는데, 능력만 있으면 레벨은 쭉쭉 올라간다. 솔로로 3까지 올렸다면, 파티를 맺고 더 많은 경험을 쌓으면 그 위로 올라가는 것도 크게 힘들지는 않겠지.

그러므로, 이 클랜 멤버 모집에는 레벨 제한이 없다. 제아무리 천재라도 다들 처음에는 레벨1이니까.

나는 마음속으로 완전히 생트집이라고 생각했지만, 그래도 입을 꾹 다물었다. 쓸데없는 소리는 안 하는 게 좋다.

가만히 보고 있는 사이에도 루다와 덩치 큰 남자의 말싸움은 계속 달아올랐다.

덩치 큰 남자가 지저분한 욕설을 하면서, 보란 듯이 허리에 차고 있는 칼을 만지작거렸다.

날 길이가 1미터 정도 되는 장검. 루다가 가지고 있는 호신용 단검 따위와는 전혀 다른, 보물전에 어슬렁거리는 적대종, 마물이나 팬텀과 정면으로 싸우기 위한 무기다.

솔직히 말해서, 루다한테는 좋지 않은 상대다. 덩치 큰 남자의 레벨도 3보다 아래일 리는 없을 테니까.

"헤~? 해보자는 거야? 좋아, 얼마든지 상대해줄게."

하지만 루다는 그런 모습을 보고도 전혀 주눅이 들지 않았다. 그 단정한 입가를 일그러트리고, 와일드한 미소를 지어 보였다.

덩치 큰 남자와 마찬가지로 허리의 단검을 한 번 만졌고, 그리고는 그대로—— 반해버릴 것만 같은 동작으로 그 칼을 뽑았다.

트레저 헌터의 능력은 보통 사람들의 수준을 벗어났다. 만약에 헌터와 일반 시민이 싸우기라도 하면 헌터가 일방적으로 나쁜 놈이 되지만, 헌터들 간의 싸움에서는 먼저 무기를 뽑은 쪽이 잘못한 것으로 여겨진다.

루다에게 지지 않을 정도로 화가 잔뜩 나 있으면서도, 덩치 큰 남자가 먼저 칼을 뽑지 않은 건 그런 이유 때문이겠지. 이런 싸움에 익숙한 자다.

이걸로 루다가 이름도 모르는 덩치 큰 남자한테 실컷 두들겨 맞게 되더라도, 정상참작의 여지는 완전히 사라져버렸다. 헌터로서의 레벨에 차이가 있다고 해도 법정에서는 그딴 건 고려하지 않는다.

왜 그냥 줄을 서고 있었을 뿐인데 이런 꼴을 당하는 거냐고.

비바람과 눈앞에서 발생하려고 하는 싸움 때문에 진저리를 치고 있는데, 건물 안에서 제국 군인이 입는 하얀 제복을 입은 남자가 나왔다.

옷깃에 발자국 모양의 은색 마크가 달려 있다. 《시작의 발자국》 소속 멤버라는 증거다.

덩치 큰 남자에게 지지 않을 정도로 흉악한 얼굴. 뺨에는 깊은 상처 자국이 새겨져 있고, 험악한 눈빛으로 덩치 큰 남자와 루다를 번갈아 가며 사납게 노려봤다.

그러고는 두 사람에게 뒤지지 않는 거친 목소리로 고함을 질렀다.

"이봐, 싸움은 그만둬라! 싸우려면 다른 데 가서 해! 이 자식들, 시험이고 뭐고 그냥 쫓아낸다!"

칼을 뽑으려던 덩치 큰 남자가 혀를 차면서 도로 집어넣었다. 루다도 볼을 씰룩거렸지만 단검을 집어넣었다.

그리고 천천히, 줄이 움직이기 시작했다.

건물 안에는 바깥과는 비교도 안 될 정도의 열기가 고여 있었다.

평소에는 주점을 영업하던 곳인지, 술 냄새가 살짝 남아 있다. 테이블들도 평소에 놓여 있던 곳이 아니라 양쪽 가로 치워놨고, 넓은 가게 안에는 입단 희망자들이 줄지어 서 있다.

사람의 열기 때문에 공기가 탁할 지경이다. 같이 안내받아서 들어온 루다가 그 광경을 보고서 눈이 휘둥그레졌다.

아무래도 밖에서 있었던 일은 벌써 잊어버렸는지, 흥분한 것 같은 목소리로 말했다.

"대단하다…… 이 사람들이 다 헌터야?"

가게 안에는 테이블 몇 개가 일정한 간격으로 놓여 있고, 그 테이블 앞에 하얀 제복을 입은 멤버 몇 명이 있다. 《시작의 발자국》에 소속된 파티 멤버다.

똑같은 《발자국》 소속 파티라고 해도, 거기에도 엄연한 수준 차이가 존재한다. 저명한 멤버들이 여러 명 있는 파티도 있고, 리더만 이름이 알려진 파티도 있다. 순수한 전력을 추구하는 파티가 있으면 특정한 기술을 추구하는 파티도 있다.

입단 희망자들은 제각기 자기가 들어가고 싶은 파티의 테이블로 가서 시험을 받는다.

시험 내용은 파티에 따라 다른데, 면담이나 실기시험 등의 기본적인 시험을 보는 파티가 많기는 하지만, 개중에는 느낌 같은 것을 중시하는 파티 같은 곳도 있다는 것 같다.

한참 동안 지켜봤지만 루다는 움직일 기미가 없다. 당혹을 감추지 못한 기색으로 가만히 서 있을 뿐이고.

무시해도 되지만 조금 불쌍해 보이기도 해서, 어쩔 수 없이 말을 걸어보기로 했다.

"이런 데 처음이야?"

"……크라이는, 아냐?"

"……난 다섯 번째, 려나."

"다섯 번…… 그렇게 몇 번이나── 미, 미안해."

잘은 모르겠지만, 루다가 미안하다고 사과했다.

"아니, 뭐…… 아마 오늘 온 사람 중에 대부분은 처음이 아닐 것 같거든."

헌터는 실력주의다.

재능이 있는 자는 바로 데려간다. 하지만 재능이 없는 자에게도 기회가 없는 건 아니다.

나처럼 자기 재능의 한계를 뻔히 알고 있으면서도, 얼마 안 되는 희망에 매달려서 이 자리에 온 사람도 있겠지. 이렇게 포기할 줄 모르는 것도 일종의 재능이다.

일단은 확인부터.

나는 각 테이블 앞에 서 있는 줄에서 거리를 두고, 구석 쪽으로 가서 주위를 둘러봤다.

아무래도 이번에는 멤버를 모집하는 파티가 평소보다 많은 것 같다.

《발자국》의 멤버 모집이라고 해도 매번 모든 파티가 멤버를 모집하는 건 아닌데, 이번에는 웬일로 유명한 곳들이 전부 모집하고 있다.

이래서 건물 바깥까지 줄을 서 있었던 건가.

루다가 친한 척 말을 걸었다.

"크라이, 괜찮다면 이것저것 좀 가르쳐줄래? 나, 이런 건 하나도 몰라서."

"……좋아. 실력이 좋은 헌터한테 은혜를 베풀어두는 것도 나쁘지 않은 일이니까."

최소한 루다도 레벨3에서 끝날 그릇은 아니겠지. 죽지 않으면, 말이지만.

내 대답을 듣고, 루다의 표정이 아주 조금 풀어졌다.

"이래 봬도 수도에 온 지가 꽤 오래됐거든. 유명한 파티들은 대부분 알고 있어. 이번에는 아주 좋은 기회라고 생각해."

먼저 파티에 들어간다고 하더라도, 아무 데나 들어가서는 안 된다.

파티마다 모집하는 역할이 다르고, 활동 방침도 있다. 뭐, 우수한 파티에 들어갈 수 있다면 좋다는 생각도 틀린 건 아니지만, 만약 운 좋게 가입하는 데까지는 성공하더라도 거기서 적응하지 못하는 경우도 있다.

다른 멤버들과 재능 차이가 너무 크게 나면 상당히 힘들겠지. 루다 정도면 괜찮아 보이기는 하지만, 제도는 전국 각지에서 자기 재능에 자신감을 가진 헌터들이 모여드는 곳이다.

개중에는 생긴 것만 인간이고 알맹이는 전혀 다른 생명체 같은 자들도 있다.

내 친구들도—— 그랬다.

"루다가 뭘 하고 싶은지, 할 수 있는지, 나는 몰라. 단검을 가지고 있는 걸 보면, 아마도 전투보다 다른 쪽 기능일 것 같은데——"

루다의 차림새, 장비들을 다시 한번 확인했다. 단검 외에도, 움직임을 방해하지 않는 작은 가죽 주머니를 허리에 차고 있다. 아마도 그 안에는 피킹 도구 같은 것들이 있겠지.

헌터에게는 각자에게 맞는 일과 아닌 일이 있다. 재능 문제도 있다.

일반적으로 계속 솔로로 활동하던 헌터가 파티에 들어갈 때, 가장 들어가기 쉬운 것은 공격 담당이다.

솔로로 헌터 일을 해왔다는 것은 덤벼드는 마물이나 팬텀들을 혼자서 헤쳐 나왔다는 뜻이고, 전투 능력이 높은 경향이 많기 때문이다.

반면에 함정 간파나 색적, 자물쇠 열기 등의 기능의 경우에는,

계속 파티 소속으로 행동하면서 그것 하나만 파고 들어간 사람을 당해내지 못하는 경우가 많다.

루다가 기믹 해제가 주된 역할인 『도적(시프)』로서 파티에 들어갈 생각이라면, 어지간한 실적이 있지 않으면 힘들 것이다.

하지만 그 정도는 본인도 알고 있을 테고, 굳이 그 사실을 지적해서 원한을 살 필요는 없다.

진지한 표정으로 내 말을 기다리는 루다에게, 나는 방 안쪽을 손가락으로 가리키면서 계속 말했다.

"먼저 이 방에도 어느 정도 규칙이 있어. 안쪽에 있는 파티일수록 레벨이 높아."

헌터에 인정 레벨이 있는 것과 마찬가지로, 클랜과 파티에도 탐색자 협회가 인정 레벨을 부여하고 있다. 같은 클랜에 소속된 파티라고 해도 격차가 있는 것이다.

제일 안쪽에 존재하는 커다란 테이블── 유난히 많은 헌터들이 모여 있는 테이블을 가리켰다.

"저기가 이번에 멤버를 모집하는 곳 중에서 가장 강한 파티──《성령의 자제(아크 브레이브)》야. 들어본 적 있어? 평균 연령 21세, 겨우 여섯 명이서 레벨7의 보물전을 공략한 정예 중의 정예지."

제도에 넘쳐나는 괴물 중에서도 특별한 괴물. 멤버 전원이 신의 총애를 받았다고 생각할 수밖에 없는 능력을 지녔고, 세상 사람들은 그 파티의 리더를 용사라고 부르고 있다.

참고로 루다가 도전하려고 했던 【흰 늑대 둥지】는 레벨3의 보물전이다.

탐협의 레벨 인정이 그렇게 정확한 건 아니지만 레벨3의 보물전이라는 것은, 대략 레벨3의 헌터 여러 명이 파티를 맺고서 공략하는 것을 추천하는 보물전이다.

보물전의 인정 레벨은 레벨이 하나 올라가면 난이도가 열 배 가까이 높아지니까, 레벨7의 보물전을 클리어한 《성령의 자제》 멤버들과 루다 사이에는, 말 그대로 하늘과 땅 만큼의 차이가 있다는 뜻이 된다.

"만약 저기 있는 파티에 들어간다면, 성공은 보장된 거나 마찬가지야. 못 들어간다고 해도…… 저기 있는 멤버들이 조금만 칭찬해주면, 아마도 다른 파티에서 스카우트하러 올 테고."

솔로라도, 경험이 적어도, 그 이름 정도는 들어본 적이 있겠지.

루다도 조금 주눅이 들었는지, 작은 목소리로 물어봤다.

"……참고로 일단 물어만 보는 건데…… 가능성, 있을 것 같아?"

"루다한테 달렸어. 뭐, 내가 알고 있는 한에서 《성령의 자제》가 이런 곳에서 멤버를 뽑은 적은 한 번도 없었지만."

제도에서도 최고 클래스의 파티다. 젊은 파티만 따지자면 틀림없이 1, 2위에 들어가겠지.

멤버들도 이미 완전히 정해졌고, 아마도 파티 모집에 몰려온 헌터들도 자기들이 거기에 들어갈 수 있으리라고는 생각하지 않을 것이다. 저기 모여 있는 자들은 그 멤버들의 얼굴을 한 번이라도 보고 싶다든지, 조금이라도 연줄을 만들어두고 싶다든지, 그런 생각으로 모인 자들이다.

루다가 그 사람들을 보면서, 불만을 늘어놓지도 않고 깊은 한숨을 쉬었다.

레벨7의 보물전이라는 말을 들은 시점에서 자기 힘으로는 힘들 거라고 깨달았겠지.

이어서 다른 파트들에 대해서도 계속 소개해줬다. 대부분이 이 제도에서 몇 달만 헌터 일을 하다 보면 한 번쯤은 이름을 듣게 되는 파티다.

루다는 솔로로 활동해서 몰랐을 뿐이지, 조사하려고 마음만 먹으면 간단히 얻을 수 있는 정보였다.

반대로 그런 것도 모른다는 사실이 루다가 초보자라는 것을 알려주고 있다.

하나하나 손가락으로 가리키면서 가르쳐줬다.

나도 모든 파티를 파악하고 있는 건 아니지만, 예년 같으면 참가하지 않았던 레어한 파티들도 보였다. 아무래도 이번 멤버 모집에는 《발자국》의 파티들이 거의 대다수 참가한 것 같다.

거의 가르쳐준 뒤에 잠깐 숨을 돌렸다.

기나긴 설명을 듣고, 루다가 질렸다는 것처럼 말했다.

"······크라이, 진짜 잘 아네. 난 듣기만 했는데도 피곤할 지경인데."

"이 정도는 당연하지."

"······이런 걸 물어봐도 되는 건지는 모르겠지만, 너는 어느 파티를 지망하는 거야?"

"지망············ 딱히 없지······ 난······ 아무것도, 못 하니까."

특기 분야가 없다.

모든 걸 다 잘하는 만능이라는 게 아니라, 무엇 하나 제대로 하는 게 없다. 잔재주만 많다고 하고 싶어도 재주가 너무 부족한, 그게 바로 나다.

용기도 없고 힘도 없다. 그래도 내 재능을 믿었던 시절에는 가지고 있었던 약간의 정열마저도, 어느샌가 사라져버리고 말았다.

헌터는 말할 필요도 없이 위험한 직업이다. 그들 중에 70%가 보물전에서 죽는다는 통계도 있을 정도로. 나한테는 그런 위험 부담을 받아들일 만큼의 배짱이 없었다.

재능이 없다고 변명을 해왔지만, 아마도 그게 제일 큰 문제겠지. 토할 것 같은 기분이다.

"그래………… 그렇다면, 만약에 괜찮다면 말인데, 나랑 파티를 맺는 건 어떨까?"

힘없는 내 목소리에, 루다가 일부러 꾸민 것 같은 밝은 목소리로 제안했다.

아마도 진심이겠지. 심장이 꽉 조여 들고 숨쉬기가 힘들어진다.

루다는 사람 같지도 않은 것이 넘쳐나는 헌터들 중에서는 좋은 사람이다.

아마도 지금 그 말도 농담 같은 게 아니겠지.

하지만 나로서는, 내가 짐 덩이가 되는 건 정말 견디기 힘든 고통이다.

"고마운 제안이지만, 동정은 필요 없어. 장래를 위해서라도, 루다는 자기한테 잘 맞고 제대로 된 파티에 들어가야 해."

"……그, 그런가……."

절그럭, 하고. 벨트에 차고 있는 은색 사슬을 건드렸다. 차가운 감촉이 내 마음을 조금이나마 진정시켜줬다.

거기서 문득, 루다가 분위기를 바꾸려는 것처럼 말했다.

"어, 어라? 저기, 그러고 보니까 말이야, 저기 있는 텅 빈 테이블, 왜 안 치운 거지?"

《성령의 자제》의 모집 테이블 안쪽에 있는, 아무도 없는 커다란 테이블을 보면서, 손가락으로 가리켰다.

"뭐야 너들, 그런 것도 모르고 온 거야."

"?!"

밖에서 시비를 걸었던 덩치 큰 남자가 실실 웃으면서 다가왔다.

열기 때문인지 뻘개진 얼굴. 크게 발달한 상완 이두근과 징이 박힌 야성미 넘치는 갑옷은, 밝은 불빛 아래에서 보니까 훨씬 흉포하게 보인다.

성과가 있었는지, 아까보다 한참 기분이 좋다.

찬물을 끼얹은 꼴이 된 루다가 눈살을 찌푸리고 남자를 노려봤다.

"……우리한테 뭐 볼일 있어? 또 혼날걸."

"그런 소리 하지 말라고. 선배 헌터인 이 그레그 님께서, 도리라는 걸 가르쳐주려고 하는데 말이야."

그레그 님…… 처음 듣는 이름이다. 하지만 내가 알고 있는 건 극히 일부── 이 업계에 대해 조금이라도 알고 있는 헌터라면 누구나 알고 있는 상위 헌터들뿐이다.

내가 모르는 헌터 중에도 강한 놈들은 얼마든지 있을 테고, 아직 두각을 드러내지 않은 상태일 가능성도 있다.

"저기 있는 테이블은 《성령의 자제》와 함께 이 《발자국》을 만든 파티의 테이블이다. 뭐, 결국 오늘도 안 온 것 같지만."

"《발자국》을 만든…… 파티?"

눈을 깜박이는 루다에게 그레그 님이 목소리를 죽이고, 마치 비밀 이야기라도 하는 것처럼 말했다.

"《발자국》은 몇 번이나 멤버를 모집했는데, 오늘은 평소보다 사람이 많다고. 바로 얼마 전에 레벨7 보물전을 한 사람도 죽지 않고 공략해낸 《성령》도 와 있고, 평소에는 멤버를 모집하지 않는 《흑금(黑金)》에 《성뢰(聖雷)》까지 와 있지. 그리고…… 봐, 파티 말고도 여기저기에 《발자국》 마크를 단 놈들이 서 있지?"

그레그 님이 슬쩍, 벽 쪽에서 뚱한 얼굴로 팔짱을 끼고 서 있는 헌터 사내를 쳐다봤다.

복장은 파티 멤버를 모집하는 헌터들이 입고 있는 제복이 아니지만, 자세히 보면 옷깃과 소매 등, 눈에 띄지 않는 곳에 발자국 모양의 단추와 액세서리가 달려 있다.

클랜에 소속된 멤버는 그 심볼을 어딘가 눈에 보이는 곳에 달아야 한다는 규칙이 있다.

"원래 말이야, 이미 《발자국》에 소속된 놈들이 멤버를 모집하려는 것도 아닌데 여기 와 있을 리가 없거든. 그렇다면 나름대로 이유가 있다는 뜻이지."

의미심장한 말을 듣고, 내가 끼어들었다.

그레그 님도 꽤나 조사한 것 같지만, 내가 아주 조금 더 알고 있다.

"……저 사람들은 《발자국》에 솔로로 소속된 멤버들이야."

"?! 클랜에 솔로로 소속…… 그런 일도 있어?"

"파티는 최소한 1명부터 만들 수 있잖아…… 클랜에는 파티 단위로만 가입할 수 있지만, 솔로로도 파티를 신청하고 탐협에 등록하면 참가할 수 있어. 상당한 실력이 필요하지만……."

한마디로 무모한 짓이지만, 루다는 아주 조금 운과 재능이 있으니까.

남자 쪽에서 시선을 돌려, 빈 테이블 근처에서 따분하다는 것처럼 어슬렁거리고 있는 여자애 쪽을 가리켰다.

몸을 꽉 조이는 것 같은 검은 가죽으로 만든 전투복. 벨트에는 단검을 차고, 움직이기 편한 것을 중시해서 검은 머리카락을 숏 커트로 자른 여자아이다. 나이는 루다보다 어리겠지.

"티노 셰이드야. 레벨4이고, 솔로로 《발자국》에 소속돼 있지. 유명한 멤버야."

"저렇게 어린 여자애가……."

"……쓸데없는 소리는 안 하는 게 좋아. 나이, 생김새와 성질은 아무 상관도 없으니까."

역할은 루다와 마찬가지로 『도적』.

물건을 훔치는 건 아니지만 색적과 기척 차단, 함정이나 자물쇠 해제 능력 때문에 그렇게 부를 뿐이다.

루다를 훨씬 강화한 것 같은 존재다. 그녀라면 혼자서 【흰 늑대 둥지】를 공략할 수도 있겠지. 《발자국》에 소속된 괴물 중의 한 사람이다.

그레그 님이 처음으로 내 쪽을 봤다. 아주 흥미롭다는 눈빛이다.

"……생긴 건 헌터 같지 않은데, 꽤 많이 조사했군."

"정보 수집은 중요하니까. 그리고 사실은 쟤…… 내가 아는 사람의 제자거든."

머리에 쓰고 있는 후드를 내려서 얼굴을 가렸다.

더 자세히 말하자면 친구의 제자다.

한마디로 내 친구는 괴물보다 훨씬 대단한 괴물이라는 뜻이다.

이게 대체 무슨 일이냐고.

"아는 사이야?"

"왜 솔로인데 여기에 있는지는 모르겠지만……."

어쩌면 솔로를 그만두고 새로 참가할 파티를 찾으러 온 걸까. 파티 멤버를 꼭 외부에서만 모집하는 건 아니니까. 굳이 이런 곳까지 오지 않아도 방법은 있을 텐데 말이야.

그레그 님이 고개를 갸웃거리는 날 보며, 거만하게 팔짱을 끼고서 웃었다.

"그래 맞아. 그거야. 왜 저놈들이 여기 모였는지…… 소문이 있었거든. 바로 오늘, 오랫동안 추가 파티 멤버를 모집하지 않던 《시작의 발자국》의 창시 파티 중에 하나——"

그레그 님의 눈에 어두운 흥분이 깃들어서 빛나고 있다.

그 목소리에는 마치 무시무시한 이야기라도 하는 것 같은 느낌이 담겨 있었다.

그리고, 그레그 님이 그 이름을 말했다.

"《탄령》이 몇 년 만에 멤버를 모집한다는 얘기가."

귀에 들어온 순간, 온몸에 충격이 울렸다.

마치 이 장소만 세상에서 잘라낸 것 같은 착각이 들었다.

내가 그런 느낌을 받거나 말거나, 그레그 님이 씩 웃으면서 말했다.

"《탄령》은 소수정예거든. 이런 기회가 아니면 볼 수도 없고, 파티에 참가할 기회 따위는 있지도 않아. 잘만 되면 그 녀석들 얼굴을 볼 수 있는 기회라고."

숨길 수 없는 흥분. 그 열기를 느낀 루다의 눈이 휘둥그레졌다.

《탄령》. 그 단어를 듣고 위가 찌릿찌릿 아파 왔다.

그것은 몇 년 전. 나와 친구들이 시골에서 제도로 올라왔을 때 만들었던 파티의 약칭이다.

괴물 다섯 명을 거느리고, 순식간에 두각을 나타낸 젊은 파티. 지금에 와서는 이 제도에서 《성령의 자제》와 쌍벽을 이루는 파티다.

정식 명칭은——《비탄의 망령(스트레인지 그리프)》라고 한다.

어느샌가 목이 말라왔다. 긴장한 탓인지 기분 나쁜 땀까지 나오고 있고.

그 이름은 말하지 말아줘. 그렇게 호소하고 싶지만, 지금 그런 소리를 하는 건 너무 부자연스러운 일이다.

후드를 더 깊이 눌러썼다. 조금이라도 내 얼굴을 감추려는 것처럼.

"왜, 왜 그래? 어디 아파?"

몸을 움츠리고 부들부들 떠는 나한테, 루다가 걱정하는 투로 물었다. 토하고 싶다.

"뭐, 그냥 헛소문이었던 것 같지만. 꽤나 거창하게 일을 벌여서 조금 기대했었는데 말이야⋯⋯."

그레그 님이 어깨를 으쓱거렸다. 크게 신경 쓰는 것 같지는 않다. 《성령의 자제》나 《비탄의 망령》 말고도, 《발자국》에 소속된 파티들은 전체적으로 레벨이 높다.

성질이 급한 그레그 님도 파티 하나가 안 왔다고 해서 뭐라고 할 생각은 없겠지.

"이봐, 이게 대체 뭐냐고! 《탄령》은 어디 있어!"

하지만 뭐라고 할 생각이 있는 사람도 있는 것 같다.

갑자기 터져 나온 큰 목소리 쪽으로 시선이 집중됐다.

시선이 향한 곳에 있는 사람은 불타는 것 같은 빨강머리의 소년이었다. 등에 짊어진 것은 어지간한 힘으로는 휘두를 수도 없는 양손으로 쓰는 대검. 키는 작지만 옷을 입고 있어도 그 육체가 얼마나 잘 단련돼 있는지를 알 수 있었다.

몇 번이나 말하지만, 헌터의 힘은 급한 성질과 비례한다.

아무도 말하지 않았던── 그레그 님조차 말하지 않았던 것을 사람들 앞에서 대놓고 소리 질러 말하는 담력.

주위에 있는 사람을 적으로 삼더라도 그럴 권리가 있다고 확신하는 눈. 그리고 아마도, 그럴 만큼의 실력.

등에 멘 대검은 사람 손으로 만든 것이 아닌 물건 특유의 독특한 빛을 발하고 있다.

보물전에서 손에 넣은, 소위 말하는『보구』라고 불리는 도구겠지.

나이는 딱 봐도 나보다 어리지만, 그냥 주제파악도 못 한다고 생각하기에는 너무나 위험한 분위기를 내뿜고 있다.

"잡것들한테는 볼일 없어. 최고가 온다고 해서 굳이 이런 데까지 왔다고!"

소년은 딱히 동의를 구하는 것도 아닌, 지저분한 말을 계속해서 늘어놨다.

"젊구만. 설마 여기 있는 사람들을 전부 적으로 삼을 생각인가?"

그레그 님이 그 소년을 신기하다는 것처럼 쳐다보면서 중얼거렸다.

거칠어 보이는 풍채지만, 나이를 먹은 만큼 어느 정도 분별력은 있는 것 같다.

트레저 헌터한테는 인간관계가 중요하다. 문제를 일으키면 순식간에 소문이 퍼진다. 아무리 실력이 좋다고 해도 그것만 가지고 해결할 수 없는 일도 있다.

아마도 지금까지는 어떻게든 해왔겠지만, 여기 있는 것은《발자국》에 대해 호의적인 생각을 하는 사람들투성이다. 게다가 하나같이 실력자들이고. 보구를 가진 사람도 많다.

중심에서 혼자 격분하고 있는 소년을 말리려고 드는 사람은 없다. 그 말이 여기 있는 헌터들 중 어느 정도의 심정을 대변해주고 있기 때문일까.

그리고 다른 헌터들은 바보라도 보는 것 같은 눈으로 가만히 지켜보고 있다.

소년이 살기까지 느껴지는 이글이글 타오르는 눈으로 각 테이블에 있는《발자국》멤버들을 위협했다.

하지만 대부분이 상대도 해주지 않았다.

상급 헌터들만큼 이런 생떼에 익숙한 사람도 없다.

더 달아오른 건지, 소년이 또 소리를 질렀다. 그것은 마치 짐승이 상대를 위협하는 모습처럼 보이기도 했다.

"난, 언젠가 최강의 헌터가 될 몸이야, 레벨도 벌써 4라고! 기껏 제도 최강이라는 놈들을 동료로 삼아줄까 했는데, 아주 짜증이 나네!"

엄청난 소리를 떠들었다. 이 녀석, 크게 되겠는데. 아니면 죽든지.

아직 10대 중반쯤이겠지. 그 나이에 레벨4라면 정말 대단하다. 하늘 높은 줄 모르는 자신감과 오만불손한 태도는 칭찬할 수 없지만, 계속 이겨나간다면 그게 정의가 된다.

헌터란 그런 세계니까.

루다가 조용히 얼굴을 일그러트렸다.

아마도 저 바보가 자기보다 레벨이 높다는 데 충격을 받은 것 같다.

하지만 괜찮아. 아직 저 소년이 파티에 소속돼서 레벨을 올렸을 가능성도 있으니까.

발을 굴러대는 소년에게, 겨우《발자국》멤버가 다가갔다.

소년이 노려본, 파티를 모집하던 자들이 아니다. 조금 전까지 한쪽 구석에서 조용히 서 있던 티노 셰이드다.

아무렇지도 않은 걸음걸이로 소년 앞까지 다가가더니, 오싹할 정도로 차가운 눈으로 쳐다봤다.

"아앙? 넌 뭐야?!"

"분수도 모르고. 우리한텐 필요 없어."

이거 위험한데, 라고 생각했다.

한없이 차가운 목소리. 완전히 화가 났다.

그럴 만도 하지. 티노한테 《비탄의 망령》은 스승이 소속된 파티니까.

소년이 노려봐도 태연하게 있던 다른 《발자국》 멤버가 황급히 중재에 들어갔다.

"잠깐, 티노. 오늘 목적은 멤버 모집이니까, 일 크게 벌이지 말라고!"

"순식간에 끝나. 쫓아낼 거야. 언니가 있었다면, 틀림없이 그렇게 했어. 《비탄의 망령》에 들어가는 건—— 나야. 강해지면 받아준다고, 약속도 했으니까."

지근거리. 공격 범위가 넓은 대검을 앞에 두고 이 담력. 급한 성질은 바보 같은 소년과 비슷한 수준이다.

당장이라도 덤벼들 것 같은 티노를, 다른 멤버들이 열심히 달래고 설득했다.

누가 나쁜 놈인지는 따질 필요도 없다.

"바보는 그냥 내버려 둬, 시간 낭비니까. 가능한 한 조용히 끝내라는 명령도 내려왔잖아! 연대책임으로 우리까지 혼난다고!"

"아앙?! 누가 바보라는 건데! 확 죽여버린다!"

"너 말이야, 너, 이 바보가! 가서 혼자 조용히 뒈지든지! 우리는 일하러 왔다고!"

건달 같은 태도의 소년에게, 《발자국》 멤버도 건달 같은 말투로 받아쳤다.

상위 클랜이라고 해도 인간적으로는 거의 비슷한 수준이다.

괴물들은 하나같이 힘을 행사할 기회만 호시탐탐 노리고 있다.

불에 기름을 부었더니 일이 점점 커져간다. 주위에 다른 물건이 없어서 그나마 다행이지, 지금 당장 무기를 뽑아도 이상하지 않을 상황이다. 그리고 무기를 뽑으면 더 이상 그만둘 수 없다. 누구 하나가 죽거나 직성이 풀릴 때까지, 싸움은 멈추지 않는다.

트레저 헌터들의 싸움은 재해다.

여기 있는 사람들은 전부 헌터다. 일반인이 말려들 걱정은 없으니 그나마 다행이지만, 이 중에 적지 않은 인원이 보유하고 있을 『보구』까지 써버리게 되면, 이런 건물 한두 채 정도는 간단히 날아가 버리겠지.

"좋다! 붙어봐라! 《발자국》의 힘을 보여달라고!"

그레그 님이 천박한 목소리로 부추기기 시작했다. 거기에 낚인 것처럼, 다른 사람들도 선동하기 시작했다.

그 선동하는 사람 중에는, 세상에나. 《발자국》 멤버들도 섞여 있다. 더 이상 수습할 수가 없는 상황이 돼버렸다.

나는 멍하니 있는 루다의 소매를 잡아당기고 소곤소곤 말했다.

"루다. 이번에는 그냥 포기하고 나가는 게 좋겠어. 일단 싸움이 벌어지면 멈출 수가 없으니까. 말려들면 죽을 거야."

헌터는 얕보이면 일을 해먹을 수 없게 된다. 일단 공격을 받으면 받아친다. 상대가 받아치면 나도 받아친다. 그런 바보 같은 짓의 연쇄가 벌어진다. 설령 그게 유탄이라고 해도 용서하지는 않으니까, 마지막 한 사람이 쓰러질 때까지 그 싸움은 끝나지 않는다.

티노가 어깨를 으쓱거리고, 발끝으로 톡톡 두드리면서 발 상태를 확인했다.

본 적이 있는 동작—— 머리를 날려버릴 생각이다.

잘 단련된 헌터의 발차기는 간단히 지면을 함몰시키고, 벽을 날려버린다. 보물전을 수호하는 자—— 중화기도 통하지 않는 팬텀을 한 방에 해치울 정도라니, 정말 믿을 수가 없다.

"어? 자, 잠깐……."

"위험 감지 능력 하나는 자신이 있어. 자, 싸움이 벌어지기 전에……."

"하, 하지만, 나, 파티를 찾으러 왔는데?!"

틀렸다. 이놈들, 뇌까지 전부 근육이 돼버렸다니까. 파티보다 자기 목숨이 소중하잖아.

그런 사고방식으로, 난 간신히 5년을 살아남았다. 루다는 높은 레벨 헌터들의 싸움을 모른다.

역시 이런 데 오질 말아야 했다. 이제 와서 큰 후회가 머릿속을 차지했다.

울먹일 정도로 설득했다.

"아, 알았어. 파티 찾는 걸 도와줄 테니까! 다음에 꼭 도와줄 테니까! 지금은—— 목숨이 더 소중하니까."

"?! 아, 알았어. 알았다고."

안 그래도 열기가 고여 있던 실내의 기온이 더 올라간다.

소년이 들고 있는 대검이—— 물리적으로 타오르고 있었다.

보구. 이능(異能)을 지닌 도구. 칼날에 휘감기는 것처럼 불타오르는 홍련의 불꽃은 불길이 그 이상 퍼지지 않고, 차가워 보이는 티노의 얼굴을 비췄다.

눈에 띄지 않게, 구석 쪽에서 기는 것처럼 출구 쪽으로 갔다.

비참한 기분이다. 하지만, 안전하다. 뒤쪽에서 살벌한 대화가 들려온다.

"죽여버린 뒤에 생각한다. 언니한테 배웠어."

"!…… 그래 좋다, 꼬맹이. 덤벼보라고, 봐주지 않을 테니까!"

"지금 우릴 물로 보는 거냐? 응? 싸우려면 밖에서 싸워, 밖에서!"

밖에서 싸우면 틀림없이 제국 기사단이 날 듯이 달려온다. 안 그래도 요즘은 사람들이 헌터들의 불상사에 민감한 상황이다. 일반인이 말려들기라도 하면 그냥 넘어가지 못할 것이다.

제3자들이 부추기는 소리가 계속 들려온다. 생각하고 싶지 않지만, 《발자국》 멤버의 목소리였다. 완전히 혼돈에 빠져버렸다.

"좋았어, 싸워라! 레디—— 파이트!!"

"야, 부추기지 말라고————"

비명 같은 목소리. 천박한 휘파람 소리와 부추기는 소리. 소란.

조용히 출구로 향하던 우리 뒤쪽에서, 누군가가 시작 신호를 보냈다.

필사적으로 무릎을 움직이고, 아프다고 생각하면서도 계속 기어갔다.

밖으로 나가기, 직전이었다.

겨우 이 위험지대에서 탈출할 수 있다. 그렇게 생각한 순간── 바람이 불었다.

열기를 머금은 공기가 순식간에 밀려나고, 휘몰아쳤다. 갑작스런 충격에 엉덩방아를 찧었다. 후드도 벗겨졌고.

뒤에서 따라오던 루다가 짧은 비명을 질렀다.

문득, 시야에 그림자가 드리웠다. 심장이 마구마구 뛰고 있다. 쭈뼛쭈뼛 위쪽을 봤다.

루다가 눈이 휘둥그레져서, 작은 소리로 중얼거렸다.

"큭…… 어느, 새……."

검은 다이아몬드 같은 투명한 눈이 날 내려다보고 있다.

조금 전까지 소년을 상대하고 있던 티노다.

가지런하게 자른 검은 머리카락이 조금 늦게 살랑, 하고 흔들렸다. 훤히 드러난 날씬한 다리가 내 눈앞에 있다.

조금 전에 봤던 뚱한 표정이 아니라, 깜짝 놀란 것 같은 표정.

"저, 저기…… 무슨 일……?"

루다가 침을 꿀꺽 삼키고 쭈뼛쭈뼛 물었다.

티노는 그 질문에는 대답하지 않고, 그러면서도 그 목소리에 뒤지지 않을 만큼 떨리는 목소리로 나에게 말했다.

"··········저기······ 뭐, 뭘, 하시는 거예요? 마스터어? 언제부터, 계셨어요?"

아······ 토할 것 같다.

──꿈이 시작된 때에 대해 말해보자.

열다섯 살, 성인이 된 우리들은 예정대로 나까지 포함한 여섯 명이 그룹을 만들었고, 레벨1로 인정된 보물전에 가서 몇 번인가 우리의 실력을 시험해봤다.

한마디로 보물전이라고 부르지만 입지나 기믹의 난이도, 위협도나 손에 들어오는 보구에 따라서 랭크가 부여돼 있다. 레벨1이었던 그곳은 이제 막 헌터가 된 신참들이 가는 간단한 보물전이었다. 끝도 없는 정열을 가슴에 품고, 몇 년 동안 힘든 훈련을 해온 우리들에게는 상대도 안 되는 곳이었다.

신인 그룹 중에서 역대 가장 빠른 속도로 보물전을 공략한 우리들은 트레저 헌터라는 앞날에 대해 확실한 희망을 품었고──나는, 나 혼자만 실력이 한참 떨어진다는 걸 확신했다.

사실은 훈련받을 때부터 어렴풋이 느끼고 있었지만, 실제로 이렇게 확인하고 나니까, 마치 나락 밑바닥에라도 떨어진 거 같은 기분이었다.

지금이야 실력 차이가 그 정도밖에 안 되지만, 몇 년만 지나면 나는 친구들의 헌팅에 따라가지도 못하게 되겠지. 친구들은 천재지만, 나는 아무리 잘 봐줘도 일반적인 트레저 헌터들과 동등한 정도의 재능밖에 없다. 완전히 방해만 되는 존재다.

그때, 그 순간, 나는 처음으로, 마음속 깊은 곳에서 진심으로 이해했다.

우리는── 평등한 존재가 아니다.

같은 나이, 같은 환경에서 자랐지만, 우리는 절대 평등하지 않았다.

마력(마나)을 많이 지닌 사람도 있고, 힘이 강한 사람이 있다.

남매 사이지만 내 여동생은 마법에 재능이 있고, 나는 하나도 없다. 그게 대체 얼마나 원통했던지. 뭐, 그냥 여동생 같은 존재일 뿐이고, 정말로 피가 이어진 남매는 아니었지만.

우리는 소꿉친구였고, 그리고 친구였다.

헌터가 되기로 결정하기 전부터, 계속 같은 그룹으로 어울리면서 행동했다.

의견이 엇갈리거나 싸울 때도 있었지만, 그래도 잘 지내왔다. 내 고향은 작은 동네였기 때문에, 반쯤 가족 같은 관계였다.

제일 약한 내가 실감할 수 있을 정도의 차이였다. 아마 다른 친구들도 나한테 재능이 없다는 사실을, 성장 속도가 느리다는 걸 느끼고 있었을 것이다.

그래도 그때까지 단 한 번도 거기에 대해 언급하지 않았던 건, 친구들이 착하기 때문이겠지.

그리고 나는 처음으로 보물전을 공략한 그날 밤, 난생 처음 묵은 여관에서 혼자 눈물로 베개를 적시고, 밤새도록 고민하고 또 고민한 끝에── 스스로 모든 것을 포기하기로 했다.

보물전은 부와 위험이 동시에 있는 곳이다. 보물전을 구축하는 근원인 마나 머티리얼은 보물전이나 보구를 생성하는 동시에, 적대자로서 존재하는 살아 있는 환상──『팬텀』을 생성해서 찾아오는 이들을 거절한다.

같이 헌터 일을 계속하다 보면, 언젠가 내가 발목을 잡아 파티 전체를 위험하게 만들 것이다. 실수했을 때 그냥 포기해버리면 나 혼자만 죽고 그렇게 큰 문제는 벌어지지 않겠지만(아니, 문제가 벌어지기는 하지만), 아마도 친구들은 그런 선택을 하지 않을 것이다. 그리고 나도 죽기 싫고.

꿈을 포기하는 건 아쉽지만, 친구들을 위험하게 만들 바에는 포기하는 쪽이 낫다.

내 모험은 초보자용 보물전 공략을 마지막으로 끝을 맞이한다.

하지만 생각하기에 따라서는 그것도 이야기가 되고, 그리고 친구들이 일류 헌터가 되면 나도 원래 그 그룹의 일원이었다고 자랑할 수 있겠지.

다음 날, 나는 친구들을 여관의 한 방에 모이게 했고, 그 친구들 앞에서 트레저 헌터를 포기하겠다는 선언과 그 이유에 대해 설명했다.

눈물은 밤사이에 전부 다 흘려버렸으니까, 아마도 울지는 않았을 것이다.

그랬더니 제일 처음에, 우리가 트레저 헌터를 목표로 삼기로 한 이야기의 발단이 됐던 친구—— 나중에 검성의 제자가 되고 변환무쌍한 검술로 널리 알려지게 되는 루크 사이콜이 나한테 뒤지지 않을 만큼 진지한 표정으로 말했다.

　"나도 밤새도록 진지하게 생각해봤는데 말이야. 크라이 너, 특별한 역할이 없으니까 리더 해라."
　"…………너 말이야, 내 얘기 듣기는 했냐?"

　그것이 모든 일의 시작이었고, 끝이기도 했다.

　친구들의 재능은 내 예상을 훨씬 뛰어넘었고, 눈 깜박할 사이에 공략하는 보물전의 레벨이 올라가 버렸다.
　나는 겨우 일 년 만에 친구들을 따라가지 못하게 돼버렸지만 변함없이 리더 자리에 앉아 있었다.
　그저 친구들이—— 바보였기 때문이다.
　바보지만, 최강이었다. 내 정열은 이미 나 혼자서는 대응할 수 없는 『죽음』의 공포에 삼켜져버렸고, 그다음에는 정말로 지금 당장 헌터를 그만두고 싶었지만, 그래도 내가 계속 리더였다.

　그리고 몇 년이 지난 지금도, 어쩌다 보니, 계속 성장하는 괴물들 속에서, 내가 리더 자리를 맡고 있다.

『저게 그 유명한 《탄령》 멤버? 엄청나게 약해 보이는데? 아까 다리도 풀렸고.』

『지금까지 어디 있었던 거야? 그 난리가 났었는데.』

『⋯⋯저 녀석 아까 밖에서, 내 뒤에 줄 서 있었는데⋯⋯.』

사람들이 수군대고 있다. 자업자득이다. 내가 저 사람들 입장이었어도 그랬을 테니까.

《비탄의 망령》 테이블 위에 상반신을 엎어놓은 채, 멍하니 이리저리 눈을 돌리고 있다.

나 말고 다른 멤버들은 이런 이벤트에 거의 나오지 않기 때문에, 혼자서 드넓은 테이블을 차지하고 앉았다. 사실 다른 멤버들은 전부 보물전을 공략하러 나가버렸기 때문에, 지금 이 제도에는 없다.

뭐, 있었어도 데리고 오지는 않았겠지만.

나한테 집중되는 시선이 위험한 수준이다. 이 방 안에 있는 사람들의 시선을 독차지하고 있다. 하지만 가까이 다가오는 사람은 없다.

내가 대체 뭘 어쨌다는 거냐고⋯⋯ 그냥 늦잠 좀 자고 지각했을 뿐이라고. 그래서 그냥 어쩔 수 없이 돌아가려고 했었는데 말이야!

내가 없어도 아무 상관 없잖아아아아아아아아아!

"이것이…… 고독, 인가…….."

차가운 미소를 지으며, 중얼거렸다.

위가 욱신욱신 아프다. 지금 이 공간에 있는 헌터 중에서 제일 약한 사람은, 틀림없이 나다.

싸움에서 도망치려고 했던 것도 농담이라든지 그런 게 아니라, 정말로 무서웠기 때문이다.

수상하다는 눈으로 날 보고 있는 사람들이, 내가 그냥《탄령》멤버가 아니라 그 리더라는 걸 알게 되면 대체 어떤 반응을 보일까.

나를 테이블까지 끌고 온 티노가, 볼을 빵빵하게 부풀리고서 수군거리는 사람들을 견제하고 있다. 눈빛이 살벌하다.

"마스터어, 신경 쓰지, 마세요. 마스터어가 얼마나 훌륭한지는, 제가, 제일 잘 알고 있어요."

"너 때문에, 지금 난 다대한 정신적 고통을 맛보고 있거든."

티노 셰이드는 내 소꿉친구 중에 하나, 말하기 전에 손이 먼저 움직이는 계열의 제노사이드 몬스터,《절영(絕影)》리즈의 제자다.

예전에 우리가 제도에 온 직후, 어떤 사정으로 우리를 잘 따르게 됐고 리즈 스마트의 제자로 들어간 지 몇 년 뒤에, 내가《성령의 자제》를 비롯한 몇몇 파티와 함께 클랜《시작의 발자국》을 만들었을 때도 같이 따라온 여자아이다.

리즈를 언니처럼 따르고, 그 인연 때문에 나를 마스터라고 부른다. 파티 멤버는 아니지만 반쯤《비탄의 망령》의 마스코트 같은 존재였다. 어느샌가 마스코트라는 표현이 어울리지 않을 만큼 유망한 괴물 후보 중의 한 명이 돼버렸지만.

참고로 날 마스터라고 부르는 건, 내가 《비탄의 망령》의 리더인 동시에 《시작의 발자국》의 클랜 마스터이기도 하기 때문이다.

말하자면 괴물 집단의 정상에 있는 놈이다. 클랜 설립 회의 때에 그냥 대충 응, 응, 하고 대답했더니 원하지도 않았는데 어느새 이 자리에 앉아 있었다. 생각했더니 토할 것 같다.

"왜 여기 있는 거야? 헌팅은 어쩌고?"

내가 묻자, 티노는 자기 팔을 움켜쥐고 몸을 움츠리면서 눈을 살짝 치켜뜨고서 날 쳐다봤다.

아양 떠는 것 같은 몸짓과 급한 성질은, 그야말로 자기 스승의 안 좋은 점을 그대로 배웠다.

"…………그게, 오늘, 마스터어네 《비탄의 망령》이, 파티 멤버…… 찾는다고, 들어서……."

"………그런 말 안 했거든. 잠깐 얼굴만 비춘다고 했었는데……."

게다가 그것도 클랜의 부마스터가 '당신이 생각한 제도니까, 한 번쯤 얼굴을 비춰주세요'라고 말하면서 화를 냈기 때문이다. 일단 매번 변장하고 손님인 척 몰래 얼굴을 내밀고 있었는데 말이야.

그건 그렇다 치고, 애당초 그런 확실하지도 않은 소문 때문에 난리가 나는 것도 이상하다는 생각이 든다.

헌터들은 정말 모르겠다.

하지만 사람을 모을 수만 있다면 다음에도 소문을 흘리자. 《비탄의 망령》은 그렇다 치더라도, 우수한 멤버를 찾고 있는 파티들도 있으니까.

난 안 올 거지만. 다음엔…… 아니, 두 번 다시 안 올 거지만.

싸우지 말고 사이좋게 지내주세요.

극적으로 등장한 나 때문에 다른 사람들이 당혹스러워하고, 아무도 가까이 오지 않는 김에 티노랑 수다를 떨고 있는데, 옆 테이블에 있던 잘생긴 남자가 이쪽으로 다가왔다.

멀리서 우리를 둘러싸고 있던 분들이 마치 바다가 갈라지는 것처럼 길을 열어줬다.

클랜에서 공통으로 맞춘, 제국 육군 군복을 오마주한 하얀 제복이 누구보다 잘 어울리는 사내.

살랑거리는 금색 머리카락과 사람 좋아 보이는 파란 눈동자.

제국에서 태어나고 제국에서 자란, 그리고 틀림없는 제국 최강의 헌터 중에 한 사람.

용사. 영웅.《성령의 자제》의 리더.

《은성만뢰(銀星萬雷)》라는 별명을 지닌, 이 제도에도 다섯 명밖에 없는 레벨7로 인정받은 헌터.

아크 로단.

내 소꿉친구들의 라이벌이기도 하고, 예쁜 여자애들만 파티 멤버로 맞이하는 마음에 안 드는 남자다.

게다가 더럽게 센 주제에 잘난 척도 안 하는 사람 좋은 녀석이라는 점이 또 마음에 안 든다. 그리고 이 녀석이 마음에 안 든다는 사실에서 내 속이 밴댕이 소갈딱지처럼 좁다는 걸 깨닫게 돼서 더 화가 난다. 화가 화를 부르는 꼴이다.

"크라이, 많이 늦었네. 무슨 일이라도 있었어?"

"……그냥. 늦잠을 좀 잤어."

"아하하하, 여전히 재미있는 농담을 하네."

뭐가 재미있는 건지, 아크가 밝게 웃었다. 농담 아닌데.

"마스터에게 가까이 오지 말아요. 경박함이 옮으니까."

"아하하하하하하하하하."

티노가 가까이 다가온 미남을 위협했다. 뭐가 그렇게 웃긴 건지는 모르겠지만, 아크가 테이블까지 두드려대면서 웃고 있다. 오히려 무섭다.

그리고 동료들끼리만 있을 때라면 괜찮지만, 아무나 가리지 않고 물어뜯는 건 좀 아니라고 생각한다. 완전히 잘못 가르쳤다.

친한 척 구는 미남에게, 하다못해 체면만은 차리면서 대답했다.

"오늘이 너무 기대돼서 잠을 못 잤거든."

너무나 불안하고 또 불안해서, 동틀 때까지 잠이 안 왔었다. 그게 늦잠을 잔 이유다.

성질이 급한, 게다가 누군지도 모르는 괴물들 앞에 내 모습을 드러내야 한다니, 부마스터가 무섭지 않았다면 절대로 안 할 짓이다.

헌터는 실력지상주의라서, 내가 마스터라 해도 입장은 제일 밑바닥이다.

"그렇군…… 그래서 참가자로서 몰래 조사하고 있었던 건가. ……그거, 치사하지 않아? 그리고 제복을 입어야 한다는 규칙이 있는데 그것도 안 입었고, 마크도 없잖아."

"그냥 늦잠을 자서 그랬다고 했잖아. 사람 말 좀 들으라고."

준비할 시간도 없었단 말이야.

아크가 눈을 가늘게 뜨고서 날 빤히 쳐다봤다.

미남 천재 헌터라고 해도 어쨌거나 헌터라서, 절대로 남의 말을 듣지 않는다.

헌터란 기본적으로 남의 말을 안 듣는다.

조사 따위는 안 했다고. 다른 파티 멤버 모집 따위는 내가 알 바도 아니고, 우리 파티도 새 멤버는 필요 없다. 오늘은 어디까지나 장식품으로 참가한 거라고.

"마스터어, 이 남자, 너무 무례해요. 클랜에서 제명해버리죠."

"아하하하하하하하하, 티노는 여전히, 재미있네!"

"다들, 아크만큼 도량이 있으면 참 좋을 텐데."

아크가 그레그 님이나 조금 전까지 티노랑 으르렁대던 소년이었다면, 벌써 세 번은 싸움이 벌어졌을 것이다.

위협하는 티노의 머리를 쓰다듬어주려고 아크가 손을 뻗었지만, 티노가 피해버렸다.

작은 괴물을 상대로 정말 대단한 배짱이다. 쓰다듬는 건 괜찮지만, 물 수도 있으니까 조심하라고.

나는 엮이고 싶지 않아서 어지간하면 밖에 나오지도 않고, 밖에 나올 때는 반드시 변장했다. 그래서 이 중에서 얼굴이 제일 많이 알려진 사람은 아크겠지.

우리 식구와 아닌 사람까지 여러 명의 헌터들이 이쪽을 보고 있지만, 아크 때문에 조심하는 건지 여기에 끼어들려는 기미는 보이지 않았다. 멤버 모집이 완전히 끝날 때까지, 계속 여기 있으면서 수다를 떨어줬으면 참 좋겠다.

"그래서, 누구 괜찮은 사람은 있었어?"

내가 묻자, 사람들이 아크 쪽을 주목했다.

지금도 현재 진행형으로 《성령》의 멤버가 가입 희망자들의 면접을 보고 있다.

파티 리더인 아크가 이름을 말하면 당장이라도 새로운 멤버가 정해지겠지. 정해지지 않는다고 해도, 아크만큼 엄청나게 유명한 사람이 추천하는 헌터는 어느 파티에서도 받아들이려고 할 테고.

아크는 곤란하다는 것처럼 눈살을 찌푸리고서 한참 동안 신음 소리를 냈지만, 마침내 살짝 저었다.

"솔직히…… 좀 어렵네. 우수한 사람이 몇 명 있기는 했지만, 우리가 공략하는 보물전에 따라올 수 있는 수준인지 생각해보면──"

그 말을 듣고, 나도 모르게 눈이 휘둥그레졌다.

그럴 만도 하지. 괴물은 괴물들 속에서 태어나는 법이니까.

헌터는 어떤 이유 때문에, 공략한 보물전의 숫자와 비례하여 강해진다.

현재 진행형으로 고난이도 보물전을 계속 공략하고 있는 《성령》의 파티에 들어가서 즉시 전력이 될 멤버를 그렇게 간단히 찾을 수 있을 리가 없다. 그만한 실력이 있으면 벌써 다른 데서 활약하고 있을 테니까.

여기는 앞날이 유망한 사람을 찾는 곳이다.

한없이 높은 기준 앞에서 좌절하는 후보들이 불쌍할 지경이다.

아크의 눈이 번뜩하고 빛났다. 온화한 목소리로, 나한테 물었다.

"그러는 크라이는, 괜찮은 사람이 있었어?"

하나도 안 찾아봤기 때문에 모르겠다. 고개를 들고 주위를 둘러봤다. 내 시선이 향한 헌터들은 긴장한 것처럼 표정이 굳어졌다.

벽 쪽에 서서, 떨떠름해 하고 있는 루다와 눈이 마주쳤다. 그 옆에 있던 그레그 님의 눈이 등잔만해졌고, 볼이 뭐라 말로 표현할 수 없는 모양으로 일그러졌다.

큰 소리로 여기 있는 사람들 모두에게 시비를 걸던 빨강머리 소년이 《발자국》 멤버에게 붙잡힌 채로 이를 드러내고 있다.

티노 쪽을 봤더니, 티노가 어깨를 움찔하고 떨었다. 주목을 받으니까 토할 것 같다.

"아니~? 우리는 지금 멤버로 충분하니까. 만약에 내가 있다고 하면, 너희 쪽에서 데려갈 거야?"

농담처럼 말을 던졌더니, 아크는 잠시 눈을 감은 채로 생각에 잠겼고,

"…………좋아. 크라이의 말을 믿어보지."

방 안이 소란스러워졌다.

아무리 같은 클랜이라고 해도, 자신의 파티 멤버 선정을 다른 파티에 맡기는 헌터가 대체 이 세상 어디에 있단 말인가. 게다가 제도의 젊은 파티 중에서 1, 2위를 다투는 엄청나게 유망한 파티인데.

"저기, 아크?!"

파티 멤버인 여자 신관(세인트)이 당황한 목소리로 말했다.

나는 몸을 일으키고는 팔짱을 끼고, 다리를 꼬고서 몸을 뒤로

젖혔다. 빙긋, 미소를 지었다.

"…………호오. 재미있는데. 누구라도 좋다는 거야?"

"……한 명만 부탁할게. 우리도 여러 명을 키울 여유는 없으니까."

아크가 마른침을 삼켰다. 이 녀석, 정말로 도량이 크네.

그나저나 추천, 이라. 재미있네. 재미있는 생각을 다 하네, 아크 이 녀석.

좋은 기회다. 화젯거리도 되겠지. 화제가 되면 다음 멤버 모집 때 더 많은 헌터들이 모일 테고. 더 큰 건물을 빌려야겠지만.

문제는, 나한테 사람 보는 눈이 하나도 없다는 점이다.

내가 제대로 본 건 재능이 아주 조금 있는 것 같은 쓰레기와 헌터 경험은 그럭저럭 있어 보이는 재미있는 쓰레기, 그럭저럭 강하지만 분수를 모르는 쓰레기뿐이다. 대놓고 할 말은 아니지만 《성령》에 추천할 수 있는 라인업은 아니고, 나한테 잠재능력을 읽는 힘이 있는 것도 아니다.

아무나 좋다고 하기는 했지만, 정말로 대충 소개하면 나중에 알력이 발생하겠지.

가장 좋은 방법은 《발자국》 멤버 중에서 솔로인 녀석을 추천하는 것이다. 우리 클랜은 우수하다 보니까, 어느 정도 실력은 보장되거든.

문득 눈이 마주치자, 티노가 볼이 빨개지고 몸을 꼬물거리면서 말했다.

"마스터어, 정말 대단한 일이에요. 하지만, 저는 마스터의 파티에 들어가기로 결심했기 때문에, 절 선정해주시는 건 영광이지만, 이 사이비 미남 자식네 파티에는 들어갈 수 없어요. 부디 다른 사람을 골라주세요."

"다음에 리즈한테 교육 방침에 관해서 확인해봐야겠네……."

내 친구들은 오랫동안 《성령의 자제》와 라이벌 관계를 유지해 왔고, 도량이 큰 《성령》과 달라서, 우리 쪽은 속이 상당히 좁다. 사이비가 아니라고. 아크는 마음속까지 잘생긴 녀석이야.

한참 동안 누구 좋은 사람이 없는지 확인해봤지만, 이거다 싶은 사람이 보이지 않았다.

잘난 척 웃어놓고서 할 말은 아니지만, 없다고 말해버리는 게 좋을지도 모르겠다.

하지만 진지한 눈으로 날 바라보고 있는 괴물들이 너무 재미있어서, 나도 모르게 그럴듯한 태도를 보이고 말았다.

눈살을 찌푸리고, 뭔가 생각이 있는 것 같은 표정으로 말했다.

헌터로서의 의욕이 완전히 사라져버린 내가 지금 가진 목표는, 겉모습만이라도 하드보일드하고 멋지고 실력이 있는 남자가 되는 것이다.

"음~ 그러니까…… 있기는 있는데 말이야. 시기를 봐서, 우리 쪽에 데려올까도 싶거든……."

"야!"

적개심이 담긴 목소리. 《발자국》 멤버에게 붙잡혀 있던 소년이 구속을 억지로 뿌리치고는 나한테 삿대질을 하고 있었다.

역시나 레벨4 인정을 받은 만큼, 힘 하나는 꽤 있는 것 같다.

"꼭 들어와 주십쇼, 하고 고개 숙이면서 부탁하면! 이 몸이, 들어가 줄 수도 있다!"

숨을 헐떡이며 소리쳤다. 이 자식, 배짱이 장난 아니네.

나는 그렇다 치더라도, 아크한테 레벨4 헌터 따위는 보통 사람
이랑 다를 것도 없을 텐데 말이야.

"너, 파티 멤버라든지, 없어?"

"……그딴 건, 상관없잖아!!"

아니, 상관있거든.

턱에 손을 대고, 소년을 빤히 쳐다봤다. 일단 재능은 있겠지.
담력도 있고. 입이 거칠고 무례한 점은 아크네가 가르치면 개선
할 수 있다. 골고루 균형 있게 강한 것보다, 한 가지만 특출나게
강한 쪽이 더 강하다는 통계도 있다.

《탄령》에 들어오면 기존 멤버들한테 치여 죽을 것 같아서 안 되
겠지만, 지금 들어가려는 건 《성령》이고, 아크가 고생하거나 말
거나 내가 알 바 아니고.

나는 크게 손뼉을 치고, 소년을 보면서 미소를 지었다.

"너, 이름은?"

"큭…… 길베르트 부시. 『연옥검』, 길베르트다!"

순간적으로 발끈하려다가 간신히 감정을 억누르고, 길베르트
소년이 소리쳤다. 연옥검이라는 건 저 등에 메고 있는 보물전에
서 구해온 대검의 이름이려나.

별명은 아니겠지. 별명을 지닌 헌터는 이 제도에서도 손에 꼽
을 정도밖에 없으니까.

아크가 진지한 눈으로 길베르트 소년을 감정하고 있다. 아마도

보는 눈이 있는 아크가 보기에도, 지금의 저 녀석은 그냥 말도 안 되는 악동으로 보이겠지.

나는 탁, 하고 손뼉을 치고는 거만하게 말했다.

"좋다, 길베르트. 너를 아크에게 추천해주지. 단, 한 가지 조건이 있다."

"조건……이라고?!"

나는 사람 보는 눈이 없다. 루다는 그냥 조금 재능이 있는 쓰레기로 보이고, 그레그 님은 재미있는 쓰레기로 보이고, 길베르트 소년은 분수도 모르는 쓰레기로 보이지만, 그것도 확실한 건 아니다.

보는 눈이 없다는 건, 누구를 골라도 결과는 운에 달렸다는 뜻이 된다.

"그래. 조건은 단 하나……『지지 않을 것』이다. 헌터에게 가장 필요한 건 뭘까?『승리』다."

길베르트 소년이 의아하다는 표정으로 내 말을 듣고 있다. 아니, 클랜 안에 있는 모든 멤버들이 조용히 내 말을 듣고 있었다.

그냥 입에서 나오는 대로 지껄인 말이니까 너무 신경 쓰지 말라고…… 토할 것 같다.

"그만한 힘이 없다면, 언젠가 네가 동료들을 위험하게 만든다. 그렇기 때문에『지지 않는』힘을 보여라. 참고로 나는 헌터가 된 뒤로 지금까지── 단 한 번도 져본 적이 없다."

"뭐……라고?!"

싸운 적이 없기 때문이다. 제대로 싸워본 적이 없기 때문이다.

나는 온갖 수단을 발휘해서 모든 싸움에서 도망쳤다. 때로는 동료들을 방패로 삼고, 때로는 권력과 부를 이용해서.

그래서, 이번 싸움에서도 그런 수법을 쓰기로 했다.

왼손 새끼손가락에 끼고 있던 금반지를 빼서 길베르트 소년에게 던졌다.

반지는 『샷 링(彈指, 탄지)』이다. 지극히 일반적인 물건이기는 하지만 보물전에서 나온 보구다. 담겨 있는 힘 자체는 크게 대단한 건 아니지만, 돈을 주고 사려면 꽤 비싼 물건이다.

길베르트 소년이 그것을 오른손으로 받아내고, 눈살을 찌푸렸다.

나는 미소를 지으며, 큰 소리로 외쳤다.

"지금 이 자리에 있는 모든 이에게 선언한다. 나는 길베르트 소년을 추천할 생각인데, 그를 쓰러트리고 지금 내가 준 저 반지를 빼앗는 자가 있다면 그자를──《성령의 자제》에 추천하겠다. 참고로 저 반지는 대단한 건 아니지만, 일단은 보구다. 추천이 필요 없다고 해도, 빼앗으면 저 반지를 줄 테니까 열심히 해보라고."

아크가 눈이 휘둥그레져서 짧은 휘파람을 불었다.

바로 상황을 이해한 티노가 순식간에 길베르트 소년과 거리를 좁혔고, 얼굴을 걷어찼다.

나는 일그러진 미소를 지은 채, 그 누구도 알아차리지 못하게 조용히 자리에서 일어났다.

──자, 도망쳐보실까.

이것은 영웅의 이야기다.

　트레저 헌터의 전성기. 사람들이 부를, 명예를, 힘을── 영광을 추구하는 시대.
　최강을 목표로 삼는, 눈부시게 빛나는 재능을 지닌 소꿉친구들과 같은 목적을 지닌 클랜 동료들, 그리고 그중에서 유일하게 당사자면서도 방관자로서 지켜보기만 하는 『비탄의 망령(바로 나)』의 이야기다.

제1장   벌칙 게임과 대처법

"이젠 무리야. 내 힘으로는 안 돼."

《비탄의 망령(스트레인지 그리프)》의 동료—— 소꿉친구들에게 비통한 목소리로 호소했다.

헌터로서 활약하기 시작한 뒤로 1년이 지났다.

겨우 1년이었지만, 나한테는 그야말로 파란의 시간이었다.

보물전. 쌓이고 쌓인 마나 머티리얼이 만들어낸 『팬텀(환영)』과 힘을 추구하여 서식하는 흉악한 마물들. 수도 없이 깔린 악의가 담긴 함정들, 그리고 같은 트레저 헌터라고 해도 같은 편이라는 보장은 없다.

이야기는 들었다. 과거의 모험담이 적혀 있는 책들을 몇 권이나 읽어서, 잘 알고 있다고 생각했다.

하지만 실제로 헌터가 되고 눈앞에 나타난 시련들은, 내 어설픈 근성을 간단히 부숴버렸다.

몇 번이나 토할 뻔했는지 셀 수도 없을 지경이다. 목숨을 건 모험을 되풀이하는 생활은 내 몸과 마음을 심하게 소모했다.

"너희들을…… 도저히 따라갈 수가 없어. 너희도 알고 있잖아, 이 파티의 보물전 공략이…… 나 때문에 늦어지고 있다는 건."

트레저 헌터 파티의 멤버에게는 역할이라는 게 있다.

마물을 격퇴하는 『공격 담당』. 검사(소드맨)이나 마도사(마기).

기밀 해제와 색적을 행하는 『보조 담당』. 도적(시프)이나 연금술사(알케미스트).

부상당한 자를 치유하거나 파티의 수비를 담당하는 『회복 담당』. 수호기사(팔라딘).

그중에 어떤 기술도 지니지 못한 나는 완전히 짐 덩이였다.

노력은 했다. 나도 여러 스승을 찾아가며, 내 적성에 맞는 것을 모색했다.

하지만, 재능이 없는 자와 있는 자가 같은 노력을 했을 때, 있는 자가 더 강해지는 건 당연한 이치.

그리고 내 소꿉친구들—— 루크와 다른 친구들은 엄청난 노력가였다. 누가 봐도 놀랄 정도로 노력가였다.

모든 사람의 하루가 24시간밖에 안 되는 이상, 내가 친구들을 따라가는 건 불가능한 일이다.

파티는 보통 다섯 명에서 여섯 명으로 구성된다. 내가 빠지면—— 내 대신에 한 두 사람, 그 파티의 레벨에 맞는 동료를 넣으면, 루크와 친구들은 더더욱 앞으로 갈 수 있을 것이다.

내 말을 듣고, 루크 사이콜이 침통한 표정으로 고개를 끄덕였다.

"그래…… 분명히, 크라이 네 말대로 우리는 힘이 부족해."

"……?"

"미안해, 크라이. 우리가 더 강했다면 그런 걱정은 안 했을 텐데……."

옆에 앉아 있던 또 한 사람의 동료, 리즈 스마트가 그 의견에 동의했다.

"아니, 그런 얘기가——"

이 친구들은 강하다. 이미 너무 강할 정도로 강하다. 나 같은 짐 덩이를 데리고도, 공략하는 보물전의 레벨을 계속 올릴 정도로 강하다.

나를 제외한 다섯 명이 공략하는 쪽이 훨씬 편할 텐데.

내 설득을 대충 흘려 넘기고, 루크가 먼 곳을 보는 눈으로 말했다.

"이래선 안 되겠지…… 하하…… 이런 곳에서 멈춰 설 정도라면, 최강의 헌터가 꿈이라고 말할 수도 없잖아. 고마워, 덕분에 정신이 들었어. 나, 기초부터 다시 단련하기 위해서, 검성인가 하는 놈한테 가서 좀 배우고 올게……."

루크가 산책이라도 갔다 오겠다고 말하는 것처럼, 제도에서 이름을 떨치는 검성의 제자가 되러 갔다. 다른 친구들도 각자 자신의 힘을 키우는 방법을 생각해냈다.

그 말을 듣고 생각했다. 이 자식들, 안 되겠다. 자기가 강해지면 뭐든지 다 해결된다고 생각하고 있어. 너희들이 아무리 강해져도, 난 여전히 약하다고.

그리고 나는 필사적으로 모험에서 도망칠 방법을 찾았고, 한 가지 좋은 생각을 떠올렸다.

클랜을 만들자.

다른 유망한 파티들과 함께 클랜을 만들자. 《비탄의 망령》에 새로운 능력 있는 멤버를 들이기 위해서.

새로운 바람이 필요했다. 새로운 한 걸음을 내딛기 위해서.

이렇게 해서 나는 《시작의 발자국(퍼스트 스텝)》을 세웠고, 그 운영을 구실로 보물전 탐색에서 도망치는 데 성공했다.

벌써 3년 전의 일이다.

마나 머티리얼이라고 불리는 물질이 있다.

자세한 원리는 모르겠지만 그것은 이 세상의 근간을 이루는 힘이고, 눈에 보이지는 않지만 어디에나 존재하는 물질이라는 것 같다. 눈에 보이지 않는 안개 같은 이미지를 떠올리면 된다.

원래 세상 모든 곳에 가득 차 있는 그것이, 지맥이나 다른 어떤 이유 때문에 한 곳에 집중되는 경우가 있다.

그때, 원래 눈에 보이지 않아야 할 그 힘이, 이 세상 근원의 기억에서 추출한 정보를 바탕으로 지극히 한정적인 이세계를 형성하게 된다.

그것이── 보물전. 태곳적부터 트레저 헌터라는 직업이 존재해온 이유다.

보물전의 모양은 다양하다.

세상 근원의 기억에는 이미 오래전에 멸망해버린 문명부터 희소한 자연현상까지, 삼라만상이 전부 새겨져 있다. 생성되는 보물전도, 일정한 규칙 정도는 있지만 실질적으로 거의 무한에 가까운 패턴이 있다.

예를 들자면 탑, 성, 숲, 사막, 지하미궁, 특이한 곳으로는 배나

하늘, 용 같은 사례도 있다는 것 같다.

트레저 헌터의 목적은 보물전이 보물전이라고 불리는 이유──이세계가 나타나는 것과 같은 논리로 같이 생성되는, 보구라고 불리는 특수한 아이템이다.

예를 들어서 물이 끝없이 샘솟는 물통.

예를 들어서 딱 한 번 자신의 몸을 지켜주는 반지.

예를 들어서 몸에 걸치면 하늘을 날 수 있게 되는 외투.

보물전에서는 종종, 현대 문명으로는 재현할 수 없는 특별한 힘을 가진 아이템이 나타난다.

인류의 꿈을 구현화한 것일까, 아니면 이미 사람들의 기억에서 사라져버린 문명의 산물일까. 그것이 지닌 힘에 따라서는, 그것 하나만 팔아도 평생 놀고먹을 수 있을 만큼의 돈을 벌 수도 있으니, 그야말로 진정한 보물이다.

물론 위험도 따른다.

마나 머티리얼의 농도가 짙은 장소를 좋아하고 거기서 서식하는 강인한 생명체── 마물이나, 보물전이 나타나는 것과 같은 이유로 발생하는 살아 있는 환상── 팬텀. 앞길을 가로막는 수많은 함정과, 지형 자체가 걸림돌이 되는 경우도 많다. 같은 헌터들끼리 싸워서 목숨을 잃는 경우도 있다.

하지만 생명의 위기와 직결되는 위험이 눈앞에 있어도, 헌터들은 계속 보물전을 찾아간다.

부, 명예, 그리고 공기 중에 가득 차 있는 고농도의 마나 머티리얼을 흡수해서 손에 넣는 『힘』.

보물전. 그곳은 포기하기에는 너무나 매력적인 곳이다.

제도 제블디아는 트레저 헌터들에게 있어 더할 나위 없는 곳이다.

교통 편의. 도시의 발전도. 국가로서의 힘. 안전성.

그리고 무엇보다 마나 머티리얼이 지나가는 길인 지맥이 몇 개나 있어서, 주위에 다양한 난이도의 보물전들이 존재하는 이 입지가, 제도를 트레저 헌터들의 성지로 만들었다.

보물전에서 가지고 나오는 보구와 거기서 서식하는 마물들에게서 얻은 소재들이 상인들을 불러 모았고, 거기에 모인 물자가 더 많은 헌터들을 불러들였다. 이름 있는 헌터가 모이면 수도의 안전성도 더욱 보장된다.

그 사이클이 제블디아 제국에 열강국가들 중에서도 제일가는 국력을 부여했다.

변경 도시 출신인 우리가 트레저 헌터가 되겠다고 결심했을 때, 마차를 몇 번이나 갈아타고 꽤 무리한 짓을 하면서까지 머나먼 제도로 온 것도, 그 환경이 우리들을 단련시키고 영광으로 가는 지름길을 만들어줄 거라고 생각했기 때문이다.

실제로는 너무 과도하게 정련되고 말았지만, 지금도 그 결정 자체는 잘못되지 않았다고 생각한다.

제도…… 제블디아 제국은 헌터에 의해 발전한 나라다.

제국법은 트레저 헌터를 우대하고, 세금이라는 의미에서도 그곳에 존재하는 설비라는 의미에서도, 다양한 의미에서 지내기 편한 곳이다.

클랜 《시작의 발자국》의 본부는 그런 제도의 중심── 입지가 좋은 큰길가에 자리 잡고 있다.

클랜 본부를 클랜 하우스라고 부르기도 하는데, 《발자국》의 본부는 멤버들한테서 잔뜩 뜯어낸 회비를 쏟아부어서 지은 5층이나 되는 건물이다.

그 꼭대기 층. 햇빛이 눈부실 정도로 들어오는 클랜 마스터 집무실에서 꾸벅꾸벅 졸고 있는데, 부 클랜 마스터 에바가 문을 부숴버릴 기세로 뛰어들어 왔다.

클랜의 운영은 쉬운 일이 아니다. 보통 트레저 헌터들이 하는 헌팅과 또 다른 기능이 필요하다.

다른 클랜에서는 클랜 마스터가 운영을 맡는 일이 많지만, 《발자국》에서는 오로지 클랜의 운영을 위해서 외부 인재를 영입했다.

《발자국》에는 나 다음 가는 지위를 지닌 부 클랜 마스터, 에바 렌피드 이하 헌터가 아닌 직원 열 명이 재적하고 있다.

괴물들과 다른, 순수하게 발달하지 않은 가냘픈 몸. 슬림한 적녹색 안경테 너머에는 자수정 같은 눈동자가 반짝이고, 갈색 머리카락도 깔끔하게 다듬었다. 조잡한 헌터들과 달라서 한눈에 봐도 일을 잘할 것 같은 풍채고, 실제로 그녀가 없으면 우리 클랜은 제대로 돌아가지도 않을 것이다.

다가올 그때를 위해, 내가 여기저기서 모아온 《발자국》의 숨은 공로자들이다.

솔직히, 만약에 내가 얻어맞는 일이 생겨도 죽지 않을 거라는 점이 중요하다.

에바는 깜짝 놀라서 잠에서 깬 나를 확인하고는, 깊은 한숨을 쉬었다.

"크라이 씨, 기사가 터졌습니다."

"아…… 진짜?"

한눈에 봐도 심기가 불편해 보이는 표정으로 옆구리에 끼고 있던 신문을 책상 위에 내려놨다.

에바가 가지고 온 것은 제도에서 제일가는 구독률을 자랑하는 신문, 제블디아 데이즈였다.

1면에 크게 실린 것은 어제 멤버를 모집하는 데 썼던 가게의 사진. 하지만 입구 위에 걸려 있던 간판은 떨어지고, 벽에는 커다란 구멍이 뚫렸고, 곳곳이 불타고 있다. 커다란 구멍 너머로 난투를 벌이고 있는 헌터들의 모습도 보인다.

1면 헤드라인은 「유명 파티 『성령의 자제(아크 브레이브)』, 멤버 모집에서 난투 발생」.

뭔가 여러모로 잘못된 것 같기도 하지만, 토할 것 같다.

크게 하품을 하고, 신문을 대충 읽어봤다.

제일 먼저 확인해야 하는 부분은…….

"일반인 피해자는?"

"다행히도 없는 것 같습니다."

"그럼 됐네. 시민 피해가 나오기라도 하면, 그건 위험하지만."

사전에 주점 주인한테 피난하라고 해두길 잘 했다. 그 자리에 있었던 건 헌터들뿐이다.

일류 헌터는 손가락 하나만 가지고도 사람을 죽일 수 있다. 그래서 우리 클랜의 모토는 시민에게 피해를 입히지 않는 것.

부서진 건물은 고칠 수 있지만, 죽어버린 사람은 아무리 실력이 좋은 치유술사(라이터)도 어떻게 할 수 없다.

기사를 죽 읽어봤다. 다행히 《비탄의 망령》의 이름은 나오지 않았다.

우리 멤버들은 바보 같은 짓만 저지르고 다녀서, 평소에도 제블디아 데이즈에 많은 신세를 졌다. 어느 정도 융통성을 발휘해 줬겠지.

하지만 그 괴물 놈들. 적당히 한다는 걸 몰라서 문제라니까.

랭크도 낮은 보구 하나 때문에 이런 난투를 벌이다니…… 건물 부숴먹지 말라고.

자세한 사정을 모르는 에바가 안경 렌즈를 번쩍 빛내면서 날 빤히 노려봤다.

"크라이 씨가 불에 기름을 부었다는 것 같던데요?"

"그게…… 그럴 생각은 없었는데 말이야. 그리고 내가 그러지 않았어도, 원래부터 끔찍했었거든?"

결국 멤버 모집은 흐지부지되고 말았다.

나는 테이블이 날아다니기 시작한 시점에서 도망쳤기 때문에 결과는 모르지만, 상당히 뜨겁게 달아올랐던 것 같다.

길베르트 소년은 티노가 일찌감치 사냥해버렸다. 이래서 뇌까지 근육인 놈들은 안 된다니까.

다들 잠재적으로 불타오르는 성질을 가지고 있기 때문에, 일단 불을 붙이면 순식간에 번져나간다.

아…… 그냥 어디 먼 곳으로 이사 가고 싶다…….

"아크는 뭐라고 했어?"

"……아까 라운지에서 만났습니다만, 신문을 보면서 껄껄 웃고 있었습니다. 신경 쓰지 않는 것 같더군요."

그 녀석, 정말 마음이 넓구나. 이렇게 노골적인 헤드라인이 나왔는데도 웃어넘기다니……. 아마 그런 게 영웅의 그릇이라는 것이겠지. 힘만 가지고는 안 되는 것이다.

아크의 파티——《성령의 자제》가 《발자국》의 넘버2라서 정말 다행이다.

솔직히 말해서 큰 도움을 받고 있다.

그래 뭐, 이 정도면 어떻게든 되겠지.

신문을 내던지고, 테이블 위에 다리를 얹어놓고, 항상 끼고 다니는 보구 반지를 하나하나 꼼꼼히 닦기 시작한 나한테, 에바가 이마에 손을 짚고서 물었다. 대충 던져놓은 은사슬이 짤랑, 하고 날카로운 소리를 냈다.

"붕괴된 주점에 대한 변제는?"

"청구서는 아크 앞으로 달아둬. 기회 손실까지 전부 계산한 금액으로. 그렇게 약속하고 빌렸으니까."

"탐협에서 항의가 들어와 있습니다."

"적당히 처리해줘."

항의 같은 건 익숙한 일이다. 처음에는 그런 게 들어올 때마다 매번 토할 것 같은 기분이 들었지만, 아무래도 멤버가 멤버다 보니 일 년 내내 그런 것들이 들어온다. 그럴 때마다 일일이 토할 수도 없는 노릇이니까.

여유를 부리며 반지나 닦고 있는 나에게, 에바가 아무렇지도 않다는 것처럼 말했다.

"게으름 피우지 말고, 이쪽으로 와서 설명하라고 했습니다."

"아…… 호출인가………… 토할 것 같다."

위가 욱신욱신 아프다.

제도는 트레저 헌터의 도시다. 그런 헌터들을 관리하는 단체 중에 가장 큰 곳인『탐색자 협회』는 큰 권력을 지녔다.

명목상《시작의 발자국》도 탐협 소속이고, 호출에 대한 거부권은 없다.

"이미 익숙한 일일 텐데요. 벌써 몇 번이죠."

"몇 번을 가도 호출만은 익숙해지지 않는다고. 제도 지부장 거크 씨, 그 사람 진짜 무섭거든. 틀림없이 사람 몇 명은 잡았을 거야."

"또 그런 소리를……."

탐색자 협회의 지부는 각 도시에 존재하는데, 제도의 탐협을 맡고 있는 거크 씨는 헌터 출신이다.

은퇴를 계기로 탐협 직원이 된, 전직 괴물이다. 은퇴한 뒤로 시간이 많이 지나기는 했지만 그 힘은 건재해서, 아무렇지도 않게 싸움이 벌어진 헌터들 사이에 끼어들 정도로 거친 사나이다. 생긴 것도 무지무지 무섭다.

게다가 제도에 온 지 얼마 안 된 시절부터 신세를 진 사람이다 보니 그의 앞에서는 고개를 들 수가 없다. 이건 말 그대로 외통수다.

"정말이지…… 무시하면 혼자서 여기까지 쳐들어오니까 말이야, 그 사람은."

한 번 깜박하고 무시했을 때는 정말 귀찮은 일이 벌어졌었다. 그 뒤로 거크 씨는 내 마음속에 있는 거역하면 안 되는 사람 랭킹에서 상위에 위치하게 됐다.

무엇보다 부지부장분이 거크 씨를 말려주는 좋은 사람이라서, 부지부장 씨가 있는 탐협으로 가는 쪽이 실질적으로 더 편한 것도 있다.

누가 대신 가줬으면 싶은 기분이지만, 실질적으로 전체적인 클랜 운영을 맡고 있는 에바는 일반인이다 보니, 헌터 놈들 속에 던져 넣는 일은 피하고 싶다.

"아크한테 대신 가라고 할까."

"크라이 씨, 아크 씨한테 너무 의존하는 건 아닌가요?"

솔직히 그 녀석 말고는 제대로 된 사람이 없으니까. 힘이 세고 인격적으로도 뛰어난 건 아니잖아.

나는 한참동안 필사적으로 머리를 굴렸지만, 결국 좋은 생각은 떠오르지 않았다.

"…………어쩔 수 없네. 정말 가기 싫지만 갔다 와야겠어. 솔직히 밖에 나가기 싫거든. 호위도 없으니까. 변장용 보구도 얼마 전에 부서졌고."

다른 《비탄의 망령》 멤버들이 있었다면 누군가가 호위로 따라오겠지만, 난이도가 높은 보물전을 공략하러 갔기 때문에 언제 돌아올지 모르는 상황이다.

"괜찮다니까요. 여기는 제도잖아요?"

"시내에서 공격받아본 적이 없으니까 그런 소리를 하는 거야.

뭐, 해치운 덕분에 최근에는 그런 일이 없지만."

닦고 있던 반지 중에서 가장 아끼는 걸 집게손가락에 끼웠다. 다른 반지를 주머니에 넣고, 사슬을 정리해서 벨트에 차고는 자리에서 일어났다.

싫은 일은 후딱 처리해버리자.

그래, 오랜만에 내 화려한 엎드려 빌기 스킬을 선보여야겠다.

탐색자 협회 제도 제블디아 지부는 클랜 본부에서부터 걸어서 15분 정도 거리에 있는, 커다란 상점과 주점 사이에 끼어 있는 모양의 건물이다.

양쪽에 있는 건물과 비교하면 작은 건물이지만, 번성하는 정도를 따지면 그 둘에 뒤지지 않을 정도다.

빨간 바탕에 심볼 마크인 보물 상자를 그려놓은 깃발이 살짝 펄럭이고 있다.

주위를 이리저리 확인하고, 토할 것 같은 기분을 맛보면서 입구로 들어갔다.

확, 하고 뜨거운 열기가 밀려와서 눈살을 찌푸렸다.

건물 안은 괴물들의 소굴이었다.

트레저 헌터와 일반인에게는 확실한 차이가 있다. 나이나 성별, 장비 같은 것들 때문이 아니라, 그냥 한 번 보기만 해도 대충 차이를 알 수 있다. 굳이 따지자면 생물로서의 격이 다르다고나 할까.

제도는 트레저 헌터들의 성지지만, 헌터의 총인구가 그렇게까지 많은 건 아니다. 밖에서 걸어 다니기만 하면 쉽사리 만날 수 없는 헌터들의 소굴인 탐협은, 제도에서도 손꼽히는 마경이라고 할 수 있다.

넓은 로비에는 고함 소리와 놀리는 소리, 밝은 노랫소리가 끊임없이 울리는 것이, 마치 전쟁터 같은 꼴이다.

코를 자극하는 희미한 피와 술과 땀과 금속이 뒤섞인 독특한 냄새를 모험의 냄새라고 부르는 사람도 있다.

덩치가 유난히 거대한 헌터 남자가 스쳐 지나면서 날 사납게 노려봤고, 아무 말도 없이 가버렸다.

같은 인간이라는 걸 믿기 힘든 생김새다.

탐색자 협회—— 탐협은 헌터를 지원하는 단체다.

보구, 마물 소재의 매매부터 아이템 보충, 정보 제공에 파티 멤버 알선 등등, 트레저 헌터에게 필요한 것들을 하나부터 열까지 전부 처리해주는, 트레저 헌터라는 직업 자체만큼이나 긴 역사를 지닌 거대한 조직이다.

보물전이나 헌터, 파티, 클랜에 레벨을 부여하고 계급을 만드는 것도 탐협이다.

보물전 침입 자체는 헌터가 아니라도 가능한 일이지만, 그랬다간 거의 죽어버리니까, 헌터가 되기 위해서는 탐협에 가입하는 게 반쯤 상식이라고 할 수 있다.

물론 공짜로 가입하는 건 아니다. 매년 수입에 따라 일정한 금액의 회비를 지불해야 하고, 그밖에 다른 의무도 있다. 때때로 손해 보는 의뢰를 떠넘길 때도 있다.

《발자국》정도 규모의 클랜이면 어지간한 곳은 우리 힘만으로도 돌 수 있고, 실제로 그렇게 하는 클랜도 있다고는 하지만 그러다가 찍히기라도 하면 귀찮아지니까. 회비도 어떻게든 낼 수 있으니까, 나는 탐협의 개라는 입장을 달게 받아들이고 있다.

그리고 접수 카운터에 있는 아가씨가 아이돌처럼 예쁜 것도 중요하다. 다양한 의미에서 참고가 되는 조직이다.

피와 흥분의 냄새를 뿌리고 다니는 헌터 집단들 속에서 허리를 곧게 펴고, 어깨로 바람을 가르면서 걸어갔다.

붕대를 감거나 얼굴에 오래된 상처가 있는 헌터들 옆을 지나갈 때면 엄청나게 무섭지만, 고개를 숙이고 있으면 시비를 거는 경우가 더 많다는 걸, 지금까지의 경험을 통해서 잘 알고 있다.

약한 자는 잡아먹힌다. 왜 시내 한복판에서 약육강식이 벌어지고 있는 거냐고, 여기는.

문득 헌터 중에 한 사람이 펼쳐서 보고 있는 신문이 슬쩍 눈에 들어왔다. 커다랗게 박혀 있는 것은 반파된 주점의 사진.

제블디아 데이즈는 아닌데, 아무래도 다른 신문사에서도 같은 기사를 실은 것 같다.

내 탓이 아니야. 내가 그런 게 아니라고. 다른 기사거리가 그렇게 없었냐, 이 망할 매스컴 놈들아아아아!

"참 슬픈 일이네…… 유명한 것도."

토할 것 같은 기분이면서도 겉으로는 차가운 미소를 짓고, 접수 카운터 앞에 가서 줄을 섰다.

내 차례가 오지 않기를 필사적으로 기도했지만 통하지 않아서,

바로 내 차례가 왔다.

"탐색자 협회를 이용해주셔서 정말 감사합니다."

접수 카운터의 검은 머리 아가씨가 마음이 깨끗이 씻겨나갈 것만 같은 미소를 지으면서 대응해줬다.

탐협 카운터 아가씨는 헌터가 아닌 것 같다. 우리 클랜의 운영 직원이 헌터가 아닌 것도, 그게 부러워서라고 한다나 뭐라나.

멋지게 보이려고 카운터에 탁, 하고 손을 짚고, 목소리를 깔고서 열심히 허세를 부렸다.

아무래도 내 목표는 하드보일드니까.

"거크 지부장께 볼일이 있어서 왔다. 이미 알고 있을 테니까 안내해주게."

접수 아가씨는 내 행동에 전혀 위축되지도 않고 활짝 웃으면서 대답했다.

"예~. 주점을 완전히 파괴한 건 말씀이시죠. 잔소리 1회 코스 들어가겠습니다~. 크라이 씨, 항상 말씀드리지만, 호출받고 왔을 때는 줄을 안 서도 되거든요?"

……완전히 파괴한 건 아니고 반파거든.

"폐를 끼쳐서 정말 죄송합니다――――――――――!!"

"?!"

사죄할 때는 성의가 중요하다.

밖에서는 거만하게 굴었지만 그건 어디까지나 대외적인 태도고, 상대가 거크 씨라면 자존심이고 뭐고 다 내다버리는 데 전혀

주저할 필요가 없다. 아무래도 한심한 꼴을 벌써 몇 번이나 보여 줬으니까.

응접실로 안내받고 거크 씨의 얼굴을 본 순간에 무릎을 꿇고 이마를 바닥에 댔더니, 역전의 용사 거크 지부장님도 눈이 휘둥그레지고 얼굴이 일그러졌다.

거크 지부장은 인간이다. 생긴 건 괴물 같지만 틀림없는 인간이다.

키는 2미터가 넘는다. 볼에 비스듬하게 나 있는 오래된 상처와 문신. 민머리에는 혈관이 툭 튀어나와 있고, 육체도 은퇴한 사람이 맞나 싶을 정도로 잘 단련돼 있는 데다, 아무리 봐도 나쁜 사람 같은 얼굴이지만, 어쨌거나 인간이다.

게다가 높은 사람. 항상 곁에 무기를 놔두고 있지만 일반인이다(지금은).

그 옆에서 웃는 얼굴인 채로 굳어버린 민완 미인 부지부장 카이나 씨와 같이 있으면 그야말로 미녀와 야수 같은 느낌이지만, 인간이다. 야수가 차라리 더 얌전하다고 생각하는 건 비밀이다.

항상 신세 많이 지고 있습니다.

"이, 이봐, 크라이……?"

"일부러 그런 게 아닙니다. 절대로 나쁜 마음이 있어서 그런 게 아닙니다! 최소한 일반인 분들께는 폐를 끼치지 않으려고 생각했고, 사전에 가게 주인분과도 이야기해서 부숴도 된다는 허가를 받았습니다아아아아아아아아아!!"

상대가 태세를 재정비하기 전에 이쪽에 잘못이 없었다는 것을 주장한다. 숨을 헐떡이면서 몰아붙였다.

나는 헌터로서의 재능이 없지만, 그렇기 때문에 헌터에 대해서는 아주 잘 알고 있다. 일반인의 입장에서 보고 있다. 이런 일이 벌어졌을 때의 일까지 잘 고려해서, 민폐를 끼치지 않도록 세심한 주의를 기울이고 있다.

내가 헌터가 된 뒤로 제일 성장한 능력은 사죄 스킬과 뒤에서 손쓰기 스킬과 허세 스킬이다.

제대로 된 게 하나도 없잖아!

거창하게 손짓과 발짓 섞어가면서 비참한 느낌을 어필했다.

"솔직히 말이죠, 저도 그 녀석들 때문에 정말 곤란하거든요, 예? 말려도 듣지를 않으니까, 기왕 하려면 화끈하게 하라고 두는 수밖에 없지 않겠습니까!! 솔직히 말이죠, 제가 어떻게 말리겠습니까, 그놈들을!! 저도 말리고 싶어요. 미치도록 말리고 싶다고요! 할 수 있으면 해보라고, 이 망할 놈들아아아아아아아아!!"

말릴 수 없으니까 어쩔 수 없이, 정말로 어쩔 수 없이, 일반인 분들께 폐가 되지 않는 곳에서 성대하게 스트레스를 풀게 해준 것이다.

원래 변명 따위는 안 하는 게 좋지만, 그래도 확실하게 해두자. 동정을 사기 위해서. 어차피 거크 씨도 진짜로 화가 난 건 아닐 테니까.

왜냐하면 일반인 피해는 없고 일반인 피해는 없고, 무엇보다 일반인 피해는 없으니까.

탐협은 헌터의 불상사에는 엄격하게 대하지만, 아무거나 다 처벌하는 건 아니다. 그런 건 불가능하기도 하고.

싸움을 벌일 때마다 벌금을 받았으면, 지금쯤 탐협 본부는 성을 지었을 것이다.

재빨리 일어나서 사과하며 다가가는 날 보며, 거크 씨가 주눅이라도 든 것처럼 뒤로 물러났다.

"인마…… 기세로 밀어붙여서 넘어가려고 하지 마라."

"솔직히 말이죠, 그냥 건물만 부서졌잖아요오오?! 그냥 신문 지면에 조금 올라왔을 뿐이지 큰 피해는 없고, 클레임도 안 들어왔잖아요오오오!? 뭐 어때요. 건물 파손 정도 가지고! 사람이 망가진 것보다는 훨씬 낫잖아요! 배상도 할 테고요!! 그 가게 주인하고는 오래 알고 지낸 사이인 데다가 무지무지 좋은 사람이니까 괜찮아요! 웃는 얼굴로 용서해줄 거라고요!! 아이스크림 먹고 싶어."

반파된 가게는 주점인데도 아이스크림이 엄청나게 맛있는 곳이다. 내가 몰래 만든, 제도의 아이스크림이 맛있는 가게 랭킹에서도 베스트3에 들어가는 곳이다.

토할 것 같은 기분으로 설득하는 내게, 지금까지 조용히 지켜보고 있던 카이나 씨가 말을 걸었다.

애매하게 웃는 표정이다.

"자, 이제 그만, 진정하세요, 크라이 군. 지부장님도 그렇게 야단치지 않으셔도 되잖아요── 피해 신고서가 들어온 것도 아니니까."

매번, 거크 씨의 화는 카이나 씨가 달래주면 가라앉는다. 아마도 역할 분담이겠지.

불같이 화를 내면서 겁을 주는 게 거크 씨 역할이고, 타협점을 찾는 게 카이나 씨 역할이다. 분명히.

예상대로 그 말을 들은 거크 씨가 한숨을 쉬었다.

"아직 혼을 내지도 않았는데…… 그래, 됐다. 앉아라."

좋았어, 용서받았다. 이쪽도 폼으로 여기저기 사죄하러 다닌 게 아니라고.

얌전히 푹신한 소파에 앉았다. 토할 것 같은 기분이 아주 조금 완화됐다.

그렇게 마음이 풀어졌을 때, 거크 씨가 테이블을 쾅, 하고 때렸다. 갑작스런 공격에 몸이 움찔하고 떨렸다.

이를 드러내고, 눈을 부릅뜨고 날 쳐다본다.

"나도 말이다, 크라이 널 부르고 싶어서 부른 게 아니라고."

부르고 싶지 않으면 안 부르면 되는데.

그런 나한테, 거크 씨가 타이르는 것 같은 목소리로 말했다.

"분명히 피해 신고서가 들어온 건 아니야. 하지만 말이다, 설령 클레임이 들어오지 않았다고 해도── 신문에 실릴 정도의 사건이 벌어졌잖아. 《시작의 발자국》은 커다란 클랜이야. 헌터의 모범이 돼야 할 클랜의 불상사를 그냥 넘어가 주면, 본보기가 안 된다고."

"…………."

????

분명히 용서받았을 텐데. 내가 알고 있는 탐협의 기준이라면, 보통 여유 있게 용서받았을 텐데.

아무래도 피해자가 없으니까. 가옥 파괴는 제국법으로 따지게 되면 처벌을 받아야 하지만, 그건 합의하는 거로 얘기를 끝냈다. 피해자가 피해 신고서를 제출하지 않으면 제국 쪽에서도 움직이지 않고.

신문에 실리기는 했지만, 성질이 급한 헌터들은 항상 뭔가 사건을 벌이고 있다. 주점 반파 정도는 얌전한 쪽이다. 그 정도 사실을, 뒤처리의 프로인 거크 지부장님이 모를 리가 없는데.

이번에도 우리 파티 멤버가 원정을 나가지 않았으면 더 끔찍한 일이 벌어졌을 수도 있다.

신문을 본 시민들도 「또 사고 쳤네」 이상의 감상은 받지 않았을 것이다.

헌터들의 모범이 돼야 하네 어쩌네 해도 말이야, 무리거든. 그냥 헛웃음만 나올 뿐이라고.

카이나 씨 쪽을 봤더니, 씁쓸한 웃음 같은 미소만 짓고 있었다. 그 웃는 얼굴을 보고 느낌이 왔다.

어쩔 수 없지.

아크한테 넘겨버리자.

"설마, 벌칙 게임인가요?"

"…………."

내가 물었더니, 거크 씨가 벌레라도 씹은 것 같은 표정을 지었다.

탐협의 주된 역할은 헌터들의 보물전 공략을 돕는 일인데, 그와 동시에 부업으로, 외부에서 의뢰한 일을 알선해주기도 한다.

헌터는 사람이라 믿을 수 없을 정도로 강하기 때문에, 그 힘을 빌리고 싶어 하는 상인이나 나라에서 의뢰가 들어오는 것이다.

호위나 마물 토벌, 특정한 보구 입수 등등, 난이도나 계통도 제각각인 그 일들은, 제대로 된 보물전을 공략하지 못하는 초보 헌터들의 용돈 벌이나 외부에 연줄을 만들고 싶어 하는 헌터들이 주로 활용한다.

하지만 그중에는 보수가 적거나 거기에 매달려야 하는 기간이 길다든지, 난이도가 너무 높거나 의뢰자가 좀 그렇다는 이유로 헌터들이 받지 않으려고 하는 의뢰도 있다.

나로서는 그런 건 자업자득이니까 내가 알 바가 아니지만, 탐협 쪽에도 이런저런 귀찮은 사정이 있는지, 그런 의뢰들은 약점이 잡히거나 불상사를 저지른 헌터들에게 떠넘기고 있다.

우리 헌터들은 그런 의뢰에 경의를 표하는 뜻으로『벌칙 게임』이라고 부르면서 기피하고 있다.

내 말을 들은 거크 씨의 눈꺼풀이 씰룩씰룩 경련하는 것처럼 떨렸다.

"야, 내 앞에서 그렇게 말하지 마라."

"거크 씨도 헌터였잖아요. 솔직히 그런 건 좀 곤란하거든요. 저도 일단은 클랜 멤버들의 목숨을 떠맡고 있는 입장이니까."

클랜에도 여러 가지가 있지만, 우리 클랜은 민주주의다.

마스터도 다수결로 정하고 있다. 내 권력은 보잘것없다.

입장이 바뀌자마자 바로 다리를 꼬고 거만하게 구는 날 보고, 거크 씨는 눈을 부릅떴다.

한숨을 한 번 쉬고, 이번에는 내 쪽이 타이르는 것처럼 말했다.

"아니 뭐, 딱히 안 맡겠다는 얘기는 아니지만 말이죠. 거크 씨한테도 몇 년이나 신세를 졌고, 입장도 잘 알고 있으니까요. 하기는 할게요. 단, 아무리 그래도 여러 개는 무리예요. 딱 하나뿐입니다. 솔직히 말이죠, 이번에 저희가 그렇게 나쁜 짓을 한 것도 아니잖아요."

"……크라이 군, 볼 때마다 부추기는 스킬이 향상하는 것 같은데 말이죠?"

고개를 꾸벅꾸벅해야 할 때는 꾸벅꾸벅하고, 고압적으로 나가야 할 때는 고압적으로 나가야 한다. 계속 겁먹고 있으면 죽는다. 이건 내 처세술이다.

물론 이건 거크 씨가 나한테 손을 대지 않을 거라는 신뢰가 있기에 가능한 행동이다.

내 건방진 태도를 본 거크 씨가 이를 뿌드득 갈면서 한마디, 위협하는 것 같은 낮은 목소리로 말했다.

"……가지고 와."

카이나 씨가 가죽으로 만든 파일을 가지고 와서 내 앞에 내려놨다.

탐협에서 주는 이런 의뢰는 거의 강제인데, 소문에 듣기로는 이걸 아무렇지도 않게 거절하는 놈들도 있다는 것 같다.

헌터들은 자존심이 강하고 속박을 싫어하는 자도 많다. 특히 귀찮은 일을 처리할 정도의 베테랑 헌터일수록 그런 경향이 강하고.

파일은 상당히 두꺼웠다.

예상대로 『벌칙 게임』이 잔뜩 쌓여 있었던 것 같다. 귀찮은 의뢰를 이렇게 잔뜩 쌓아둘 수밖에 없는 입장도 동정하지만, 우리도 먹고살아야 하니까 여러 개나 떠맡을 수는 없다.

거크 씨가 살기까지 느껴지는 험악한 눈으로 날 보면서 말했다.

"……골라."

"예~."

파일을 팔락팔락 넘기면서 읽어봤다.

벌칙 게임이라고 해도 그 수준은 바닥부터 천장까지 제각각이다. 구속 기간. 의뢰 내용. 보수. 또는 의뢰의 배경이 귀찮은 경우도 많다.

제일 간단해 보이는 걸 골라서 아크한테 떠넘겨야지.

파일을 계속 넘기는데, 아무래도 벌칙 게임이다 보니 생각하기도 싫은 귀찮은 의뢰들이 많다.

아크는 이 제도에서도 손꼽히는 헌터다. 그 녀석이라면 전부 다 처리할 수 있겠지만, 헌터의 특기는 역시나 『보물전』의 공략과 관련된 것이다.

그것과 관련된 것으로 대상을 좁히고, 일단 대상 보물전의 레벨만 확인했다.

레벨5. 레벨6. 레벨5. 레벨5. 레벨4. 레벨6. 레벨4. 레벨3. 레벨7. 레벨6——.

아, 지금 레벨3짜리가 있었는데!

다시 뒤로 돌아갔다. 계속해서 내용을 확인…… 음, 뭐 괜찮겠네.

벌칙 게임에는 난이도가 높은 게 많은데, 레벨3짜리가 있다니.

운이 좋다.

이 헌터 인구가 많은 제도에서도 별명을 지닌 헌터는 손에 꼽을 정도밖에 없다.

《은성만뢰》아크 로단의 인정 레벨은, 이 제도에서도 손꼽히는 레벨7.

헌터의 인정 레벨은 공략할 수 있는 보물전의 레벨과 거의 일치한다. 헌터 레벨7이라는 것은, 탐협에서 레벨7짜리 보물전까지 공략할 수 있는 실력이라고 인정한 것이고, 개인차나 상성 같은 문제가 있기는 하지만, 레벨3 보물전이라면 솔로로도 간단히 공략할 수 있을 것이다.

보수는 적고 구속 기단도 그럭저럭 긴—— 솔직히 말해서 거의 봉사활동에 가까운 의뢰지만, 클리어하는 데는 아무 지장도 없겠지.

어차피 고민해봤자 시간 낭비다.

파일에서 의뢰서를 빼내고, 거크 씨 앞에서 살랑살랑 흔들었다.

"좋았어, 결정. 거크 씨, 이 간단해 보이는 『유골 회수』로 받아 갈게요."

"⋯⋯⋯⋯야, 크라이! 재수 없는 소리 하지 마! 유골 회수가 아니라 『조난 구조』라고."

⋯⋯예? 어차피 살아 있을 리가 없잖아요.

마치 폭풍이 휘몰아친 것 같았다.

크라이가 간 뒤에, 부지부장 카이나가 안도의 한숨을 쉬었다.

긴급 의뢰 파일을 옆구리에 끼고, 거크를 보며 씁쓸하게 웃었다.

"……여전히 정신없는 사람이네요…… 이걸로 됐나요?"

"……괜찮아. 그 녀석은 적당히 까부는 게 어울리는 놈이니까."

거크 지부장이 이마에 손을 짚고 무뚝뚝하게 대답했다. 그 얼굴에, 조금 전에 교섭하던 때 보이던 위협하는 기색은 남아 있지 않았다.

헌터들 중에는 기인이나 이상한 일당들이 많은데, 크라이 안드리히는 그중에서도 제일가는 자다.

크라이가 헌터가 된 것은 5년 전. 신청서를 처리한 것은 다름 아닌 이곳 탐협 제도 지부다.

거크는 크라이라는 남자의 헌터 인생을 전부 지켜봤다고 할 수 있는 사람이다.

사이좋은 친구 다섯 명과 같이 고향에서 제도로 왔고, 헌터가 됐다. 모험담을 동경한 청소년들이 친구들과 같이 헌터가 되는 것은 꽤 흔한 이야기다.

하지만 그런 흔한 이야기들 속에서, 헌터가 된 뒤로 몇 년이나 계속 살아남는 자들은 그리 많지 않다.

그런 가혹한 헌터라는 직종에 몸을 담고 있지만, 크라이는 처음 등록했을 때부터 지금까지 분위기가 거의 달라지지 않았다.

어딘가 약해 보이는 외모도 경박한 태도도, 그리고 잔꾀를 부리는 점까지.

뭐 하나 달라진 게 없이, 그저 영광의 길을 걸어가고 있다. 그건 일종의 이상한 점이라고 할 수 있었다.

《시작의 발자국》은 지금 제도에서 제일 잘 나가는 클랜 중에 하나다.

규모 자체는 그곳보다 크고 오래된 클랜들이 여러 존재하였지만, 그런 클랜들이 완전히 성숙된 상태인 것에 비해 《발자국》은 지금도 계속 발전하는 중이다. 소속된 헌터들의 평균 연령도 젊어서 경험만 따져보면 그런 클랜들에 한 걸음 못 미치지만, 그것을 메우고도 남을 만큼의 기세가 있다. 신문에 실리는 것도 그만큼 주목을 받고 있다는 증거다.

하지만 그렇게까지 큰 클랜을 만들어낸, 젊은 헌터 중에서도 톱클래스라는 소문이 도는 입장에 있으면서도, 크라이는 오만한 태도를 보이지 않았다.

거크 입장에서는 정말 고마운 일이다. 원래는 탐협에서 탈퇴해도 이상하지 않을 수준이다. 어느 정도의 연줄과 힘을 손에 넣은 클랜일 경우에는, 굳이 탐협에 소속돼 있어봤자 메리트가 거의 없기 때문이다.

실제로 성장한 클랜이나 헌터 중에는 탐협에서 탈퇴하는 이들도 적지 않다. 거크로서는 골칫거리지만, 그렇다고 막을 수도 없다.

탐협에게 있어 실력 있는 헌터는 보물이다. 경박한 말투로 건방진 태도를 보이기는 했지만, 사실 크라이가 탐협 쪽 입장도 신경 씨주고 있는 건 분명했다.

"솔직히 말이야, 그 자식 편해 보인다고 하면서 제일 위험할 것 같은 의뢰를 가지고 갔거든."

"……정말이지…… 여전하네요."

스무 개도 넘는 의뢰 중에서 망설이지도 않고 그 의뢰를 뽑아가던 광경을 떠올리면서, 카이나는 눈을 가늘게 떴다.

분명히 보물전의 난이도는 제일 낮았지만, 그 난이도가 의뢰 자체의 난이도와 일치하는 것은 아니다.

리더에게 필요한 것은 위험을 판단하는 눈이다. 의뢰서에는 관련 정보도 제대로 적혀 있었다.

큰 클랜의 마스터를 맡고 있는 데다《비탄의 망령》의 리더이기도 한 크라이가 의뢰의 난이도를 잘못 판단했을 리는 없겠지.

실제로 지금까지도 이런 일이 생겼을 때, 크라이는 항상 제일 난이도가 높은 의뢰를 골라서 가져가는 경우가 많았다. 탐협에 대해 은혜를 갚으려는 생각일까.

"과연 어떻게 될지…… 뭐, 크라이가 가지고 갔으니 문제는 없겠지. 태도는 좀 그렇지만── 어쨌거나 보는 눈 하나는 확실하니까."

"빚을 지게 됐네요."

벌칙 게임 의뢰서를 들고 의기양양하게 클랜 하우스로 돌아온 내가 들은 것은, 예상하지 못했던 말이었다.

"뭐? 아크가 없다고? 왜?"

"얼마 전에 공략했던【백아의 화원(프리즘 가든)】건으로 귀족에게 불려가서…… 당분간은 돌아오지 못할 것 같습니다."

"아~ 그랬구나. 타이밍이 안 좋았네."

서류를 보면서 고개도 안 들고 대답하는 에바.

아크가 이끄는《성령의 자제》는 제도에서도 주목받는 파티다.

리더가 부드러운 태도의 미남에다가 헌터답지 않게 관용적이기까지 하고, 게다가 엄청나게 강하다.

어떻게든 연줄을 만들어두고 싶어 하는 제국 귀족들이 불러대는 것도 당연한 일이다.

특히 얼마 전에 난이도가 높은 보물전을 클리어했으니까, 당연히 예상했어야 했다.

오늘 아침까지 여기 있었던 게 오히려 운이 좋은 일이라고 봐야겠지.

그나저나 타이밍이 문제다. 아크한테 떠넘길 생각이라서 아무거나 대충 골라서 들고 왔는데.

아크는 우등생이지만, 너무 바쁜 게 옥에 티다.

"큰일 났네. 이 벌칙 게임, 어떻게 하지."

"크라이 씨가 직접 가지 그러세요?"

에바의 눈은 진심으로 말하는 눈이었다.

가끔 보물전을 우습게 보는 사람들이 있다. 특히 헌터가 아닌 사람들인 경우가 많은데, 난이도가 높은 보물전을 직접 본 내 입장에서 말하자면, 인식 자체가 너무 어설프다.

보물전이란 한마디로 마경이다. 그중에서도 높은 레벨로 인정받은 보물전은, 공간 그 자체가 들어오는 사람을 공격한다. 마물이나 팬텀은 물론이고, 운 좋게 그것들과 마주치지 않더라도 위험한 곳이다.

이번에 가지고 온 의뢰의 대상은 레벨3짜리 보물전이라서 그렇게까지 위험한 곳은 아니지만, 일반인이 들어가도 별문제가 없는 건 레벨1로 인정받은 보물전뿐이다. 그 이상은 당연하다는 듯이 죽는다.

솔직히 나는 벌써 반년 이상 전선에 나서지 않았다.

"난 말이야, 한참 동안 안 들어간 탓에 많이 약해져 있거든."

"너무 농땡이를 피웠단 말이군요."

헌터는 강하다. 차원이 다르다.

그 강함의 큰 이유 중에 하나가 힘의 축적── 마나 머티리얼의 축적이다.

보물전은 농도가 진한 마나 머티리얼로 가득 차 있다.

보구를 찾아서 보물전을 공략하는 헌터들은, 항상 그것을 접하게 된다.

그 결과, 헌터들은 인간이라는 존재를 벗어난 힘을 얻게 된다.

헌터들은 마나 머티리얼을 흡수해서, 신체능력을 비롯한 온갖 능력들이 껑충 뛰어오른다. 개중에는 특수한 재능이 눈을 뜨는 경우도 있다는 것 같다.

그런 관계상보다 난이도가 높은 보물전에 드나드는 헌터일수록 힘이 강해지게 되는데, 일단 몸에 들어온 마나 머티리얼이라고 해서 계속 몸 안에 고여 있는 것은 아니다.

개인차도 있기는 하지만, 나처럼 농도가 낮은 시내에만 계속 있으면 몸 안에 축적돼 있던 힘이 순식간에 빠져나가서 보통 사람으로 돌아가 버린다.

계속 보물전을 공략하는 헌터가 보통 군인보다 강한 경우가 많은 이유이기도 하다.

나는 안 그래도 재능이 없어서 약했는데, 전선에서 물러난 지금의 나는 예전보다 훨씬 약해졌다.

레벨3 보물전은 우리 클랜 멤버들 입장에서 보면 그렇게 어려운 곳도 아니지만, 일반인보다 조~금 나은 정도인 내 입장에서는 도저히 답이 없는 수준이다.

그리고 당연히 나한테는 그럴 생각도 없고.

내가 해야 했다면, 무슨 수를 써서라도 의뢰를 거절했을 거라고. 《발자국》에서 제일 약하신 몸을 뭘로 보는 거야.

하지만 아직 방법은 있다. 콧노래를 부르면서 발을 돌렸다.

아크가 없어도 나한테는 《발자국》이 있다. 권력이 있다.

"뭐~ 됐고. 라운지에서 한가해 보이는 사람을 적당히 찾아서 떠넘기면 되겠지."

"……긴급 의뢰를 다른 사람에게 넘기는 건, 좋지 않습니다만."

에바가 눈살을 찌푸리고 나무라는 것 같은 눈으로 날 쳐다봤지만, 난 사람에게는 적재적소라는 게 있다고 생각하는 사람이다.

《시작의 발자국》의 클랜 하우스. 그 2층에는 라운지가 있다.

천장이 높고 커다란 창문에서는 햇빛이 잔뜩 들어오는, 아주 넓은 공간이다.

클랜에 소속된 파티 숫자만큼 놓여 있는 커다란 테이블과 벽 쪽에 설치된 바 카운터.

회의 장소로도 이용할 수 있고, 바 카운터에서 간단한 식사나 마실 것을 무료로 제공하고 있어서, 한가해 보이는 멤버들이 종종 모이는 휴식의 공간이다.

비용은 멤버들한테서 모은 회비로 처리하고 있다. 어차피 멤버들한테 모은 돈이고 내 주머니에 집어넣을 수는 없으니까, 다 써버려도 좋다는 생각으로 에바한테 전부 맡겨버렸다.

그리고 지금은 우리 클랜의 자랑거리 중 하나가 됐고. 뭐가 어떻게 도움이 될지 모르는 일이라니까.

그런 자랑스러운 라운지 안을 빙 둘러보고, 얼굴을 찌푸렸다.

"……웬일이야. 아무도 없잖아."

"마스터어! 안녕하세요! 오늘도 맨얼굴이시네요…… 그『가면』은 어떻게 하셨나요?"

"망가졌어."

낮인데도 티노 하나밖에 없다. 다른 사람들은 어디 간 거지.

혼자 자리에 앉아서 책을 보고 있던 불쌍한 티노가 나한테 다가왔다.

어제 주점을 반파시킨 장본인인데, 그걸 신경 쓰는 기색이라고는 찾아볼 수도 없다.

"마스터어, 그런 이상한 가면을 쓰는 것보다, 이렇게 맨얼굴 쪽이, 더 좋다고 생각해요."

바로 최근까지, 나는 항상 특별한 보구로 내 얼굴을 감추고 있었다.

『리버스 페이스(전환하는 인면)』. 얼굴을 자유자재로 변화시키는 살로 된 가면이다.

헌터 중에는 얼굴을 알리고 싶어서 난리가 난 사람도 있지만, 나는 그런 사람들과 정반대의 타입이었다.

목소리도 바꿀 수 있는 그 도구 덕분에, 나는 제정신을 유지할 수 있었다.

하지만 그 보구는 더 이상 없다. 망가져버렸다.

대체할 물건도 없다. 보구는 자연 속에서 만들어지는 물건이다 보니 신기한 물건은 발견하기가 꽤 힘들고, 게다가 가격도 엄청나게 비싸다.

그리고 일정 이상의 지각 능력을 지닌 사람이 아니면 전체를 간파할 수 없는 그 보구는 몇 가지 제국법에 저촉되는 것이라서, 시중에는 돌아다니지 않는다. 우연히 보물전에서 발견하는 등의 행운이라도 있지 않으면 손에 넣을 수도 없는 물건이다.

이렇게 되면 가능한 밖에 나다니지 않는 수밖에 없다. 토할 것 같다.

티노가 주위를 이리저리 확인하고, 사람을 엄청나게 잘 따르는 강아지 같은 분위기를 물씬 풍기면서 물었다.

"마스터어…… 언니는요?"

"어라? 못 들었어? 리즈네는 보물전에 갔어. 레벨8짜리【성】에.

이번에야말로 끝까지 가서 뭔가를 가지고 오겠다고 의욕이 넘쳤거든. 당분간은 안 돌아오지 않을까."

누구 하나라도 남아 있었으면 벌칙 게임을 떠넘길 수 있었는데. 타이밍이 정말 안 좋네.

벌칙 게임에도 기한이 있어서, 돌아올 때까지 무작정 기다릴 수도 없다.

내 말을 들은 티노는 눈을 몇 번 깜박이면서 이상하다는 표정을 지었지만, 바로 웃는 얼굴로 돌아와서는 손바닥을 나한테 내밀었다.

"그러고 보니까, 마스터어. 저 이거, 차지했어요."

"……어윽……."

티노가 마치 보란 듯이 왼손을 살랑살랑 흔들었다.

거기에는 눈에 익은 보구 반지가 끼워져 있었다.

나도 모르게 이상한 비명소리가 튀어나왔다.

의외였다. 분명히 티노 셰이드가 놀라울 정도로 성장하고 있기는 하지만 어디까지나 발전 중인 수준. 거기에는 더 강력한 괴물들이 몇 명이나 있었다.

기습으로 길베르트 소년을 처치하고 반지를 빼앗은 데까지는 봤는데, 티노는 그걸 사수할 만큼의 힘은 없다.

하지만 결과를 보면…… 그렇게 됐다는 뜻이겠지. 예전의 그 귀여웠던 동생이, 아무래도 잠깐 못 본 사이에 훌륭한 괴물로 성장한 것 같다. 어쩌면 다른 멤버들이 배려해준 덕분인지도 모르지만.

"사이비 미남네 파티는 어떻게 되건 상관없지만, 마스터어의 이 반지를, 그런 나쁜 놈에게 넘길 수는 없습니다. 마스터어의 뜻, 제가 받았습니다."

"아니, 그거 그냥 샷 링(탄지)이거든."

『샷 링』이란 마력(마나) 탄환을 날릴 수 있게 되는 보구를 일컫는 말이다.

똑같이 보구라고 불러도 그 모양이나 능력은 정말 다양하다. 그중에서도 반지 모양 보구는 발견되는 경우가 많다. 그리고 샷 링은 그런 보구 반지 중에서도 가장 많이 발견되고, 따라서 제일 가치가 없는 보구 중 하나다.

아마도 길베르트 소년이 자랑하는 것처럼 보여줬던 대검 쪽이 훨씬 더 비싸겠지.

하지만 티노가 반지를 차지했다는 건, 아크네 파티에 이상한 사람이 들어가지 않고 넘어갔다는 뜻이겠지…… 다행이다.

반지를 준 내가 미안해질 정도로 티노는 기뻐하면서 말했다.

"보이지 않는 곳에, 가치가 있다. 재미있는 이벤트였다고, 그 사이비 미남이 말했습니다."

"아크 말이지, 아크."

"마스터어…… 이건, 정말로 제게 주시는 건가요?"

"난 거짓말 안 해. 줄게, 준다고, 겨우 그런 거라 미안하지만."

"신난다."

샷 링을 쓰는 헌터는 한정돼 있다.

티노도 쓰지는 않을 테지만, 작은 환호성을 지르면서 빙글빙글

돌고 있는 모습을 보면 그런 건 신경 쓰지 않는 것 같다. 값싼 아이다. 눈물이 나오려고 한다.

……이젠 티노밖에 없으니까, 티노면 되려나.

의뢰 대상인 보물전의 인정 레벨은 3이니까, 레벨4인 티노라면 뭐, 괜찮겠지.

"티노 너 말이야, 지금 한가해?"

"예……?"

티노가 딱 멈췄고, 눈이 살짝 크게 떠졌다.

티노는 기본적으로 솔로로 활동하는 헌터다. 시간을 내기가 쉽다.

헌터라고 해도, 헌팅할 때 외에도 시간이 남아서 놀기만 하는 건 아니다.

항상 최고의 퍼포먼스를 발휘하기 위해서는 평소에도 계속 훈련을 해둬야 하고, 보물전을 비교적 안전하게 공략하기 위해서는 사전 정보 수집도 필요하다.

어느 정도는 클랜 쪽에서도 지원해줄 수 있지만, 게으름을 피우면 죽으니까 어지간한 헌터들은 항상 바쁘다. 솔로라면 보다 치밀한 준비가 필요하니까 더더욱 그렇고.

하지만 내 말을 들은 티노는 곧바로, 보기 드물게 활짝 웃기까지 하면서 말했다.

"한가해요! 아마도, 제 인생에서 제일 한가한 순간이에요! 그래서, 마스터어를 기다리고 있었어요!"

사부가 들으면 바로 가혹한 커리큘럼을 짜줄 것 같은 소리를 하고 있다.

그나저나, 그렇게까지 한가한 건가…….

나는 사양하지 않고, 거크 씨한테서 받아온 벌칙 게임을 티노한테 떠넘기기로 했다.

"마침 잘 됐네, 탐협에서 일이 들어왔거든. 티노한테 맡겨볼까."

"…………어."

티노가 새총을 맞은 비둘기 같은 표정을 지었다.

"마스터어, 저는 지금, 제 인생에서 제일 큰 충격을 받았어요. 소녀의 마음이 너덜너덜해졌어요. 마스터어가, 그런 나쁜 짓을 하는 사람인 줄은 몰랐어요. 속았어요."

"안 속였어, 안 속였다고."

"들어 올렸다가 떨어트렸어요."

"떨어트리지 않았고, 애당초 들어 올린 적도 없고."

아직 아무것도 안 했는데, 티노에게서 의욕이 사라져버렸다. 눈이 반쯤 죽어 있다.

테이블 위에 볼을 찰싹 붙이고는, 원망하는 눈으로 날 보고 있다.

그 자세 그대로, 의욕이 없다는 것을 감추려고 하지도 않으면서, 당당하게 말했다.

"솔직히 말씀드리자면 저는, 마스터어와 같이, 아이스크림이라든지 먹으러 갈 생각이었어요."

티노는 단것을 아주 좋아한다. 언젠가 틀림없이 그 성질을 악용당할 거라고 생각할 만큼.

"네 스승한테, 단것을 너무 많이 먹이지 말라는 말을 들었는데."

"……그건 함정이에요. 언니는, 자기가 없을 때 마스터어랑 데이트하는 게 싫어서 그러는 거예요."

데이트는 또 뭔데. 정말 그 스승에 그 제자다.

어쩌면 한동안 호위 삼아 데리고 다녔던 게 문제였을지도 모르겠네.

헌터가 된 지 얼마 안 됐을 때부터 알고 있는 이 후배는, 다루기 쉬운 거로 따지자면 친구들과 아크 다음 정도로 편한 아이다.

생김새가 귀여운 것도 포인트가 높다. 살벌하게 생긴 사람한테 뭔가를 부탁하는 건 정신적으로 괴로우니까.

늘어져 있는 티노한테 파일을 들이밀었다.

"자~ 티노~? 아주아주 즐거운 일이거든~? 잘됐네~ 자, 자……."

"마스터어, 저를, 편한 여자라고 생각하는 건 아닌가요?"

"아무래도 그렇게 순수했던 우리 티노를 더럽혀버린 놈이 있었던 것 같네."

이상한 걸 가르치고 말이야.

"마스터어, 당신이에요, 바로 당신."

티노가 축 늘어진 채로 눈만 움직여서 글자를 읽기 시작했다.

그리고 한참 침묵을 보인 뒤에, 작은 소리로 말했다.

"……전대미문의 쓰레기 같은 의뢰예요, 마스터어."

"응, 그러게 말이야."

"보수, 구속시간, 의뢰 내용, 보물전의 난이도, 어딜 봐도 좋은 게 하나도 없어요. 누가 받아들인다는 거야, 이딴 걸."

"응, 그러게 말이야."

"……그렇다면, 벌칙 게임이군요."

"응, 맞거든?"

"……."

그래서 이쪽으로 흘러들어 왔겠지. 그 거크 자식, 쓰레기장처럼 이용해 먹고 말이야.

말로 구슬릴 수 있는 후배가 없었다면 지금 당장이라도 거절하러 갔을지도 모른다. 이런 손해만 보는 일은, 고금동서를 다 뒤져 봐도 입장이 약한 사람한테 흘러가는 법이니까.

하지만 헌터한테는 그런 걸 호소할 상대가 없다.

티노가 몸을 꾸물꾸물 움직이면서, 정말 싫다는 표정으로 변명을 했다.

"마스터어, 제 레벨은 아직 4예요. 젊어요. 저도 마스터어의 도움이 되고 싶은 생각은 굴뚝같지만, 이번에는 사양하고 싶어요…… 솔로로 다섯 명이나 구출하는 건 무리예요."

"…………."

"…………지금 막 볼일이 생각났어요."

티노가 힘차게 몸을 일으켰다. 눈 깜박할 사이에 몸을 돌리고는 전속력으로 뛰어갔다.

역시나 도적, 아주 훌륭한 몸놀림이야.

눈이 휘둥그레져 있는 사이에, 티노가 순식간에 라운지에서 뛰쳐나가 버렸다.

의뢰서 종잇조각만이 허무하게 테이블 위에 남았다.

반할 정도로 깔끔한 도망이다.

야 티노 너, 이 꼴을 보니까 반지를 사수한 것도, 그걸 빼앗자마자 바로 도망쳤구나.

아마도 리즈한테서 가혹한 훈련을 받는 사이에 도망치는 버릇이 생겼겠지.

……어라? 그렇게 생각하니까 왠지 친근한 기분이 드네.

나는 벨트에 묶어 놓았던 길이 2미터 정도의 사슬을 풀어서 조용히 탁자 위에 올려놨다.

이 사슬은 보구다. 내가 헌터 생활을 하면서 모은 콜렉션 중 하나.

은색으로 빛나는 가느다란 사슬이 손을 대지도 않았는데 뱀처럼 꿈틀거렸고, 쩔렁쩔렁 소리를 냈다.

이건 짐승이다. 사슬이면서 동시에 『충실한 짐승』이다.

지칠 줄을 모르고, 먹이도 필요 없고, 주인에게 충성을 맹세하는 이빨 없는 개.

그래서 그 이름도——『독 체인(개 사슬)』이라고 한다.

오래전, 이제는 기억조차도 거의 남아 있지 않은 아주 먼 옛날, 사슬을 사용하는 일족이 있었다는 것 같다.

특수한 술법을 담아서 만든 그 사슬은 손을 대지 않았는데도 꿈틀거렸고, 각각의 사슬이 기괴한 힘을 발휘해서 그들의 생활을 도와줬다고 한다.

지금에 와서는 전설로만 남아 있지만, 보물전에 나타나는 보구 중에서도 『사슬형(체인 타입)』이 대중적인 것도, 오래전에 멸망한 그 문명의 흔적이겠지.

사슬이 일어나고, 잠깐 소형 개의 모습을 만들었다.

내가 턱짓으로 지시했더니 그대로 모습이 풀어지고, 뱀처럼 움직여서 라운지 밖으로 나갔다.

"일단 변명을 하자면, 마스터어. 저는 그냥 도망칠 수도 있었어요."

"응, 응, 그렇겠지."

"마스터어의 사슬은 분명히 조금 집요하고 지칠 줄을 몰라서 귀찮지만, 저라면 간단히 부술 수 있어요."

다부진 남자도 완전히 구속하는 사슬에 칭칭 묶인 채로, 티노가 진지한 얼굴로 말했다.

"그래도 제가 부수지 않았던 건, 마스터어의 소중한 사슬을 부숴버리면, 마스터어가 절 싫어하게 될 것 같았기 때문이에요. 그런 면에서 보면 정상참작의 여지가 있다고 생각하는데, 어떠신가요?"

눈을 살짝 치켜뜨고 아양을 떨면서 묻는 티노의 모습이, 마치 이 아이의 스승처럼 보인다. 악영향을 아주 제대로 받았다.

독 체인은 은색이지만 은으로 만든 건 아니다.

마나 머티리얼로 만들어진 물질은 어떤 것이건 간에 아주 튼튼하다. 그걸 부수네 잘라버리네 하는 걸 보면…… 내 주위에는 그런 괴물들이 정말 많기는 하지만, 티노도 상당히 무리하고 있는 것 같다.

어지간히 보물전에 들어간 사람이 아니면 할 수 없는 짓이다.

"티노, 너무 무리하는 건 좋지 않아. 목숨이 무엇보다 소중하니까."

"…………마스터어, 당신 얘기예요. 당신."

"무리하게 만드는 건 티노 네 스승 쪽이겠지. 내가 시키는 건 항상 간단한 것들이고."

대답한 순간, 티노를 구속하고 있던 독 체인에서 힘이 빠지고 바닥에 떨어졌다.

보구는 편리하기는 하지만 무한하게 쓸 수 있는 건 아니다. 티노가 예상보다 더 많이 도망 다닌 탓에 동력원인 마력이 다 떨어졌겠지. 그렇게 고속으로 쫓아가는 사슬한테서 계속 도망친 티노도 참 대단하다니까.

티노가 사슬에 묶여 있던 몸을 문지르면서 한숨을 쉬었고, 결심한 것처럼 말했다.

"알고 있어요. 마스터어가 제 성장을 생각해서 죽을 수도 있는 한계에 아슬아슬한 의뢰들을 맡겼다는 건 아주 잘 알고 있지만, 스파르타식 훈련도 적당히 해주세요."

"……뭐?"

난 그럴 생각 없는데?

레벨3이야. 레벨3 보물전이라고.

티노한테는 그다지 어려운 난이도가 아니다. 아무래도 후배한테 죽을 위험이 큰 의뢰를 맡길 수는 없다.

의뢰 내용도 단순한 『유골 회수』다.

보물전 공략에는 위험이 가득하다. 헌터는 기본적으로 자기 책임하에 보물전에 도전하는 것이고.

중간에 쓰러져 죽는다고 해도 보통 구조 의뢰가 나오는 일은 없지만, 아주 드물게 보물전으로 가서 조난당한 헌터를 구해달라는 의뢰가 나오는 경우가 있다.

우리 헌터들은 그런 의뢰를 『유골 회수』라고 부른다.

아무래도 조난당하는 쪽도 프로다 보니, 그런 사람이 돌아오지 않는다는 건, 대부분 이미 죽어 있다는 거다.

살아 있는 경우에는 구조, 죽은 경우에는 사망을 확인하면 의뢰 완료.

아주 드물게 살아 있을 수 있어서 안 갈 수도 없다.

하지만 티노도 일단은 레벨4 헌터다. 그런 티노가 이렇게까지 싫어하는 걸 보면 뭔가 이유가 있는지도 모른다.

나는 어쩔 수 없이, 다시 한번 의뢰서를 꼼꼼히 확인해봤다.

보물전의 인정 레벨은 3——【흰 늑대 둥지】. 제도 부근에 있는 보물전 중에서는 중견급이고, 보구 발생률도 별로. 그렇게까지 좋은 보물전은 아니다. 그래서 인기도 없고.

행방불명 된 건 다섯 명이고 날짜는 사흘 전. 며칠 안 됐다. 일주일 전이라면 생존이 절망적이지만, 사흘이라면 살아 있을지 아닐지는 반반이겠지.

기한은 최대 일주일이고 보수 금액은 30만 길. 일반 가정이 한 달을 먹고 살 수 있는 금액이지만, 헌터 입장에서는 쓰레기 같은 수준이다.

보수가 쓰레기 같은 시점에서 완전히 자원봉사 같은 의뢰인데, 애당초 벌칙 게임이니 어쩔 수 없는 일이다.

위에서 아래까지 눈에 핏발까지 세우고서 확인했지만, 내가 보기엔 뭐가 문제인 건지 도무지 모르겠다.

하지만 나는 의뢰서를 보던 고개를 들고, 거만하게 고개를 끄덕였다.

"음, 음. 티노가 무슨 말을 하려는 건지는 알겠어."

"!!"

"혼자서 가기 싫다는, 그런 얘기지?"

알아. 나도 안다 그 기분.

아무리 10분 만에 공략할 수 있는 난이도라고 해도, 보물전은 위험지대다. 무슨 일이 일어날지 모른다.

티노는 항상 솔로였으니까, 이번에도 괜찮을 거라고 생각한 내 생각이 모자랐다는 뜻일 거야.

솔직히 사망을 전제로 생각했지만, 냉정하게 생각해보면 혼자서 다섯 명을 구해오라는 자체가 무리니까.

팔은 두 개밖에 없는데, 최대 다섯 명의 부상자를 어떻게 운반하겠냐고.

"예……? 뭐…… 맞아요."

티노가 아무도 없는 라운지 안을 흘긋흘긋 보고, 기대가 담긴 눈으로 날 쳐다봤다.

분명히 오늘은 다들 바쁜 것 같아서 아무도 없지만, 나한테 좋은 생각이 있었다.

【흰 늑대 둥지】. 어디선가 들어본 것 같은 이름이다 싶었다.

티노는 레벨4니까, 레벨3 이상의 헌터가 몇 명 더 있으면 전력은 충분하겠지.

오늘 나는…… 머리가 잘 돌아간다.

티노가 쭈뼛쭈뼛 말을 꺼냈다.

"마스터어가 같이 가주신다면——"

"그거야. 지난번 멤버 모집에 왔던 헌터 중에서【흰 늑대 둥지】에 가고 싶어 하는 사람이 있었으니까, 그 사람을 데리고 가면 되겠네. 루다라고 했었지 아마."

"……네?"

나머지 멤버는? 그레그 님이랑 길베르트 소년이면 되겠지?

티노는 파티에 익숙하지 않을 테니까, 공부도 될 테고. 여러모로 잘 됐다.

스스로 세운 작전에 만족하고 있는 나를, 티노가 일그러진 표정으로 보고 있었다.

제2장   어둠 전골

티노 셰이드는 제도 제블디아 출신이다.

제도에서 태어나고, 그리고 자랐다. 조금 말이 없고, 아주 조금 운동을 잘하는 여자아이였다.

트레저 헌터란 누구나가 한 번쯤 꿈꾸는 직업인데, 위험이 너무 크기 때문에 사리분별을 할 줄 아는 어른들은 경원하는 경향이 있다.

제도 제브리아에는 헌터가 넘쳐나서 헌터와 관련된 시설도 많았기 때문에 티노는 헌터가 되려고 생각하지 않았다.

사람에게는 어울리는 삶의 방식이 있다.

부도 명예도, 그리고 힘도. 티노는 그다지 관심이 없었고, 헌터라는 존재가 무섭기도 했다.

이야기 속에 나오는 모험담을 읽고 동경한 적은 있었지만, 티노에게 그것은 머나먼 세상의 이야기였다.

그런 티노가, 지금까지의 인생관을 뒤바꿔서 위험한 헌터가 되기로 한 것은, 당시의 제도에 혜성처럼 나타났던 어떤 파티 때문이었다.

눈부신 이름을 지닌 수많은 파티 중에서 이물질처럼 존재한, 다른 그 어떤 파티보다도 가열한 파티.

그 불길한 이름 때문에 멸시당하고, 때로는 제국 자체에 적대시 당하면서도 모든 장애물을 제거하고, 겨우 몇 년 만에 모르는 사람이 없을 정도로 성장한 파티.

헌터라는 직업에서 멀리 떨어져서 살던 티노가 그 파티를 알게 된 것은 단순한 우연이었다.

하지만, 그걸로 충분했다.

그 모습은 한 번 보면 다시는 눈을 뗄 수 없을 정도로 눈부시게 빛났다.

헌터에 관심이 없는 아이가 봐도 동경하게 될 정도로 강렬한 빛을 내뿜고 있었다.

마치 섬광처럼.

마치 유성처럼.

시대가 그들을 환영하고 있었다.

레벨10── 온 세상에 겨우 세 명밖에 없는 최상의 트레저 헌터이자, 최강의 이름을 자랑하는 엑시드 지퀸스. 그 재림이라고까지 일컬어지는 젊은 영웅, 《성령의 자제(아크 브레이브)》를 이끄는 《은성만뢰》 아크 로단.

손꼽히는 클랜이 된 《시작의 발자국(퍼스트 스텝)》의 발족인이자, 《비탄의 망령(스트레인지 그리프)》에 소속된 개성 강한 멤버들의 고삐를 쥐고서 제도 톱클래스까지 끌어올린 신과 같은 계산과 귀신 같은 지모를 자랑하는 크라이 안드리히.

황금시대.

제도에 나타난 두 사람의 헌터. 그 눈부시게 빛나는 별과도 같은 재능에 이끌린 것처럼, 재능 있는 젊은 헌터들이 계속해서 나타난 지금 이 시대를, 탐색자 협회에서는 그렇게 불렀다.

그리고 티노 셰이드는 언젠가 이 순간이 전설이 될 거라고 확신하고, 신뢰하는 스승과 마스터와 함께 그 전설에 이름을 새기기 위해서 헌터가 됐다.

하지만 지금, 기대받는 신예인 티노는 자신이 신뢰하고 있는 『마스터어』의 심부름이나 하고 있었다.

탐색자 협회 제도 지부. 대상은 바로 찾을 수 있었다.

우수에 잠긴 표정으로 보드에 붙어 있는 의뢰표를 보고 있는 헌터의 뒤쪽에서 접근했다.

등 뒤 1미터 정도 거리까지 접근했을 때, 갈색 머리카락에 파란 눈동자의 여자 헌터가 뒤를 돌아봤다.

티노의 얼굴을 보고 깜짝 놀라 눈이 휘둥그레지고, 경직됐다.

멤버 모집 행사장에서 마스터와 같이 있던 헌터다. 정보는 사전에 들었다. 하지만 애당초 마스터 곁에 있었다는 시점에서, 티노는 그 특징을 기억에 똑똑히 새겨두고 있었다.

이름은 루다 룬벡.

【흰 늑대 둥지】를 공략할 멤버를 찾기 위해서 《발자국》의 멤버 모집 행사장에 왔던 레벨3 헌터.

발소리를 죽이는 데 익숙한 그 몸놀림. 그 선 자세를 보면, 역할은 틀림없이 도적.

함정 간파와 색적, 자물쇠 풀기가 특기인 헌터다.

역할이 티노와 겹친다. 게다가 (뇌까지 근육이기는 하지만) 유명한 스승에게 배운 티노보다 격이 떨어진다.

기척을 지우고 발소리를 죽인 티노가 지근거리에 다가갈 때까지 알아차리지 못했다.

갑자기 나타난 티노를 보고, 루다가 동요 때문에 떨리는 목소리로 말했다.

"뭐, 뭐야? 뭔데? 아…… 어제, 크라이랑 같이 있었던——"

하지만, 좋다. 이것은 스승이자 경애하는 언니……가, 또 경애하는 마스터의 부탁이니까.

어쩔 수 없다. 마스터가 정한 일은 절대적이다.

마음속에서 소용돌이치는 우울한 기분을 잠재우고, 티노는 단적으로 용건을 말했다.

"마스터…… 크라이 안드리히의 부탁으로 왔어. 할 얘기가 있으니 같이 와줬으면 해."

생각지도 못한 말이었는지, 루다의 눈이 더 크게 떠졌다.

티노는 그런 루다한테서 눈을 돌리고, 크라이가 말한 다른 멤버들을 찾기 시작했다.

『그레그 님』은 탐색자 협회 옆에 있는 트레저 헌터들이 많이 찾는 주점, 『금 열쇠』에 있었다.

또래 동료들과 술을 마시고 있는 사이에 끼어들어서 용건만 간단히 말했다.

솔직히 말해서 티노는 이 임무가 마음에 안 들었다.

아니, 임무 자체는 어떻게든 받아들일 수 있다. 레벨이 3밖에 안 되는 보물전이라면 티노 혼자서도 어떻게든 할 수 있을 것이다.

하지만 같이 가라고 지시한 파티 멤버들을 납득할 수가 없다.

트레저 헌터는 기본적으로 파티를 맺는 걸 권장한다. 무슨 일이 일어날지 모르는 위험한 보물전에 혼자서 돌입하는 건 너무 위험하기 때문이다.

한 사람과 복수 인원일 경우에, 대응력이 크게 차이가 난다. 모든 분야에서 고도의 능력을 지닌 자는 거의 존재하지 않는다.

그렇다면 대체 왜 솔로 헌터라는 것이 존재하는 걸까.

그것은 적절한 파티를 맺는 것이 상당히 어렵기 때문이다.

특기 분야의 차이. 성격 차이. 목적 차이. 가치관 차이. 재능 차이.

자아가 강한 자들이 많은 헌터들이 안정된 파티를 맺는 것은 상당히 힘들다.

탐색자 협회의 통계에 의하면, 일단 맺어진 파티가 5년 뒤에도 계속해서 존속할 확률은 10%도 안 된다는 것 같다.

보물전 탐색은 목숨을 걸고 해야 하는 일이다. 맞지 않는 사람과 파티를 짜면 심각한 스트레스를 받게 된다.

스트레스 정도면 또 다행이다. 경우에 따라서는 뒤에서 공격당할 가능성도 있다.

파티 멤버를 선정할 때는 신중에 신중을 기해야 한다. 헌터의 철칙이다.

괜히 안 맞는 헌터와 파티를 짜느니, 차라리 솔로가 낫다.

그것이 티노의 생각이었다.

그리고 마스터가 말한 사람들은 티노 입장에서 보면 『안 맞는』 사람이었다.

특기 분야도 성격도 목적도, 모든 게 다 어긋난다. 마스터의 말은 신뢰하지만, 그것과 이건 또 다른 얘기.

마스터어…… 아니에요. 저는 마스터어랑 같이 보물전을 공략하고 싶었어요. 모르는 헌터 따위는 필요 없어요.

이제 와서 후회의 소용돌이에 휘말린 티노를 보며, 그레그 님이 잠깐 뭔가를 생각하는 표정을 지었다.

제발 거절해줬으면 좋겠다. 그렇게 되면 마스터한테도 할 말이 생기니까.

동료들과 술을 마시는 중에 멋대로 끼어들었다. 보통은 그냥 웃어넘겨도 이상하지 않을 일인데.

일말의 희망을 품은 티노를 보며, 그레그 님은 투박한 얼굴을 찌푸리고는 무자비하게 말했다.

"그래, 알았다. 야, 미안하다. 잠깐 갔다 올게."

《시작의 발자국》의 클랜 하우스. 그곳의 라운지는 헌터들 사이에서 유명한 곳이다.

어지간한 술집들과 다르게 청결한 공간에 멋진 바 스타일 카운터 테이블. 소속된 파티 숫자만큼 놓여 있는 하얀 테이블 앞에는 의자가 여러 개 놓여 있다. 취해서 소란을 피워도 되는 곳은 아니지만, 《발자국》 소속 파티 중에는 보물전을 공략한 뒤에 여기서 뒤풀이를 하는 자들도 많다.

그 한쪽에서 루다가 불안한 표정으로 주위를 이리저리 둘러보고 있었다.

그레그도 흥미롭다는 것처럼 눈살을 찌푸리고 있지만, 평소보다 조용해 보인다.

하지만 그 대신 티노의 눈이 엄청나게 흐릿해져 있었다.

"그래서…… 볼일이라는 게 뭔데?"

"여기가 그 유명한 《발자국》의 라운지인가. 들어온 것만 해도 자랑거리야."

티노의 시선이 향한 곳에는 키가 티노보다 조금 큰 소년이 있었다.

뚱한 표정에 등에 멘 대검 보구. 『연옥검』이라고 했던가.

왠지는 모르겠지만, 다 모였어요…… 마스터어, 이젠 틀렸어요.

마음속에서 비명을 지르고 있는 티노에게 소년── 길베르트 부시가 간신히 억누른 것 같은 목소리로 말했다.

"그래서, 할 얘기가 뭔데? ……나도 한가한 몸이 아니거든."

등에 멘 대검이 햇살을 반사해서 번뜩하고 빛났다.

길베르트는 며칠 전에 있었던 멤버 모집 행사장에서 때려눕혔던 상대다. 마스터가 말한 헌터 세 명 중에서 가장 파티 멤버로 삼고 싶지 않은 사람이기도 했다.

성격을 보면 부르지 않아도 따라올 것 같았고, 애당초 찾을 생각도 거의 없었다.

주점에서 나왔을 때 우연히 마주치지 않았다면, 한 사람은 못

찾았다고 보고했을 것이다.

아니, 처음부터 티노는 세 사람 모두 찾지 못하더라도 상관없었다. 그냥 부탁받았으니까 형식적으로나마 조금 돌아다녔을 뿐이고, 그냥 그럴 생각이었는데, 이 넓은 제도에서 헌터 세 명을 전부 찾아내고 말았다.

하지만 아직 가능성은 있다. 파티 참가를 거절한다는 가능성이다.

파티에 대해 민감한 건 티노 혼자만이 아니다.

게다가 이번 목적은 임시 파티고, 받아들일 임무는 내용에 비해 보수가 너무 짠 벌칙 게임이다.

게다가 티노와 나머지 세 명은 사이가 좋기는커녕 서로 아는 사이조차도 아니다. 거절할 가능성 쪽이 훨씬 크겠지.

숨을 한 번 크게 들이쉬고서 각오를 다졌다. 일말의 희망에 걸어본다.

마스터어, 죄송해요. 이제 혼자는 싫다는 소리 안 할게요. 도와주세요.

세 쌍의 눈이 티노가 입을 열어서 말하기를 기다리고 있다. 어깨를 한 번 움찔하고, 티노는 죽은 사람 같은 눈으로 세 사람에게 부탁했다.

"싫다면 거절해도 상관없어. 마스터가 벌칙 게임 임무를 맡았는데…… 파티를 맺을 상대로 세 사람 이름을 말했어. 나랑 파티를 맺어줬으면 싶어. 싫으면 거절해도 돼."

클랜 하우스 꼭대기 층. 일반 멤버들의 출입이 금지된 집무실.

내 이야기를 들은 에바는 잠시 아무 말이 없었지만, 마침내 안경 렌즈를 번쩍이면서 말했다.

"어둠 전골이군요."

"무슨 실례되는 소리를."

아무리 사실이라고 해도 말해서 되는 일과 안 되는 일이 있다.

"⋯⋯거의 솔로로만 활동한 티노 양한테 파티를 이끌게 하는 건 시기상조가 아닐까요?"

"이것도 다 티노를 위한 일이야."

진지한 표정으로 그렇게 말했더니, 에바가 한숨을 쉬고서 입을 다물었다.

하지만 에바의 말은 정확한 포인트를 지적했다.

나는 클랜 마스터이자 파티 리더다. 하지만 솔직히 말해서, 어지간한 판단들은 전부 대충하고 있다.

처음에는 진지하게 생각하느라 잠도 못 자는 밤을 보낸 적도 있었지만, 다 귀찮아졌기 때문이다.

겨우 일개 파티 리더였던 시절부터, 내가 파티 전체의 판단을 떠맡아왔다.

클랜을 세운 뒤로 그럴 기회가 더 많아졌다. 이름이 알려진 뒤로는 외부 파티나 클랜에서 판단해달라고 부탁하는 일도 많아졌다. 때로는 탐협에서도 의견을 구하고.

솔직히 말하자면 진지하게 해나갈 수가 없는 상황이다. 책임도

질 수 없고, 애당초 난 그런 일을 하려고 클랜을 만든 게 아니거든.

지금도 내가 열심히 고민하는 건 내 파티——《비탄의 망령》에서 발생하는 판단뿐이다.

괜찮아. 티노는 강해. 특히 그 민첩성은 스승도 보장했으니까.

뭔가 엄청난 사태가 벌어지더라도 어떻게든 도망칠 수는 있을 테니까. 어떻게든 도망치지 못한다면, 그건 어떻게든 도망치지 못한 티노가 잘못했다고 말할 수밖에 없고.

헌터에게 있어 죽음은 자기 책임. 사고는 당연히 벌어지는 일이고, 그래서 헌터는 항상 만전의 준비를 해둬야 한다.

만약 멤버 선정을 잘못해서 험한 꼴을 당했다면, 그건 나한테 더 항의하지 않은 티노의 책임이다. 아무도 실수에 대한 책임을 져주지 않고, 불이익은 자신이 짊어지게 된다.

내가 일찌감치 보물전 공략을 포기한 것처럼, 때로는 주위의 의견에 반대하는 것도 필요하다.

티노가 힘든 경험을 하면서, 누가 시키는 대로만 하는 게 아니라 알아서 뭔가를 하는 적극성을 배웠으면 싶다.

한마디로 내 적당한 어둠 전골 전술은, 말하자면 티노의 앞날을 위한 사랑의 채찍이다.

이 얘기는 여기서 끝.

푹신푹신한 의자에 몸을 묻고, 크게 기지개를 켰다.

"아~ 귀찮은 일들 다 내던져버리고 온천 같은 데 놀러가고 싶다……."

"……아예 클랜 전체 여행이라도 갈까요."

"……그거 좋네. 직원들도 전부 모아서 다 같이 여행이나 갈까."

에바는 원래 큰 상회에서 열심히 일하던 사람을 스카우트해서 부마스터를 맡긴 인물이다.

가끔 나오는 유연한 발상은 아마도 상인 출신이기 때문에 나오는 것들이겠지.

그나저나 여행이라…….

제도는 대도시다. 치안은 좋고 가도도 잘 정비돼 있는데, 그래도 가끔씩 마물이 나오거나 아주 드물게 가까운 보물전에서 기어 나온 팬텀이 공격해오는 경우도 있다. 도적이 나타날 가능성도 있고.

여행이라는 게 그렇게 간단히 할 수 있는 일이 아니지만, 우리 같은 경우에는 다들 평소에 마물을 사냥하고 다니는 괴물 같은 존재들이라서, 호위 같은 게 필요 없다. 헌터의 특권이라고 할 수 있을지도 모른다.

강요할 권리는 없지만, 결속을 다진다든지 하는 적당한 핑계를 대면 다들 간단히 따라와 줄 것 같다.

문제는 우리 클랜 멤버들이 전부 제도를 떠난다고 하면, 탐협이나 제국 귀족 같은 망할 것들이 뭐라고 할 것 같단 말이야.

그리고 뇌까지 근육인 헌터들이 여행지에서 문제를 일으킬 것 같기도 하고. 역시 파티 단위로 여행을 가는 정도가 관리할 수 있는 한계일지도 모른다.

아냐, 안 되겠다. 우리 파티 멤버 쪽이 훨씬 문제를 일으킬 것 같으니까.

막다른 골목이다. 토할 것 같다.

힘이 쭉 빠지면서도, 에바가 모아준 자료를 팔락팔락 넘겼다.

자료에는 그레그 님과 다른 사람들에 대한 정보가 자세하게 적혀 있었다.

《발자국》에는 헌터나 보물전에 관한 자료들이 많이 축적돼 있다.

신참 헌터라면 또 모를까, 어느 정도 실적이 있는 헌터들의 정보는 꽤나 잘 정리돼 있다.

루다는…… 우수하네. 경험은 반년 정도밖에 안 되지만, 그래도 벌써 레벨3까지 올라갔다. 솔로치고는 파죽지세라고 할 수 있다. 큰 대미지도 없이 살아남을 수 있었던 건 재능 덕분이기도 하지만, 운도 좋았다고 봐야겠지.

그레그 님은…… 베테랑이다. 몇 년 동안이나 안정적으로 헌터 일을 할 수 있는 사람은 그렇게 많지 않다.

길베르트 소년은…… 문제아이긴 하지만 그렇게 큰 소리를 칠 만도 하네. 시골에서 올라온 파티에서 활동했었는데, 불화 때문에 혼자서 파티를 탈퇴했다는 것 같다.

뭐, 헌터들 사이에서는 흔히 있는 일이지. 나도 까딱하면 그렇게 됐을 수 있으니까.

그러고 싶었는데 말이야.

전체적으로 봤을 때—— 평범하다. 재능은 있지만 특별히 눈에 띄는 건 없다.

헌터들의 성지인 제도에 오는 사람들은 하나같이 크건 작건 자기 힘에 자신을 가지고 있다.

나는 진짜 괴물을 알고 있다.

높은 난이도의 보물전을, 자기 몸을 돌보지도 않고 지혜와 힘으로 밀어붙여서 공략하는 진짜 괴물들을.

나는 열심히 자료를 읽은 뒤에 마음속으로 고개를 끄덕였다.

뭐, 특별히 강한 헌터는 없는 것 같지만, 이번 벌칙 게임 정도라면 충분하겠지. 원래 티노 혼자서도 어떻게든 할 수 있는 보물전이니까, 사람이 네 명이나 있으면 공략 자체는 간단하다.

나는 나의 보는 눈을 전혀 신뢰하지 않지만, 내 클랜 멤버들의 힘은 신뢰하고 있다.

"그런데, 티노 양 일행을 보내도 괜찮을까요…… 레벨3 보물전이라고 해도, 탐협에서 의뢰가 들어올 정도인데……."

"괜찮아, 괜찮다고. 진짜 위험할 것 같으면 우리 멤버들을 찾아서 도와달라고 할 테니까. 티노도 어린애는 아니라고."

티노는 클랜의 초기 멤버 중의 한 사람이다. 클랜을 창립했을 때부터 계속 봐온 에바 입장에서 봤을 때, 직종이 다르기는 해도 티노가 어린애처럼 보일 것이다.

걱정하는 표정을 짓는 부마스터에게 어깨를 으쓱거려 보였다.

티노는 그렇게 보여도 똑부러진 아이다. 위험한 순간에 다른 사람의 도움을 받을 수 없는 솔로로 헌터 일을 할 만큼, 보통 이상의 위기 관리 능력이 있다. 걱정할 필요는 없다.

그때, 문 두드리는 소리도 없이 갑자기, 문이 활짝 열렸다.

"마스터어어어어어! 도와주세요! 역시 저한테는 무리예요오오!!"

"포기하는 게 너무 빠른 게 아닌가요, 티노 양."

뛰어 들어온 티노의 눈이 나와, 내 옆에 서 있는 에바를 확인. 그대로 태클이라도 날리는 것처럼 나한테 안겼다. 부비부비, 머리를 내 배에 문질러댄다.

이거 분명히 연기다. 목소리 텐션이 내용하고 하나도 안 맞아. 정말 교활한 아이라니까.

지시를 내린 때부터 지금까지 시간을 봤을 때, 아직 보물전에 가지도 않았다.

게다가 여기, 헌터 출입 금지 구역인데 말이야.

에바가 완전히 질렸다는 얼굴로 티노를 보고 있다. 내가 걱정할 필요 없다고 했잖아.

정말로, 자기 사부한테 안 좋은 영향을 너무 많이 받은 것 같아.

"뭐가 문제인데?"

"전부예요, 마스터어. 저한테는 짐이 너무 무거워요⋯⋯."

전부란 말이지⋯⋯ 그건 곤란한데.

티노에게 끌려가는 모양으로 라운지로 향했다.

라운지에는 내가 지명한 멤버들이 모여 있었다.

뭐라고 말하고 데려왔는지는 모르겠지만 이 짧은 시간에 잘도 모았네. 역시 대단해.

루다 룬벡. 그레그 님에 길베르트 소년.

선택한 이유는 솔직히 말해서 대충, 이다.

루다는 【흰 늑대 둥지】에 가고 싶다고 해서 골랐지만, 나머지 둘은 완전히 그냥 어쩌다 걸린 거다.

루다도 그레그 님도 길베르트 소년도 성격은 둘째 치더라도, 일단 능력은 중견이다.

역할이나 상성 따위를 고려하지 않았지만, 인원이 갖춰지면 공략하는 게 편할 것이라는 게 내 생각이다.

목적은 구원이니까, 경우에 따라서는 깊은 곳까지 갈 필요도 없다. 나머지는 파티 내부의 불화만 어떻게든 하면, 최악의 경우에도 살아남을 수는 있겠지. 난 싫지만, 그런 파티.

루다가 눈알을 정신없이 움직여서 라운지 안을 이리저리 둘러보고 있다.

그레그 님과 길베르트 소년도 약간 긴장한 것 같은 분위기고.

소속되지 않은 클랜의 본부. 이 사람들에게는 적진이나 마찬가지다.

티노한테 잡아끌리듯이 다가갔더니, 나를 본 루다가 안심한 것처럼 얼굴이 풀어졌다.

그러고 보니까, 중간에 그 난리가 벌어진 탓에 결국 루다한테 인사도 못 하고 헤어졌었지.

어쩔 수 없는 일이기는 했지만, 아주 조금 미안하다는 기분이 들었다.

"아, 크라이——"

"······늦었잖아. 한참 기다렸다고!"

일어서서 말한 루다의 말을 자르는 것처럼, 길베르트 소년이 말했다. 루다는 뚱한 표정으로 소년을 노려봤다.

여전히 건방진 태도지만, 장소가 장소라서 그런지 목소리도 내용도 지난번보다는 조금 얌전했다.

그나저나 내가 불러놓고 이런 말을 하기는 그렇지만, 티노한테 그렇게 얻어맞았으면서 잘도 따라왔네.

이어서 그레그 님 쪽을 봤다. 그레그 님이 날 보면서 씩 웃었다. 하지만 얼굴이 아주 조금 일그러져 있다.

나는 왠지 조금 귀찮아져서, 그들의 위험도를 전부 묶어서 E로 설정했다.

티노가 옆에 있고, 여기는 내 홈그라운드니까 조금 세게 나가자.

"어, 어허허…… 《발자국》의 본부에 있다니…… 저, 정말로《탄령》의 멤버였군……."

"어젠 정말 몰랐어. 모집하는 데 몇 번이나 왔다고 하기에, 난 그냥……."

루다가 나무라는 것 같은 눈으로 날 쳐다봤다.

속일 생각은 없었지만 말이야…… 줄에 섰던 건 정말 생각 없이 했던 행동이었다.

솔직히 말이야, 그렇게 많은 사람이 줄을 서 있는데, 거길 뚫고 지나가는 건 무리였거든. 늦잠을 잔 내가 잘못이기는 하지만.

밝은 목소리로 이야기를 주고받는 루다와 그레그 님을 보고 안심했는지, 길베르트 소년이 무례한 눈빛으로 날 쳐다봤다.

"……너같이 약해 보이는 게 《비탄의 망령》 멤버라니…… 제도 최강의 파티라고 들었는데, 소문만큼은 아닌가 보네."

"……뭐, 딱히 우리가 제도 최강도 뭣도 아닌데 말이야. 누가 그런 소문을 흘린 거야……."

생각할 필요도 없다. 내 소꿉친구들이다. 아크네 파티도 있고, 오랜 역사를 자랑하는 제도에는 고참 강호 파티들이 잔뜩 있다. 아무리 좋게 봐줘도 최강은 아니다.

얼굴을 찌푸리고 있는 나의 팔을, 티노가 꼭 끌어안았다. 작기는 해도 틀림없는 존재감을 자랑하는 부드러운 감촉이 위팔에 닿았다. 아마 일부러 그랬겠지. 스승의 악영향이 드러나고 있다. 나쁜 영향이 너무 많이 드러나고 있다고.

티노가 눈물을 글썽이면서 호소했다.

"이 사람들, 무례해요. 저는 이렇게 마스터어에 대한 경의가 부족한 사람들과 같이 보물전에 갈 수는 없어요. 마스터어는, 마스터어인데."

"응, 그러게. 무슨 말을 하는 건지는 모르겠지만."

싱글싱글 웃으면서 고개를 끄덕여줬다. 하지만, 아무래도 상관없는 일이다.

내가 마스터라고 해도 멤버라도 해도, 나는 나 이상도 이하도 아니니까.

하지만 그 말이 그레그 님한테 충격을 준 거 같다. 엄청나게 배짱 있어 보이는 그 얼굴이 완전히 굳어졌고, 두꺼운 입술이 떨리면서 목소리가 흘러나왔다.

얼굴이 퍼런색이네, 아주 새파래졌어.

"자, 잠깐만…… 마스터어? 그러니까…… 마스……터라고? 《발자국》의?"

"뭐…… 분에 넘치지만 말이죠, 그레그 님."

정말로 분에 넘치는 호칭이다. 그레그 님한테 이런 말을 해야만 하는 게 너무나 가슴이 아프다.

"……설, 마………… 그…… 《천변만화》……? 인가, 요?"

"마스터어가 얼마나 대단한지 알았으면, 무릎을 꿇어야 해."

루다가 영문을 모르겠다는 분위기로 허둥대고 있다.

티노가 나한테 달라붙은 채, 차가운 눈으로 그레그 님을 노려봤다.

응. 위협하지 마. 토할 것 같으니까.

신 같은 계산 능력과 귀신같은 지모를 지녀서, 그 누구도 그의 수법을 간파할 수 없다.

《천변만화》.

그것은 《비탄의 망령》에서 허울만 좋은 리더를 하고 있는 나에게 온정을 베풀어서 붙여준 별명이다.

탐협은 헌터 업계에서 뛰어난 공적을 남기거나 이름이 널리 알려진 헌터에게 별명을 붙여준다.

그렇게 해서 헌터들 사이에 일종의 아이돌을 만들어내는 것이다.

딱히 실질적인 이익이 있는 건 아니지만, 헌터들 사이에서는 더할 나위 없는 명예로 여겨지고 있다.

《비탄의 망령》은 눈에 띄는 파티였다.

무엇보다 파티 이름이 불온하다는 시점에서 눈에 띄었고, 각 멤버들이 하나같이 재능이 있었다. 훈련을 게을리하지 않았고, 무엇보다 내 친구들은 목숨을 걸고 보물전을 탐색하는 걸 두려워하지 않았다.

엄청난 속도로 여러 보물전을 공략한 헌터의 감이라고 불러야 할 것 같은 우리들에게 별명이 생긴 것은 어떻게 보면 당연한 일이었다.

《비탄의 망령》은 각각 역할에 특화된 멤버들로 구성된 파티다.

나를 제외한 파티 멤버 모두가 각 분야에서 보기 힘든 재능을 발휘했고, 각각 거기에 따른 별명을 얻었다. 멤버 전원이 별명을 얻는 것은 쉽게 찾아보기 힘든 위업이다.

하지만 거기서 한 가지 문제가 발생했다. 리더인 나 때문에.

나한테는 역할이 하나도 없었다. 내가 한 일이라고는 자존심을 버리고 온갖 방면에서 열심히 고개를 숙이고, 최대한 피해가 발생하지 않도록 동료들을 달래는 것뿐이었고, 딱히 눈에 띄는 실적도 없었다.

뭔가 괴물들 속에 딱 하나, 뭐 하는 놈인지 모를 녀석이 섞여 있는데, 이 녀석 대체 뭐 하는 걸까.

아마도 탐협의 높은 분들도 그렇게 생각했겠지.

하지만 파티 전체의 실적은 두말할 필요가 없다. 멤버 전원에게 별명을 지어줬는데, 그 리더한테 별명이 없는 것도 이상한 일이다. 탐색자 협회의 판정에 의문을 품을 수밖에 없겠지.

그렇게 해서 나는, 뭐 하는 녀석인지는 모르겠지만 위험한 파티의 리더니까 별명을 지어줘야겠다는 이유로 별명을 얻게 됐다.

《비탄의 망령》은 뭐 하는 녀석인지는 모르겠지만 《천변만화》라고 불리는 헌터가 이끄는 엄청난 파티다.

빈정대는 뜻도 꽤나 포함해서 지어준 것 같은 《천변만화》라는 별명은 《비탄의 망령》이 더 강력해지면서, 지금에 와서는 그 누구도 싸우는 모습을 본 적은 없지만 최강 같은 느낌을 주었다.

그리고 나는 사상누각 같은 그 별명에 비교적 만족하고 있다. 하드보일드하잖아?

부정하고 싶지만, 얕보이면 밖에서 돌아다니다가 습격당할 수도 있어서 그건 사양하고 싶다.

뭐, 어쨌거나 너무 거창한 이름이 도움이 된 것도 사실이기는 하니까.

그레그 님이 얼굴이 새파랗게 질린 채로 내 얼굴을 멍하니 쳐다보면서, 떨리는 목소리로 말했다.

정체가 들키더라도 얕보일 때는 얕보이는 법이지만, 괜히 나이만 먹은 사람은 아닌 것 같다.

"말도 안 돼…… 젊다고 듣기는 했지만── 너무 젊잖아."

"뭐, 그런 건 됐고. 그러니까……."

그리고, 거기서 갑자기 이런 생각이 들었나. 난 뭘 하면 되는 걸까?

무엇보다 티노가 대체 어디까지 얘기했을까? 전부 문제라고 해도 곤란한데 말이야.

티노 쪽을 봤더니 강아지 같은 눈으로 날 올려다보고 있다. 아이콘택트인가?

그 눈을 보고 모든 것을 알아차렸다. 분위기를 파악하는 능력에는 자신이 있거든.

그래, 너희들이 잘해나갈 수 있게 한마디 해달라는 거지.

내가 무능하기는 해도 나름대로 지위가 있다 보니까, 내 말에도 상당한 무게가 있다.

고개를 살짝 끄덕였더니, 티노가 마치 희망이라도 발견한 것처럼 눈을 반짝거렸다.

오케이, 오케이, 나한테 맡겨만 두라고.

"어흠. ……오늘 이렇게 오게 한 것은, 티노한테 맡긴 일을 도와줬으면 싶어서, 인데."

어째선지 티노의 얼굴이 일그러졌다. 괜찮다니까, 그렇게 걱정하지 않아도 된다고.

갑작스러운 요청이지만, 여기까지 온 걸 보면 어느 정도 예상은 했다는 뜻이겠지.

이렇게 말해두면 알아서 잘해나가게 될 거야.

루다는 원래 【흰 늑대 둥지】 공략을 목표로 했고, 그레그 님은 어찌어찌해도 헌터에 대해 잘 알고 있다. 강한 자에게는 거스르지 않는 잔챙이 기질이 나랑 아주 잘 맞을 것 같다. 같이 술이라도 한잔하고 싶다.

그리고 마지막 문제라고 해야 할 사람 하나가, 나를 향해서 이를 드러내고 있었다.

"네가…… 그, 제도 최강의 《천변만화》라고?! 농담이지! 단련을 하나도 안 했잖아!"

"아니, 최강이라는 소문──"

없거든?

누구야, 이상한 소문 퍼트린 놈이. 매번 피해를 보는 건 나란 말이야.

그렇게 말하려던 나를 밀치고, 티노가 앞으로 나섰다.

"마스터어의 힘을 몰라보다니, 불쌍해. 인생의 90%는 손해 보고 있어."

"응. 무슨 말인지는 모르겠지만 조용히 있어줄래?"

"마스터어, 역시 이 녀석이랑 같이 일하는 건 무리예요. 입만 산 놈이 제일 싫어요."

입만 산 놈이라니, 그거 완전히 내 얘기거든…….

길베르트 소년이 단련하지 않았다고 말하는 것도 당연하다. 왜냐하면 정말로 하나도 단련을 안 했으니까.

아마도 나와 길베르트 소년이 같은 조건, 같은 장비로 싸우면 내가 엉망진창으로 질 거야.

그레그 님이 당장이라도 덤벼들려고 하는 길베르트 소년을 붙잡았다.

"이, 이 멍청아── 상대를 보고 시비를 걸라고! 상대는── 영웅…… 그 아크 로단을 제치고, 최연소로 레벨8 인정을 받은 헌터란 말이야?!"

"이거 놔, 꼰대! 젠장, 난, 인정 못 해!"

손을 내밀면 물어버릴 것 같은 얼굴인 길베르트 소년.

대단한 근성이다. 만약에 내가 저 소년의 입장이었다면 그 자리에서 엎드려 빌었을 텐데.

강한 투지와 저 급한 성질은 일류 헌터급이다.

나는 루다 쪽을 봤다.

"루다는 도와줄 수 있겠어?"

"그건…… 내가 먼저 부탁하고 싶을 정도인데…… 레벨8이라는 게, 정말이야?"

의아해하는 시선을 보고, 나는 솔직하게 털어놨다.

레벨은 실력의 절대적인 지표가 아니다. 탐협의 레벨 인정은 다각적인 시점에서 행해지는 것이다.

"숫자만 올라간 거야. 파티 리더라든지 클랜 마스터가 되면, 멤버들의 실적 일부가 그 사람의 평가에 더해지거든. 《발자국》은 큰 클랜이니까, 레벨 인정에 필요한 방대한 실적 포인트도 금세 쌓이게 되지."

"마스터어, 당연히 제 포인트도 바치고 있어요!"

루다가 납득한 것 같기도 하고 아닌 것 같기도 한 표정을 지었다.

이건 치사한 일이 아니다. 탐협은 후진 육성을 추진하고 있고, 실제로 레벨이 높은 헌터들은 모두 파티 리더나 클랜 마스터, 또는 스승 같은 역할을 맡고 있다.

그렇지 않으면 최전선에서 보물전을 공략하는 아크보다 내가 레벨이 높은 게 말이 안 되니까.

내 말을 듣고, 길베르트 소년이 더 큰 소리로 따지고 들었다.

"그거 보라고! 이 자식은 그냥 치사한 놈이야! 너 같은 놈이 최상위 헌터라니, 그걸 어떻게 믿겠어!"

근성은 인정하지만, 슬슬 짜증나기 시작했다.

한숨을 쉬고, 얼굴이 시뻘개져 있는 길베르트 소년에게 말했다.

"아니, 레벨8이 최상위도 아니고 말이야…… 그리고, 믿기 싫으면 안 믿어도 되거든."

얕보이는 건 익숙하다. 강하게 보이지 않는다는 것도 알고 있고, 실제로 《발자국》에 소속된 괴물들에 비하면 나는 하나도 강하지 않으니까.

내가 이 자리에 앉아 있는 건 내 뜻이 아니라, 아무도 하고 싶어 하지 않아서 어쩔 수 없이 앉아 있는 것뿐이다.

나는 언제든 물러날 준비가 돼 있다.

뭐, 티노한테는 미안하지만, 한 사람 정도 없어도 별문제는 없겠지.

"그럼 길베르트 소년은 됐어. 그레그 님은 도와줄 거야?"

"……뭐?"

길베르트 소년의 눈이 휘둥그레졌다. 어째선지 티노가 승리 포즈를 취하는 게 보였다.

"뭐, 뭐라고……? 그, 그야…… 물론, 상관없지, 니다만……."

그레그 님이 이상한 존댓말로 대답했다.

이쪽에서 불러놓고 이런 말 하기는 그렇지만, 나도 싫어하는 길베르트 소년한테 억지로 일을 시킬 생각은 없다. 고개를 숙이고 부탁할 생각도 없고.

자존심 문제는 둘째 치더라도, 여기는 우리 클랜의 라운지다.

자기네 클랜 마스터가 고개를 숙이는 모습을 보고 기분 좋을 사람은 없겠지. 쓰레기 하나 받아들이려고 클랜 멤버들의 신뢰를 잃을 필요는 없잖아.

길베르트 소년이 아크만큼 실력이 있다면 모를까, 고작해야 레벨4의 전위다.

레벨4 이상의 전위 따위, 우리 멤버들로 얼마든지 대신할 수 있다.

"뭐, 뭐야, 진짜 괜찮은 거야?! 안 도와준다?!"

"그래, 정말 아쉽네. 하지만 어쩔 수 없이. 티노, 셋이서 힘들 것 같으면 우리 멤버들 중에서 적당히 데리고 가."

아직 낮이지만, 탐협 옆에 있는 주점에라도 가면 몇 명쯤은 있겠지.

티노가 자신의 뜻대로 되자마자, 날 올려다보면서 애원했다.

"마스터어, 같이 가주세요……."

"싫 · 다 · 고."

내가 가서 어쩌라는 건데. 말이 쉬워서 레벨3 보물전이지, 그래도 목숨이 위험할 수도 있는 건 사실이니까.

티노의 실력은 알고 있지만, 호위로서 충분하냐고 묻는다면 난 고개를 저을 거야.

확실하게 대답해줬는데, 티노는 눈물을 글썽이면서 날 쳐다봤다.

원래 나한테 응석을 부린 적이 여러 번 있었다. 멋있는 오빠 포지션으로서 응석을 달게 받아줬지만, 이번에는 도를 넘은 것 같다.

머리를 움켜쥐고 떼어내려고 했더니, 무시당한 길베르트 소년이 큰 소리를 질렀다.

"승부다!"

"?"

뭐라고 하는 거야, 이 자식은.

내가 머리를 움켜쥐고 있고, 티노도 눈을 깜박거리면서 길베르트를 쳐다봤다.

시선을 견디지 못하겠다는 것처럼, 소년이 또다시 소리를 질렀다. 소년이 내뻗은 손가락이 내 턱을 가리키고 있다.

"승부, 다. 《천변만화》! 내가, 지면…… 동료가, 돼 주마."

"뭐……?"

뭐라는 거야 이 멍청한 게. 라는 말이 튀어나오려고 했지만 바로 삼켰다.

아무리 나라도, 이렇게까지 얕보면 눈이 휘둥그레진다.

티노가 한 말을 따라하는 건 아니지만, 분수를 몰라도 너무 모른다.

이래 봬도 나는── 레벨8 인정을 받은 헌터다.

이번 경우에는 내가 정말로 힘이 없어서 해당되지 않지만, 원래 레벨8과 레벨4 헌터의 힘은 천지차이다. 레벨이 나보다 하나 아래인 아크 기준으로 봐도, 길베르트 따위는 먼지만도 못한 존재다.

그리고 마지막으로, 왜 온갖 승부에서 도망 다닌 내가, 이《천변만화》가, 쓰레기 하나를 파티에 넣기 위해서 굳이 그런 이길 수 있는지 아닌지도 모를 승부를 받아들여야 하는 건데.

나랑 싸우고 싶으면 《시작의 발자국》 멤버를 전부 쓰러트린 뒤에 찾아와라.

너무 무모한 짓이다 보니, 그레그 님도 부추기지 못하는 것 같다.

길베르트 소년이 계속해서 말했다. 옆에 놓아뒀던 대검 자루를 오른손으로 잡았다.

익숙한 행동. 선전포고라도 하는 것처럼, 거대한 검을 한 손으로 들어 올렸다.

"나는, 나보다 약한 놈한테, 따를 생각은 없어!!"

"……그럼 네 상대는 내가 아니라 티노겠네?"

"……뭐?"

왜냐하면 파티 리더는 티노니까.

티노가 나한테서 떨어지고, 전의가 넘치는 표정으로, 얼빠진 표정을 짓고 있는 길베르트를 날카로운 눈으로 노려봤다.

"마스터어는 흘려넘기는 걸 정말 잘하시네요. 하지만, 좋아요. 마스터어에 대한 무례한 태도, 이 티노 셰이드가 언니를 대신해서 천벌을 내리겠어요."

"보세요, 마스터어. 이 유연성, 언니한테 직접 배웠어요. 어떤 체위도 가능해요."

"응, 응. 무슨 소린지는 모르겠지만 대단하네."

다리를 180도로 벌리고, 티노가 바닥에 납작 엎드렸다. 어깨 높이로 자른 검은색 머리카락이 바닥에 퍼졌다.

유연한 육체는 헌터의 필수 조건이다. 도적에게는 특히 필수라서, 리즈 같은 경우에는 연체동물처럼 몸을 접어서는, 믿을 수 없을 정도로 작은 트렁크 케이스에 들어가기도 한다.

지금부터 모의전을 시작하려고 하는데, 티노한테는 긴장한 기색이 전혀 느껴지지 않았다.

평소의 훈련 덕분이겠지.

티노 셰이드.

내 소꿉친구 중에 하나. 《비탄의 망령》에서는 도적 역할을 맡고 있는 리즈 스마트의 하나뿐인 제자. 제자라고는 해도 솔로 헌터로 활동을 시작한 지 벌써 몇 년, 이미 헌터로서 보통 이상의 실력을 발휘하고 있다.

리즈의 훈련은 대부분 자기 스타일이다. 천재한테는 이론형과 감각형이 있다고 한다. 감각형 천재인 리즈는 자기가 경험한 모든 훈련들을 보다 가혹하게 어레인지해서 티노를 가르쳤다.

반쯤 악의가 담긴 것처럼 보이는 훈련을 견뎌낸 티노는, 그 덕분에 언제나 자연스러운 태도를 유지하고 있다.

항상 토할 것 같은 기분인 나하고는 전혀 다르다. 이 귀여운 후배도 일종의 괴물이다.

《발자국》의 클랜 하우스 지하에는 여러 층의 훈련을 위한 시설이 있다.

길베르트 소년의 실력을 시험하기 위해서 선택한 곳은 지하 1층의 시설이었다.

사방 백 미터나 되는 엄청나게 넓은 공간이다. 《발자국》에는 특정한 기능을 연습하기 위한 설비도 있지만, 지하 1층은 모의전용 방이다.

천장까지 높이는 5미터. 체공시간이 길고 3차원적인 전투가 특기인 자라도 어느 정도 자유롭게 움직일 수 있도록 설계했다. 바닥은 실전을 펼치는 곳처럼 단단해서, 낙법을 안 하고 처박히면 튼튼한 헌터라도 대미지를 입게 된다.

길베르트 소년은 이글이글 불타는 눈으로 나와 티노를 보고 있다.

바닥에 납작 엎드린 티노의 모습. 훤히 드러난 허벅지와 머리카락 사이로 슬쩍 보이는 뒷목이 어딘가 선정적이지만, 그것들을 보고 있는 길베르트 소년의 눈은 완전히 적을 보는 눈이다.

이길 생각이 넘쳐나는 것 같다. 젊은데도 참 대단하나.

예전의 루크와 많이 닮았다.

"……날 얕보는 거냐……."

"일단, 티노 레벨4거든."

"?!"

"마스터어, 제 정보를 적에게 제공하지 말아주세요."

잠시 길베르트 소년의 눈이 휘둥그레졌다. 설마 같은 레벨이라고 생각했던 건 아니겠지.

티노는 가만히 있으면 살짝 차가운 분위기가 감도는 미인이고, 몸매도 날씬해서, 남자치고는 작은 편인 길베르트 소년과 비교해도 약간 작다.

하지만 방심하면 안 된다.

길베르트 소년은 검사다. 검사에게는 힘이 없고 체격이 작은 것이 디메리트가 되지만, 도적에게는 그렇지 않다.

선봉을 맡는 그들에게 가벼운 몸은── 무기다.

한바탕 몸을 푼 티노가 일어나서 길베르트 소년을 쳐다봤다.

"저 같은 건, 마스터어에 비하면, 먼지 같은 존재……."

"티노, 네가 생각하는 내 이미지는 대체 뭐냐."

추켜세우는 게 너무 심하잖아.

티노가 벨트 고리를 풀고, 차고 있던 단검과 아이템 주머니와 함께 바닥에 던져놨다.

아무래도 무기를 쓸 생각은 없는 것 같다.

길베르트의 눈이 휘둥그레졌다. 티노가 어깨를 으쓱거렸다.

"죽지 않게, 봐주면서 할게."

"뭐……?!"

길베르트의 이마에 핏대가 섰다. 티노는 도발을 참 잘한다니까.

루다가 이쪽으로 달려와서는 걱정하는 표정으로 소곤소곤 말했다.

"쟤, 괜찮은 거야?"

"음……? 아마도."

인정 레벨은 같지만, 티노 셰이드는 틀림없는 일재(逸才)다.

솔로라서 아직 4밖에 안 될 뿐이지, 파티로 레벨을 올렸다면 5가 됐을지도 모른다.

아무래도 이 헌터의 성지에서도 괴물로 인정받은 내 소꿉친구가 가르치는 애니까.

하지만 원래 검사는 정면 전투에서 무쌍을 자랑한다.

탐협의 레벨 인정은 엄격하다. 길베르트 소년도 보기에는 저래도 레벨4에 해당하는 실력이 있을 테니까 방심할 수는 없다.

게다가 길베르트 소년의 무기── 저 대검은 보구다.

보구의 성능은 천차만별, 경우에 따라서는 레벨 차이를 간단히 뒤집어버릴 수 있는 말 그대로 비장의 카드가 된다.

멤버 모집 때 봤던 걸 생각해보면 특별한 능력은 없는 것 같지만, 그 차이는 크다.

티노는 보구가 없으니까(내가 준 샷 링을 가지고 있기는 하지만 실전에서 사용할 수 있는 수준은 아니다), 그 차이는 큰 핸디캡이 된다.

뭐, 티노는 대인전에도 익숙하니까, 그걸 경계해야 한다는 건 알고 있겠지.

뭐, 내가 보기에는 둘 다 괴물이지만.

그런 생각을 하고 있는 동안에 꽤나 화가 치밀었는지, 길베르트가 쥐고 있던 대검을 멀리 집어던졌다.

주먹을 쥐고, 손가락을 뿌득거리면서 위협했다.

"큭…… 맨손 여자를 상대하는 데, 무기 따위는 필요 없어!"

……검사가 칼을 버리면 대체 뭘 어떻게 하겠다는 건데…… 바보 아냐?

참고로 티노가 마치 핸디캡이라도 되는 양 단검을 버렸는데, 원래 맨손으로 대화를 나누는 타입이다.

특히 발차기가 특기라는 것 같다.

전투가 시작되기도 전에 싸움은 이미 시작돼 있다. 전장에 『비겁』이라는 말은 존재하지 않는다.

티노 양은 상대가 자신보다 레벨이 낮더라도 방심하지 않고, 확실하게 때려눕힐 기세인 것 같다.

소년과 티노의 거리는 대략 5미터.

"마스터어랑, 아이스크림 먹으러 갈래~."

"그런 약속한 적 없는데……."

티노가 기분 좋게, 노래하는 것처럼 말했다. 춤이라도 추는 것처럼 스텝까지 밟으면서.

길베르트 소년이 이를 갈았다. 지금 그 티노의 태도를 보면 누구라도 화가 나겠지.

그런 약속은 안 했……지만, 생각해보면 지금까지 티노에게 일방적으로 부탁하기만 했다.

가끔은 어울려주는 것도 좋겠지. 호위 역할도 될 테니까.

"그래 뭐, 좋아. 의뢰를 무사히 마치면."

"! 야호."

대답한 순간, 티노가 밟고 있던 스텝이 순식간에 다른 것으로 바뀌었다.

느릿하고 춤추는 것 같은 스텝이 날카로운 것으로. 춤추는 것 같은 스텝, 빙글빙글 회전하려는 것 같은 불안정한 태세에서 단숨에, 그 몸이 톱 스피드를 발휘했다.

티노의 눈이 순식간에 천진난만한 눈빛에서 사냥감을 노리는 날카로운 눈빛으로 변화했다.

그것은 멀리서 관찰해도 멋진 체인지 오브 페이스였다.

검사는 힘이 뛰어나고, 도적은 민첩성을 중시한다.

보물전에서의 역할은 주로 자물쇠 풀기나 정찰이지만, 전투를 못 하는 건 아니다.

도적들은 소리도 없이 순식간에 다가가서 상대를 쓰러트리는, 자유자재로 변환하는 신속의 전사다.

5미터나 되는 거리가 순식간에 한 걸음 거리까지 좁혀지고, 길베르트의 눈이 그것을 인식했을 때, 이미 티노의 손날 찌르기가 길베르트의 목을 향해 날아가고 있었다.

아직 시작하라고 하지도 않았는데, 비겁하게.

"?!"

그래도 역시나 레벨4, 완전히 방심하고 있던 건 아닌지, 길베르트가 아슬아슬하게 한 걸음 뒤로 물러나서 그 공격을 피했다. 그런 소년의 배를, 티노의 무릎이 물 흐르는 것 같은 동작으로 쳐올렸다.

마치 깃털처럼 가벼운 동작에 실린 묵직한 충격에, 길베르트의 몸이 손도 써보지 못하고 날아가 버렸다.

그것은 말 그대로 유린이었다.

티노의 공격은 검사와 비교하면 그렇게까지 묵직한 건 아니다. 하지만 방어구도 입지 않은 지금 상태에서는, 티노의 가느다란 팔과 다리도 충분한 위협이 된다.

눈 깜박할 사이에 벌어진 일을 보고, 루다와 그레그 님이 할 말을 잃었다.

티노는 날아가 버린 길베르트 쪽을 보지도 않고, 나를 보면서 살짝 웃었다.

"마스터어, 보셨어요? 천벌이에요."

"큭…… 아직, 이야…….."

바닥에 떨어져서 몇 미터나 미끄러진 길베르트가 몸을 일으켰다.

기침을 한 번 하고 비틀거리기는 했지만, 움직이지 못할 정도는 아니다.

튼튼하다. 항상 마나 머티리얼을 흡수해서 강화된 인간은 방어구가 없어도 야생 맹수를 뛰어넘는 내구력을 지닌다. 뼈도 살도, 흐르는 피조차도 보통 사람과 다르다.

그것은 소년이 뛰어난 전사라는 증거다.

하지만 살기마저 느껴질 정도로 날카롭게 노려보는 길베르트 소년에게 티노는 코웃음을 치고, 머리카락을 쓸어 올렸다.

"알고 있겠지만, 봐줬어. 목을 부러트릴 수도 있었어. 이제 알았으면 마스터한테 건방진 소리 하지 마. 마스터를 신으로 섬기고, 하루에 세 번 클랜 본부를 향해서 기도를 바칠 것. 나한테 정기적으로 공물을 바쳐. 내가 마스터께 전해드릴 테니까."

"큭!!"

티노의 웃기지도 않는 말에는 대답도 하지 않고, 길베르트가 돌진했다. 그 남자치고는 작은 체구가 레벨4에 걸맞은 기세로 티노에게 달려들었다. 그 기세와 기백에, 나는 아무 말도 못 하고 한 걸음 뒤로 물러났다.

하지만, 무모했다.

아무래도 소년은 대인 전투 경험이 얼마 없는 것 같다. 도적을 상대하는 게 처음일지도 모른다.

티노가 빙글 돌아서 그 공격을 회피했다. 허를 찔러서 팔을 잡으려고 하던 손바닥을, 예상이라도 했다는 것처럼 손등으로 쳐내고 손바닥으로 길베르트의 측두부를 후려쳤다.

둔하고 얼빠진 소리가 울렸다. 튼튼해 보이는 길베르트가 비틀비틀 몇 걸음을 걸어가고, 쓰러졌다.

필사적으로 일어나려고 했지만 눈은 초점이 풀려 있다.

뇌가 흔들린 걸까. 저 상태에서도 움직일 수 있는 것만 해도 대단하다고 생각해야겠지. 나 같았으면 틀림없이 토했다.

티노가 손을 탁탁 두드려서 털고, 의기양양하게 말했다.

"보셨나요, 마스터어! 제 성장을! 마스터어 덕분에, 이렇게 성장했어요."

그건 아무것도 한 게 없는 내가 아니라 리즈한테 해야 할 말이 아닐까.

간단히 끝나가고 있는 승부를 보며 그레그 님이 입술을 부들부들 떨었다.

자신과 비교하고 있는 건지 루다도 꿍얼꿍얼 중얼거리고 있다.

"강하군…… 길베르트도 맨손이라고는 해도 검사를 정면에서 압도하다니…… 무엇보다 많이 싸워 본 솜씨다. 아직 10대인데 이 정도라니, 정말 무섭다고 해야 할까…… 이것이 《발자국》의 힘인가."

"……맨손 전투…… 경험이 없어…… 배울 수 있을까."

칼을 들지 않은 검사는 검사가 아니거든.

"아직, 아직이야…… 아직, 난, 싸울 수…….."

길베르트 소년이 비틀비틀 일어섰다.

눈에 띄는 상처는 없지만 균형 감각이 돌아오지 않은 것 같고,

눈도 여전히 초점이 풀려 있다.

애당초 맨손 전투가 특기인 티노의 부추김에 넘어가서 칼을 버린 시점에서 이미 승산 따위는 사라져버렸다.

기적 같은 건 존재하지 않는다. 그래도 일어난 건 헌터로서의 자존심 때문이려나.

무엇보다, 헌터로서의 정열을 가지고 있던 시절의 나한테 저 정도 근성이 있었던가?

압도적인 강자의 손에 쓰러졌지만, 그래도 다시 일어나려고 하는 것도 일종의 재능이다.

아크에게 추천하겠다는 이야기는 적당히 던진 말이었지만, 아무래도 정말로 헌터가 될 수 있는 소질을 지닌 것 같다.

무모함도 때로는 얻기 힘든 자질이 된다. 헌터에게는 신중함도 필요하지만, 브레이크를 밟아서는 손에 넣지 못하는 것도 있다.

티노가 아주 귀찮다는 표정을 짓고 있다. 나는 손뼉을 쳐서 고무시켜줬다.

"티노, 상대해줘. 승리 조건은 정하지 않았으니까. 미련이 남지 않을 때까지 열심히 때려줘. 좋은 공부가 될 거야."

너희들, 보나 마나 주먹으로 대화를 주고받은 다음에 친구가 될 거잖아?

길베르트 부시는 천재다.

철이 들었을 무렵, 지금 시대에는 강함도 필요하다는 이유로 칼을 잡은 뒤로 계속 그런 말을 들어왔다.

노력은 거짓말을 하지 않는다.

때로는 스승에게 배우고, 때로는 스스로 생각하고, 계속 검을 휘둘러온 세월은 소년에게 순조롭게 힘을 가져다줘서, 열 살이 넘었을 무렵에는 나서 자라온 마을 안에서는 어른들까지 포함해서 그 누구도 당해내지 못할 만큼 강해졌다.

인간의 재능에는 다양한 종류가 있는데, 그중에 하나로 마나 머티리얼 흡수 속도와 허용 한계가 있다.

흡수 속도가 빠르면 빠를수록 빠른 시간에 강해지고, 허용 한계가 크면 클수록 더 높은 경지를 목표로 삼을 수 있다.

길베르트는 그 두 가지 모두가 보통 사람보다 훨씬 높았다. 공기 중에 있는 마나 머티리얼 함유량이 적은 마을에서 살았는데도 보통 사람보다 큰 힘을 얻었을 만큼.

그런 길베르트 부시가 트레저 헌터라는 직업을 갖게 된 것은 당연하였다.

지금도 시시각각 늘어나는 보물전을 공격하고, 그곳에 자리 잡은 팬텀이나 마물들을 돌파해서 명성을 얻는다.

그것은 이 세상 모든 것을 손에 넣기 위한 가장 빠른 방법이고, 마나 머티리얼이 충만해 있는 보물전을 탐색하면 마을에서 살 때는 손에 넣을 수 없는 강한 힘을 가질 수 있다.

그리고 길베르트는 성인으로 인정되는 만 15세가 된 그때, 주위의 반대를 무릅쓰고 혼자서 헌터의 성지인 제도로 왔다.

처음 와본 제도는 고향 마을과는 비교도 안 될 만큼 넓고 풍요롭고, 길베르트를 만족시켜줬다.

자급자족으로 꾸려나가는 고향에서는 구할 수 없었던 먹거리와 수많은 거대한 건물들.

마차 몇 대가 나란히 지나갈 수 있을 만큼 넓은 길에는 축제라도 열린 게 아닌지 착각할 정도로 수많은 사람이 매일같이 오가고, 무엇보다 고향 마을에서는 볼 수도 없었던 트레저 헌터의 차림새를 한 사람들이 여럿 보였다.

탐색자 협회에 등록하고 보물전 탐색을 시작한 뒤에도, 길베르트의 쾌진격은 멈출 줄을 몰랐다.

길베르트는 신인 트레저 헌터 중에서는 보기 드물게 헌터가 되기 전부터 열심히 훈련했고, 재능도 있었다.

무엇보다 탐협이 너무 무모하다고 말릴 정도로 용감하고, 그리고…… 운도 좋았다.

제도에 와서 알게 된 신인 다섯 명이 파티를 짜더니 눈 깜박할 사이에 그 재능을 꽃피웠고, 탐색하는 보물전의 레벨을 높여갔다.

제일 처음 공략한 보물전에서 우연히 손에 넣은 대검은 신인들을 고전하게 만드는 팬텀을 간단히 베어버렸고, 줄지어 있는 마물들이 감히 덤벼들지도 못하게 했다.

황금시대. 몇 년 전부터 들려오는, 신인과 천재 헌터들이 차례로 나타나는 시대.

길베르트는 그 제2진으로 여겨졌다.

자신이 두 번째라는 건 마음에 안 들었지만, 헌터 중에는 사람들의 상식을 뛰어넘은 존재들이 많다.

특히 수많은 보물전을 공략하고 마나 머티리얼을 흡수한 기간이 긴 고참일수록 믿을 수 없을 만큼 강해진다.

지금 단계의 길베르트가 봐도 절대로 당해내지 못할 것 같은 존재가 몇 명이나 있다. 하지만 초조해하지는 않았다.

미래는 눈부시게 빛나고 있다. 그때, 길베르트의 눈에는 영광으로 가는 계단이 똑똑히 보이고 있었다.

거기에 그늘이 지기 시작한 것은—— 몇 주 전의 일이다.

"이제야 겨우 시동이 걸렸어요. 이대로 가면 의뢰도 잘 처리할 수 있겠죠. 역시나 마스터어. 반할 것만 같은 판단력……."

머리 위에서 긴장감이라고는 하나도 없는 목소리가 들려온다.

전신 타박 때문에 욱신거리는 아픔을 호소하는 몸을 억지로 움직여서, 유유히 자신을 내려다보고 있는 티노를 노려봤다.

마치 벌레라도 보는 것 같은 냉철한 눈이 길베르트에게 향해 있었다.

강했다. 또래로 보이는데 무시무시할 정도로 강했다.

한 방 한 방이 빠르고 무겁다.

무턱대고 휘두른—— 하지만 팬텀한테도 대미지를 줄 만한 힘을 담은 일격은 스치지도 못했고, 상대의 공격은 모조리 길베르트를 두들겼다.

지금까지 길베르트에게 시비를 걸어왔던 건달들 따위하고는 격이 다르다. 지금까지 싸워온 팬텀과도 다르다.

무엇보다 티노의 움직임은 완전히 대인 전투를 상정한 것이었다.

인간보다 훨씬 강인한 구조를 지닌 팬텀을 상대할 때는, 뇌를 흔들거나 손바닥으로 공격을 흘려내는 기술을 쓰지 않는다.

그리고 무엇보다, 상대는 그렇게 싸우고도 아직 여유가 있다.

《발자국》의 클랜에는 유망한 젊은 헌터들이 모여 있다고 들었는데, 예상을 뛰어넘었다.

첫 번째 공격이 예상 밖이기는 했지만, 그 뒤에 방심했던 건 아니다.

그저 단순하게, 상대의 실력이 훨씬 높은 경지에 있다.

──인정 레벨이 같다는 걸 믿을 수 없을 정도로.

같은 또래의 사람한테 져본 경험이 없는 소년에게는 크나큰 충격이었다.

평소에 쓰던 검이 없어서, 라는 변명은 통하지 않는다. 칼을 버린 것은 자기가 멋대로 한 짓이고, 상대도 마찬가지로 무기를 들지 않았다.

아니, 변명할 생각도 없다.

길베르트의 목표는 그 너머에 있으니까.

"아직도, 의식이 있어?"

일어나려고 했지만 힘이 들어가지 않는다.

손끝에 감각이 없다. 팔다리에 힘이 들어가지 않는다. 일어난다고 해도 제대로 움직일 수 있을까.

마나 머티리얼로 강화한 길베르트의 몸은 총알을 몇 발 정도 맞아도 태연하게 움직일 수 있을 만큼 튼튼하다. 헌팅 중에 다친 적도 몇 번이나 있다. 궁지에 몰린 적도.

하지만, 무기도 쓰지 않는 상대한테 이렇게까지 당한 건 처음이였다.

"젠……장……."

"그 칼, 써도 되거든?"

티노가 귀찮다는 목소리로 말했다. 길베르트의 주무기——『연옥검』은 모의전을 시작할 때 자기가 던져버렸고, 지금은 간신히 시야에 들어오는 곳에 있었다.

『연옥검』.

레벨1 보물전【옛 강자의 연병장】에서 손에 넣은 보구.

처음부터 지금까지 길베르트가 헌터 활동을 할 수 있게 지탱해준 강대한 병장이다.

보구치고는 보기 드물게 무기 형태를 한 보구이고, 칼날에 불꽃을 두르게 하는 능력은 단순명쾌한 힘이면서도 온갖 마물과 팬텀들을 해치워왔다. 굳이 따지자면 기교파라고 할 수 없는 길베르트에게는, 대검이라는 형태도 안성맞춤이었다.

그것을 손에 넣은 것은, 거의 무일푼으로 제도에 온 길베르트에게 있어 유일한 행운이라고 할 수도 있다.

지금까지 생사고락을 함께해온 검이다. 그것을 쓸 수만 있다면 얼마나 마음이 든든할까.

그런 생각을 억누르고, 살짝 불그스름한 칼날을 노려보며, 길베르트가 쓰러진 채로 소리쳤다.

"누, 가, 쓴, 대!"

비참했다. 분명히, 연옥검은 강대한 병장이다.

입수하고 탐협에서 감정을 받았을 때, 감정해준 직원도 놀라워했다—— 원래 레벨1의 보물전에서 입수할 수 있다고 여겨지는 랭크를 한참 뛰어넘는 우수한 병장이다.

하지만, 그렇기 때문에 길베르트는 지금 이 순간, 검을 쥘 수 없었다.

또래의, 그것도 맨손인 상대를 앞에 두고 스스로 버렸던 무기를 다시 쥔다면 지금까지 자신이 쌓아온 공적이—— 전부 보구 덕분이었다고 증명해버리는 꼴이 될 것 같았기 때문에.

티노는 더 이상 공격하지 않았다. 시간이 지나면서 조금 회복됐는지, 길베르트가 다시 일어났다.

티노가 그 단정한 눈썹을 찌푸리면서 내뱉었다.

"한심한, 자존심."

길베르트가 보기에 티노의 자세에는 빈틈이 없다.

지친 기색도 없고 땀도 한 방울 흘리지 않는다. 그러면서도, 한참 수준이 떨어지는 상대를 앞에 두고도 전혀 방심하지 않는다.

알고 있었다. 상대가 진심으로 싸웠다면 자신은 이미 죽었다.

육체 강도에는 자신이 있지만 눈앞에 있는 여자에게는 그런 몸을 쓰러트릴 만큼의 힘이 있다.

거칠게 숨을 쉬면서, 온몸의 관절 마디마디에서 느껴지는 묵직한 아픔을 견디면서, 자세를 낮췄다.

포효할 체력조차 남아 있지 않았다. 짐승 같은 눈빛으로 노려본다.

빈틈은 어디지? 어떻게 해야 좋지? 티노의 몸은 가늘다. 아마도 내구력은 자신이 더 좋다.

한 방이라도 좋다. 묵직한 일격을 날리면——.

하지만 맞지 않는다. 길베르트의 공격은 그 범위까지 모조리 간파당했다.

필사적으로 승리의 조각을 찾는 길베르트의 귀에, 갑자기 《천변만화》의 목소리가 들려왔다.

모의전을 시작하기 전과 똑같은 느긋한 목소리. 그리고, 지금까지 신경도 쓰지 않았던 관전자 세 명의 모습이 시야에 들어왔다.

"그쯤 해두지 그래? 이번 목적이 역량 확인이라는 건 그쪽도 알고 있을 텐데."

"……."

"너 말이야, 지금까지 있었던 파티, 네 발로 나온 거지?"

"?!"

숨이 막혔다. 자기도 모르게 《천변만화》를 봤다.

그 얼굴에 드리운 표정은 희미한 웃음이었다.

여전히 위압감이라고는 없는 모습. 검은 머리카락에 검은 눈동자의 평범한 용모.

마나 머티리얼을 대량으로 축적한 헌터 특유의 강대한 기척은 찾아볼 수도 없다.

클랜 소속이라면 규정으로 달고 있어야 하는 《발자국》 심볼도 보이지 않았고, 《비탄의 망령》의 파티 심볼도 없다. 높은 레벨로 인정을 받았으면서도 헌터로 보이지 않는다는 사실이 더더욱 기분 나쁜 인상을 줬다.

분명히, 탈퇴했다. 탈퇴할 수밖에 없었다.

이 제도에 와서 처음으로 맺었던 파티── 반년을 함께해온 파티를.

동료들이 길베르트 부시의 재능을 따라오지 못했기 때문에.

소름이 돋았다. 영문 모를 미소를 지으며,《천변만화》가 말했다.

이 제도에 온 지 얼마 안 된 길베르트 부시도 몇 번이나 들었던, 제도에 자리 잡은 트레저 헌터들 중에서도 최고봉에 있다는 자들 중 한 명.

헌터로서 초일류라는 사실을 의미하는 별명을 지닌 자들로만 구성된《비탄의 망령》의 리더.

"어떻, 게──"

"나도 경험이 있거든…… 실력 차이가 너무 났겠지. 이해해.《비탄의 망령》의 경우에는── 그런 멤버를 버리지 않았지만."

그 말에 담겨 있는 절절한 실감을 느끼고, 잠시 무슨 말인지 이해하지 못했다.

하지만, 바로 그 의미를 알아차리고 얼굴이 굳어졌다.

별명을 받을 수 있는 자들은 거의 손에 꼽을 정도. 헌터 중에서도 특별한 재능이 있고, 게다가 수많은 보물전을 공략해온 자뿐이다.

지금의 길베르트로서는 도저히 도달할 수 없는 영역이다.

그것을, 그런 이들이 하나같이 그 강함을 찬양하는, 주옥같은 재능을 지닌 멤버들을, 이 눈앞에 있는 사내는——.

"이번 파티는 틀림없이 너한테 좋은 경험이 될 거야. 마음에 걸리는 것도 있겠지만, 젊은이들끼리 잘해보라고."

그 자세는 빈틈 투성이고, 육체 강도도 눈앞에 있는 티노보다 한참 떨어진다.

처음 만났을 때, 길베르트가 보기에 이 남자는 압도적인 약자였다.

하지만 지금은, 그 사실이 무섭다.

그 정체를, 그리고 그게 얼마나 이상한지 알게 된 지금도, 눈앞에 있는 남자는 여전히 약한 것처럼 보인다.

어느샌가 손이, 다리가 떨리고 있었다. 볼이 일그러지고, 숨이 막힌다. 입 속은 바짝 말라붙고. 하지만 저 청년한테서 눈을 뗄 수가 없다.

보물전에는 괴물이 많다.

사람을 잡아먹는 괴물. 사람으로 변하는 괴물.

지혜가 있는 자, 특이한 능력을 지닌 자, 단순히 강인하기만 한 자도 있고, 말로 현혹하는 자도 있다.

하지만 눈앞에 있는 남자는 그런 팬텀과 비교해도 손색이 없을 정도로 이해할 수가 없다.

《천변만화》. 그 이름은 많이 들었지만, 그 사내가 어떤 헌터인지에 대해 말하는 사람은 없다.

청년이 느릿한 걸음걸이로 연옥검 쪽으로 다가갔다.

그리고, 발끝으로 칼날을 건드렸다.

——그 순간, 그 폭이 넓은 칼날에서 홍련의 불꽃이 소용돌이 쳤다.

사납게, 마치 거센 바람이 부는 것 같은 소리와 함께, 불꽃이 나선을 그린다.

무슨 일이 일어난 건지 알 수가 없다. 눈으로는 그 현상을 보고 있지만 뇌가 이해하기를 거부하고 있다.

그레그가, 루다가 멍한 표정으로 그 모습을 지켜보고 있다.

불꽃의 나선 속에서 불에 타는 것 같은 기색도 없이《천변만화》가 말했다.

"속성 부여와 공격 범위 확장, 인가. 단순하지만 좋은 검이야, 소중하게 여기라고."

그 팔을, 불꽃이 마치 장갑이라도 되는 양 감싸고 있다. 황홀해 하는 눈에 홍련의 불꽃이 비친다.

"말도…… 안, 돼…… 쓸 수 있을 리가, 없어! 연옥, 검은…… 보구다! 보구, 라고!"

보구는 강력한 아이템이지만 동시에 섬세한 조작이 필요하다.

강력한 보구일수록, 그 힘을 조금이라도 끌어내려면 훈련이 반드시 필요하다.

불꽃이 꿈틀대고,《천변만화》의 등에 활활 타오르는 날개가 나타났다.

티노한테 당한 아픔. 고뇌. 후회. 고집. 그 모든 것들을 잊어버리고, 외쳤다.

"자루를, 잡지도 않고……?! 말도 안 돼! 그런 게, 가능할……

리가…….”

주인인 길베르트조차도 연옥검을 『날이 잘 들고 튼튼한 검』 이상으로 쓰게 된 건 아주 최근의 일이고, 그것도 칼날에 불꽃을 두르는 정도였다.

조작이 어려운 건 아니다. 애당초 어떻게 해야 할지를 모른다.

보구에는 스위치가 있는 것도, 취급 설명서가 있는 것도 아니니까.

그것은 재능으로 어떻게 할 수 있는 문제가 아니다.

《천변만화》가 하고 있는 짓이 얼마나 말도 안 되는 짓인지, 그것이 자신의 보구라서 뼈저리게 실감할 수 있다.

청년은 불꽃에 휩싸인 채로 웃고 있다. 검은 머리카락이 불꽃의 빛을 반사하며 눈부시게 빛난다.

말도 안 돼. 순수한 숙련도로 높은 경지에 오른 티노와 다르다.

길베르트가 목표로 삼는 길, 그 연장선상에, 저 모습은—— 없다.

미지. 상상조차 해본 적이 없는 그 광경을 보며, 입에서는 어떤 말이 저절로 흘러나왔다.

자기 목소리가 아닌 것 같은 떨리는 목소리. 두려움에 전율하는 목소리가.

“괴물……이다…….”

티노가 놀란 기색도 없이 길베르트를 내려다보고 있다.

불꽃에 비친 《천변만화》의 그림자는 그 파티의 이름처럼, 망령이 비탄의 고함을 지르는 것처럼 보였다.

제3장　　　흰 늑대 둥지

　제도 제블디아 북서쪽에 펼쳐진 대삼림지대.

　많은 야생 마물들이 서식하는 숲을 가르는 것처럼 나 있는, 반쯤 오솔길 같은 좁은 길을 따라가면 그 보물전이 있다.

　──【흰 늑대 둥지】.

　원래는 대삼림 지대에 존재하는 고유의 마물, 은색으로 눈부시게 빛나는 달빛과도 같은 털가죽을 지닌 늑대『실버 문』의 큰 무리가 영역으로 삼고 있는 지역이라고 한다.

　걷기도 힘든 숲속에서 나무 사이를 고속으로 이동할 수 있는 강인한 네 다리와 온갖 공격 마법을 튕겨내는 털가죽. 단련된 헌터의 몸을 부숴버리는 이빨과 효과는 낮지만 마법도 다룰 수 있는 지혜를 지녔으며, 큰 무리로 행동해서 자신보다 격이 높은 마물까지도 사냥하는 숲의 사신.

　쉽게 당해낼 수 없는 무시무시한 마물이라고 알려진 실버 문이지만, 사실은 커다란 약점이 두 가지 있다.

　성체가 돼도 1미터 정도밖에 안 되는 작은 체구.

　그리고 누구라도 반해버릴 수밖에 없는, 그 이름의 유래가 된 달빛 털가죽.

뼈도 이빨도, 그리고 털가죽도, 실버문의 생체소재는 마물 중에서도 손꼽힐 정도의 가치를 자랑한다.

그야말로 위험을 무릅쓴 보물전 공략──── 그 성과에 필적할 정도로.

그래서 실버문은 숲에 찾아온 헌터들의 먹이가 돼버렸다.

지혜를, 힘을, 숫자를, 그 모든 것을 지닌 마물이지만 그 이상의 숫자와 힘과 지혜를 지닌 헌터들에게는 아주 좋은 사냥감이었다.

마물은 생물이다. 아무리 강한 힘을 지녔다고 해도, 보물전에서 배회하는 팬텀(환영)처럼 자연발생하지는 않는다.

그리하여 늑대들은 얼마 지나지 않아서 모조리 사냥당하고 말았다.

실버 문은 제도의 발전에 반비례하는 것처럼 그 숫자가 줄어들었고, 그로 인해 털가죽의 희소가치는 더욱 높아졌다.

숲에 들어갈 때마다 경계해야만 했던 그 존재가, 만나면 『행운』이라고 해야 할 정도로 지위가 떨어지고 말았다.

그리고 제도가 헌터들의 성지라고 불리게 됐을 무렵, 실버 문은 대규모 무리가 여럿 존재했던 흔적을 광범위하게 펼쳐진 둥지에 남겨두고, 완전히 모습을 감추고 말았다.

【흰 늑대 둥지】.

주인이 없어진 그 둥지에 온몸이 피로 물든 늑대가 출현하게 됐다는 소문이 돌기 시작한 것은, 약 10년 전의 일이다.

"무섭다! 이거 틀림없이 원혼이야…… 아~ 나 그런 거 싫은데."

나는 손에 들고 있던 자료를 집어 던지고 몸을 부르르 떨었다. 잠깐 생각했을 뿐인데 토할 것 같은 기분이 들었다.

난 안 그래도 피라미 같은 존재인데, 유령이 나오는 보물전에서는 거의 송사리 같은 남자가 돼버린다고, 우리 파티 안에서는 아주 유명했다.

담력시험 같은 건 죽어도 못 하는 인간이다. 일단 시험할 담력이 없다.

새파랗게 질린 나를, 에바가 애매하게 웃으면서 보고 있다.

"그렇게 무서워할 것까지는……."

"하필이면 역사 반영 타입이냐고. 이런 보물전은 업보가 크단 말이야."

보물전은 기본적으로 마나 머티리얼이 넘쳐나는 땅에 나타나는데, 거기에도 몇 가지 종류가 있다고 알려져 있다.

그 장소와 아무 관계도 없이 출현하는 것.

출현 장소의 환경, 특색이 짙게 반영된 것.

그리고…… 그 장소에 남겨진 역사를 반영하는 것.

보물전이 나타나는 법칙에 대해서는 아직까지도 각국에서 열심히 연구하고 있다. 자세한 법칙은 아직 알아내지 못했지만, 이번 케이스는 두 번째와 세 번째의 복합이라고 봐야겠지.

예전에 인간들 씨를 말려버려서 텅 비어버린 둥지를 활보하는, 어디선가 나타난 진홍색의 거대한 늑대.

딱히 실버 문을 동정하는 건 아니지만, 오싹한 이야기였다.

"예전에 실버 문과 싸운 경험이 있는 헌터의 증언에 의하면…… 진짜보다 많이 강화됐다는 것 같더군요."

"하하하…… 그런데 털가죽도 안 남기다니, 못 해 먹겠네."

하다못해, 헛웃음이라도 웃었다.

보물전이 된 땅에 나타나는 살아 있는 환상──팬텀이 나타나는 원리는 보물전과 거의 같다.

마물과 비교해서 더 강한지 아닌지는 둘째 치고, 팬텀에게는 마물과 비교했을 때 몇 가지 명확한 차이가 있다.

그중에 하나가──사체가 남지 않는다는 점이다.

팬텀은 파괴당하면 마나 머티리얼로 환원되고, 바로 공기 속으로 사라져버린다.

그렇다. 마치 정말로──환상이었던 것처럼.

아주 드물게 가장 강하게 나타난 신체 일부나 기타 등등이 물체로서 남는 경우도 있지만, 최소한 털가죽을 벗겨낼 수는 없다.

그런 괴물이 활보하는 곳에 굳이 들어가서 돌아오지 못하게 되는 건, 헌터의 자업자득이라고밖에 말할 방법이 없다.

에바가 가져다준 보물전의 자료를 팔락팔락 넘기면서 생각에 잠긴 표정을 지었다.

무서워하는 기색은 없다. 아마도 다른 세상 이야기라고 생각하기 때문이겠지.

"하지만 이 정보에 의하면, 레벨이 3인 것은 지형이나 기믹이 아니라 팬텀의 강한 정도 때문인 것 같군요."

"음~. 뭐, 괜찮지 않을까. 티노도 대충 알고 있으니까……."

보물전의 레벨은 전체적인 난이도와 살아 돌아온 헌터의 숫자 등을 포괄해서 판정한다.

기믹이나 환경이 쉬운 경우, 그만큼 출현하는 팬텀이나 마물이 강한 경향이 있다.

어느 쪽이 특기인지는 헌터마다 다르지만, 이번 경우에는 길베르트 소년과 티노가 뇌까지 근육이니까 다소 강력한 팬텀이 나와도 어떻게든 되겠지.

솔직히 오랜만에 티노가 싸우는 광경을 봤는데, 반쯤 인간을 그만뒀다.

왠지 그럴 것 같기는 했지만, 거기까지 갔으면 이젠 틀렸어.

"잘도, 길베르트가 얌전히 받아들였군요."

"그렇지 뭐. 티노한테 실컷 얻어맞고 뭔가 느낀 게 있었겠지. 어쩌면 에바가 조사해준 정보를 미끼로 떠보는 게 좋았을지도 모르겠지만……."

에바 렌피드는 대단한 사람이다.

헌터 경험은 없지만, 그 조직 운영 능력은 정평이 나 있다.

원래 있던 상회와 지금도 잘 지내고 있는지, 클랜의 물자 구입이나 그 폭넓은 연줄을 이용한 정보 수집, 때때로 제국 상층부에서 오는 사찰까지 온갖 일들을 빈틈없이 처리하고 있다.

티노에게 제시한 세 명의 정보에 대해서도 짧은 시간에 알아봐

줬다.

정말이지 에바 앞에서는 고개를 들 수가 없다. 아크만큼이나 고개를 들 수가 없다.

만약에 클랜 마스터가 되는 데 필요한 조건에 레벨5 이상의 헌 터여야만 한다는 조항이 없었다면, 마스터 자리 따위는 후딱 넘 겨버리고 은퇴했을 텐데.

문득, 조금 전에 이야기했을 때 길베르트가 지었던 표정이 머 릿속에 떠올랐고, 나도 모르게 웃음이 흘러나왔다.

"정말이지, 좋은 표정이었다니까. 재능이 너무 많은 것도 문 제야."

파죽지세로 보물전을 공략했다. 하지만 동료들이 따라오질 못 했다.

이 업계에서는 아주 흔한 이야기다.

전장에서는 재능이 확실히 보이기 때문에 종종 일어나는 일이다.

실제로 나와 친구들 사이에서도 일어났었고, 그 밖에도 비슷한 사례들을 잔뜩 알고 있다.

우리 《탄령》과 그쪽 파티의 다른 점은, 길베르트가 파티에서 유 일한 천재였다는 점. 그리고 소년이 다른 멤버들과의 응어리를 해소하지 않고 파티에서 빠져나오는 쪽을 선택했다는 점이다.

솔직히…… 우리하고는 정반대네.

아마 반 정도는 고집 때문이었겠지. 길베르트의 언동에는 반쯤 자포자기해버린 것 같은 분위기가 느껴졌으니까.

젊은 천재가 비뚤어지는 것도, 그런 이유때문에 고집이 생기는 것도, 정말로 흔한 이야기다. 오히려 나 같은 패턴이 신기한 경우다.

뭐, 제일 큰 피해자는 저돌적인 길베르트 때문에 자기 실력으로는 버거운 보물전을 실컷 끌려다닌 끝에 싸우고서 헤어진 다른 멤버들이지만.

"갱생시키려는 건가요."

"아니. 그냥 하고 싶은 말을 하고, 하고 싶은 짓을 했을 뿐이야. 어느 정도 놀라기는 했겠지만, 솔직히 말해서 나도 갱생 같은 소리를 할 수 있는 입장이 아니니까."

날 이상하게 숭배하는 티노라든지, 그렇게 하라고 부추기는 리즈라든지, 길베르트 소년 정도는 귀여워 보일 정도로 질이 나쁜 것들이 너무 많거든.

그리고 무엇보다── 클랜 운영도 대충하고 있는 내가 무슨 자격으로 잘난 척 잔소리를 하겠어.

가끔씩 클랜 멤버들이 인간관계에 대해 상담하는 경우가 있는데, 제발 그러지 말아줘.

난 책임 못 지니까 알아서들 하란 말이야.

에바가 평소대로 허리를 곧게 편 깔끔한 자세를 유지한 채로 고개를 살짝 끄덕였다.

"알겠습니다. 그런 거라고 해두도록 하죠."

"…………."

에바는 우수하지만, 가끔씩 이상한 쪽으로 이해하는 것 같단 말이야.

일은 잘하니까 됐지만. 신세 지고 있는 입장이니까 굳이 뭐라고 할 생각도 없고.

분위기가 이상해지는 것 같아서 다른 이야기를 꺼냈다.

"그러고 보니까 길베르트 소년이 가지고 있던 보구—— 꽤 좋은 보구였지."

"『연옥검』, 말인가요."

작렬하는 불꽃 모양의 칼날을 지닌 대검을 생각했더니 저절로 웃음이 나왔다.

난 보구를 좋아한다. 유일하게 날 힐링해주는 존재다.

보구는 좋다. 훌륭하다. 동서고금 헌터들이 목숨을 걸고 그것을 찾아다니는 게 이해가 된다.

뭐가 훌륭하냐면, 아무나 쓸 수 있다는 게 훌륭하다. 누구나 기적이 아닌가 싶을 정도의 능력을 발휘할 수 있다. 특별한 재능이 없어도 쓸 수 없다. 이 얼마나 대단한가.

뭐, 내가 가지고 있어봤자 거의 쓰지도 않지만, 그래도 좋은 건 좋은 거다.

"부럽다…… 연옥검. 산다고 하면 팔려나…… 화염 속성 부여에 범위 확장, 잘 조사해보면 다른 효과가 있을지도 모르겠는데——"

하지만, 아마 안 팔겠지.

보구라는 건 익숙해지는 데까지 상당한 시간이 걸리고, 일단 익숙해지면 쉽사리 손에서 놓을 수가 없다.

살짝 건드려보고 느낀 연옥검의 훌륭함에 대해 말하다가, 에바가 질렸다는 표정을 짓고 있다는 걸 알았다.

어느샌가 나도 모르게 뜨거워져 있었던 것 같다. 실실 웃음이 나오려는 얼굴의 표정을 바로잡았다.

에바가 못을 박았다.

"낭비는 좋지 않다고 생각합니다."

"아니, 낭비가 아닌데……."

"속성 부여와 범위 확장? 크라이 씨, 그런 보구는 여러 개 가지고 계시잖습니까."

그런 보구? 똑같이 취급하지 말아줬으면 싶은데 말이야.

보구는 제각기 다른 기적의 산물이다. 그렇기 때문에 크고 작은 차이, 특징이라는 게 있다.

그렇게 반론하려다가, 에바의 눈빛이 살벌해졌다는 걸 알았다.

나는 약한 입장이니까, 작은 소리로 대답했다.

"뭐…… 속성 부여와 범위 확장은, 무기형 보구에서는 흔한 거니까……."

제도에는 보구를 사고파는 가게들이 여러 군데 있다. 위력이나 사용 편의를 무시한다면, 그런 종류의 보구는 얼마든지 살 수 있을 것이다. 하지만 양쪽 모두를 높은 수준으로 갖추고 있는 보구는 쉽게 찾아보기 힘들다.

게다가 연옥검은 지금까지 내가 접해본 비슷한 보구 일곱 개와 비교했을 때, 솔직하고 다루기가 편했다. 그 정도라면 길베르트 소년이 짧은 시간에 다룰 수 있게 된 것도 납득할 수 있다.

하지만 에바에게 이런 이유를 나열해도 납득하지 않겠지.

어쩌면 가끔씩 클랜 운용비를 슬쩍해서 보구를 사들이고 있는 게 들켰는지도 모른다(물론 나중에 다시 메꿔놨지만).

에바의 얼굴을 빤히 쳐다봤다. 하지만 그 모든 것을 들여다보는 것 같은 투명한 느낌의 연보라색 눈동자에서는 어떤 생각도 읽을 수가 없다.

어쩔 수 없이, 나는 애매한 미소를 지으면서 아첨을 떨었다.

"그…… 그건 그렇다 치고, 혹시 괜찮다면…… 그래, 다음에 단거라도 먹으러 갈까?"

사람은 당분을 섭취하면 상냥해진다. 내 제안에, 에바가 눈꺼풀을 움찔하고 떨었다.

"……그거, 크라이 씨가 먹고 싶어서 그러는 거죠?"

"…………아니, 그런 게 아니거든."

에바 이 녀석, 어느새 내가 단 걸 좋아한다는 사실을 알아차렸지.

이미지에 안 좋으니까 숨기고 있는데 말이야…… 이래서 방심하면 안 된다니까.

클랜의 라운지. 솔로라서 항상 한 사람만 앉아 있던 테이블에, 지금은 임시 파티 멤버들이 앉아 있었다. 각각 분위기를 살피는 것처럼 티노를 보았다.

가능하다면 솔로로 임무를 받고 싶지만, 이렇게 된 이상 이 파티로 수행하는 수밖에 없다.

길베르트는 필요 없다고 말했을 때는 아주 조금 기대했었지만,

모든 것이 마스터의 의도대로 됐다고 생각해야겠지.

이번 임무는 조난자 구조다. 신속하게 가야 할 필요가 있다.

따라서 천천히 준비할 시간은 없다.

티노는 진지한 얼굴로 임시 파티 멤버들을 보면서 첫 번째 지시를 내렸다.

"먼저…… 유서를 써."

"?! 자, 잠깐만?!"

당황했는지, 루다가 테이블을 손으로 짚으면서 일어났다.

아~ 그러고 보니 보구를 충전해둬야 했지.

내 방에서 슬슬 티노네도 보물전에 도착했으려나~ 같은 생각을 하면서 독 체인(개 사슬)을 닦고 있다가, 문득 사슬의 마력(마나)이 다 떨어졌다는 사실이 생각났다.

보물전에서 입수할 수 있는 보구는 강력하지만, 무조건 그 효과를 발휘하는 건 아니다.

보구는 마도사(마기)가 마법을 행사할 때 소비하는 마력이라고 부르는 힘을 동력으로 삼고, 강력한 보구일수록 사전에 마력을 축적해둬야 한다.

트레저 헌터가 보구를 잔뜩 가지고 다니지 않는 이유 중에 하나다.

보구에 마력을 충전하는 건 간단하고, 마력 자체는 생물이라면 모두가 가지고 있지만 그 보유량은 개인마다 차이가 커서, 마력량이 많은 마도사라고 해도 여러 개의 보구에 마력을 불어넣으면 마력이 텅텅 비어버린다.

내 경우에는 슬프게도 마력량이 보통 사람 이하였기 때문에, 마력 충전은 친구나 클랜 멤버들에게 전부 맡기고 있다. 원래 보구는 스스로 마력을 충당할 수 있는 만큼만 가지고 다니는 걸 권장하지만, 어쩔 수 없다.

이것도 헌터를 그만둔 이유 중에 하나다. 나도 뭔가 하나쯤 장점을 달라고.

마력 충전도 공짜는 아니다. 평소에는 《비탄의 망령》 동료 중 한 사람인 마도사 루시아한테 부탁했었는데, 지금은 없으니까 어쩔 수 없다.

사슬을 챙기고 라운지로 갔다.

넓은 라운지는 벽 전체를 차지하고 있는 창에서 들어오는 저녁노을을 받아서 오렌지색으로 빛나고 있다.

줄지어 있는 테이블 몇 개에 낯익은 《발자국》 멤버들이 앉아 있었다.

오늘 할 일이 끝나서 돌아온 건지도 모른다. 각자 편하게 담소를 나누고 있다.

그중에 한 테이블로, 무조건 쳐들어갔다.

마력을 소비하면 강한 피로감이 찾아온다. 텅 비면 움직이지도 못하게 되고.

여러 개를 충전해달라고 할 때는 우수한 마도사가 소속된 파티를 골라야 하지만, 이번에 충전할 건 사슬 하나뿐이니까 아무 데나 가도 되겠지.

철사 같은 검은 머리카락에 다듬지도 않은 수염이 덥수룩한 리더 남자가 날 보고 밝게 웃어 보였다. 기분이 좋아 보이네.

"아, 마스터. 어제는 고생 많았어."

"뭐, 흔히 있는 일이니까. 미안하지만 보구 충전 좀 부탁할 수 있을까."

"흐음. 몇 명이나 필요하지?"

"사슬 한 개니까 한 명이면 돼."

"그 정도면 문제없으려나."

내 일방적인 요청을 기분 좋게 받아들이고, 독 체인을 동료 마도사에게 건넸다.

마도사는 여성인데, 그쪽도 싫어하는 분위기는 아니다.

보구의 마력은 안 써도 저절로 빠져나가고, 일정 기간이 지나면 텅 비어버린다.

은근히 자주 부탁하다 보니까, 다들 익숙했다.

보물전에 가기 전이라면 만에 하나의 경우를 생각해서 거절하는 경우도 있기는 한데, 이런 데서도 클랜 마스터의 지위가 효력을 발휘한다고 봐야겠지.

에바가 열심히 클랜 멤버들의 불만을 해소하면서 운영해준 덕분이다.

독 체인에 마력이 들어가자 희미하게 빛났다.

그러는 동안에 리더가 갑자기 잡담이라도 던지는 것 같은 투로 말을 걸었다.

"아, 그러고 보니까 마스터, 이 얘기 들었어? 북쪽 가도에『길 잃은 놈』이 나왔다는 것 같아. 규모는 작지만, 상단이 전멸했다더라고."

제도 제블디아는 대도시다.

이 제도로 이어지는 가도도 다른 도시하고는 비교도 안 될 만큼 잘 정비돼 있고 주변에 서식하는 마물들도 정기적으로 퇴치하고 있지만, 가끔씩 운 없이 공격당하는 사람들도 있다.

제도의 가도에는 전부 마물을 물리치는 장치가 갖춰져 있다. 어지간해서는 마물이 가도 부근에 다가오지 않으니까, 아주 드물게 발생하는 그런 개체—— 마물이나 팬텀을『길 잃은 놈』이라고 부르면서 두려워하고 있다.

사전에 예측하기가 상당히 힘든 존재다. 게다가 그런 개체는 강력한 경우가 많고.

이 근처가 많이 발전하기는 했지만, 아직 도시 밖에서 안전하게 돌아다니려면 호위가 필수라고 봐야겠지.

나라면 절대로 호위 없이 밖에 나가지 않겠지만, 상인들은 참 힘들겠네.

"큰일이네. 마물? 팬텀? 가도라면 팬텀인가."

제도 북쪽에는 자원이 풍부한 숲이 펼쳐져 있다.

마물이 서식에 적합한 그 숲을 빠져나와서, 굳이 가도를 지나가는 상단을 덮칠 가능성은 낮다.

리더가 나를 보면서 살짝 고개를 끄덕였다.

"맞아. 제3기사단이 주의하라고 알리고, 토벌대도 모집하고 있다나 봐. 그럭저럭 큰 놈 같더라고. 상단에는 레벨3 호위가 세 명이나 있었다는 것 같고."

"헌터까지 붙어 있었는데 전멸한 건가. 정말 운이 없네."

팬텀에게는 가도의 마물을 물리치는 장치가 통하지 않는다.

마나 머티리얼에서 태어나는 팬텀은 기본적으로 발생한 보물전의 구역 밖으로 나오지 않지만, 제도 주변에는 보물전이 많다 보니 몇 달에 한 번 꼴로 이런 일이 벌어진다.

뭐, 크게 걱정할 일은 아니다.

레벨3 세 명이 당했다는 걸 보면 그럭저럭 강한 팬텀이겠지만, 실제 육체가 없는 팬텀은 마나 머티리얼이 희박한 곳에서는 오래 살아남을 수 없다.

자연소멸하려면 시간이 오래 걸리지만 한참 지나면 약해지기는 하니까, 국내 치안 유지가 임무인 제3기사단이 움직인다면 금세 토벌할 수 있겠지.

뭐, 나하고는 상관없는 일이다. 그게 강력한 팬텀이라고 해도 제도 안에 있으면 안전하다. 정강하기로 유명한 기사단과 튼튼한 성벽, 헌터들도 잔뜩 있다.

여유 있는 태도로 사슬의 충전이 끝나기를 기다리고 있는 나에게, 리더가 계속해서 말했다.

"그런데 말이야, 우연히 그 근처를 지나갔던 헌터의 증언에 의하면, 늑대 팬텀이었다는 것 같아. 아마 호위 쪽도 방심했을 거야. 탁 트인 가도에서 당하다니——"

"헤에…… 응?"

늑대? 늑대라고? 울프?

정말로 아주 최근에 들었던 그 단어 때문에 눈살을 찌푸렸다.

머릿속에서 지도를 펼쳤다. 제도 북쪽 가도.

티노를 보낸 【흰 늑대 둥지】가 존재하는 곳은 그 바로 옆에 펼쳐져 있는 숲속이다.

팬텀의 형상이나 종류는 보물전마다 어느 정도 정해져 있다. 늑대 모양이라는 얘기를 듣고 그걸 연상하는 건 당연한 일이다.

내가 무슨 생각을 하거나 말거나, 리더가 기분 좋게 떠들어댔다.

"아마 제대로 관리하지 않은 보물전에서 진화라도 했겠지. 보물전이 너무 많은 것도 문제라니까. 헌터한테는 좋은 일이겠지만.

"…………그, 그래 뭐, 제도 북쪽이라도 해도 보물전이 잔뜩 있으니까. 숲속에도 몇 군데인가 있고, 팬텀이라고 하면 아마——"

"일단 틀림없이 【흰 늑대 둥지】, 겠지."

내 말을 이어받아서, 리더가 보물전의 이름을 말했다.

과연 《발자국》에 소속된 헌터, 이 부근에 있는 보물전들의 정보는 머릿속에 들어 있는 것 같다.

확신이 담긴 그 말에, 미소를 유지하면서 계속 말했다. 위가 찌릿찌릿 쑤신다.

"그, 그래, 【흰 늑대 둥지】랑, 그리고 가능성이 있는 건——"

"응? 그 근처에서 늑대 팬텀이 나올 만한 데가 또 있었나? 보구 출현율도 낮은 인기 없는 보물전이니까, 조건이 딱 맞을 것 같은데."

……세상에.

얼굴이 일그러지는 게 느껴졌다.

독 체인을 충전하고 있는 마도사가 내 표정 변화를 이상하다는 눈으로 보고 있다.

"보물전 밖까지 나온 걸 보면, 지금쯤【흰 늑대 둥지】에는 팬텀이 우글거리고 있겠지. 탐협에서도 주의하라고 했을 거야. 어쩌면 나라에서 구제 의뢰가 나올지도 모르고. 이럴 때 열심히 벌어야지."

시체를 남기지 않는 팬텀은 기본적으로 돈이 되지 않는다. 하지만 그가 보물전 밖까지 기어 나와서 물류에 영향을 미친다면 이야기가 달라진다.

규모에 따라 다르기는 하지만, 나라에서 탐협에 적당한 금액을 지불하고 구제 의뢰를 발주하는 경우도 많다.

……하지만 뭐, 뭔가 잘못 봤을 수도 있고, 만약에 그 예상이 맞는다고 해도 티노 혼자가 아니라 넷이서 공략하러 갔다.

길베르트 소년이 보구도 가지고 있으니까, 어떻게든 되겠지.

"리더, 거기 늑대 꽤 세니까, 방심하다가 죽지 마세요."

진지한 표정의 리더에게, 파티 멤버 한 명이 농담을 던졌다.

그 말이 내 마음을 푹 찔렀다.

강해? 강하다고? 가본 적은 없지만, 그렇게 강한가?

아냐, 그냥저냥이잖아? 뭐 레벨3이니까, 그냥저냥 강하겠지. 어디까지나 그냥저냥. 괜찮아, 티노도 강하니까.

……하지만 혹시 모르니까, 의뢰서만이라도 봐둘까. 다른 생각

이 있어서 그런 건 아니고.

나는 싱글싱글 웃으며 주머니에서 반으로 접어놓은 의뢰서를 꺼내서는 테이블 위에 펼쳤다.

리더가 그것을 확인하고, 깜짝 놀란 것처럼 눈이 휘둥그레졌다.

의뢰서를 위에서 아래까지 다 읽고서 납득한 것처럼 고개를 크게 끄덕이더니, 감탄했다는 것처럼 미소를 지었다.

"뭐야, 마스터. 사람이 참 못됐다니까. 모르는 척해놓고, 벌써 손을 써둔 건가."

"응, 응…… 맞아. ……티노를 보냈어."

"?! 티노라면, 레벨4── 그…………그렇군. 여전히, 스파르타식이구만."

조금 전까지 밝은 태도였던 리더의 표정이 순식간에 굳은 표정으로 바뀌었다. 다른 멤버들도 웃는 표정인 채로 아주 조금 몸을 뺐다.

항상 그랬다. 난 운이 없다. 타이밍도 나쁘다.

일부러 그런 게 아냐. 일부러 그런 게 아니라고.

그리고 상단이 공격당한 게 대체 언제인데. 내가 그런 정보를 알고 있을 리가 없잖아.

난 귀신이 아니라고. 알았다면 티노한테 시키지도 않았어. 아니, 알았으면 다른 의뢰를 받아왔지.

의뢰서를 잡아먹을 것처럼 보고 있던 도적으로 보이는 청년이 조용히 중얼거렸다.

"레벨3 보물전이라고 해도, 레벨5 헌터가 행방불명된 의뢰에…… 레벨4짜리, 그것도 솔로로 하는 애를 투입하다니……."

"아니 뭐, 이것도 다 공부…… 레벨5?"

"……예? 보세요, 여기……."

미확인 정보를 듣고 되묻자, 독 체인에 마력을 다 충전한 마도사가 사슬을 테이블 위에 내려놓고 의뢰서 한 쪽을 가리켰다.

구제 대상으로 적혀 있는 헌터의 이름이 줄줄이 적혀 있는 곳이다. 딱히 신경 쓰지 않고 넘어갔던 부분.

그런데, 이 사람한테는 다른 게 보인 것 같다.

"이 로돌프 더브라는 사람, 레벨5 헌터잖아요. 탐협에서 자주 봤던, 꽤 유명한 장창잡이. 설마, 모르셨——"

"멍청아. 제도에 있는 헌터와 보물전의 정보를 전부 쥐고 있는 마스터가 그런 초보적인 걸 모를 리가 없잖아! 아하하하, 미안해, 우리 이너가 실례를——"

리더가 어색하게 웃으면서 사과했다. 이너라고 하는 마도사가 황급히 고개를 꾸벅꾸벅했다.

나도 메마른 미소를 지은 채로 괜찮아, 신경 쓸 것 없다고, 손짓과 발짓을 섞어가면서 주장했다.

우리 클랜 멤버들 얼굴과 이름을 제대로 기억하고 있는지조차 애매한 내가 정보를 전부 쥐고 있다고?

누구야, 그런 이상한 소문 퍼트린 놈이. ……후보자가 너무 많아서 모르겠다.

외부 헌터 따위는 알 게 뭐냐고~. 최근에 탐협에 간 것도, 혼나러 갔을 때뿐인데.

그나저나 뭐야? 너희들 헌터들 정보를 전부 망라하고 있는 거야? 다 해서 몇 명인 줄이나 알아?

…………

자, 자, 자, 진정하자.

티노가 그래 보여도 믿음직하니까. 물론 레벨5 헌터가 행방불명됐다는 걸 알았으면 티노한테 맡기지도 않았겠지만, 아직은 당황할 때가 아니다.

……그리고 보니 의뢰서를 보여줬을 때, 티노 녀석이 자기는 아직 레벨4라고 했었지 아마.

거크 자식, 말도 안 되는 의뢰를 떠넘기고 말이야. 귀여운 후배가 죽기라도 하면 어떻게 책임질 거야.

심호흡해서 마음을 달랬다.

일단 겉보기만이라도 클랜 마스터로서의 위엄은 유지해야 하니까.

클랜 마스터 자리에서 쫓겨나는 것 자체에는 아무런 문제도 없다. 오히려 웰컴이지만, 이건 그런 문제가 아니니까.

"이, 이러면서 배우는 거야. 괜찮아, 티노한테는 외부 헌터를 세 명 붙여줬으니까."

길베르트 소년도 일단은 티노한테 따르는 것처럼 보였으니까.

루다와 그레그 님도 없는 것보다는 나을 테고.

내 말을 들은 리더는, 내 예상과 다른 반응을 보였다.

그 예의상 웃고 있는 것 같은 볼이 씰룩씰룩 경련을 일으킨 것이다.

"그, 그렇군……."

"……안 그래도 곤란한 임무인데…… 거기다 짐까지 얹다니──"

"이게──《탄령》을 정상으로 끌어올린 그 유명한──"

우수한 헌터── 괴물들이 그럴 이유가 하나도 없는, 두려움이 담긴 시선.

유명?! 뭐가 유명하다는 건데…….

나는 도저히 견딜 수가 없어서 무너질 뻔했던 표정을 다시 한 번 다잡았다.

조금 전까지 밝게 웃고 있던 리더가 덜컥, 소리를 내면서 일어나려고 했다. 표정이 마치 마물과 상대하는 것처럼 진지하다.

나는 테이블 위에 놓여 있는 충전이 끝난 독 체인을 집어 들고, 제 위치인 벨트에 찰칵, 하고 세팅했다.

어흠, 하고 헛기침을 한 번 해서 하드보일드한 척을 했다.

"미안하지만, 잠깐 볼 일이 생겼거든. 이만 실례할게. 충전해줘서 고마워."

"아, 아뇨 무슨. 저희야말로, 쓸데없는 얘기로 귀를 더럽히시게 해서──"

편한 말투로 얘기했었는데 갑자기 존댓말이 됐네.

어느샌가 다른 테이블에 있는 파티들도 이쪽 분위기를 엿보고 있다.

큰일 났다. 이대로 가면 내가 티노한테 말도 안 되는 의뢰를 떠넘긴 최악의 쓰레기 자식이 되겠어.

아니라고. 일부러 그런 게 아니야.

발을 돌렸다. 일단 어디로 가야 좋을지 모르겠으니까, 서둘러서 마스터 방으로 향했다.

정작 필요한 아크는 꼭 이럴 때 없다니까. 《비탄의 망령》멤버들도 없고.

원래 의뢰는 꼼꼼하게 준비한 다음에 가는 건데, 이번에는 구출 의뢰라서 서둘러서 보내버렸다. 티노 일행은 이미 보물전에 도착했겠지.

시간이 없다. 혼란에 빠진 나 자신을 달랬다.

"괜, 괜찮아, 괜찮다고. 연옥검…… 연옥검이 있으니까!"

그러고 보니까, 그 연옥검.

모의전 때 마력을 다 써버렸는데 말이야. 길베르트 소년, 마력을 충전한 다음에 보물전으로 갔으려나?

티노 셰이드라는 헌터의 기억.

그 기억의 가장 깊은 부분에 새겨져 있는 것은 몇 달 동안에 걸친 기초 훈련을 마치고, 처음으로 스승과 실전을 상정한 대련을 한 뒤의 광경이다.

"알았어? 티."

빙긋, 스승이 웃었다.

너무나 지쳐서 땅에 쓰러진 채로 거친 숨을 내쉬는 티노와 달리, 그 얼굴에는 땀 한 방울 나지 않았다.

뒤로 작게 묶어놓은, 마치 빛나는 것 같은 핑크 블론드의 머리카락과 연분홍색 홍채, 그리고 긴 속눈썹.

피부는 햇볕에 그을리기는 했지만 상처 하나, 얼룩 하나 없이 매끄러워서 그 외모를 보면 누구든지 예쁘다고 말할 것이다.

귀에는 금속으로 만든 빨간색 하트 모양 이어링. 가느다란 팔다리에는 군살 하나 없고, 흉부는 가슴이 그다지 크지 않은 티노와 비교해도 조신했다.

신장도 아직 성장기인 티노보다 작아서, 처음 사제관계가 됐을 때는 같이 서 있으면 티노 쪽이 나이가 많다고 오해하는 경우도 종종 있었다.

지금은── 그런 목숨 아까운 줄 모르는 놈은 없다.

"크라이가 까마귀는 흰색이라고 하면── 흰색인 거야. 내가 무슨 말을 하는 건지, 알려나?"

달콤한 목소리가 아이에게 도리를 가르치는 것 같은 울림을 담고서 티노를 향해 날아왔다.

똑바로 세워놓은 집게손가락. 그 작은 몸에서 느껴지는 힘은, 티노가 알고 있는 그 어떤 존재보다도 방대했다.

서로 몇 살밖에 차이가 나지 않는다는 걸 믿을 수 없을 정도로.

예전에 그 누구보다 바르게 영광의 계단을 달려 올라간 자들이 있었다.

수많은 헌터를 물리친 고난이도 보물전을 간단히 공략한 괴물들이 있었다.

우수하다는 평가를 받는 티노를 비롯한 제2세대들은, 그 뒤를 쫓아가고 있을 뿐이다.

　그래서 티노는 단 한 번도 자신의 재능을 과시한 적이 없다.

　티노를 가르치게 된 소녀도 그들 중에 한 명.

《절영》리즈 스마트.

　바람처럼, 그림자처럼, 대지를, 하늘을, 그 누구보다 압도적으로 앞서 달려 나가는 그 모습은 동경의 대상인 동시에 두려움의 대상이었다.

　미소를 짓고는 있지만, 그 눈만은 몸 안에 담긴 에너지가 흘러나오는 것처럼 번쩍번쩍 빛나고 있다.

　"충성이라든지 흠모라든지, 그런 게 아니야. 내가 티한테 바라는 건 바로——『절대 복종』이야."

　성질 급한 헌터가 들으면 아마도 미칠 듯이 화를 낼 것 같은 내용.

　하지만 그 스승의 목소리는 아주 진지했다. 찌릿찌릿한 초조함이 목을 괴롭힌다.

　"크라이한테는 말이야——"

　가만히 자신을 바라보는 그 눈동자 때문에 꼼짝도 할 수가 없다. 숨을 한 번 쉬고, 그 입술에서 말이 줄줄 흘러나왔다.

　"아무리 사소한 일이라도, 의견을 제시하지 않았으면 해."

　"아무리 바보 같은 농담을 하더라도, 의도를 알 수 없는 부조리한 명령을 하더라도, 그야말로 목숨이 위험해진다고 해도—— 아무엇도 생각하지 말고, 충실하게 그 의지에 따라줬으면 해."

"크라이한테 거역하는 적이 있으면 전부, 하나도 남김없이 뭉개버렸으면 싶어. 상대가 제아무리 대귀족이라고 해도, 엄청난 실력의 헌터라고 해도, 이 제블디아에서 아무리 큰 힘을 자랑하고 있다고 해도, 그딴 건 아무 상관 없어."

"난, 우리한테 반감을 품은 자가 1초라도 더 살아 있는 걸 죽어도 참을 수가 없어. 그래서── 널 제자로 삼은 거야. 내가 있을 때는 내가 전부 죽여버리겠지만, 없을 때는 곤란해지겠지?"

"티는 똑똑하니까, 무슨 말인지 알겠지?"

"헉, 헉…… 예, 예에. 언니."

때때로 재능 있는 헌터는 괴물이라고 불린다.

티노도 모든 헌터가 그렇다고 생각하지는 않는다.

하지만 자신의 스승은 틀림없이, 같은 헌터들조차도 두려워하는 괴물이었다.

농담이라도 말하는 것 같은 분위기로 늘어놓은 말이지만, 일말의 저항을 용납하지 않는 열기가 담겨 있었다.

진지하다. 파고들 틈이 없을 정도로, 주위에 있는 모든 것들을 적대하고 있다. 만약에 티노가 지금 크라이에 대한 적개심을 품는다면, 스승은 근처에 있는 꽃이라도 꺾는 것처럼 티노를 죽여버릴 것이다.

키는 티노보다 작고, 팔다리도 티노보다 가늘다.

얼핏 보면 보통 사람처럼 보인다.

하지만 사람 형태를 한 것은 겉모습뿐이다.

티노가 그걸 알아차린 것은, 티노 셰이드라는 헌터의 실력이
조금 더 좋아진 뒤의 일이었다.

울창하게 우거진 숲속. 【흰 늑대 둥지】로 가는 좁은 길을, 경계
하면서 걸어갔다.

대열은 선두에 티노. 그 뒤에 길베르트, 그레그, 마지막에 후방
경계를 담당하는 루다.

원래 파티란 각각 역할별로 균형을 고려해서 짜는 것이다.

일반적으로 파티에는 전위와 후위, 색적 담당과 회복 담당이
필요하다.

이번 즉석 파티의 경우에는 고난이도 보물전을 탐색하는데 있
어 필수라고 여겨지는 광역 섬멸 능력이 뛰어난 마도사도, 크게
다쳤을 때 유효한 치유술사(라이터)도 없다.

그레그와 길베르트는 전위다.

그레그는 다양한 무기를 다루는 능력이 뛰어난 전사(워리어)고,
길베르트는 대검을 사용하는 일대일 싸움이 특기인 검사(소드맨).

사람보다 강대한 팬텀을 전선에서 붙잡아둘 수 있을 정도의 신
체 능력을 지닌 반면, 마법 공격이나 한 번에 다수의 팬텀을 상대
하지 못하는, 가장 표준적인 전위다.

한편, 루다와 티노는 도적이다.

순수한 전투 능력만 따지만 다른 직업들보다 한 걸음 떨어지지

만, 색적 능력이 뛰어나다.

이번 파티는 균형이 나쁘다고 말할 수밖에 없는 구성이지만, 색적 능력이 뛰어난 도적이 두 명이나 있는 건 불행 중 다행이라고 할 수 있겠지.

루다의 위기 탐지 능력은 솔로로 활동하는 자들 특유의 주의 깊은 부분이 있고, 티노도 그런 능력에는 자신이 있다. 아무리 시야가 나쁘다고 해도, 적개심을 지니고 다가오는 팬텀을 놓치는 일은 없을 것이다.

미지의 보물전에서 가장 주의해야 하는 것은 기습이다.

못 미더운 파티 구성이지만 기습에 의한 전멸을 걱정할 필요는 없다.

지금 가장 우선해서 생각해야 할 것은 이 보물전에서 무슨 일이 일어나고 있는지, 였다.

아직 보물전에 도착하지도 않았는데, 숲에는 영문을 모를 분위기가 감돌고 있다.

마물이나 팬텀과 계속 싸우는 헌터이기에 알 수 있는 그 독특한 분위기 때문에, 파티 멤버들의 얼굴은 굳어져 있었다.

어디선가 하울링 같은 울음소리가 울려 퍼졌다.

그레그가 주위를 경계하는 것처럼 둘러보고, 신음하는 것 같은 소리로 말했다.

"이상한데. 이 기척은 뭐지…… 위험한 냄새가 풀풀 나고 있어. 아직 보물전에 도착하지도 않았는데── 대체 뭐냐고."

"그래서 유서를 썼어."

아무렇게나 자라 있는 한 아름이나 되는 나무들 너머를 눈을 가늘게 뜨고서 관찰하며, 티노가 대답했다.

"정확히 말하자면, 쓰게 했다, 지만……."

헌터의 안 좋은 예감은 자주 맞는다. 마나 머티리얼 공급에 의해 뇌에서 처리하지 못할 정도로 강화된 헌터의 감각이, 감이라는 형태로 경종을 울린다.

목숨이 아깝다면, 안 좋은 예감이 들 때는 바로 물러나라.

트레저 헌터가 지켜야 할 철칙 중에 하나다.

지금 여기에 그 정도도 모르는 헌터는 없다. 다들 이 숲에서 뭔가가 일어나고 있다는 건 눈치채고 있었다.

하지만 임시 파티의 리더의 얼굴에는 불안한 기색이 없었다.

거기에 보이는 것은 각오뿐이다.

사실 원래는 어떤 이상을 느낀 시점에서, 티노가 리더로서 파티의 생존을 고려해야 했을 것이다. 게다가 그 이상이 파티 멤버 전원이 느낄 정도로 큰 것이라면 더더욱.

하지만 이번만은 그 원칙이 적용되지 않았다.

왜냐하면 출발하기 전부터 이런 상태가 되리라는 것을 예측했고, 그것을 허용한 상태에서 여기에 있기 때문이다.

이미 파티 멤버들에게 말해뒀다. 말한 시점에서 그것을 믿어줬는지 아닌지는 별개로 치더라도.

『마스터가 맡긴 이상은 간단한 의뢰가 아니야. 죽을 생각은 없지만, 혹시 모르니까 써둬.』

라운지에서 했던 말과 진지한 표정을 떠올리며, 제일 뒤에서 신중한 걸음걸이로 따라가고 있는 루다가 눈을 깜박거렸다.

그때는 무슨 농담인가 싶었지만, 이렇게까지 확실한 이상이 발생한 이상 의문을 품을 여지도 없다.

"세상에…… 크라이는 이 상황을 알고 있었고, 그러고도 우리를 보냈다는 얘기야?"

"추가로 말하자면…… 이 멤버 편성도 아마 우연이 아니야."

"뭐? 이, 이봐, 아무래도 그건——"

색적 두 명을 포함해서 피지컬에 특화된 멤버가 네 명.

분명히 마스터는 티노에게 멤버를 말해줄 때, 우연이라도 되는 것처럼 행동했었다. 하지만 그것이 위장이라는 것을, 마스터의 마스터인 티노는 한눈에 알 수 있었다.

티노는 《발자국》의 고참 멤버다. 클랜이 발족하기 전에도 스승이 소속된 《비탄의 망령》과 교류할 기회가 많았다.

티노의 헌터 인생은 지옥 같은 훈련과 그런 훈련을 전제로 한 『시련』이었다고 할 수 있다.

크라이가 맡긴 의뢰에 도전하는 것도 처음이 아니다.

처음에는 티노도 믿을 수가 없었지만, 지금은 확실하게 이해하고 있다.

《비탄의 망령》이 영광의 길을 걷게 된 이유는 결코 재능 있는 멤버들이 모여 있기 때문만이 아니다. 저 마스터가 있기에 가능했던 것이다.

"마스터는 보물전의 이상과 거기서 발생하는 사상을 전부 예상하고, 필요한 인원을 유도해서 이 멤버를 모았어. 길베르트, 너와의 대전도 그 결과도 예외가 아니야."

모의전 이후로 많이 얌전해진 길베르트가 티노의 말을 듣고서 눈이 휘둥그레졌다.

루다가 당황하며 끼어들었다.

"자, 잠깐만?! 필요한── 인원? 아무리 그래도 내가《발자국》의 멤버 모집했던 건 그냥 우연이었고── 무, 무엇보다, 같이 보낼 거라면, 너희 클랜에 더 우수한 헌터들이 잔뜩 있잖아?!"

"마, 맞아. 나도《천변만화》하고 만난 건 그게 처음인데──"

믿을 수 없다, 믿고 싶지 않다.

그런 표정을 짓고 있는 파티 멤버들을 보며, 티노는 살짝 한숨을 쉬었다.

아직 보물전에 도착하지 않았지만, 그 근처에서 시끄럽게 굴면 팬텀이나 마물이 덮쳐올 가능성이 높다.

어쩌면 그것까지 예상했을 수도 있지만, 티노는 빨리 끝내고 돌아가고 싶었다.

당연히 시체가 돼서가 아니라, 산 채로.

그러기 위해서는 이것이 사고가 아니라는 걸 이해시켜야 할 필요가 있다.

앞으로 무슨 일이 일어날지, 티노는 모른다. 예상도 할 수 없다.

하지만 각오가 된 상태와 아닌 상태에는 하늘과 땅 만큼의 차이가 있다.

"마스터는── 제도의 헌터와 보물전의 정보를 전부 망라하고 있어. 만난 적이 없다고 해도, 그 행동을 읽는 건 마스터한테는 일도 아니야."

그 정도는, 티노는 물론이고 《발자국》 멤버라면 누구나 알고 있는 일이다.

마스터의 행동에는 항상 뭔가 의도가 있다.

무엇보다 레벨8 인정 헌터가 아무 이유도 없이 멤버 모집에 지각하거나 그 자리에서 사람들을 부추겨서 큰 소란을 일으켜서 주점을 반파시키고, 길베르트의 분노를 다른 데로 돌려 티노와 싸우게 했을 리가 없다. 생각이 없다면 그건 단순한 바보겠지.

그건 연기다. 아무리 봐도 연기처럼 보이지 않았지만, 티노의 수준에서는 간파할 수 없을 정도로 고도의 거짓말이다. 모든 것이 다 계산된 것이다.

티노의 약간 짜증 섞인 말에, 길베르트도 더 이상 아무 말도 하지 않았다.

그 정도는 간단히 해낼 수 있을 것 같았기 때문이다. 훈련장에서 봤던 《천변만화》에게는 그런 영문 모를 무언가가 틀림없이 존재했기 때문이다.

등에 짊어진 연옥검의 무게가 유난히 신경 쓰였다.

마도사들이 사용하는 마법 중에는 무기에 물이나 화염 등을 두르게 해서 위력이나 공격 범위를 강화하는 술법이 존재한다.

무기형 보구에서 자주 찾아볼 수 있는 『속성 부여』 능력은, 그런 술법의 구축이 없이도 그것과 같은 효과를 발휘하게 한다.

연옥검이 지닌 능력 중 하나인 화염 부여는 칼날에 불꽃을 두르게 해서 베는 것과 동시에 상대를 태워버리는 것을 가능하게 해주는, 공격력을 비약적으로 강화해주는 힘이다.

지금까지 공략한 보물전에서, 그것이 통하지 않았던 상대는 존재하지 않았다.

하지만, 과연 이번에도 그럴 것인가.

《천변만화》가 보여줬던 화염 조작은 길베르트가 생각했던 연옥검의 성능을 벗어난 것이었다. 그것이 연옥검의 진정한 힘이라면, 지금의 자신은 그 힘의 극히 일부밖에 사용하지 못한다는 뜻이 된다.

길베르트는 지금까지 여러 보물전을 공략했었는데, 이번 보물전은 그것들을 한참 뛰어넘을 만큼 안 좋은 예감이 들었다. 아마도 기분 탓이 아니다.

불안해하는 세 사람을 보고, 티노가 가벼운 투로 말했다.

"안심해. 마스터는 모든 것을 파악하고 있어. 절대로 해결할 수 없는 의뢰를 적당히 맡기지는 않아. 우리가 죽을 각오로 덤비면 공략은 가능하다는 뜻이야. 무슨 일이 일어나건 되돌아갈 수는 없어. 유서도 썼으니까."

"그, 그래…… 그랬었지."

헌터의 상식으로 생각해보면 도망쳐야 하는 상황인데, 『유골 회수』에 대체 얼마나 목숨을 걸고 있는 건지.

마음속으로는 위험한 일에 말려들고 말았다고 생각을 하면서도, 그레그가 연장자의 의지를 발휘해서 일그러진 미소를 지었다.

그 순간, 시야에 그림자가 드리웠다.

태양을 덮어 가려버리는 그림자.

하늘에서 떨어지는 그것을 가장 먼저 알아차린 티노가 그레그를 떠밀었다. 1초 전까지 그의 목이 있었던 곳을, 둔한 회색빛이 지나갔다.

한 박자 늦게 길베르트와 루다가 거리를 벌리고 전투태세에 들어갔다. 떠밀려서 넘어진 그레그가 반사적으로 낙법을 취했다.

그 눈이 대상을 포착했다. 냄새도 소리도 없이 다가온 그 그림자를.

루다가 눈이 휘둥그레져서, 한쪽 무릎을 꿇은 채로 움직이지 않는 진홍색 짐승을 보며, 갈라진 목소리로 말했다.

"……어…… 여기 팬텀은── 늑대 아니었나?!"

자신을 바라보는 빛나는 것 같은 금색 눈을, 길베르트가 노려봤다. 칼집에서 뽑은 연옥검의 날 끝을 겨눈다.

선제공격을 회피당한 진홍색 짐승은 완만하다고 할 수 있는 동작으로, 일어났다.

──두 발로.

철사 같은 진홍색 털가죽과 바짝 선 개과 특유의 귀. 엉덩이에는 털과 같은 색의 굵은 꼬리가 달려 있고, 그 코는 마치 상황을 파악하려는 것처럼 살짝 움직이고 있다.

하지만, 그 짐승의 몸 대부분에는 피처럼 빨간 갑주를 입고 있었다.

건틀릿으로 보호받는 손. 그 손에 쥔 무기가 견제라도 하려는 것처럼 천천히 흔들렸다.

그 예상치 못한 모습에, 길베르트가 내뱉는 것처럼 소리쳤다.

"이 자식…… 갑옷 입었잖아?! 이런 얘기는 못 들었는데!!"

"칼, 들었어…… 마스터어…… 마스터어는 항상 제 예상을 뛰어넘으시는군요……."

【흰 늑대 둥지】에 나타나는 팬텀은 거대한 늑대라고 했다.

하지만 지금 눈앞에 나타난 상대는 색과 얼굴을 제외하면, 모든 것이 예상과 전혀 다르다.

어딘가 슬퍼하는 것 같은 티노의 말을 지워버리려는 것처럼, 진홍색 갑주를 입은 늑대 기사가 포효했다.

"아~ 토할 것 같다. 그냥 헌터 그만두고 싶네."

간단하다고 생각했던 벌칙 게임이 예상외로 위험하다는 걸 알게 된 뒤로 10분.

나는 투덜투덜 혼잣말하면서 아무도 없는 클랜 마스터의 방에서 이리저리 걸어 다녔다.

만약에 에바가 있었다면 차가운 눈으로 쳐다봤겠지.

정말이지, 티노가 제대로 된 이유를 대면서 거절했다면 나도──.

머릿속에 떠오르는 건 생산성이라고는 찾아볼 수도 없는 투덜대는 소리뿐이다.

살아 있을지 아닐지도 모르는 구조 대상보다 친구의 제자가 훨씬 소중하다.

아무리 그래도 레벨이 4씩이나 되니까, 티노도 헌터들의 상식 정도는 알고 있겠지. 위험하다 싶으면 돌아올 것이다.

하지만 지금까지 본 바에 의하면 《발자국》의 멤버들은 하나같이 무모했다. 일반적인 헌터들의 상식에서 벗어났다. 그 어떤 강적이 나타난다고 해도 그리 쉽게 물러나지 않는다.

티노도 거기에 영향을 받은 구석이 있다. 솔직히 말해서 제일 무모한 건 《비탄의 망령》 멤버들이니까, 스승의 나쁜 영향이겠지. 큰일 났다.

티노가 내 명령 때문에 죽기라도 하면, 안 그래도 성질이 급한 리즈가 과연 무슨 짓을 저지를까.

"아~ 최악의 경우에는 길베르트 소년이랑 그레그 님을 방패로 삼아도 되니까……."

그들도 티노를 위해 희생되어도 억울하진 않겠지, 아마도.

멤버를 너무 대충 골랐다. 하다못해 실력이 확실한 《발자국》 멤버들을 붙여줬어야 했는데.

거크 그 자식, 사전에 제대로 주의를―― 아냐, 그건 아니네. 아무리 생각해도 내가 제일 잘못했다. 변명할 여지가 없다.

정말 미안하다아아아아아아아아아!!!

아마 괜찮을 거야. 티노도【흰 늑대 둥지】에서는 커다란 늑대만 나온다는 정도는 알고 있을 테고, 당연히 대책도 마련했을 테니까. 상대는 짐승에 털이 조금 난 정도의 상대잖아. 대책은 어렵지 않을 거야…… 티노네가 지지 않겠……지?

그렇게 생각했지만, 어째선지 도무지 안심할 수가 없다.

밖은 이미 캄캄했다. 제도 안에는 가로등이 설치돼 있지만, 밖으로 나가면 그것도 없다.

지금 당장 라운지에 있는 《발자국》 멤버들에게 구원을 부탁하는 건 어떨까…… 아냐, 안 돼. 밤에는 마물이나 짐승들이 활성화되기 때문에, 야간 행군은 모든 이들이 기피하는 행동이다. 무엇보다 지금 당장 멤버를 파견한다고 해도, 틀림없이 티노를 따라잡을 수는 없다.

역시 난 아크가 없으면 안 된다니까.

반쯤 현실도피를 하면서, 나는 마음을 정하고 클랜 마스터 방벽에 설치된 책장으로 다가갔다.

클랜 운영이나 제도의 역사와 관련된 책들이 꽂혀 있는 중후한 책장.

거기에 부자연스럽게 설치된 손잡이를 잡고, 힘껏 당겼다.

장치가 작동하고, 책장이 소리도 없이 움직여서 안쪽으로 열렸다. 그 너머에는 아래로 내려가는 계단이 있었다.

계단을 종종걸음으로 달려 내려가고, 어둠 속에서 손으로 더듬어서 스위치를 찾았다.

스위치를 켰더니 부드러운 램프 불빛이 클랜 마스터 방보다 훨씬 큰 방을 비춰줬다.

숨겨진 문 안쪽에 있는 것은 내 개인실이다.

창문이 없는 방이다. 여러 명이 같이 잘 수 있을 정도로 커다란 침대. 책장. 테이블. 책상. 소파. 벽에는 뭔지는 잘 모르겠지만 선물로 받은 그림과 클랜으로서의 방침인 세 가지 규칙이 적힌 종이가 붙어 있다.

하지만 무엇보다 눈에 들어오는 것은―― 그 방이 좁아 보일 정도로 줄줄이 놓여 있는 보구들이겠지.

검. 창. 갑옷. 외투. 사슬. 반지. 종류도 모양도 다양하다.

구입한 물건. 누가 준 물건. 그리고 물론, 보물전에 들어가서 손에 넣은 것도 있다.

이것은 우리 《비탄의 망령(스트레인지 그리프)》이 트레저 헌터로서 살아온 결과의 집대성이라고 할 수도 있다.

아마도 이 보구들을 모조리 적당한 가격에 팔아버리기만 해도, 우리 10대 후손까지는 놀고먹을 수 있겠지.

하지만 우리는 아직 목표를 달성하지 못했다.

나는 욱신거리고 거북한 위를 손으로 누르며, 현재 상황을 조금이라도 타파할 수 있을 것 같은 보구를 찾기로 했다.

계단을 다시 올라가서 클랜 마스터 방으로 들어섰을 때, 마침 에바와 마주쳤다.

열린 책장 문 쪽을 보고, 내 모습을 보고는 눈을 깜박거렸다.

최대한 신속하게, 엄선한 보구들을 몸에 두른 지금의 내 모습은 말하자면 살아 있는 보물전이다.

남색 외투와 등에 멘 크로스보우형 보구와 어중간한 길이의 검 보구.

손에는 각 손가락에 반지형 보구를 꼈는데, 그래도 모자라서 허리에 찬 가느다란 사슬형 보구에도 여러 개의 반지를 꿰어놨고, 그래도 다 챙기지 못한 것들은 벨트에 걸어놓는 타입의 도구 주머니 안에 넣어뒀다.

반지형 보구는 참 많다니까. 인간의 손가락은 왜 열 개밖에 안 되는 걸까.

옷은 보구가 아닌 그냥 일반적인 경장 헌터들이 많이 입는 튼튼한 옷인데, 그것 말고는 대부분 보구다.

하지만 그렇게까지 해도 무슨 일이 일어날지 모르는 상황 때문에, 나는 토할 것 같은 기분이 들었다.

지금까지 경험상 보통 사람이 보구를 아무리 잔뜩 둘러봤자 별 의미가 없다는 걸 알고 있기 때문이다.

하지만 그렇다고 해서 가만히 앉아 있을 수도 없다. 이건 내 책임이니까.

부 클랜 마스터는 평소처럼 하얀 제복 차림이다.

벌써 밤인데도 한 치의 빈틈도 없다. 아직도 일하고 있었나. 에바는 정말 열심히 일한다니까.

참고로 개인실의 존재는 이미 거의 모든 멤버가 알고 있어서, 에바도 딱히 놀란 기색은 없다.

"무슨 일인가요 크라이 씨. 그런 중장비를 하고……."

"후후후후후…… 잠깐 산책 좀 다녀올게."

"……그렇게 걱정할 거라면 시키지를 마시지."

바로 들켰다.

"후후후후후후…… 무슨 소린지 모르겠는데."

이 절박한 사태 때문에, 이상한 웃음만 나올 뿐이다. 에바가 한심하다는 것처럼 날 빤히 쳐다봤다.

보구로 무장한 것 때문에 들킨 건 아니겠지. 나는 항상 온몸에 보구를 지니고 있으니까.

이미 오래 알고 지낸 사이다 보니 내 성격을 다 파악했을 것이다. 틀림없이.

"누구 다른 파티를 원군으로 데려가는 건 어떨까요?"

에바가 매력적인 제안을 했다.

하지만 같은 클랜의 멤버라고 해도, 그 사람들은 나와 다른 파티다.

이런 시간에 굳이 밤길을 걸어가서 위험하다는 걸 알고 있는 보물전까지 같이 가줄 파티는 없을 테고, 너무 무모한 부탁은 할 수 없다.

나는 호흡을 진정시키고, 멋진 척하며 말했다.

"문제없어. 전부 내 계산대로야."

"잠깐만요."

한껏 허세를 부린 나한테는 조금도 신경 쓰지 않고, 에바가 내 쪽으로 불쑥 다가왔다.

그 시선에, 내 목에 걸린 펜던트 쪽으로 향하고 있었다.

금속 캡슐이 달려 있는 심플한 펜던트다.

보구가 아니다. 하지만 어지간한 보구 따위하고는 비교도 안 될 만큼 위험한 물건이다.

"……그거, 시트리 슬라임 아닌가요?"

"…………."

"잘못 사용하면 제도가 멸망하니까 절대로 열지 말라고 했던——"

빤히 쳐다보며, 그러면서도 절대로 건드리려고는 하지 않는 에바. 위기관리 능력을 잘 갖추고 있다.

에바…… 대체 누구한테 들은 거지. 후보가 몇 명 생각났지만, 지금은 일단 넘어가자.

캡슐은 내 방 한복판, 금고형 보구 제일 밑바닥에 잠들어 있었다. 안에는 품종을 개량한 슬라임이 들어 있다는 것 같은데, 본 적이 없어서 자세히는 모른다.

슬라임이란 점액 같은 몸을 지닌 마물의 일종이고, 온갖 마물들 중에서도 가장 약한 존재다.

내 머릿속에서도 슬라임은 피라미 중 피라미. 말하자면 마물 버전의 나 같은 존재인데, 이 캡슐에 들어 있는 녀석은 뭔가 다른 모양이다. 뭐가 다른지는 모르겠지만, 만든 사람이 그렇게 말했으니까 틀림없겠지.

보구는 강력하지만 거기에 저장된 마력에 따라서 위력이나 사용할 수 있는 시간이 정해진다.

나는 가능한 보구의 마력이 떨어지지 않게 관리하고 있지만, 전에 충전한 게 《비탄의 망령》이 원정을 떠나기 전—— 2주도 더 됐으니까, 지금 가지고 있는 보구들은 마력이 거의 다 빠져나간 상태다. 위력을 기대할 수 없다는 뜻이다.

캡슐은 말하자면 보구를 대체하기 위한 것이다. 티노는 우수하니까 틀림없이 괜찮을 것 같고, 나도 싸움은 최대한 피할 생각이 지만 만약의 경우를 위한 수단을 준비하는 것은 헌터로서 당연한 일이다.

나는 주의 깊고 하드보일드한 남자다.

사실은 싫지만, 죽어도 피하고 싶지만, 다른 보구가 아닌 무기들은 간단히 들고 나갈 수 있는 크기가 아니었기 때문에 어쩔 수가 없었다.

사용방법도 조금 이상하기는 하지만, 보물전 안에서라면 그냥 집어 던지고 도망쳐버리면 어떻게든 되겠지.

"무슨 소리야. 그런 제국법을 위반하는 물건을 내가 가지고 있을 리가 없잖아."

"…………."

하지만 준법정신을 존중하는 나와 달라서, 소꿉친구들은 법이란 어기라고 있는 것으로 생각하고 있다.

따지고 들면 바로 들통이 날 것 같으니까 재빨리 집무 책상 뒤쪽, 커다란 창문에 달린 손잡이를 잡고서 창문을 열었다. 활짝 열린 창문에서 생각보다 차갑고 강한 바람이 들어왔다.

창문을 개폐식으로 만든 건, 열 수 있게 만들지 않으면 당연하다는 것처럼 깨트리면서 들어오는 사람이 있기 때문인데, 그게이런 때 도움이 되다니.

에바가 웬일로 걱정된다는 듯이 날 보고 있다. 그리고 그 시선은 대부분 시트리 슬라임에게 향해 있고.

내가 쓸데없는 짓을 저질러서 클랜 운영에 영향을 미치지는 않을지 걱정하고 있겠지.

"저, 정말로, 괜찮은 건가요?"

불안해하는 에바의 목소리에, 나는 최대한 열심히 웃어 보였다.

응, 그래. 안 되겠지…….

사실은 나도 누군가를 데리고 가고 싶지만, 이『나이트 하이커 (밤하늘의 어둠 날개)』는 1인용이거든.

"저기…… 그냥 철수하는 게 좋지 않을까?"

맹위를 떨치던 늑대 기사가 그 생존의 증거를 하나도 남기지 않고 사라져버렸다.

루다가 공기 중에 녹아버리는 것처럼 사라져버린 늑대 기사가 있던 장소를 노려보며, 티노에게 말했다.

그레그도 실컷 휘둘러댔던 익숙한 장검을 거두면서 그 의견에 동의했다.

"그래. 위험할 것 같다는 건 사전에 알고 있었지만, 예상 밖의 사태야. 일단 철수하는 게 좋겠어. 이 꼴을 보면 구조대상도 살아 있을 리가 없으니까. 가봤자 소용없다고."

늑대 기사는 강했다.

온몸을 뒤덮은 갑옷은 거의 모든 공격을 튕겨냈고, 그 강력한 팔을 이용해서 휘두르는 칼에는, 일단 맞으면 틀림없이 치명상을 입을 정도의 위력이 실려 있었다.

원래 짐승 타입 팬텀은 민첩하고 힘이 강한 경향이 있는데, 거기에 무장까지 한 늑대 기사는 아무리 생각해도 레벨3 보물전에 나올 상대가 아니다.

　그레그는 레벨4로 인정된 베테랑이지만, 그래도 일대일로 싸우기는 힘든 상대였다.

　간신히, 거의 다치지 않고 팬텀을 쓰러트린 것은 상대가 혼자인 데다가 이쪽은 여러 명이라는 것과 티노가 계속 그 팬텀의 주의를 끌면서 공격을 견제한 덕분이다.

　하지만 만약에 누구 하나라도 중간에 상처를 입고 그 움직임이 둔해졌다면, 지지는 않더라도 전투 자체는 훨씬 길어졌을 것이다.

　그레그와 루다의 시선 앞에서, 리더는 눈썹 하나 까딱하지 않고 대답했다.

　"결정은 바뀌지 않아. 무엇보다, 아직 보물전에는 들어가지도 않았어."

　"이, 이봐. 대체 왜 고집을 부리는 건데. 아무리 그래도 목숨이 더 소중하잖아?! 지금 그놈은 아무리 봐도 【흰 늑대 둥지】에서 나온 놈이야. 팬텀이 보물전 밖으로 나오는 것도 신기한 일인데, 안에는 아마도 그런 놈들이 우글거리고 있을 거라고."

　"바로 얼마 전에 왔을 때는 보통 늑대밖에 없었는데……."

　루다가 보물전이 있는 쪽을 보면서 몸을 부르르 떨었다.

　원래 【흰 늑대 둥지】에서 나타나는 것은 그냥 늑대를 크게 만들어놓은 것 같은 팬텀이었다. 멸종된 실버 문의 이름을 따서 레드

문이라고 부르는 팬텀이었다. 칼이나 갑옷으로 무장한 늑대인간이 아니었다.

몇 주 전에 루다가 시험 삼아 솔로로 이곳에 왔을 때 나타났던 팬텀도 그것이었고, 강한 정도만 따지자면 자기 혼자서도 어떻게든 쓰러트릴 수 있는 레벨이었다. 그때는 여러 마리한테 둘러싸이면 대처할 수 없다는 것을 깨닫고 바로 철수했었는데, 이번에 나타난 늑대 기사는 그것보다 훨씬 강력했다.

조금 전에 나타났던 중장비로 무장한 늑대인간의 갑옷은, 루다가 가진 단검 정도로 어떻게 할 수 있는 것이 아니다. 상처를 주려면 유일하게 갑옷으로 가리지 않은 머리나 장갑이 얇은 관절 부분을 정확히 노리는 수밖에 없다.

루다의 지금 실력으로는 민첩한 움직임을 자랑하는 늑대인간의 머리를, 그 공격을 피하면서 노리는 것은 상당히 힘들다. 연습하면 가능할 수도 있겠지만, 목숨을 건 상황에서 연습하고 싶은 생각은 없다.

"훈련이 돼."

"훈련이라니…… 으에…….."

하지만 그레그와 루다의 호소에 대해, 티노가 아주 당연하다는 것처럼 어깨를 으쓱거려 보였다.

이상한 사태인데도 불구하고 놀라울 만큼 차분한 그 태도를 보고, 루다는 자신과 크나큰 차이를 느꼈다.

마치 이 정도 수라장 정도는 몇 번이나 헤쳐 나왔다고 말하는 것 같은, 그런 태도.

이것이──《시작의 발자국》.

"무엇보다, 그레그 님은 아직 착각하고 있어."

"그냥 그레그면 된다."

"그레그는 아직 착각하고 있어."

의아해하는 표정으로 쥐고 있는 검을 내려다보고 있는 길베르트를 확인했다.

길베르트는 가장 위력이 큰 무기── 보구를 가지고 있다. 성격은 둘째 치더라도, 이번 임무의 메인 어태커라고 봐야겠지.

마스터가 이유도 없이 이 분수도 모르는 소년을 파티에 넣었을 리가 없다.

그리고 조금 전 싸움에서 봤던 그레그의 움직임과 루다의 몸놀림. 이번에 티노에게 주어진 파티 멤버들의 능력은 결코 낮은 수준이 아니다. 최소한 티노가 철수를 결정할 정도로 낮은 건 아니다.

역시 필요한 것은 갖춰져 있다. 마스터가 옳았다.

티노는 고개를 한 번 끄덕이고, 아직도 포효가 들려오는 보물전 쪽을 보면서 말했다.

"마스터가 우리를 파견한 이상, 구조 대상은 아직── 살아 있어."

"?!"

티노가 단언하자, 그레그가 깜짝 놀랐다.

이해할 수가 없겠지. 아니, 보통은 이해할 수 있을 리가 없다.

보물전이 위험지대인 이상, 거기서 발생하는 행방불명자는 대부분 죽어 있다. 주위에 있는 헌터에게 도움을 청할 수 없는, 그런 인적 없는 보물전이라면 더더욱.

실제로 대상이 살아 있는지 아닌지를 확인하려면 보물전에 가 보는 수밖에 없다.

그것을, 정말로 멀리 떨어진 제도에 있으면서 예상할 수 있는 걸까.

누구에게 물어도 불가능하다고 할 것이다. 고작해야 행방불명된 날짜를 바탕으로 생존 확률을 계산하는 것밖에 할 수 있는 게 없다고.

하지만, 그것을 해냈다. 불가능을 가능하게 한다. 상식을 타파한다.

그렇기에 크라이 안드리히는 레벨8인 것이다.

"신과 같은 계산 능력과 귀신같은 지모를 지닌 마스터가 나한테 명령을 내린 이상, 거기에는 확실한 의미가 있어. 그레그, 당신 이 제도에 겨우 세 명밖에 없는 레벨8을 뭐라고 생각하는 거야?"

그 냉철한 시선에 실려 있는 위압감 때문에, 그레그의 이마에 식은땀이 흘렀다.

기분 나쁜 분위기를 씻어내려는 것처럼, 루다가 억지로 밝은 목소리로 말했다.

"그, 그래. 구조 대상이 살아 있다면―― 앞으로 가는 수밖에 없겠네. 그치, 길베르트?"

갑자기 그런 말을 들은 길베르트는, 그 내용은 신경도 쓰지 않고 얼굴을 찌푸리면서 말했다.

"……연옥검의 마력이 떨어졌어. 바로 얼마 전에 충전했는데…… 난, 충전 못 하는데……."

"……뭐?"

보구의 마력 충전은 보구를 다루는 헌터라면 당연히 신경 써야 할 일이다.

연옥검은 강력한 보구지만 그만큼 방대한 마력이 필요하고, 소모도 심하다.

마력량이 그다지 크지 않은 길베르트한테는 짐이 무겁고, 길베르트도 그것을 이해했기에 제도에 존재하는 충전을 전문으로 하는 마도사에게 의뢰해서 빈번하게 충전하였다.

지난번에 충전한 건 바로 며칠 전, 《시작의 발자국》의 멤버 모집에 가기 직전이었다. 그 뒤로 단 한 번도 보물전에 간 적이 없으니까, 아직 여유가 있을 텐데.

하지만, 지금 연옥검은 분명히 마력이 통하지 않았다.

파티에 마도사가 있다면 충전을 부탁할 수도 있겠지만, 이 파티에는 마도사가 없다.

길베르트의 넋 나간 사람 같은 말을 듣고, 제일 먼저 상황을 파악한 티노가 중얼거렸다.

"마스터어…… 마스터어는 절 싫어하는 건가요…….'

티노 일행은 아직 보물전에 들어가지도 않았다.

【흰 늑대 둥지】는 동굴형 보물전이다.

원래 실버 문은 고도의 지능과 사회성을 지닌 마물이었고, 대규모 무리를 구축하고 동굴을 하나 파서 같이 살아가는 습성이 있었다.

가장 번성했던 시기에는 천 마리 이상의 거대한 무리였다고 하는 실버 문의 둥지는 마치 벌집처럼 종횡무진 뻗어 있고, 그 면적은 작은 마을 정도 크기라고 한다.

그리고 그 둥지는 실버 문이 멸종되고 보물전이 된 지금도 거의 원래 형태를 유지하고 있다.

땅바닥에 뻥 뚫려 있는 거대한 보물전의 입구. 그것을 덤불 뒤에서 관찰하면서, 티노가 한숨을 쉬었다. 실버 문이 모조리 사냥당하고 보물전이 되기 전에도, 둥지 입구에는 항상 경계하는 실버 문이 몇 마리 얼쩡거렸다고 한다.

하지만 지금 얼쩡거리고 있는 건 진홍의 털가죽을 지닌 늑대였다. 온몸에 무기와 방어구로 무장한 늑대 기사.

5미터 정도 떨어진 장소에서도 느낄 수 있는 짐승 냄새. 번쩍번쩍 빛나는 눈동자가, 어둠 속에서 너무나 눈에 띄었다.

그 손에 쥐고 있는 칼의 칼날이 밤하늘에서 빛나는 어렴풋한 달빛을 받아서 둔하게 빛나고 있다.

"이봐, 칼만 있는 게 아니야. 활이나 화기를 든 놈도 있어."

"젠장, 그 개체 하나만 우연히 강한 게 아니었나 보네. 마나 머티리얼이 과잉 공급됐나? 이 주변에서 대체 무슨 일이 있었던 거야?"

소리죽인 길베르트의 말을 들은 그레그가, 눈살을 찌푸리고서 그 팬텀을 관찰했다.

세상에 가득 차 있는 마나 머티리얼이 고여서 일정 이상의 농도가 됐을 때, 보물전이나 팬텀이 생성된다.

하지만 또 어떤 이유로 그 농도가 더욱 높아졌을 때, 팬텀이나 보물전은 그 마나 머티리얼을 흡수해서 또 한 단계 높은 존재로 승화된다.

헌터들이 『진화』라고 부르면서 두려워하는, 이레귤러적인 형상이었다.

진화는 어지간해서는 일어나지 않는다.

보통 마나 머티리얼은 세상에 종횡무진으로 뻗어 있는 지맥을 따라 순환하는 형태로 움직이고 있다.

그래서 장소에 따라 축적되는 마나 머티리얼에 어느 정도 한계가 존재한다.

일반적으로 진화 같은 일이 발생하는 것은, 지맥 변동이나 환경 변화 등의 외적 요인 때문에 일정한 시간 동안 마나 머티리얼의 농도가 상승한 경우에만 일어난다고 전해진다.

주위에 있는 보물전을 이용해서 막대한 이익을 얻고 있는 제블디아 제국은 지맥 변동에 민감하다.

그런 조짐이 있으면 헌터들에게 알려줬을 것이다. 환경이 변화했다는 정보도 들어본 적이 없다.

하지만 이렇게 본인들의 눈앞에 예상했던 것보다 한 단계 수준이 높은 팬텀이 몇 마리나 얼쩡거리고 있으니, 현실도피나 하고 있을 상황이 아니다.

티노가 숨을 고르고, 냉정하게 전력을 분석했다.

원래 【흰 늑대 둥지】는 티노 혼자서도 공략할 수 있는 난이도였는데, 이번에 나타난 팬텀은 다르다.

동굴 입구에서 얼쩡거리는 팬텀의 크기는 상정했던 레드 문보다 훨씬 크다.

또한 원래 4족보행인 레드 문과 달리, 눈앞에 있는 늑대인간은 두 발로 서 있다. 키만 따지면 레드 문보다 두 배 이상은 되겠지.

힘이나 내구도도 거기에 비례해서 상승했다는 건, 아까 한 번 싸워본 경험을 통해서 알고 있다. 그런 의미에서 보면, 실제로 둥지에 돌입하기 전에 상대의 전력을 예상할 수 있게 돼서 행운이라고 할 수 있다.

아니, 아마 그것조차도 마스터의 고려 범위 안이었겠지.

"원래 둥지는 실버 문의 크기를 기준으로 만들어졌어. 저 크기라면 둥지 안에서의 움직임은 제한될 거야. 날거나 점프하지는 못…… 할 거야."

"넓은 곳에서 싸우는 것보다 후딱 안에 들어가는 게 좋다는 뜻인가…… 하지만 나, 원거리 공격 수단이 없는데……."

동굴 밖에는 늑대 인간이 다섯 마리 있다.

온몸에 튼튼해 보이는 갑옷을 입었다는 점은 변함이 없지만, 무장이 다르다.

칼이 세 마리, 활이 한 마리, 그리고 처음 보는 긴 총신의 화기를 든 놈이 한 마리. 배치와 늑대인간의 숫자를 보면, 들키지 않고 둥지 안으로 들어가는 건 불가능한 일이다.

포위공격 당할 가능성도 생각해보면, 저놈들을 무시하고 뛰어드는 건 관두는 쪽이 좋을 것이다.

"구조 대상은 안에 있는 걸까? 이렇게 한눈에 봐도 위험한 보물전에 뛰어든 건가?"

"안에 들어가기 전까지 이상을 알아차리지 못했을 가능성도 있어. 그리고 나쁜 점만 있는 게 아니야…… 보물전이 진화했다면, 더 좋은 보구를 기대할 수도 있으니까."

보물전과 팬텀, 그리고 보구가 나타나는 것은 같은 원리에 의한 것이다.

마나 머티리얼이 짙으면 짙을수록 나타난 보구의 힘도 강해진다.

또한 다른 사람들이 없다는 것도 중요한 요소다. 보구는 빨리 갖는 사람이 임자니까.

"원거리 공격 수단 가진 사람 있어?"

티노가 고개를 돌리며 말을 던지자, 그레그와 루다가 서로 얼굴을 마주 봤다.

이 경우에 원거리 공격이라는 것은, 저 온몸에 갑옷을 입은 늑대 인간에게 조금이라도 대미지를 줄 수 있는 수단을 말한다. 예를 들자면 루다는 단검을 투척하는 기술을 가지고 있기는 하지만 갑옷, 그리고 두꺼운 털가죽을 가진 늑대인간에게는 유효한 공격이 되지 않는다.

입을 다문 두 사람을 보고, 티노는 다시 한번 파티의 밸런스가 나쁘다는 걸 실감했다.

보통 파티였다면 이런 때를 위해서 원거리 공격이 특기인 멤버를 최소한 한 명은 넣어두는 게 상식이다.

길베르트가 짊어지고 있는 연옥검을 두 손을 잡고, 허리를 살짝 들었다.

"하는 수 없지, 내가 돌격할게. 활과 총만 먼저 쓰러트리면 어떻게든 되겠지."

"……뭐? 바보야?"

"마력이 없어도, 연옥검은 보통 검보다는 강해. 괜찮아, 이런 일은── 익숙하니까."

길베르트의 차림새는 경장이다.

얇은 금속판이 들어간 가죽 갑옷은 가벼운 몸놀림을 선호하는 헌터들이 일반적으로 사용하는 것인데, 결코 미끼 역할을 맡는 자의 복장은 아니다.

도적이라서 더 몸을 가볍게 움직이는 데 특화된 티노나 루다보다는 그나마 낫기는 하지만, 길베르트한테는 방패도 없다. 두 손으로 드는 대검은 공격력에 특화된 것이고, 다루기 쉬운 것도 아니다.

회피도 방어도 애매한 상태.

하지만 그 자신 있는 목소리는, 정말로 이 소년이 이런 상황에 익숙하다는 걸 보여주고 있었다.

그 모습을 본 그레그가 반쯤 감탄한 것처럼 말했다.

"그러고 보니까 너, 원맨 파티였다고 했었지."

길베르트가 콧방귀를 뀌었다.

원맨 파티란 돌출된 멤버 한 사람을 축으로 구성된 파티를 뜻한다.

헌터의 재능은 개인차가 크다. 파티 안에서 멤버들의 힘 차이가 발생하는 건 당연한 일이고, 특히 계속 약한 멤버와 같이 싸워온 헌터는 자신이 앞으로 나서는 경향이 있다.

하지만 새로운 파티에서는 그것이 불화의 원인이 되는 경우도 있다.

일어나려고 하는 길베르트를 티노가 노려봤다.

"멋대로 굴지 마. 죽고 싶다면 상관없지만, 임시이기는 해도 나한테는 이 파티의 리더로서 모두 살아서 데리고 돌아갈 의무가 있어."

"……뭐라고?"

생각지도 못 한 말에 길베르트의 눈이 휘둥그레졌다.

파티를 맺게 된 경우와 서로의 성격을 생각했을 때, 리더가 길베르트를 걱정해주는 것이 너무나 의외였기 때문이다.

오랫동안 같이 헌터 일을 해온 동료라면 또 모를까, 지금은 급조한 파티다.

무엇보다 이 파티에서 가장 몸이 가벼운 티노라면, 다수의 늑대인간을 상대하더라도 도망치는 정도는 간단하겠지.

어쩌면 자신을 방패로 사용할지도 모른다는 생각을 잠깐 했었다.

목숨을 거는 헌터 일. 고정이 아닌 임시 파티에서, 그 정도는 신기한 일도 아니다.

길베르트가 보내는 시선의 의미를 알아차린 티노가 눈살을 찌푸렸고, 그리고 딱 잘라서 말했다.

"버리는 일은 없어. 이번에 마스터는 나한테, 리더로서의 행동을 기대하고 계셔. 당신들을 한 사람도 빠짐없이 살아서 데리고 돌아가는 것은 한마디로—— 최소 조건."

티노도 헌터 일을 하다 보면 지저분한 짓을 해야 할 때도 있다는 정도는 알고 있다.

때로는 파티 전체를 지키기 위해서 멤버를 버린다는 판단을 해야 하는 일도 있다.

하지만 이번에 요구되는 것은 그런 것이 아니다.

틀림없이, 자신의 스승이라면 이렇게 말할 것이다.

"날, 아무 데나 굴러다니는, 누군가를 버리는 헌터랑 똑같이 취급하지 마."

마스터가 동료를 버려야만 하는 의뢰를 맡길 리가 없다.

바로 그것이 《시작의 발자국》의 마스터, 크라이 안드리히의 방식이니까.

설령 그것이 누군지도 모르는 자들과 맺은 임시 파티라고 해도── 아니, 그렇기에 더더욱, 지금, 티노 셰이드는 리더의 자질을 시험받고 있는 거다.

차가운 밤공기를 들이쉬고, 다가오는 전투의 순간을 앞두고 거세게 뛰려고 하는 심장 고동을 억눌렀다.

그리고 티노는 파티 멤버들을 둘러보고 입을 열었다.

그 목소리에는 리더다운 확실한 자신감이 깃들어 있었다.

"몸이 가벼운 나와 루다가 먼저 나서서 상대를 끌어들이겠어. 원거리 무기 회피 훈련은 받았으니까. 그 틈에 그레그와 길베르트가 뒤쪽에서 후위를 강습하는 거야. 가까이 다가가면 화기나 화살은 무섭지 않아."

아~ 제발 부탁이니까 티노만이라도 살아 있어줘. 다른 멤버들은 그냥 방패로 써버려도 되니까.

이를 악물면서 어렴풋한 달빛이 비치는 밤하늘을 달렸다.

온몸을 때리는 것 같은 공기를 뚫고 날아가는 감각.

보구 외투가 만들어내는 추진력을 이용해서 하늘을 날아가는 나는, 크로스보우에서 발사한 화살 같은 상태다.

일단 발사되면 다시는 돌아갈 수 없는 것도 화살과 똑같다.

어둠 속을 방향만 제어하면서 나아간다.

제도를 둘러싼 높은 벽, 거대한 문 위를 순식간에 지나치고, 아래쪽에 펼쳐진 것은 한없이 펼쳐진 평원과 불빛이라고는 하나도 없는 잘 정비된 길뿐이다.

아름다운 광경이지만, 그걸 보고 있는 내 심정은 그저 토할 것 같다는 말로밖에 표현할 길이 없다.

나이트 하이커는 외투형 보구다.

밤 그 자체를 본뜬 것 같은 아름다운 남색 천에 옷깃에 하얀 보옥이 달린 한눈에 봐도 그럴듯한 이 보구는, 사용자에게 비행 능력이라는 지극히 강력한 힘을 준다.

수많은 보구 중에서도 비행 능력을 부여하는 보구는 아주 희소한 것이다. 특히 탈것이 아니라 단독으로 비행을 가능하게 해주는 물건은 인기가 많고, 가격도 비싸고.

내 콜렉션 중에 있는 비행 보구는 이 나이트 하이커 하나뿐인데, 이 보구에는 여러 가지 중대한 결함이 있다.

이 보구의 예전 주인이 일으켰던 『인간 미사일 사건』은, 사람들에게 보구의 유용성과 위험성을 크게 알려준 정말 슬픈 사건이다.

엄청난 추진력으로 천장에 머리를 처박은 그 헌터는 그대로 하늘나라로 갔고, 나이트 하이커는 우수한 헌터를 하나 죽인 보구라는 이유로 폐기되기 직전에 내가 거둬들였다. 진정한 결함품이다.

하지만 하늘을 날 수 있는 건 사실이다.

세세한 제어도 안 되고, 중력 제어보다 추진력 쪽에 너무 중점을 두다 보니 어지간한 비행 계열 보구들이 지닌 『부유』도 불가능하고, 무엇보다 브레이크가 없는 등등 문제투성이지만, 하늘을 날 수 있는 건 사실이다.

그리고 엄청나게 빠르다. 안전성을 전혀 생각하지 않는 속도다.

보구로서 나타났으니 과거에 이것의 바탕이 된 아이템이 존재했을 텐데, 처음 이런 물건을 생각해낸 사람한테 약 한 시간 정도 잔소리를 해주고 싶은 기분이다.

인간을 벗어난 헌터의 다리로도 한 시간 이상 걸리는 거리를 눈 깜박할 사이에 날아가, 그대로 숲속으로 들어갔다.

땅을 걸어가면 울창하게 우거진 나무들 때문에 시야가 가로막히고 돌이나 나뭇가지가 발에 걸려서 걷기만 해도 체력을 소모했겠지만, 하늘을 날아가는 나한테는 상관없는 일이었다.

상공을 고속으로 비행하는 나 때문에, 숲에 사는 새나 짐승들이 놀라서 비명을 질러댔다.

나야말로 비명을 지르고 싶다고.

그리고 나는 상당히 심하게 흔들리는 시야 속에서, 간신히 목적지인 보물전을 발견했다.

나무들이 없는 탁 트인 곳. 땅바닥에 뚫려 있는 커다란 구멍.

이 근처에 다른 동굴형 보물전은 없으니까 여기가 맞겠지.

빠르다. 내가 생각해도 놀라울 정도로 빠르다. 이 정도면 티노도 어떻게든 살아 있겠지.

이제 문제는 브레이크가 없다는 점인데.

그리고 나는 이를 악물고, 비행 방향을 대각선 아래로 틀어서, 그대로 동굴 안으로 날아들어 갔다.

『팬텀』은 결코 무질서하고 무적인 괴물이 아니다.

보구가 세상 어딘가에 기억된 『예전에 존재했던 아이템』을 베이스로 만들어지는 것처럼, 팬텀 또한 지금까지 세상에 존재했던 『생물』을 베이스로 만들어진다.

그것은 엄청나게 거대한 몸, 그 손으로 휘두르는 칼 또한 언젠가 어딘가에 존재했었다는 사실을 의미한다.

머리 위에서 떨어지는 칼날을, 길베르트가 두 손으로 쥔 대검으로 막아냈다. 그 칼날에 담긴 엄청난 힘에 팔이 삐걱거리고 무릎이 부서질 것 같았지만 간신히 견뎌냈다.

울프 나이트——무기를 든 늑대인간을 편의상 그렇게 부르기로 했다──는 들고 있는 무기는 달라도 하나같이 무시무시한 힘과 내구력, 그리고 그 거구를 봐서는 믿을 수 없을 정도로 가벼운 몸놀림을 자랑했다.

싸워본 건 아직 몇 마리밖에 안 되지만, 그 힘은 힘에 자신이 있던 길베르트를 뛰어넘었고, 그 몸놀림은 가벼운 움직임에 자신이 있던 루다에 필적했다.

그리고 그 체력이나 내구력은 인간인 티노 일행보다 훨씬 뛰어나다.

짐승의 팔에서 세게 내찌르는 공격은 제대로 맞으면 중상을 피할 수 없고, 티노는 그렇다 치더라도 헌터의 정석대로 평소에는 어느 정도 여유를 가지고 싸울 수 있는 보물전에 들어와 있는 길베르트와 루다 등에게는 평소와 다르게 싸워야 하는 상대였다.

말 그대로 어려운 적이지만, 다행히 유일하게 티노 일행이 더 뛰어난 점이 있다.

그것은── 팀워크.

길베르트가 칼날을 막고 있는 그 틈에 그레그가 크게 파고들어 자신의 장점으로, 칼을 휘두르는 울프 나이트의 팔 관절 부분── 손등 갑옷과 팔 갑옷의 틈새를 찔렀다.

순간적으로 힘이 빠진 틈을 노려서, 길베르트가 위에서부터 엄청난 힘으로 짓누르고 있던 대검을 왼쪽으로 흘려냈다.

날카로워 보이는 커다란 칼날이 길베르트 바로 옆으로 떨어졌다. 울프 나이트가 신음소리를 냈고, 살기 서린 눈으로 길베르트와 그레그를 내려다봤다.

그리고 그 거구가 눈을 크게 뜬 채로 비틀, 하고 무너졌다.

뒤에서 몰래 다가온 티노가 천장 근처까지 뛰어올라, 뒤에서 그 목을 칼로 찔렀기 때문이다.

두 손으로 잡은 검붉은 칼날의 숏 소드는, 운 좋게도【흰 늑대 둥지】에 들어온 뒤에 쓰러트린 울프 나이트가 사후에 남긴 물건이다.

체중을 실어서 내리친 칼날은 두꺼운 털가죽을, 근육을, 뼈를 가르고, 칼날 거의 절반이 목 안으로 파고들었다.

치명상이었는지 팬텀은 비명조차 지르지 못하고, 공기 속으로 녹아버리는 것처럼 사라졌다.

티노가 소리도 없이 착지했다.

길베르트는 잠시 그것을 내려다봤지만, 마침내 안심한 것처럼 크게 숨을 내쉬었다.

그 얼굴에는 가벼운 피로가 배어 있었다.

"헉, 헉…… 해치웠나."

"정말이지, 보수에 비해 너무 힘든 일이야."

그레그가 손에 남아 있는 두꺼운 털가죽을 뚫었을 때의 감촉 때문에 눈살을 찌푸렸다.

금속 장갑보다는 낫지만, 울프 나이트의 체모는 상당히 단단해서, 온 힘을 다하지 않으면 치명상을 입히기는 힘들 것이다.

둥지 내부는 티노가 예상한 대로, 울프 나이트의 체격에 맞지 않았다.

폭은 그렇다 치고, 천장 높이는 울프 나이트의 머리가 거의 닿을 정도였다.

그래서 제일 처음 기습당했던 때처럼 머리 위쪽을 잡힐 걱정은 없지만, 어둡고 좁은 공간에서 대형 마수와 상대한다는 긴장감이 파티의 기력을 서서히 갉아먹고 있었다.

지금 막 주운 무기로, 단번에 급소를 꿰뚫어버린 티노가 낯빛 하나 달라지지 않은 채로 말했다.

"역시, 넷이서 덤비면 쓰러트리는 건 어렵지 않아. 아무리 강해도 상대한테는 협력이라는 개념이 없어."

그것은 이번에 상대하고 있는 울프 나이트의 가장 큰 약점인 동시에 이쪽이 노려야 할 틈이었다.

하나하나가 아무리 강하다고 해도, 콤비네이션이 전혀 존재하지 않는다.

동료가 죽어가고 있어도 눈앞에 있는 적을 우선시하고, 동료를 구하러 가지 않는다. 예를 들어서 복수의 울프 나이트가 동시에 나타난다고 해도, 가장 여유가 있는 티노가 혼자서 한 마리만 남기고 나머지 울프 나이트를 멀리 떼어놓고, 그 틈에 나머지 세 명이 남은 한 마리를 공격하는 전법이 성립된다.

물론 그건 그것대로 위험하지만, 이 주위 전체가 강적으로 둘러싸인 상황에서는 유용한 전술이라고 할 수 있다.

"무기도 손에 넣었고."

"하나 더 떨어지면 좋겠는데."

티노는 맨손 공격이 특기지만, 아무래도 울프 나이트를 맨손으로 상대하는 건 힘들다.

서브 웨폰으로 움직임을 방해하지 않는 정도 크기의 단검을 가지고 있기는 하지만 그건 어디까지나 서브 웨폰일 뿐이라서, 위력도 공격 거리도 최소한에 불과하다.

급소를 잘 찌르면 일격에 울프 나이트를 쓰러트릴 수 있는 무기가 손에 들어온 건 요행이었다.

계속, 주위에 대한 경계와 상대의 틈을 노리다가 끝난 루다가 안도의 한숨을 쉬었다.

긴장과 피로는 그렇다 치고, 보물전 탐색 자체는 순조로웠다.

도적이 두 명이나 있는 덕분에 색적에는 여유가 있다. 기습당할 걱정은 없다고 봐도 좋다.

울프 나이트는 단독으로 행동하는 경우가 많은 모양이다 보니 종횡무진으로 뻗어 있는 동굴 속에서 적을 피하며 나아가는 건 어렵지 않았고, 싸우게 되더라도 즉석 콤비네이션으로 어떻게든 해결할 수 있었다.

일단은 《발자국》의 멤버 모집 행사장에서 큰 소리를 쳤던 길베르트의 힘은 그럭저럭 강했고, 그레그는 경험이 풍부하다 보니 다른 사람에게 맞추는 능력이 좋았다. 적의 움직임을 멈추게 만들면 티노가 마무리를 짓는다.

또한 반대로 티노가 적의 시선을 끌면 그 틈에 길베르트와 다른 사람들이 공격하고.

루다는 눈에 띄는 활약은 없지만, 그렇다고 약하다는 건 아니다. 티노가 도적이 아니었다면 색적 능력이 뛰어난 루다의 존재가 필수였고, 또한 루다가 없었다면 티노가 지금처럼 전투에 집중할 수도 없었을 것이다.

한 사람이라도 큰 상처를 입으면 무너질 수 있는 위태로운 상황이지만, 일단 지금은 어떻게든 버티고 있다.

모든 것은 전부 완전히 계산된 것이다.

어쩌면 무기가 떨어지는 것까지 예상했던 게 아닐까. 그런, 누가 들으면 웃을 것 같은 생각까지 들고 말았다.

"역시 마스터는 옳아. 마스터는 신."

"……그, 그래. 그렇구나."

자기 자신에게 말하는 것처럼 중얼거리는 티노를 보며, 그레그의 표정이 일그러졌다.

트레저 헌터는 모두들 크건 작건 자신의 힘에 자신을 가지고 있다.

클랜 마스터나 파티 리더는 그런 헌터들을 여러 명이나 이끄는 존재다. 당연히 어느 정도의 카리스마는 있어야 하지만, 티노가 그 마스터에게 품은 신뢰는 도가 지나친 것처럼 보였다.

무엇보다 그레그가 봤을 때는 크라이에게서 카리스마라는 걸 전혀 느껴지지 못했다.

오랫동안 헌터 활동을 하면서 나름대로 보는 눈을 키워왔다고 생각하는데, 강력한 헌터들이 지닌 『사람을 끌어들이는 무언가』가 전혀 보이지 않았다.

멤버 모집 행사장에서 크라이의 정체를 알았을 때는 무슨 농담이 아닌가 싶었다.

《천변만화》라는 것을 알게 된 지금도 믿을 수가 없고, 모든 게다 계산된 일이라는 설명을 들은 지금도 뭔가 잘못된 게 아닌가 싶었다.

연줄로 레벨8이 됐다고 하는 쪽이 차라리 납득할 수 있을 지경인데, 이렇게 우수한 헌터인 티노의 말에서는 순수한 신뢰가 느껴졌다.

헌팅 중에 파티 내부의 불화를 일으킬 생각은 없다. 이런저런 하고 싶은 말들은 많지만 나중으로 미루기로 했다.

살아서 돌아가면 확인할 기회도 생기겠지. 지금 해야 할 일은 무슨 일이 있어도 이 이상한 양상을 보이는 보물전에서 살아남는 것이다.

장검을 칼집에 집어넣은 그레그에게, 티노가 어깨를 한 번 떨고는 심각한 목소리로 말했다.

"하지만, 앞으로 또 뭔가가 있을 거야. 평소에 마스터가 내렸던 시련은 이 정도가 아니었어……."

"……뭐? 너, 무슨 소리를 하는 거야?"

길베르트가 질렸다는 목소리로 그레그의 마음을 대변해줬다.

지금 이 상황만 해도, 어지간한 헌터라면 틀림없이 도주하는 쪽을 선택한다.

사전 정보가 전혀 없는 보물전이라면 모를까, 나타나는 팬텀이 알려져 있는 보물전에서 예상치 못한 일이 일어나는 것은 비상사태가 발생했다는 뜻이기 때문이다.

루다도 그레그도, 그리고 길베르트도, 지금 이상의 시련은 상상할 수 없었다.

"……일단, 신중하게 안쪽으로 가자. 입구 부근에서는 기척이 느껴지지 않았어. 시체나 흔적도 없었고. 구조 대상은 안쪽에 있을 거야."

온몸을 덮쳐오는 피로와 반대로, 길베르트 부시의 정신은 너무나 맑았다.

전장의 찌릿찌릿한 공기. 쉰내. 그리고 처음 보는 강력한 팬텀이 가져다주는 것은, 공포가 아니라 고양감이었다.

"더 이상은 너랑은 못 하겠어. 못 따라가겠다고. 난 파티에서 빠질래."

길베르트가 파티에서 나오기 전날, 멤버 청년이 했던 말이 생각났다.

길베르트보다 세 살이 많은 청년이었다.

길베르트가 제도에 온 뒤로 계속 같이 파티를 맺고 활동했던 청년이고, 나이도 헌터 경력도 길베르트보다 많지만, 그 실력은 길베르트에 한참 못 미쳤다.

노력은 했다. 뭘 할 수 있는지 생각하고, 자신이 어떻게 행동해야 좋을지 상담했던 적도 있다.

하지만 차이는 계속 벌어질 뿐이었다. 길베르트도 게으름을 피운 건 아니었기 때문이다.

그 말을 듣고, 그리고 다른 파티 멤버들도 길베르트의 눈치를 보면서 마찬가지로 파티에서 나가겠다고 선언했을 때는 그 말을 엄청나게 원망했었지만, 이렇게 역량 이상의 보물전에 들어와 보니 그 기분을 조금이나마 알 수 있었다.

그들도 고민했었고, 그리고 자신도 멤버들의 기분을 더 생각해줬어야 했다.

하지만 그 이상으로, 자신과 동등하거나 그 이상의 힘을 지닌 파티 멤버와 같이 싸우는 것이 길베르트에게 고양감을 선사했다.

제도에 온 뒤로 계속 같은 파티에 소속돼 있었다. 가끔씩 임시로 멤버를 추가하는 경우도 있었지만, 기본적으로 길베르트가 같이 싸운 동료들은 하나같이 길베르트보다 실력이 떨어지는 사람들이었다.

하지만, 지금은 다르다.

같이 싸울 수 있는 동료가 있다.

그레그의 검은 일격의 무게는 길베르트보다 못하지만, 갑옷 틈새를 노릴 정도로 테크니컬한 데다 빠르기까지 하고, 티노의 기습── 울프 나이트의 목덜미를 노리는 도약과 망설임 없고 정확한 일격은 그저 훌륭하다고밖에 표현할 방법이 없다.

루다도 무기가 빈약해서 울프 나이트에게 치명상을 주지는 못했지만, 색적부터 견제까지 전부 처리해 보였다. 그 분야에서는 길베르트가 발밑에도 미치지 못하겠지.

혼자서 상대하기 힘든 울프 나이트라는 강적과 일치단결해서 싸운다.

오랫동안 맛보지 못했던 감각이 길베르트의 피를 뜨겁게 달궜고, 마치 새로운 연료라도 집어넣은 것처럼, 피로가 축적돼서 무겁게 느껴져야 할 칼을 쉽게 휘두르도록 만들어준다.

보물전에 들어온 뒤로 몇 시간. 아직도 움직임이 둔해지지 않은 길베르트에게, 그레그가 질렸다는 것처럼 말했다.

"뭐야 이거, 컨디션이 아주 좋은가 본데."

"흥. 이제야, 몸이 풀렸어."

처음에는 받아내는 게 고작이었던 울프 나이트의 칼날도, 서서히 밀어낼 수 있게 됐다.

결코 처음에 대충 상대했던 게 아니다. 하지만 정신적인 문제인지 육체적인 문제인지는 모르겠지만, 그것은 눈에 보일 정도로 확실한 성장이었다.

또 한 마리. 울프 나이트가 쓰러지는 소리를 들으며, 길베르트가 숨을 헐떡였다.

딱 한 가지, 불만이 있다면, 그건——

"하아…… 여기에, 연옥검에 마력만 있었으면."

손에 쥔 연옥검을 보면서 한숨을 쉬었다.

지금 연옥검은 보구로서의 힘을 완전히 잃은 상태다. 마력을 불어넣으려고 해도, 길베르트의 마력량으로는 부담이 너무 크다. 다른 멤버들도 마찬가지고.

그 보구의 힘을 발휘할 수 있었다면, 좀 더 간단히 울프 나이트를 쓰러트릴 수 있었을 것이다. 《천변만화》가 했던 만큼은 못 하더라도, 불꽃을 둘러서 울프 나이트의 칼을 태워 잘라버리는 정도는 할 수 있다.

탐색도 훨씬 원활하게 진행됐겠지.

아쉽다는 것처럼 한숨을 쉬는 길베르트에게, 티노가 한심하다는 것처럼 말했다.

"길베르트한테 보구는 아직 일러. 보구에 의존하면 실력이 녹슬어. 그래서 나도 아직 없어."

"너…… 아직 보구가 없어?"

작은 리더의 거만한 말투에도 이미 익숙해졌다.

화내지 않고, 그 예상 밖의 말에 길베르트의 눈이 휘둥그레졌다.

생각해보니 티노가 보구를 쓰는 모습을 본 적이 없었다.

레벨4 인정을 받을 만큼 보물전을 탐색하는 중에 보구 한두 개 정도는 발견했을 텐데. 게다가 큰 클랜에 소속돼 있으니까, 동료들이 주는 일도 있겠지.

이상하다는 표정을 지은 길베르트에게, 티노가 자기 팔을 탁탁 치면서 말했다.

"보구는 어디까지나 비장의 카드. 평소 전투에서 쓸 물건이 아니고, 그걸 안 쓰면 이기지 못하는 적과는 싸워선 안 돼. 이번 의뢰에는 너한테 그걸 가르치라는 의도도 있을 거야. 틀림없어. 있어. 괴롭히려고 연옥검의 마력을 고갈시킨 게 아냐."

"……쓸데없는 참견이네."

믿을 수 없는 말이다. 하지만, 티노가 보구를 안 쓰고 있다는 사실이 그 말에 신빙성을 더해줬다.

하긴. 대련 때, 길베르트는 보구도 없는 티노를 상대로 제대로 싸워보지도 못했다.

눈살을 찌푸리고, 다시 연옥검을 보는 길베르트에게, 티노가 이렇게 덧붙였다.

"그래서, 내가 보물전에서 발견한 보구는 언니…… 내 스승님을 통해서 마스터에게 드리고 있어. 마스터가 보구의 성능을 조사해서 좋은 물건이면 아이스크림을 먹으러 데려가 줘. 한마디로 마스터는 신."

"……그거, 완전히 착취당하고 있는 거 아닌가?"

그레그가 눈꺼풀을 씰룩씰룩 경련시키면서 티노를 봤다.

"그건 아니야. 마스터는 단 음식을 싫어하는데도 나랑 같이 가 주셔. 한마디로 마스터는 신."

길베르트도 굳이 따지자면 그레그의 의견 쪽에 찬성이지만, 진지한 표정의 티노를 보니 도저히 뭐라고 말할 수가 없었다.

한 시간 정도 걷자, 갑자기 시야가 탁 트였다. 길 폭이 넓어지고 천장이 높아졌다.

루다는 피곤해서 흐르는 땀을 손등으로 닦으며, 천천히 주위를 둘러봤다.

천장 높이는 그렇다 치고, 폭만 따지면 울프 나이트 몇 마리가 옆으로 나란히 서 있을 만큼의 넓이다.

티노의 호흡은 차분했다.

표정도 보물전에 막 들어왔을 때와 거의 똑같고, 복장도 흐트러지지 않았다.

"슬슬 왕의 방이 나올 때가 됐어. 보물전이 되기 전에는 실버 문 무리 우두머리의 방이었어."

"보스 방, 인가…… 잠깐 쉬었다가 갈까?"

티노의 말에 그레그가 얼굴을 찌푸렸다.

『보스 방』은 헌터들이 사용하는 용어 중에 하나다.

보물전의 가장 깊은 곳—— 특히 강력한 팬텀이 나타날 가능성이 높은 장소를 가리킨다.

보물전에 나타나는 팬텀은 결코 랜덤하게 나타나는 것이 아니다.

기본적으로 마나 머티리얼이 고이기 쉬운 보물전 안쪽으로 갈수록 강한 팬텀이 나오기 쉬운데, 특히 역사 반영 타입의 보물전이라면 강력한 팬텀이 나타나는 장소는 거의 정해져 있다.

성 타입이라면 옥좌가 있는 방. 탑 타입이라면 꼭대기 층. 배타입이라면 선장실.

이번 경우에는 무리 보스의 방이었던 장소가 그대로 보스 방이다.

물론 확실하게『보스』가 있다고 장담할 수는 없지만, 경계를 게을리해서는 안 된다.

그레그의 말을 듣고, 티노가 동료들의 상태를 확인했다.

길베르트와 루다. 그리고 그레그.

인정 레벨은 루다가 3이고 나머지가 4. 다들 제각기 중견 레벨의 헌터다.

레벨3 정도 되면 그 체력도 마나 머티리얼에 상응하는 만큼 강화된다.

보물전에 침입한 이후의 전투는 하나하나가 목숨을 걸어야 하는, 방심해서는 안 되는 것들이다.

하지만 길베르트나 루다의 표정에는 아직 여유가 보였다. 피로가 전혀 없는 건 아니지만 쉬어야 할 정도는 아니다.

길베르트가 그 시선의 의미를 이해하고, 주먹을 꽉 쥐어 보였다.

"난 아직 문제없어."

"나도…… 뭐, 앞으로 몇 번 정도라면 문제없을 것 같아."

보물전 안에 안전한 장소 따위는 존재하지 않는다.

결계를 칠 수 있는 멤버가 있다면 어느 정도의 안전은 보장할 수 있지만, 이 파티에 그런 편리한 멤버는 없고, 애당초 한곳에 머물러 있다가 배회하는 울프 나이트에게 들킬 가능성도 충분히 존재한다.

이런 위험지대에서 휴식을 취해봤자, 마음이 편하지 않겠지.

순식간에 판단을 마쳤다.

죽음 속에서 활로를 찾아낸다. 쉬어야 할 때는 쉬어야 하지만, 지금 이 파티의 컨디션은 나쁘지 않다. 기세를 타고서 보스 방을 확인하는 쪽이 좋다.

"보스 방을 확인한 뒤에 결정. 구조 대상은 이 근처에 있을 거야. 빨리 구해서 돌아가는 게 좋아."

"오케이, 리더. 한 판 해보자고."

그레그가 호흡을 고르고 보스 방 쪽을 봤다.

길 가장자리를 따라, 발소리가 나지 않게 조심하면서 방 쪽으로 걸어갔다.

시야는 양호하다고 할 수는 없지만, 아마도 먼저 왔던 헌터가 설치해놓은 것인지, 몇 미터 정도 간격으로 놓여 있는 빛나는 돌 덕분에 최소한의 빛은 확보되고 있다.

보스 방까지 10미터 정도 남았을 때, 티노가 발을 멈췄다.

눈을 감고, 흙벽에 손바닥을 댔다. 청각과 후각에 의식을 집중한다. 멀리 떨어진 희미한 기척을 찾는다.

볼을 어루만지는 차가운 공기의 흐름. 숨죽이고 있는 동료들의 숨소리와 심장 고동 소리.

잠시 그렇게 기척을 찾고 있다가, 마침내 깊은 한숨을 쉬었다.

"……뭔가가 있어."

"으엑. 구조 대상일 가능성은?"

"십중팔구 보스. 사실, 마스터의 의뢰에는 거의 큰 놈들이 있었어."

"말도 안 돼……."

이젠 너무 많이 놀랐고, 게다가 신빙성이 너무 없어서 어떻게 반응해야 좋을지를 몰랐기에, 그레그가 말로 표현할 수 없는 표정을 지었다.

보스 방에서 발생하는 팬텀은 피라미들과 비교해서 랭크가 하나에서 둘 정도 더 강한 경우가 많다.

중간에서 싸운 울프 나이트를 기준으로 추측해보면 죽을힘을 다해야 간신히 쓰러트릴 수 있는 상대가 아닐까 싶은데, 헌터들의 상식을 바탕으로 생각해보면 무모하다고 해야 할 일이다.

원래는 레드 문보다 덩치가 크고 강화된 개체가 나와야 하는데, 이번에 그게 나올 리는 없겠지.

지금까지는 보구를 하나도 발견하지 못했다.

보구도 나오지 않고 강력한 팬텀이 출현하는 보물전. 보통은 절대로 가고 싶지 않은 곳이다.

"도망치는 게 좋지 않을까?"

그레그가 일단 말은 해봤다. 그 말에, 티노가 예쁜 눈썹을 살짝 찌푸렸다.

"처음에도 그렇게 말했어."

"…………"

"하지만, 여기까지는 거의 무사하게 올 수 있었어. 보스도 어떻게든 될 거야."

티노의 그 말을, 그레그가 그 얼굴을 찌푸리고는 말없이 곱씹었다.

분명히 일리가 있는 말이다. 하지만 그 말은 납득하기 힘든 내용이기도 했다.

울프 나이트의 능력은 그레그가 평소에 들어가던 보물전에 나타나는 팬텀보다 훨씬 강하다.

헌터에게는 안전성이 제일이다. 탐색하는 보물전을 정할 때도, 거기에서 나오는 팬텀을 자기 혼자서 쓰러트릴 수 있는지가 기준 중 하나일 정도로.

만약에 처음부터 【흰 늑대 둥지】가 이런 상황이라는 걸 알았다면, 그레그는 이 파티에 참가하지 않았을 것이다.

아무래도 보수는 새똥만큼밖에 안 되는 데다 보구가 나올 가망도 거의 없는, 진정한 봉사활동이다.

《시작의 발자국(퍼스트 스텝)》이라는 대규모 클랜의 멤버가 주도하는 의뢰라서 그냥 관심이 가는대로 참가해봤을 뿐인데, 그런 이유도 아니었다면 그냥 코웃음이나 치고 무시했을 가능성이 크다. 게다가 등장하는 팬텀이 평소에 싸우는 것들보다 더 강하다면, 더 이상 생각해볼 필요도 없고.

허리에 차고 있는 장검 자루를 만졌다.

그렇게까지 질이 좋은 칼은 아니지만, 몇 년 동안 꼼꼼하게 손질하면서 사용해온 애검이다.

"그레그는 얼굴과 안 어울리게 너무 신중해."

"?!"

엄청난 말에, 그레그가 얼이 빠졌다.

루다와 길베르트도 깜짝 놀란 것처럼 눈이 휘둥그레져서 두 사람을 지켜보았다.

그 앞에서 티노가 조용히 말했다.

"사람은 안전한 의뢰만 해서는 성장하지 못해. 그레그는 헌터로서 충분한 실력을 지녔어. 신중한 건 좋은 일이고, 그냥 살아가기만 한다면 지금 수준으로도 충분하지만, 때로는 무리할 필요도 있어."

"아니, 하지만…… 말이야."

자신보다 한참 어린 티노의 말 때문에 그레그가 말문이 막혔다. 그 티노의 말이 완전히 틀린 말은 아닌 것 같았기 때문이다.

트레저 헌터의 사상률은 전체적으로 보면 상당히 높지만, 사망자가 가장 많은 것은 갓 헌터가 된 신인들이고, 경력이 길면 길수록 사상률이 낮아진다.

실력이 좋아지는 것도 이유 중에 하나지만, 무엇보다 위기관리 능력이 좋아져서 무모한 짓을 하지 않게 된다는 점이 가장 큰 이유다.

무모한 짓을 안 하게 된다. 이기지 못할 가능성이 조금이라도 있는 상대에게는 덤비지 않는다.

동료 헌터들의 죽음을 많이 봐온 헌터일수록 그렇게 되는 경향이 있다.

그래서 경험이 많은 헌터 중에 레벨3인 사람이 많기도 하지만, 길베르트처럼 순식간에 레벨4로 뛰어오르는 사람도 나온다.

분명히 헌터는 마나 머티리얼을 흡수해서 강해지지만, 그렇다고 정신까지 강화되는 건 아니다.

헌터는 중견인 레벨3 이하의 숫자가 가장 많다.

인정 레벨을 올리려면 실적 포인트를 쌓을 필요가 있는데, 실적 포인트는 자기 레벨에 맞는 보물전을 공략해야만 쌓을 수 있다.

그리고 레벨3 정도 되면 자기 레벨보다 낮은 보물전을 공략하기만 해도 꽤 괜찮은 수준으로 살 수 있기 때문에, 더 이상 욕심을 내지 않고 그 레벨에 머무르게 된다.

그레그는 레벨4다. 중견이라고 불리는 레벨3을 넘기는 했지만, 오랫동안 레벨이 올라가지 않았다.

그 사실이 신경 쓰이지 않았다고 하면 거짓말이다.

티노가 그 투명하고 검은 눈동자로 그레그를 빤히 쳐다봤다.

"그레그, 헌터 경력이 긴 당신이 《시작의 발자국》을 찾아온 건, 그걸 어떻게든 하고 싶다는 생각이 있었기 때문이야."

"그건……."

티노의 말이 마음을 찔렀다. 뭐라고 할 말이 없어서, 그레그는 그저 입술만 깨물었다.

헌터가 된 직후에는 있었던 것 같은 정열은 이미 가라앉은 지가 오래다.

이렇게까지 강력한 팬텀이 나오는 보물전에 와본 게 대체 얼마만일까.

자기도 모르게 눈살까지 찌푸려가며 생각해봤지만, 생각나지 않았다.

입을 다문 그레그에게, 티노가 믿을 수 없는 말을 했다.

"마스터가 당신을 이 파티에 넣은 건, 틀림없이 그것 때문이야."

"뭐라고?!"

"이 의뢰는 그레그가 처해 있는 현재 상황을 타파하는 데 제일 좋은 기회였어. 그렇지 않으면 멤버 모집 행사장에서 한 번 본 게 전부인 당신을 파티에 넣을 필요는 없어. 마스터는 모든 사람을 구해주려고 했어. 한마디로 마스터는 신."

"그, 그런……."

하긴.

티노의 말을 들은 그레그는 침을 삼켰다.

분명히, 너무나 이상하다고 생각했었다. 어째서 자신이 《천변만화》의 눈에 들었는지.

멤버 모집 행사장에서 그레그와 크라이는 아주 잠깐 이야기를 주고받았을 뿐이다. 그것도 그다지 좋은 내용은 아니었고. 루다가 불려온 이유는 백보 양보하면 어떻게든 이해할 수 있지만, 자신을 부른 건 아무리 생각해도 이상하다.

티노가 자신을 부르러 왔을 때는 사람을 잘못 알고 온 게 아닌가 싶었을 정도였다.

어안이 벙벙해진 그레그. 비슷한 표정을 짓고 있는 나머지 두 사람을 평등하게 쳐다보고, 티노가 질렸다는 목소리로 말했다.

"설마, 마스터가 적당히 아무나 모았을 거라고 생각했어? 마스터는 그런 인간 어둠 전골 같은 적당한 짓은 하지 않아. 모든 것은 그 신과 같은 계산과 귀신같은 지모── 치밀한 계산에 의한 것. 한마디로 마스터는 신."

단언하는 티노. 믿을 수 없다는 생각에, 그레그가 길베르트 쪽을 봤다.

하지만 신인지 아닌지는 둘째 치더라도, 말하는 내용은 납득할 수 있었다.

유일한 문제는 실제로 만났던 그 청년과 티노가 말하는 마스터의 모습이 일치하지 않는다는 점이다. 《천변만화》. 모든 이가 그 이름을 알지만, 아무도 그 실태를 모르는 레벨8의 헌터.

문득 그 청년의 별명이 머릿속에 떠오르자, 그레그는 오싹한 기분을 맛보면서 몸을 부르르 떨었다.

루다가 조심조심 손을 들었다.

"저기…… 그럼, 난, 왜 부른 거야?"

티노는 잠깐 생각하고, 바로 싫다는 것처럼 루다의 온몸을 봤다.

그 시선이 자기보다 훨씬 크게 부풀어 오른 흉부에서 멈췄다. 비슷한 가죽 재킷을 입고 있는데, 마치 전혀 다른 디자인처럼 보였다.

그 사실 때문에, 티노는 팬텀을 상대하던 때보다 더 험악한 표정을 지었다.

마스터는 티노에게 루다를 소개할 때, 【흰 늑대 둥지】에 가고 싶어 하던 사람이 있었기 때문이라고 말했지만, 그게 핑계라는 건 명백했다.

목숨을 걸어야 하는 파티 멤버를 정하는데 그런 적당한 동기로 뽑을 리가 없고, 그게 진실이었다면 그 뒤에 말했던『나머지는 길베르트 소년이랑 그레그 님이면 되겠지?』같은 지극히 적당히 던진 것 같은 말도 진실이 돼버린다.

친애하는『마스터어』가 그런 짓을 할 리가 없다.

험악한 눈빛을 본 루다가 곤혹스러워하는 표정을 지었다.

티노는 잠시 아무 말이 없었지만, 그 표정을 보고는 더 이상 버틸 수 없다는 것처럼 작은 소리로 말했다.

"…………모르겠어. 하지만, 아마도 가슴이 크기 때문인 것 같아. 나도 금세 커질 거야. 이미 성장이 끝난 언니랑은 다르니까."

"?! 뭐? 자, 잠깐만?! 지금 뭐라고 했어?!"

"자. 장난 그만하고 빨리 보스를 쓰러트려서 의뢰를 끝내자. 첫 공격은 내가 하겠어."

"잠깐만?! 그, 그게 무슨 소리냐고?!"

시끄럽게 떠드는 루다한테서 신경을 끄고, 티노는 보스 방 쪽으로 한 걸음 다가갔다.

울프 나이트는 크다. 크고 힘이 강하고 튼튼하고 재빠르고, 주저하지도 않고 강한 적개심을 지닌 공격 행동을 하는 그런 상대인데, 유일하게 민첩성이라는 점에서는 티노보다 크게 뒤떨어진다.

티노의 스승인 리즈 스마트는 티노와 마찬가지로 도적이다. 티노는 지금까지 그 스승을 상대로 헤아릴 수 없을 정도로 많은 실전적인 대련을 해왔다.

자신보다 훨씬 빠른 자에게 실컷 얻어맞아 온 티노의 동체시력은 울프 나이트의 움직임 하나하나를 완벽하게 포착했는데, 그 움직임은『훈련할 때 봤던 것과 비교하면』훨씬 완만했다.

상대의 수준이 자신보다 한두 랭크 위라고 해도, 움직임을 따라가는 정도라면 얼마든지 해낼 수 있을 것이다.

그래서 문제는 그 두껍고 튼튼한 체모로 뒤덮인 몸에 어떻게 상처를 내야 좋을지, 가 된다.

원래 도적의 역할은 팬텀을 쓰러트리는 것이 아니다. 티노의 훈련도 주로 민첩성을 높이기 위한 것들이었다.

"아마도, 한 마리일 거야. 다른 팬텀이 오기 전에 처치하자."

티노의 말을 듣고 각자가 전투태세에 들어갔다. 그레그가 칼을 뽑았고 길베르트가 연옥검을 들었다.

루다도 단검을 뽑아 들고 뒤로 한 걸음 물러났다.

루다의 역할은 주위 경계와 견제다. 난입자가 있으면 그걸 끌어들이고 발을 묶는다.

하나하나의 힘에서는 뒤떨어지는 상황이니까, 포위당하는 건 피해야만 한다. 중요한 역할이다.

"상대가 어떤 놈인지도 모르니까, 내가 먼저 가는 게 좋지 않을까?"

길베르트가 티노에게 말했다.

그 말을 들은 티노는 심호흡을 한 번 하고는 슬쩍 미소를 지었다.

"문제없어. 언니가 말했어. 첫 번째 공격(퍼스트 어택)은 꽃. 무슨 일이 있어도 내가 차지하겠어."

"아니, 꽃이라니―― 그냥 위험할 뿐이잖아. 첫 번째 공격을 날린다고 뭐가 달라지는 것도 아닌데."

티노가 팔다리를 쭉 뻗어서 근육을 풀었다. 상태를 확인하고 고개를 한 번 크게 끄덕인 뒤에,

"난―― 헌터니까."

보스 방을 향해서 질주하기 시작했다.

보스 방은 가로세로 폭이 10미터도 넘는 넓은 방이었다. 티노가 들어간 길 말고도 좌우로 좁은 길들이 이어져 있다.

천장은 통로보다 훨씬 높아서, 지금까지와 다르게 울프 나이트의 키보다 두 배 정도는 돼 보였다.

하지만 그렇게 넓은 공간도, 방 한복판에 자리 잡고 있던 거대한 그림자에 비하면 좁아 보인다.

그것은 늑대였다.

티노의 몸 전체 정도 크기의 거대한 진홍색 배틀 액스를 쥔 늑대인간.

그 키는 지금까지 싸워온 울프 나이트보다 한참 컸고, 머리를 제외한 온몸을 검은색 플레이트 아머가 덮고 있다.

중간에 싸웠던 울프 나이트의 갑옷도 귀찮았지만, 눈앞에 있는

늑대가 장비한 갑옷에는 틈을 거의 찾아볼 수가 없다. 관절 부분까지 완전히 가리고 있기 때문이다.

안 그래도 강인한 울프 나이트를 순수하게 강화해놓은 그 육체는, 우뚝 서 있다고밖에 표현할 방법이 없었다.

그리고 무엇보다, 그 늑대는 지금까지 조우했던 피처럼 빨간 늑대들과 다르게── 오싹할 정도로 아름다운 달빛이었다.

백은색 털가죽. 사나워 보이는 그 얼굴의 왼쪽 절반을, 인간의 두개골로 덮고 있다.

인간에 대한 원망이 느껴지는 무시무시한 모습.

그 정수리에 자라난 두 개의 귀가 쫑긋쫑긋, 경련하는 것처럼 흔들렸다.

갑작스런 난입자를 보고도 당황하지도 않고, 실버 문을 연상케 하는 백은의 울프 나이트가 천천히 티노 쪽을 봤다. 마치 왕과도 같은 관록.

살기가 티노의 온몸을 꿰뚫었다. 늑대가 울부짖었다.

그것과 거의 동시에, 티노가 그 바로 옆으로 달려갔다.

그 기사와 비교하면 티노의 몸은 생쥐나 마찬가지. 쫄랑쫄랑, 그러면서도 상당히 빠른 속도로 그 옆을 빠져나간 침입자를, 백은색 울프 나이트의 시선이 좇아갔다.

강한 짐승 냄새와 금속이 서로 쓸리는 소리.

무기를 쥐고 있는 손이 빙글, 하고 움직이는 것을 보면서 티노는 숨을 골랐다.

전신 갑옷을 입은 늑대. 예상은 했지만 최악의 패턴이다.

티노의 특기는 발차기다. 부츠 바닥에도 금속이 들어가 있어서, 작은 마물 정도라면 발로 머리를 날려버릴 수도 있지만, 그래도 금속 갑옷을 부숴버릴 정도로 강한 건 아니다. 다리를 다칠 가능성도 있다. 지금 여기서 다리를 다쳐서 속도를 잃는 것은 죽음을 의미한다.

이 정도까지 크면 자세를 무너트리는 것도 힘들 수 있다.

긴장과 무엇보다 강한 고양감 때문에 심장이 꽉 조여든다.

도끼가 날아온다. 배틀 액스란 원래 다루기 힘든 무기다. 위력은 강하지만 무거운 데다가 중심이 날 쪽으로 쏠려 있기 때문에, 어지간한 힘으로는 휘두른 뒤에 자세를 유지하기가 힘들다.

하지만 그 늑대는 그런 도끼를 마치 막대기라도 되는 것처럼 간단히 휘둘렀다.

폭이 일 미터는 될 법한 거대한 날. 무시무시한 속도로 휘두른 일격을, 강하게 한 걸음 앞으로 내디뎌서 회피했다. 티노의 코앞으로, 칼날이 진자(振子)처럼 지나갔다.

그 칼날은 공기를 두 쪽으로 갈라버렸다. 완전히 회피했는데도 강한 바람이 티노의 온몸을 덮쳤다.

무시무시한 일격이다. 스치기만 해도, 티노의 몸 정도는 날아가 버리겠지.

끔찍한 원한이 느껴지는 피처럼 붉은 눈이 티노를 좇는다.

그 거대한 몸을 돌렸다. 그냥 방향을 돌리기 위해서 발을 디뎠을 뿐인데 동굴이 살짝 진동했다.

몸은 엄청나게 크지만, 그 움직임에는 둔중하다는 느낌이 전혀 없다.

──강하다.

포학의 왕이 아닌가 싶은 일격에 티노가 깜짝 놀랐다. 필사적으로 승리할 수단을 생각했다.

도망치는 건 문제가 아니다. 문제는 쓰러트리기가 힘들다는 점이다.

무거운 배틀 액스의 일격으로 정면으로 막아내는 건, 길베르트조차도 힘들 것이다. 그리고 연옥검으로도 그 장갑을 베는 것은 어려울 거다.

들어 올린 팔 밑으로 빠져나갔다. 그 엇갈리는 순간에 숏 소드로 그 장갑── 다리를 벴다. 금속이 서로 부딪치는 날카로운 소리가 울리고, 찌릿한 충격이 손바닥에 남았다.

갑옷에는 긁힌 것 같은 선이 남았지만, 상대의 몸은 마치 바닥에 뿌리라도 내리고 있는 것처럼 전혀 흔들림이 없었다.

그리고 무엇보다, 저 늑대에게는 지성이 있다.

원한에 물든 눈으로는 티노를 보면서, 주위에 있는 다른 사람들까지 경계하고 있었다.

지금까지 싸운 울프 나이트와는 다르다. 기습은 통하지 않는다.

나머지 멤버들이 입구── 보스의 뒤쪽에서 뛰어왔지만, 그 위용을 보고는 발을 멈췄다.

원래는 티노가 미끼가 되고, 다른 사람들이 뒤쪽에서 공격해야했다.

하지만 길베르트를 비롯한 사람들도 한눈에 이해했을 것이다.

이 늑대가 기습을 충분히 경계하고 있다는 것을.

상황을 정확하게 이해한 길베르트와 그레그가 칼을 뽑아 들고는 재빨리 좌우로 갈라졌다.

"뭐야, 이놈은?!"

"젠장, 이런 놈은 본 적도 없다고!"

상하로 크게 흔들리는 배틀 액스를 본 길베르트의 눈이 휘둥그레졌다. 그레그가 진지한 눈으로 약점을 찾고 있다.

루다가 예정대로 조금 떨어진 곳에 섰고, 경계하면서 적의 온몸을 관찰하고 있었다.

백은의 늑대는 적대하는 자 네 명에게 둘러싸였지만, 전혀 초조해하는 기색이 없다. 거기에는 왕의 관록까지 엿보였다.

──머리다.

티노가 결론을 내렸다.

이 보스는 울프 나이트보다 한참 강화돼 있지만, 유일하게 울프 나이트와 마찬가지로 헬멧── 투구를 쓰지 않았다. 아마 약점도 울프 나이트와 같을 것이다.

문제는 이 보스의 키가 울프 나이트보다 한참 크다는 점이다.

지면을 세게 박차야만 간신히 머리에 닿을 수 있고, 그동안에는 무방비상태가 된다.

지금까지 했던 것처럼 뒤쪽에서 공격해봤자, 아마도 통하지 않을 것이다. 후려쳐서 쫓아낼 뿐이다.

그 눈은 티노 일행 전원을 확인했고, 항상 티노를 최우선으로 경계하고 있었다.

거기에서는 한없이 인간에 가까운 지성이 느껴졌다.

"……어쩔까?"

"철수할까?"

다행인 것은 그 보스를 보고 길베르트도 그레그도, 그리고 루다도 공포에 사로잡히지 않았다는 점이겠지.

처음 그들을 봤을 때는 잔챙이라고 생각했었는데, 여기까지 오는 동안 담력이 대단하다는 걸 알았다.

만약에 배짱이 없다면 보물전에 들어가기도 전에 도망쳤을 것이다.

승산이 있다면 그 점이다.

이 보스는 티노 혼자서는 쓰러트리기 지극히 힘든 상대다. 무엇 하나를 봐도 지금까지 싸웠던 울프 나이트와 다르다.

하지만 지금 티노에게는 동료들이 있다. 같이 여기까지 온 파티 멤버가.

이것은 시련이다. 부글부글 끓어오르는 건 같은 전의를 보이는 그 늑대를 보면서 이해했다.

크라이 안드리히는 쓸 만해 보이는 멤버에게 목숨을 걸어야 하는 시련을 내린다.

예전에 《비탄의 망령》 멤버들이 했던 말을 통해서, 그리고 그 별명 때문에, 그 시련은 이렇게 불리고 있다.

──천의 시련, 이라고.

그것은 영광으로 가는 첫걸음(퍼스트 스텝).

그리고 티노는 그것을 뛰어넘어야만 한다.

"일격을 막아줘. 어떻게든 할게."

"으아아아아아아아아아아아아아아아!"
길베르트가 포효했다. 그것을 신호로 싸움이 시작됐다.

그 광경은 루다 룬벡이 지금까지 경험한 전투 중에서 가장 격렬한 것이었다.

종횡무진으로 내리치는 거대한 배틀 액스는 마치 폭풍 같았다.

길베르트가 눈을 한계까지 크게 뜨고는 바로 위에서, 또는 옆에서 덮쳐오는 도끼를 연옥검으로 튕겨냈다. 칼날과 칼날이 부딪칠 때마다 길베르트의 두 손이 자루를 꽉 쥐고 있다는 것을 알 수 있었다.

연옥검도 거대한 칼이지만, 사람 해골을 뒤집어쓴 울프 나이트의 배틀 액스는 그것보다 훨씬 크다.

큰 공격은 빈틈 자체는 크지만, 일격 일격에 담긴 위력이 정말 엄청나서, 지금까지 절대로 물러선 적이 없는 길베르트가 공격을 튕겨내면서 서서히 후퇴하고 있다.

정면에서 받아낼 수는 없다. 길베르트한테는 저돌적인 측면이 있지만, 동시에 몇 년 동안 훈련을 받으며 헌터가 된 남자다. 자신보다 강한 자와의 전투 경험도 그럭저럭 지니고 있다.

그 이마에 땀이 밴다. 숨도 거칠어졌지만, 한 방 한 방이 치사성 위력을 지닌 그 공격을 정면에서 받아내고, 아슬아슬하게 튕겨내고 있다.

"젠장, 딱딱해. 무리다, 내 칼로는 뚫을 수가 없어!"

공격을 막아낸 길베르트 바로 옆에서, 그레그가 아주 작은 틈을 노리고 참격을, 찌르기를 날렸다. 하지만 손이나 팔, 도끼 자루를 노린 날카로운 일격은 보스의 맹렬한 공격을 0.1초 정도 늦추는 효과밖에 발휘하지 못했다.

보스의 전투 기술은 대단하지 않았다. 적어도 티노 일행 네 명보다는 한참 떨어졌다.

하지만 단단하고 크고, 재빠르고, 힘이 세다. 단지 그것뿐인데, 이 보스는 네 명을 압도하였다.

거센 바람처럼 휘둘러대는 배틀 액스는 정면에 있는 길베르트와 그레그를 상대하면서도, 사각에 자리 잡고 있는 티노를 견제하고 있었다.

그 백은의 울프 나이트는 틀림없이 멤버들의 전력을 분석하고 있었다.

그리고 우선순위를 대검을 든 길베르트나 덩치가 큰 그레그가 아닌, 날씬한 리더 쪽으로 두었고.

팬텀이 보여주는 높은 지성이 때때로 오싹한 기분을 느끼게 한다는 것을, 루다는 그때 처음으로 알았다.

그리고── 그런 적을 상대하는 헌터들이 얼마나 눈부신지도.

휘둘러대는 도끼를 티노가 최소한의 움직임으로 회피.

매끄러운 검은 머리카락 몇 가닥이 도끼에 닿았고, 허공으로 흩어졌다.

눈앞을 지나가는 칼날 때문에 살갗에는 땀이 뱄지만, 그 눈은 똑똑히 뜨고 있었다.

그 표정에 공포의 감정은 보이지 않았다.

어떻게 저런 움직임이 가능한 걸까.

어째서 행동이 1초만 늦어져도 죽는 일격을 눈앞에 두고서도 냉정하게 대응할 수 있는 걸까.

티노가 압도적으로 빠른 건 아니다.

아니, 아무리 빠르다고 해도 내리치는 도끼보다 빨리 움직일 수는 없다.

거기서 보이는 것은 용기다.

방대한 압박감을 받으면서도 춤추는 것처럼 우아한 움직임으로 회피하고 있는 티노의 모습은, 이런 상황에서도 루다를 감동시켰다.

지금까지 솔로로 활동했기 때문에, 루다는 자신보다 실력이 뛰어난 도적의 움직임을, 탐협에서 운영하는 훈련장 외에 다른 곳에서는 본 적이 없었다.

그곳에서 본 움직임이나 기술은 뛰어나기는 했지만, 루다의 마음을 움직일 정도는 아니었다.

하지만 오늘 이 파티에 참가해서 본 티노의 모습. 자신보다 강한 상대를 앞에 두고도 물러날 줄 모르는 티노의 움직임은, 훈련장에서 본 것들과 뭔가가 다르다.

도적의 진가는 전투에서 발휘되는 것이 아니다.

어쩌면 그런 역할을 맡은 자가 이렇게 정면에서 전투에 참가하는 자체가 잘못된 일이 될 가능성도 있다.

하지만, 그래도 루다는 그 순간에 자신과 같거나 조금 어린 정도로 보이는 소녀의 모습에 몸이 떨릴 정도로 강한 동경을 품었다.

"……젠장, 뭐야 이 자식! 움직임이 둔해지질 않잖아!"

공격을 몇 번이나 버텨냈는지. 길베르트가 이를 악물고 신음소리를 냈다.

세상을 갈라버리려는 것 같은 무시무시한 일격.

팬텀에게도 체력이 있겠지만, 그 도끼의 기세는 사그라질 줄을 몰랐다.

정면으로 상대하는 게 아니라고는 해도, 한 방 한 방을 흘려낼 때마다 그 팔에 걸리는 부하는 상상도 할 수 없다.

휘두르는 무기가 보구가 아닌 평범한 무기였다면 이미 오래전에 부러졌겠지.

격렬한 무기가 부딪치는 소리, 금속들이 서로 부딪치면서 내는 소리가 어두운 동굴 안에 울린다. 내리친 칼날에, 길베르트와 그레그가 필사적으로 매달린다.

간신히 맞서고는 있지만, 상황이 보스 쪽에 유리하다는 것은 떨어진 위치에 있는 루다가 보기에도 분명했다.

아직 크게 다친 사람이 없는 게 기적이라고 해야 할 지경이다.

──하지만, 기적은 오래 가지 않았다.

"……어?"

그건 과연 누구의 목소리였을까.

둔한 소리가 울린다. 애매한 길이의 칼날이 허공을 날아간다.

길베르트가, 티노가 눈이 휘둥그레져서 그것을 바라본다. 하지만 제일 멍한 표정을 지은 것은 그레그였겠지.

그 오른손에 쥐고 있던, 휘두르고 있던 오래 사용한 장검이 애매한 길이가 되어 있었다. 부러진 칼날이 천천히 땅바닥에 떨어졌고, 메마른 소리를 울렸다.

누구보다 빨리 그 사실을 이해한 것은 떨어진 위치에서 그 모습을 보고 있던 루다, 그리고── 상대하고 있던 백은의 울프 나이트였다.

시간이 잘려 나갔다.

루다는 그 순간에, 가속해서 길게 늘어진 시간 속에서, 크게 튀어나온 그 턱이 추악한 미소를 짓는 모양으로 일그러지는 것을 똑똑히 봤다.

그 눈이 티노도 길베르트도 아닌, 얼빠진 표정을 짓고 있는 그레그를 내려다봤다. 손에 쥔 배틀 액스를 크게 치켜들었다.

루다가 쥐고 있던 단검을 던진 건, 거의 반사적인 행동이었다.

단검이 빙글빙글 회전하면서, 보스의 얼굴로 빨려 들어가는 것처럼 날아갔다.

그것은 갑자기 일어난 일이었고, 아무 생각도 없이 던진 단검이 명중한다고 해도 두꺼운 털가죽과 뼈가 덮고 있는 보스의 머리에는 털끝 만한 상처도 내지 못할 것이다.

하지만 날아오는 단검을 본 보스는, 그 지성에서 유래한 강한 경계심을 발휘해서 대응했다. 내리치려고 하던 도끼를 기울였고, 그 측면으로 단검을 튕겨냈다.

아주 짧은 순간이지만, 틈이 생겼다.

곧바로 내리친 도끼를, 그 한순간에 다시 몸을 가눈 길베르트가 막아냈다.

튕겨내면 그레그가 맞는다. 지금까지처럼 튕겨내는 동작이 아니라 정면으로 받아냈다.

그 엄청난 힘에, 길베르트도 온 힘을 다해서 맞섰다.

맞선 것은 한순간뿐이었다. 길베르트의 무릎이 꺾이고, 뒤로 날아갔다.

하지만 한순간의 틈은 벌었다. 그때는 이미 뛰쳐나간 루다의 몸이 자기보다 훨씬 큰 그레그의 몸을 떠밀고 있었다.

이런 때를 위해서, 무슨 일이 일어났을 때 돕기 위해서, 루다는 전투에서 빠져 있었다.

뒤늦게 떨어진 도끼가 루다의 등을 스칠 뻔하면서, 한순간 전까지 그레그가 있던 곳을 후려쳤다. 강한 살기가 실린 도끼의 두꺼운 날이 묵직한 소리를 내면서 땅바닥에 깊숙이 박혔다.

그레그와 루다는 꼴사납게 바닥을 굴렀다. 구르면서도, 어떻게든 보스 쪽을 봤다.

너무나 큰 틈이 발생했다. 하지만 그때, 이미 티노가 뛰어오르고 있었다.

땅에 박힌 거대한 도끼의 등을 발판으로 삼아, 티노의 작은 몸이 높이 날아올랐다.

오로지 원한만이 깃들어 있던 보스의 눈빛에, 순간적으로 경악이라는 감정이 드리웠다.

보스의 판단은 순식간이었다. 도끼를 쥐고 있던 두 팔 중에 왼손을 놓고, 티노를 쫓았다.

티노의 도약은 거대한 보스의 몸을 뛰어넘을 정도였다. 휘두른 손의 손등 보호구에서 뻗어 나온 것 같은 발톱이, 눈앞에서 상승하고 있는 티노의 다리를 스쳤다.

티노의 단정한 얼굴이 고통으로 일그러졌다. 얕게 베인 오른쪽 허벅지에서 선혈이 튀었다.

하지만, 그 움직임은 멈추지 않았다.

그리고 티노는 그대로 머리 위를 뛰어넘어서 보스의 등에 달라붙었다.

그 오른손에 쥐고 있는 진홍색 숏 소드가 번뜩 빛났다. 보스가 몸을 크게 비틀거렸다.

그리고 티노는 기합소리도 지르지 않고, 신속한 동작으로 그 칼날을 목에 박아 넣었다.

보스의 거대한 몸이 움찔, 하고 크게 튀었다.

피가 맺혀 있던 그 눈알이 뒤집히고, 그 팔이 마치 티노를 잡으려는 것처럼 허공을 헤맨다.

하지만 결국 그 손은 등에 달라붙어 있는 티노를 붙잡지 못했고, 보스의 무릎이 꺾였다.

그리고 티노가 땅에 착지한 것과 동시에, 거대한 팬텀이 소실됐다.

"해치웠나……?"

길베르트가 어깨를 들썩일 정도로 거칠게 숨을 쉬면서 멍하니 중얼거렸다. 손에서 놓친 연옥검이 땅바닥에 떨어지면서 무거운 소리를 울렸다.

그 목소리에는 조금 전까지 배틀 액스를 쳐내던 때와 전혀 다르게, 나이에 걸맞은 어린 기색이 깃들어 있었다.

"……이겼어."

티노가 갈라진 오른쪽 허벅지를 누르면서, 감정이 담기지 않은 목소리로 짧게 선언했다.

그대로 바닥에 주저앉았고, 바로 크게 갈라진 오른쪽 허벅지의 상처를 확인했다.

하얀 피부에 그어진 긴 상처자국.

예리한 칼로 벤 것 같은 상처는 다행히도 동맥을 피한 것 같아서 생명에는 지장이 없어 보이지만, 그냥 둬도 되는 상처는 아니었다.

만약에 그 일격으로 해치우지 못했다면 도망칠 수도 없었겠지.

천천히 흘러나오는 피와 날카로운 아픔. 티노는 고통을 참으면서 살짝 한숨을 쉬었다.

"위험했어."

벨트에 매달려 있던, 다섯 개까지 넣을 수 있는 포션 홀더에서 작은 담홍색 액체가 들어간 유리병을 꺼냈다.

연금술사(알케미스트)가 만든 상처를 치유하는 마법약이다. 과학과 마술이 융합해서 태어난 약은, 치유술사의 회복마법에는 못 미치지만, 그 자리에서 바로 상처를 치유할 수 있다.

회복 담당(힐러)이 없는 파티에서는 필수품이다.

뚜껑을 벗기고 숏 팬츠를 끌어 올려서 허벅지를 훤히 드러내고는 포션을 상처에 부었다.

상처를 후벼 파는 것 같은 아픔에 잠시 괴로워하는 신음소리를 냈지만, 사타구니 부근부터 무릎 언저리까지 나 있던 상처는 순식간에 아물었다.

아직 안쪽에 아픔이 조금 남아 있지만, 그쪽도 시간이 지나면 가라앉을 것이다.

쓰러져 있던 그레그가 일어나서는 여전히 손에 쥐고 있던, 멋지게 부러진 칼을 바라봤다.

이제 와서 상황을 이해했는지 새파랗게 질린 표정이다.

"위험했다…… 죽는 줄 알았네. 젠장, 이런 데서 칼이 부러지다니, 재수도 없지."

"살아 있는 것만 해도 어디야, 아저씨."

"크하하, 맞는 말이다."

평소처럼 웃고는 있지만, 그 목소리에는 왠지 힘이 없다.

억지로 웃는 것 같은 표정을 지은 채로, 위험을 무릅쓰고 자신을 구해준 루다 쪽을 봤다.

"덕분에 살았다, 루다."

"예…… 아슬아슬했는데, 정말 다행이야. 티노, 괜찮아?"

"문제없어. 걷는 정도라면 가능. 시간이 지나면 금세 원래대로 돌아와."

티노가 가지고 다니는 포션은 고급품이다. 시간이 걸리기는 하지만, 치명상만 아니면 어지간한 상처들은 치유할 수 있다.

흘러나온 피를 닦아내고, 티노가 천천히 일어났다.

아무 일도 없었다는 것 같은 리더의 모습을 보고, 길베르트가 마음속에서 안도의 한숨을 쉬었다.

지금까지 싸워본 적이 없는 무시무시한 상대였다. 최소한 길베르트가 전에 있던 파티였다면, 연옥검의 마력이 충전돼 있었다고 해도 이길 가능성은 거의 없었겠지.

큰 부상자도 없이 쓰러트린 건 기적에 가깝다.

지금 여기에 있는 파티 멤버가 한 사람이라도 빠졌다면, 아마도 이기지 못했을 것이다. 그야말로 살얼음판을 건넌 것 같은 아슬아슬한 승리다.

이제 와서 찾아온 죽음의 공포 때문에 격렬하게 뛰는 심장을 억누르면서, 길베르트가 한숨을 쉬었다.

"그나저나, 아무것도 남은 게 없네…… 보스인데."

"운이 없었네. 보통 팬텀에 비하면 뭔가를 남길 가능성도 더 높을 텐데 말이야."

그레그도 미묘한 표정이다. 부러진 애검의 칼날을 주워서는 신중하게 칼집에 집어넣었다.

완전히 부러진 칼을 원래대로 되돌리는 것은 어렵다.

기껏해야 녹여서 재료로 삼는 게 고작이다. 보수를 생각하면 완전히 적자다.

루다가 씁쓸하게 웃으면서 위로의 말을 건넸다.

"뭐, 그래도, 목숨이 붙어 있으니 다행이지. 안 그래요. 칼은 다시 사면 되잖아."

"……뭐, 그건, 그런데."

"이거, 줄게. 지금까지 쓰던 칼보다는 짧지만, 없는 것보다는 나을 거야."

"그래."

진홍색 숏 소드를 받아 들고 살짝 휘둘러서 손맛을 확인해보는 그레그.

보스는 쓰러트렸지만 아직 목적은 달성하지 못했고, 돌아가는 것도 생각해야 한다.

팬텀은 마물과 달라서 자연 발생하는 존재다. 한 번 지나온 길이라고 해도 안심할 수는 없다.

지쳤다는 것처럼 주저앉고, 수통을 꺼내서 물을 마시는 그레그와 길베르트.

루다가 조금 전에 있었던 전투의 풍경을 머릿속에 그리면서 말했다.

"그나저나, 그런 게 나왔으면…… 조난당한 헌터도 위험하겠네."

"응…… 뭐…… 레벨5, 였던가? 지금 그놈한테 당하지 않았을까?"

"레벨5……."

그 말을 들은 티노가 눈살을 찌푸렸다.

분명히, 지금 그 보스는 상당히 강했다.

티노가 이 보물전에 오기 전에 상정했던 『최악』보다 강했다.

레벨4의 멤버가 세 명이나 있어도 간신히 이긴 상대다. 길베르트와 그레그가 티노의 예상보다 훨씬 우수해서 쓰러트릴 수 있었지, 혼자였다면 목숨을 걸고 싸웠다고 해도 결과를 장담할 수 없다.

레벨5 헌터가 졌다고 해도 이상할 게 없다.

레벨이라는 것은 그저 탐협이 정한 기준일 뿐이고, 레벨5 헌터가 반드시 레벨4 헌터보다 강하다는 건 아니다. 물론 방대한 공적을 쌓아야만 하는 레벨7이나 8쯤 되면 이야기가 달라지지만, 레벨5는 그렇게까지 강한 힘이 없어도 도달할 수 있는 범주다.

다시 한번, 티노가 보스 방을 확인했다.

드넓은 공간. 높은 천장과 빛나는 돌이 설치된 벽.

바닥에도 희미하게 빛나는 부분이 있기는 하지만 피 웅덩이 같은 건 보이지 않았고, 조난당했다는 사실을 알리는 신호 같은 것도 보이지 않는다.

만약에 헌터가 조난당했다면 그것을 알 수 있는 흔적을 남겼을 것이다.

【흰 늑대 둥지】는 그렇게까지 넓은 보물전이 아니다. 길을 잃고 돌아오지 못했을 가능성은 생각하기 힘들다.

그렇다면 강한 팬텀이 문제가 됐을 가능성이 큰데, 그렇다고 해도 레벨5 헌터라면 구조해주는 쪽을 위한 신호 정도는 얼마든지 표시해둘 수 있다. 그런 것들이 하나도 안 보이는 게 너무나 이상하다.

이건 시련이다. 마스터가 티노에게 걸맞다고 판단해서 내린 시련이다.

그렇다면 티노 셰이드라는 미숙한 헌터도 해결할 수 있게 되어 있을 것이다.

"……………마스터어, 모르겠……——?!"

어딘가 쓸쓸한 목소리로 중얼거리려던 그때, 문득 티노의 청각이 소리를 포착했다.

고개를 든 티노를 보고, 지친 것처럼 주저앉아 있던 멤버들이 의아하다는 표정을 지었다.

"왜 그래, 리더?"

"일어나. 뭔가가 와."

"?! 팬텀인가?"

긴장과 이완.

보스전의 긴장에서 해방되면서 피로 앞에 무릎을 꿇으려는 육체에 채찍질을 하며, 세 사람이 일어섰다.

허공을 가르며 날아온 뭔가를, 티노가 몸을 옆으로 돌려서 회피했다.

날아온 것은 화살이었다. 긴, 진홍색 화살이 벽에 꽂히면서 둔한 소리를 울렸다.

그리고 처음으로 티노의 얼굴이 파랗게 질렸다.

"……뭐?"

뒤늦게 길베르트가 얼빠진 소리를 냈다.

보스 방과 이어진 정면의 길. 티노 일행이 여기 올 때 사용했던 그 길에서 나타난 것은 조금 전에 부상까지 당하면서 간신히 쓰러트린, 검은 플레이트 아머를 입은 백은의 울프 나이트였다.

그것도—— 한 마리가 아니다.

나란히 들어온 네 쌍, 여덟 개의 피처럼 빨간 눈이 티노 일행을 노려보고 있다.

──조금 전에 쓰러트린 보스는, 동료들을 기다리고 있었던 건가?!

이제 와서, 티노의 머릿속에 그런 가능성이 떠올랐다. 그렇게 생각했더니 조금 전에 쓰러트린 보스의 움직임은 너무나 신중했고, 마치 시간을 벌려고 했던 것처럼 보였다.

그 발소리 때문에 바닥이 울렸다.

그레그가 악몽이라도 꾸고 있는 사람 같은 표정으로 입술을 부들부들 떨었다.

"말도, 안 돼……."

조금 전에 쓰러트린 보스와 똑같이 생겼지만, 제각기 들고 있는 무기가 다르다.

양손으로 잡는 대검에 천장까지 닿을 것 같은 거대한 곤봉. 아무리 봐도 실내에서 쓸 물건이 아닌 거대한 활에── 연사식인지, 바닥까지 닿을 정도로 긴 탄띠가 늘어져 있는 흑철색 총기.

방으로 들어오는 그 움직임은 격렬하기는커녕, 어딘가 느긋해 보이기까지 했다. 마치 압도적인 우위를 보여주려는 것처럼.

하지만 그 눈에 드리워 있는 인간에 대한 원한은 조금 전에 쓰러트린 개체와 다를 바가 없다.

루다가 갈라진 목소리로 말했다.

"어…… 뭐야? 조금 전에, 쓰러, 트렸는데……."

"보스가…… 아니었나?"

분명히 보스가 반드시 한 마리만 있는 게 아니라는 정도는 알고 있지만, 완전히 예상 밖이었다.

"……마스터어, 더 이상은…… 도저히 무리예요."

믿을 수가 없었다. 분명히 이번 시련이 평소보다 원활하게 진행되기는 했지만, 아무래도 이건 승산이 보이지 않는다.

망연자실하면서도, 티노는 손끝으로 조금 전에 다친 오른쪽 허벅지를 만졌다.

아직 아픔이 조금 남아 있다. 아까처럼 움직이는 건 무리겠지. 중간에 상처가 벌어지면 이번에야말로 승산이 없어진다.

압도적으로 왜소한 티노 일행을 앞에 두고, 백은색 울프 나이트가 포메이션을 짰다.

대검과 곤봉이 전위에 서고, 그 뒤에 총기와 활이 나란히 섰다. 제국 정규군을 보고 있는 것 같은 규율 잡힌 움직임은, 무질서하게 공격을 펼치던 다른 울프 나이트들과 확연하게 달랐다.

그레그가 황급히 진홍색 숏 소드를 들었지만, 네 마리의 거대한 울프 나이트 앞이다 보니, 그 모습이 너무나 못 미더워 보인다.

연옥검을 들어 올리고 검날 끝을 적에게 겨눈 길베르트의 얼굴에서도 아까까지의 용맹함은 보이지 않았다.

"어, 어쩌지?"

"……어, 어쩌냐니……."

멤버들이 티노 쪽을 봤다.

티노는 겉모습만이라도 태연한 척하며, 감정을 억누른 목소리로 대답했다.

궁지에 처했을 때 판단하는 것은 리더가 할 일이다. 리더가 꺾이면 파티가 무너진다.

지금 여기서, 티노가 의지할 상대는 없다.

"싸우는 수밖에 없어……."

다리의 상처가 깊지는 않지만 도망치는 건 무리다.

상대에게는 원거리 무기가 있다. 등을 돌리면 쏠 테고, 아무리 티노라도 총알보다 빨리 움직일 수는 없다. 그리고 조금 전에 싸웠던 배틀 액스를 든 놈과 같은 갑옷을 입은 두 마리를 재빨리 쓰러트리는 것도, 기적이라도 일어나지 않는 한은 불가능하겠지.

하지만, 포기할 수는 없다. 삶을, 싸움을, 포기할 수는 없다.

티노는 지금 파티의 목숨을 짊어지고 있다. 절망하고 좌절하려는 마음을 고무시켰다.

전투를 벌이는 동안에 느껴지는 것과 또 다른 긴장감 때문에 티노의 심장이 빠르게 뛰었다.

상대를 쓰러트리는 것은 불가능. 그렇다면 생존할 가능성이 조금이라도 높은 길을 찾아야 한다.

지금의 티노를 지탱해주는 것은 마스터에 대한 신뢰였다.

도저히 답이 없는 의뢰를 넘겼을 리가 없다. 그런, 크라이에 대한 신앙에 가까운 신뢰만이 티노가 제정신을 유지하게 해주고 있었다.

눈앞에 있는 네 마리에 주의하면서, 시선을 보스 방과 이어진 오른쪽 길 쪽으로 돌렸다.

백은색 울프 나이트는 보통 울프 나이트보다 거대하다. 폭도 천장도 좁은 길이라면 그 움직임이 크게 제한된다.

호흡을 진정시키고, 동료에게 지시를 내렸다.

그 모습을 보고 약간 떨고 있던 멤버들의 떨림이 멈췄다.

"이 넓은 보스 방에서 저것과 싸우는 건 무리. 어떻게든 오른쪽 길로 도망쳐. 저 좁은 길이라면 동시에 싸우는 상대를 제한할 수 있어. 저 칼과 곤봉도 천장에 걸려서 제대로 못 휘둘러. 내가 뒤에서 막아줄 테니까."

그리고 절망적인 싸움이 시작됐다.

천둥소리 같은 포효가 방을 뒤흔들었다. 한 마리만 질러도 동굴이 흔들렸던 소리인데, 네 마리의 소리를 합쳤더니 물리적인 위력까지 발휘했다.

온몸을 꿰뚫는 것 같은 충격을, 몸을 앞으로 숙여서 견뎠다.

동료가 쓰러졌다는 걸 이해했는지, 백은색 울프 나이트 네 마리의 움직임은 오싹할 정도로 냉정했다.

한 사람도 도망치지 못하게 하려는 것처럼, 서서히 서 있는 위치를 바꿨다.

오른쪽 길을 막는 것처럼 움직이는 곤봉을 든 울프 나이트를 향해, 길베르트가 한 걸음 파고들었다.

쓰러트리는 것이 불가능하다는 건 명백하다. 도망칠 길까지 막아버리면 전멸은 확정.

이 절망적인 상황을 날려버리겠다는 것처럼 큰 소리를 지르면서 연옥검을 내리쳤다.

극도로 피곤한 상황인데도, 그 일격은 조금도 둔해지지 않고 여전히 날카로웠다. 아니, 오히려 더 날카로워졌을 지경이다.

두꺼운 진홍색 칼날이 아지랑이처럼 흔들렸다. 길베르트가 반사적으로 흘려 넣은 마력이 연옥검의 칼날에 아주 약간의 화염을 입힌 것이다.

금속 갑옷조차 갈라버리는 그 일격에 맞서, 거대한 곤봉을 가로로 휘둘렀다.

힘겨루기조차 벌어지지 않았다.

순수한 파괴의 에너지로 가득 찬 일격이 길베르트의 날카로운 일격을 튕겨냈고, 그 충격이 길베르트의 몸을 날려버렸다.

길베르트가 땅바닥을 굴렀다. 루다가 소리 없는 비명을 질렀다.

다행히도 의식은 남아 있었는지 바로 일어났지만, 그 얼굴은 절망 때문에 일그러져 있다.

"……틀렸어…… 저건, 튕겨낼 수 없어……."

너무나 무겁다. 너무나 거대하다. 막아낼 수도 튕겨낼 수도 없다.

연옥검이 만전의 상태라면 또 모르겠지만, 현재로서는 무기를 파괴하는 것도 불가능하다.

그레그가 숏 소드를 들고, 곤봉을 내리친 상태인 울프 나이트에게 뛰어들었다.

품안으로 들어온 작은 생물을 보고, 울프 나이트는 곤봉을 『되돌렸다』.

엄청난 바람이 그레그를 덮쳤다. 그레그는 재빨리 뒤로 펄쩍 뛰었다.

가시 달린 기둥이 몸을 스칠 뻔하면서 지나간다.

조금 전에 쓰러트린 개체의 도끼도 대단했지만, 곤봉은 질량 자체가 다르다. 힘을 싣지 않고 휘둘러도 그 일격은 가죽 갑옷의 방어 정도는 간단히 뚫어버리고, 헌터의 강화된 육체에 크나큰 대미지를 입힐 것이다.

아니, 설령 금속 갑옷을 입고 있어도 똑같은 결과가 벌어질지도 모른다.

루다가 새로운 단검을 뽑았고, 투척했다. 더 이상 관찰하고 있을 여유도 없다.

대검을 든 울프 나이트가 울부짖고, 앞으로 나섰다. 티노는 결사의 각오를 하고 그 앞으로 뛰어들었다.

내리치는 칼날을 사이드 스텝으로 간신히 회피. 비스듬하게 쳐올린 칼날을 한 걸음 물러나서 회피했다. 대검의 일격은 배틀 액스의 공격보다 빠르지만, 그렇다고 회피할 수 없는 속도는 아니다.

하지만 일격을 맞으면 산산조각이 날 것이다. 무엇보다 승산이 전혀 보이질 않는다.

눈과 눈이 마주쳤다. 티노의 이마에 식은땀이 흘렀다.

공격력이 너무 부족했다. 조금 전까지 썼던 숏 소드는 그레그에게 줘버렸다. 어쩔 수 없이 단검을 뽑았지만, 있는 힘껏 찌른다고 해도, 이걸로 털가죽을 뚫을 수 있을까.

필사적으로 생각했다.

이건 시련이다. 마스터가 내린 시련이다. 반드시 해결의 실마리가 있을 것이다.

활과 총의 공격을 유도해서 같은 편을 쓰러트리게 만든다? 무리다. 후위에 있는 울프 나이트는 둘 다 공격할 기미가 없다. 티노의 생각을 읽은 건지 아니면 대검과 곤봉 둘만으로도 충분히 티노 일행을 죽일 수 있다고 생각하는 건지.

쓰러트리지 않아도 된다. 일단 이곳에서 철수해야 한다.

종횡무진으로 휘둘러대는 칼날을 회피했다. 상처가 나은 지 얼마 안 된 허벅지가 욱신욱신, 묵직하게 아프다.

오른쪽 길 앞을 가로막은 울프 나이트의 공격은 동작이 크다. 거대한 금속 곤봉이라는 무기는, 괴력을 자랑하는 팬텀이라고 해도 칼처럼 가볍게 다룰 수 없다.

어쩌면 몸놀림이 가벼운 티노나 루다만이라면 빠져나갈 수 있을지도 모른다.

순간적으로 머릿속을 스친 생각을 바로 부정했다.

그럴 여유는 없다. 만약에 지금 티노가 붙잡고 있는 대검이 자유로워지면, 그레그와 길베르트가 죽을 것이다. 곤봉을 든 울프 나이트의 배후를 공격하여 쓰러트릴 시간도 없다. 티노가 가진 공격력이 너무 약하기 때문에.

곤봉을 든 울프 나이트가 서서히, 눈앞에 있는 그레그와 길베르트를 견제하고 있다.

길베르트가 단속적으로 공격을 시도했지만, 냉정하게 그것을 받아내기만 하고 반격은 하지 않는다.

스스로 공격하지 않는 건 뒤로 도망치지 못하도록 하기 위해서 일까. 아니면 티노의 체력이 소모되기를 기다리는 걸까. 절대적으로 유리한 입장에 있으면서도 징그러울 정도로 냉정하다.

온몸이 불타오르는 것처럼 뜨겁다. 최소한의 움직임으로 회피하고 있지만, 오래 버티지 못한다는 건 자신도 잘 알고 있다. 시간은 저쪽 편이다.

어쩌지. 어떻게 해야 좋지?

"티노, 도망쳐! 우리가 막을게!"

길베르트가 연옥검을 들고 거대한 적과 상대하며 소리쳤다.

그 말에는 각오가 담겨 있었다. 그레그도 씁쓸한 표정으로 거기에 동의했다.

"쳇…… 그러는 수밖에 없나. 젠장, 재수도 없지."

때때로 헌터는 궁극적인 선택을 강요당한다. 동료를 버리고 살아남아야 할 때도 있다.

"티노, 루다. 무슨 일이 있어도 도망쳐. 이 사실을 탐협에 전해."

"뭐라고——"

그레그의 말에 루다가 깜짝 놀랐다. 하지만, 그레그는 계속 적을 노려보면서, 진지한 표정으로 말했다.

"어차피 이대로 가면 전멸이야. 전멸하는 것보다는 낫지. 뭐, 신경 쓸 것 없어. 흔히 있는 일이잖아. 이번엔 우리 차례일 뿐이야. 운이 없었어."

이럴 줄 알았다면 좀 더 단련할 걸 그랬다고. 그레그가 씁쓸하게 웃으며 말했다.

그 표정에서는 티노에 대한 원망 같은 것은 전혀 찾아볼 수 없었다.

무슨 말을 하고 있는 건지 이해하고 있는 것도 아닐 텐데, 눈앞에 있는 울프 나이트의 움직임이 격렬해졌다.

활이, 총이 이쪽을 노리고 있다. 어느 쪽이건 제대로 맞으면 목숨이 날아갈 수 있는 위력을 지녔다.

정말 그것밖에 방법이 없는 걸까? 지금 이 상황은 마스터의 『예상 밖』인 걸까?

빙글빙글 소용돌이치는 사고와 압박감 때문에, 귀에 들리는 소리가 멀어져간다.

티노가 동경하는 《비탄의 망령》은, 발족한 뒤로 지금까지 단 한 사람의 멤버도 빠지지 않고 유지해온 보기 드문 파티다. 그런 마스터가, 왜 티노에게 그런 잔혹한 선택을 강요하는 의뢰를 맡겼을까?

아니. 분명히 트레저 헌터에게 그런 결단을 요구하는 일이 있다는 건 알고 있지만, 최소한 지금은 아니다.

소리가 다시 들린다. 내리친 칼날이 바닥을 도려낸다. 이글이글 빛나는 진홍색 눈이 짜증이 난다는 것처럼 티노를 보고 있다.

──줄게, 준다고, 겨우 그런 거라 미안하지만.

그때 문득, 티노의 머릿속에 경애하는 목소리가 떠올랐다.

멤버 모집 행사장에서 길베르트한테서 탈취한 반지를 자랑스럽게 보여줬을 때의 일이다.

하늘의 계시가 내려왔다. 티노는 곧바로 이해했다. 슬쩍, 자기 왼손을 봤다.

『눈』이다. 두꺼운 모피와 갑옷으로 몸을 가리고 있는 늑대지만, 아무래도 눈은 어쩔 도리가 없겠지.

강력한 마물이나 팬텀을 상대할 때, 안구를 공격하는 것은 기본이다. 쓰러트리지는 못하더라도 시력을 빼앗으면 전력이 떨어진다. 큰 틈을 만들 수 있다.

지금까지 그 전술을 사용하지 않은 것은 공격할 수단이 없었기 때문이다. 울프 나이트의 키는 티노의 두 배 이상, 손은 닿지도 않고 원거리 공격 수단도 없었다. 아니, 없다고 생각했었다.

하지만, 있다. 있었다.

티노의 왼손. 그 약손가락에 끼우고 있는 금색으로 빛나는 반지. 며칠 전에 크라이가 준 『샷 링(탄지)』이다.

보구 중에서 가장 대중적인, 마법 탄환을 사출하는 힘을 지닌 반지다.

티노는 보구를 가지고 있지 않았지만, 마스터와 이야기할 때마다 자주 그 얘기가 나왔기 때문에 지식은 가지고 있었다.

샷 링은 인기 없는 보구다. 그 이유는 발사하는 마법 탄환의 위력이 약하기 때문이다.

샷 링은 약하다. 최소한 팬텀을, 강인한 울프 나이트를 죽여버릴 정도의 위력은 없다.

휘두르는 공격을 반사적으로 뒤로 물러나서 회피하고, 왼손 약손가락에 끼고 있던 샷 링을 오른손 집게손가락으로 옮겼다. 마력도 충전돼 있는 것 같다.

보구를 발동하는 건 어렵다. 제대로 다루려면 피눈물을 흘릴 정도로 수련해야 한다.

샷 링도 경험이 없는 사람이 장비한 직후에 쓸 수 있을 만큼 만만한 보구는 아니다. 하지만 티노는 예전에 마스터의 호위를 맡아서 보구 상점에 갔을 때, 마스터의 권유를 받아서 연습한 경험이 있다.

마치 전부 짜놓은 것 같은 상황이다. 남은 건 기도하는 것뿐이다.

"이봐, 티노?!"

"……눈을 노리겠어."

결정을 묻는 목소리에, 티노는 낮은 목소리로 짧게 대답했다.

샷 링은 활이나 총과 달라서 동작이 작다. 당연히 단검 투척과는 비교도 안 된다.

쓰러트리지는 못하더라도, 눈만 멀게 하면 그 틈에 다 같이 도망칠 수 있을지도 모른다.

당연히 적도 저항하겠지. 무엇보다 대상은 대치하고 있는 대검이 아니라, 길베르트 쪽이 상대하고 있는 곤봉이다. 동료의 협력이 불가결하다.

"내가 할게. 서포트를."

대답은 없었다. 하지만 그 순간, 티노와 동료들은 틀림없이 서로 마음이 통했다.

길베르트와 그레그가 서로 짜기라도 한 것처럼 좌우로 갈라졌다. 갑자기 움직임이 달라진 두 사람을 보고, 곤봉을 든 울프 나이트가 경계하는 기색을 보였다.

이번에야말로 정말로 살얼음판을 뛰어다니는 것 같은 작전이다. 한 번 실패하면 두 번째는 없겠지.

의식을 시야에 보이지 않는 곤봉을 든 울프 나이트 쪽으로 향했다. 눈앞에서 날아오는 연속 공격을, 지옥훈련 중에 키워온 무의식적인 움직임으로 회피했다.

호흡을 진정시키고 집중한다. 절대로 빗나가서는 안 된다.

길베르트가 대검을 치켜들고, 큰 소리로 포효하면서 휘둘렀다. 거기에 반응해서 곤봉을 내리친 울프 나이트에게, 그레그가 덤벼든다.

거기에 대응하려고 했을 때, 루다가 짧게 숨을 내쉬면서 단검을 투척했다.

희미한 소리를 내면서 빙글빙글 회전하며, 단검이 날아간다.

목표는 티노와 마찬가지로 『안구』.

날아오는 작은 단검을, 울프 나이트는 굳이 방어하려고 하지도 않았다.

그저 눈만 감았다. 겨우 그것뿐인데 단검이 눈꺼풀이 튕겨나서 밑으로 떨어졌다. 울프 나이트의 턱이 마치 비웃는 것 같은 모양으로 일그러졌다. 루다가 깜짝 놀랐다.

그리고, 울프 나이트가 눈을 뜨고—— 눈앞까지 다가온 파란 빛—— 티노가 쏜 마법 탄환을 보고 경직됐다.

시간 차를 두고 소리도 없이 날아온 그 탄환에는, 제아무리 울프 나이트라도 대응할 수 없었다.

크게 뜬 눈에 탄환이 꽂혔다. 울프 나이트가 신음 소리를 질렀고, 곤봉을 떨어트렸다.

몇 킬로그램이나 되는 건지 쇠몽둥이가 떨어지자 땅이 울렸다.

그때는 모두가 뛰어가고 있었다.

적이 휘두른 대검을 뒤로 크게 뛰어서 피하고, 티노가 몸을 돌렸다. 루다도, 그레그도 뛰어갔다.

그때, 티노는 한 동료의 실수를 알아차렸다.

"길베르트! 안 돼!"

그것은 반사적인 행동이었을까. 아니면, 좋은 기회라고 생각한 걸까. 그것도 아니면, 티노의 너무 짧은 지시가 문제였을까.

길베르트는 도망치려고 하지 않았다.

곤봉을 떨어트리고 눈을 손으로 누르고 있는 울프 나이트를 향해서, 칼을 크게 치켜들고 있었다.

티노의 고함 소리에 길베르트의 표정에서 감정이 빠져나갔다.

하지만 이미 내리치기 시작한 손은 멈추지 않는다.

칼날은 울프 나이트를 비스듬하게 베어버리려고 했지만──

상대가 휘두른 굵직한 팔에 튕겨져 나갔다.

금속이 쓸리는 소리가 울리고, 팔을 덮고 있던 장갑에 크게 도려낸 것 같은 흠집이 생겼다. 하지만, 그 안에 있는 살은 베지 못했다.

경악에 의한 경직보다, 공격당했다는 사실에 의한 분노가 더 컸기 때문이겠지. 그 옆으로 뛰쳐나가려고 한 그레그가, 대충 휘두른 팔에 운도 없이 얻어맞고서 날아가 버렸다.

이미 빠져나갈 틈은 없었다.

울프 나이트가 다시 일어났다. 이글이글 빛나는 진홍색 눈으로 쪼잔한 작전을 시도한 티노를 노려봤다.

마법 탄환의 위력이 예상보다 낮았는지, 분명히 탄환이 박혔을 눈에는 아무런 영향도 찾아볼 수 없었다.

이젠 틀렸다. 같은 전법은 통하지 않는다.

절망 때문에 티노의 다리가 흔들렸다. 그 몸을 두 쪽을 내버리려는 것처럼 내리친 대검을, 티노의 몸이 자동으로 움직이고 옆으로 뛰어서 회피했다.

이젠 체력도 한계였다. 조금만 쉬면 회복될 수도 있겠지만, 눈앞에 있는 울프 나이트가 그럴 시간을 주지는 않겠지.

"……미안……."

길베르트가 사과했지만, 그 행동을 나무랄 수는 없다.

그걸로 쓰러트려 줬으면 편해졌을 테지만, 아무래도 지시가 너무 부족했다. 나쁜 결과가 벌어졌지만, 그건 단순한 결과론이다.

곤봉을 주우려는 울프 나이트를 향해, 길베르트가 칼을 마구 휘둘러댔다.

마치 자기 실수를 속죄하려는 것처럼, 이 틈에 도망치라는 것처럼.

바닥에 쓰러져 있던 그레그가 일어나서는, 손에 쥐고 있던 숏소드를 휘둘렀다.

그 움직임에서 결사적인 각오를 느낀 건지, 울프 나이트가 포효했다.

노리는 것을 이해했다는 뜻이겠지. 활과 총이 티노 일행이 도망치려는 방향을 조준하는 게 보였다.

빠져나간다고 해도 살아남을 가능성은 한없이 낮을 것이다.

한계다. 더 이상 방법이 없다. 체력도 정신력도 거의 다 떨어졌다.

생존해서 도망칠 수 있을 확률이 얼마나 될까? 여기서 눈앞에 있는 팬텀 넷을 쓰러트릴 확률은?

생각할 필요도 없다. 양쪽 모두 절망적으로 낮다. 그렇다면 어느 쪽을 선택해야 할까.

루다와 눈이 마주쳤다.

밝았던 루다의 표정도 당장이라도 쓰러지는 게 아닌가 싶을 정도로 초췌해져 있었다.

자신을 포함한 동료 모두가 만신창이. 적은 전례를 찾아볼 수 없는 강적이고, 도망치는 것도 곤란.

이런 때는 어떻게 해야 좋을까. 스승의 가르침을 떠올렸다.

몇 번이고, 몇 번이고 들었던 일이다. 굳이 떠올릴 필요도 없다. 거기에 호응이라도 하는 것처럼, 심장이 쿵, 하고 뛰었다.

스승이라면, 언니라면 틀림없이 이렇게 말하겠지.

──죽을 각오로 죽여, 라고.

"…………아뇨, 그런 건 무리예요. 언니."

전혀 도움이 안 되는 말을 떠올리고, 티노가 약한 소리를 입에 담은 그 순간.

──마치 처음부터 그렇게 꾸며져 있었다는 것처럼, 『무언가』

가 백은의 울프 나이트를 쓸어버렸다.

제4장　　　천변만화

『좋은 생각이 났는데 말이야, 강력한 보구들을 모으면 어떻게든 되지 않을까?』

"루크…… 장비가 아무리 좋아도 본체가 약하면, 죽을 때는 죽는다고."

주마등처럼, 예전에 동료와 나눴던 이야기가 머릿속에 떠올랐다.

마나 머티리얼로 강화된 헌터가 하늘나라에 가버릴 정도의 속도에, 내 본능은 이미 살아가는 것을 포기했다.

──죽어! 나 죽어어어어어어어!

【흰 늑대 둥지】는 원래 마수들의 둥지였다는 걸 믿을 수 없을 만큼 넓다. 폭도 높이도 그럭저럭 되지만, 브레이크가 듣지 않는『나이트 하이커(밤하늘의 어둠 날개)』로 날아다니기에는 너무나 좁았다.

구멍 안은 어두웠지만 곳곳에 어렴풋이 빛나는 돌이 놓여 있다.

오른손 엄지손가락에 끼고 있는 보구, 어둠 속에서 볼 수 있는 능력을 부여해주는 오울즈 아이(올빼미 눈)의 효과도 있어서, 시야는 충분히 확보하고 있다. 불행 중 다행인데, 불행이 너무 크다.

눈앞으로 다가오는 벽. 모퉁이를, 보구를 필사적으로 조작해서 지나갔다.

보물전 안은 어둡고 음울해서 평소 같으면 절대로 들어오고 싶지 않은 공간인데, 지금 내 머릿속을 차지하고 있는 것은 대체 어떻게 멈춰야 좋을지, 라는 생각 하나뿐이다.

일단 지도는 가지고 있는데, 이미 어디를 어떻게 지나가고 있는 건지 모를 지경이다.

자잘한 조작이 너무 안 되는 보구 때문에 몸이 벽에, 천장에, 바닥에 세게 부딪친다.

충격 때문에 시야가 심하게 흔들린다. 마치 고무로 만든 공이라도 된 것 같은 기분이다. 이젠 무슨 일이 일어나고 있는지도 모르겠다.

얼굴이 완전히 일그러져 있다.

냉정하게 생각해보면, 보물전에 들어오기 전에 어떻게든 멈췄어야 했다. 너무 빠른 속도 때문에 정신이 나가 있었다. 토할 것 같다. 자업자득이다.

통로를 막고 있던 거대한 팬텀(환영) 옆을 빠르게 지나갔다.

아무리 사람보다 훨씬 강한 팬텀이라고 해도, 총알 같은 속도로 불규칙하게 움직이는 나를 잡을 수는 없다. 나 자신도 영문을 모를 지경이니까, 당연한 일이겠지.

접근한다는 걸 알아차리고 이쪽으로 고개를 돌렸을 때는 이미 그 머리 위를 통과했다.

뭔가 늑대가 두 발로 걷고 커다란 칼을 들고 있었는데, 그건 못 본 셈 치기로 했다.

──티노는 어디 있지?

죽으면 사라져버리는 팬텀과 달라서, 헌터의 시체는 오랫동안 남는다. 만약에 팬텀과 싸우다 잡아먹혀 죽는다고 해도, 아무런 흔적도 남지 않는 건 있을 수 없는 일이다. 있을 수 없는 일이겠지.

내 동체시력은 아주 불쌍한 수준이지만, 최소한 격렬하게 흘러가는 시야 속에서 티노와 유쾌한 동료들의 시체 같은 건 보이지 않았다. 죽었을 가능성은 적다.

여기까지 왔는데, 티노 일행이 아직 의뢰를 수행하러 출발하지 않고 제도에서 꾸물거리고 있었다면 완전히 웃음거리다.

티노는 나랑 달라서 책임감이 강하니까 일을 내팽개치지는 않겠지만, 리즈의 제자답게 트리키한 구석이 있으니까, 어쩌면──!

천장에 머리를 세게 부딪치자, 아프지는 않지만 시야가 흔들렸다.

긴 직선 통로── 진행 방향에 있던 늑대 같은 팬텀이 갑자기 나타난 인간 미사일 같은 나를 보고서는 놀란 것처럼 눈이 휘둥그레졌다.

하지만, 바로 제쳐버렸다. 어깨가 그 측두부에 부딪치면서 반동 때문에 내 몸이 벽에 충돌했고, 격한 충격이 온몸을 뒤흔들었다. 직후에 나타난 급커브는 몸을 벽에 비벼대면서 간신히 돌았다. 내 동체시력을 생각해보면, 아직 벽에 처박히지 않은 건 기적에 가까웠다.

다른 보구로 궤도 변경을 보조하고 있는 것도 조금이나마 영향이 있다. 정말 보구는 최고라니까.

하지만 아직 아슬아슬 버티고는 있지만, 빨리 어떻게든 하지 않으면 죽어버릴 게 확실하다.

그리고 틀림없이 나는, 이미 사망자가 발생한 나이트 하이커를 사용한 인간 미사일2호가 된 채로 보물전에 돌입한 바보라고, 두고두고 이야깃거리가 되겠지.

진짜 싫다. 아무리 그래도 너무 불쌍하다. 거기까지 생각하고, 마음을 정했다.

이젠 틀렸다. 뭐든 좋으니까 일단 한 번 멈추자. 이대로는 한도를 넘어버리게 된다.

어느샌가 넓은 길에 들어서 있었다. 바로 눈앞에 커다란 팬텀의 등이 보인다. 생명의 위기 속에서 날카로워진 판단력으로, 그것을 쿠션처럼 이용하기로 결정했다.

이제 각오만 하면 된다. 머리를 감싸고, 눈을 감고서 필사적으로 기도했다.

그리고 내 온몸에, 지금까지 그 어떤 것보다 격렬한 충격이 느껴졌다.

그리고 나는 의식을 되찾았다. 충격 때문에 깜박거리던 시야가 천천히 회복되었다.

아무래도 무사히 정지한 것 같다.

머리를 감싸고 있던 팔을 내리고 일어서려다가, 이미 서 있다는 걸 알았다.

대미지는 없다. 엄청난 충격이었지만 아무래도 살아남은 것 같다.

균형기관이 이상을 호소했다. 오랜만에 느껴보는 흔들리지 않는 바닥 때문에 잠깐 토할 것 같은 기분이 들었지만, 간신히 참았다.

블랙아웃 해버릴 것 같은 머리를 흔들어서 제정신을 유지했다. 내가 아무리 공백이 길었다고 해도, 보물전에서 의식을 상실하면 죽음과 직결된다는 정도는 알고 있다.

어깨를 탁탁 털고, 일단 크게 숨을 내쉬었다.

아직도 심장이 비명을 질러댔다. 빨리 진정시키지 않으면 폭발해버릴 것 같다.

얼굴도 아직 완전히 굳어져 있다. 하지만 주마등까지 봤으면서 그 정도로 끝났다면 다행이겠지.

역시 나이트 하이커는 엄청난 결함품이다. 처음에 생각한 놈은 틀림없이 내 소꿉친구들과 똑같은 수준으로 정신이 나간 놈이었겠지.

감속 기능 같은 건 처음에 생각해야 하는 게 아니냐고.

쿠션이 되어준 팬텀은, 머리가 벽에 박혀 있었다.

잘 보이지는 않지만, 아무래도 두 마리가 있었던 것 같다. 포개진 것처럼 쓰러진 팬텀은 꼼짝도 하지 않는다.

등 뒤에서 인간 미사일을 맞았으니까, 레벨3 보물전의 팬텀 따위는 견뎌내지 못했겠지. 그 두꺼운 까만 갑옷이 크게 우그러지고, 금까지 갔다.

벽 쪽에는 그 팬텀이 들고 있었던 것으로 보이는 거대한 활과 검이 뒹굴고 있다.

왠지 이야기로 들었던 팬텀과 크기도 모양도 색도 전부 다른데, 대체 뭐지.

이 보물전에 나오는 팬텀은 늑대라고 들었는데, 쓰러져 있는 팬텀은 상급 기사들이나 장비할 것 같은 두꺼운 갑옷을 걸친, 안 좋은 방향으로 예상과 다른 존재였다.

예전에 레벨3 보물전에 납치됐을 때는 좀 더…… 아니, 상당히 약해 보이는 팬텀이었는데 말이야…… 최근에는 보물전에 와본 적이 없었지만, 요즘은 다 이런 건가?

어쩌면 겉모습만 거창해 보일 뿐인 가능성도 있다. 그럴 가능성도 있기는 한데…… 왠지 토할 것 같다.

그리고 나는 그제야 겨우 주위를 둘러봤다. 현기증 때문에 흐릿하게 번지던 시야가 선명해졌다.

날아올 때는 어디를 지나가고 있는 건지 확인할 여력도 없었지만, 그곳은 통로가 아니라 넓은 공간이었다.

지하라는 걸 믿을 수 없는 높은 천장에 늑대가 판 굴이 아닌 것 같은 평평한 바닥과 벽. 만약에 창문이 있어서 밝고 축축하지 않고, 거기다 팬텀까지 없다면 최고의 방이 될 것 같은데 말이야.

그리고, 나는 어디서 많이 본 사람을 발견했다.

엉망진창이 된 검은 머리카락에 하얗게 질린 볼. 상처는 없는 것 같지만, 클랜 하우스에서 의뢰를 떠넘겼을 때와 비교하면 상당히 안 좋아진 분위기의 여자아이.

한마디로, 티노였다. 내가 실수로 이상한 의뢰를 맡겨버린 티노였다.

그 근처에는 길베르트 소년과 그레그 등등도 있는데, 숨을 헐떡이면서, 그리고 입이 떡 벌어져서 날 보고 있다. 다들 일단 살아는 있는 것 같다.

"마……스터어?!"

"티노, 찾았다."

야호~.

……아니지, 찾았다~ 같은 소리 할 때가 아니잖아.

너무 혼란스러워서 슬쩍 말을 걸 뻔했는데, 지금은 제대로 사죄부터 해야 한다.

아직 무사하기는 하지만 티노의 표정은 창백했고, 평소의 티노를 생각해보면 믿을 수 없을 정도로 피곤해 보였다.

이 레벨3 보물전이 티노한테 큰 부담을 줬다는 건 확실했다.

이젠 그냥 웃는 수밖에 없다.

실실 웃는 나를 보면서, 길베르트가 필사적으로 소리쳤다.

"이, 이봐, 아저씨. 뒤, 뒤에!"

"뭐?"

아저씨 아냐. 형이라고.

제일 먼저 생각난 게 그런 말이라는 점이, 내가 완전히 정신이 나가고 평화에 찌들어 있다는 뜻이겠지.

보물전에서 방심하는 놈은 헌터라고 할 수도 없다.

천천히 정신이 돌아오는 내 시야에 들어온 것은 조금 전에 쿠션으로 삼았던 팬텀과 같은 타입의 팬텀이었다.

흑철색 갑옷을 장비한 거대한 팬텀이 하나. 그 위용을 보고, 겁

많은 내 몸은 알아서 벽 쪽으로 붙었다.

자세히 보니 길베르트 소년 근처에도 있었다. 말도 안 될 정도로 커다란 곤봉을 든 개체다.

합해서 두 마리, 쓰러져 있는 것까지 포함하면 합계 네 마리인가.

아까 들이받았을 때는 몰랐지만, 그 머리는 인간의 머리가 아니라 늑대 머리였다. 게다가 그 오른쪽 절반은 인간의 두개골로 덮여 있고.

어둠 속에서도 반짝 빛나는 피처럼 빨간 눈동자가, 분위기 파악 못 하는 난입자인 나를 내려다보고 있다.

어깨를 흔들고, 거칠게 숨을 쉬었다. 그 커다란 입에서 걸쭉한 타액이 뚝뚝 떨어진다.

평소 같았으면 다리가 풀렸을 테고, 그 눈빛만 봐도 토해버렸겠지. 하지만 평화에 찌들어서 감각이 마비되어 다른 생각을 하고 있었다.

헤~ 요즘 레벨3은 이렇게 커다란 놈들이 나오는구나. 세상 많이 달라졌네.

레벨3에서 이 정도면 레벨8에서는 뭐가 나온다는 거야. 보물전 다니는 걸 그만두길 잘했네.

옛날의 나, 정말 잘 생각했어. 나 혹시 신인가?

투박한 총기를 든 늑대가 실실 웃는 나를 보고는 작은 신음소리를 내면서 뒤로 물러났다.

천장까지 닿을 만큼 거대한 쇠막대기를 들고 길베르트 소년 앞에 서 있는 늑대가, 그놈을 지키려는 것처럼 위치를 옮겼다.

그 코가 크게 움직였다. 그 날카로운 눈이 가늘어지고, 나를 신중하게 관찰한다.

그제야 겨우, 나는 현재 상황을 파악하고 웃음을 거뒀다.

어라. 이거, 혹시 완전히 죽는 상황? 위기?

왠지 공격하지는 않는데, 유망한 헌터인 티노를 저 꼴로 만든 상대한테 내가 이길 리가 없잖아. 이거 어떻게 하지.

필사적으로 타개책을 생각하고 있는 내 뒤쪽에서, 그레그 님이 전율하는 목소리로 외쳤다.

"마, 말도 안 돼…… 이럴 수가…… 보스가…… 겁을 먹었, 다니?!"

……뭐?

"겁을 먹어?"

무슨 소리야. 저놈들이 늑대면 난 양인데.

마나 머티리얼 강화도 많이 빠져 있는, 인정 레벨만 높은 양이다.

상황을 제대로 이해하지도 못하는 내 앞에서, 늑대 기사가 또 한 걸음 뒤로 물러났다.

그 코가 계속 위아래로 움직였고, 티노네 쪽으로 향해 있던 의식은 완전히 내 쪽으로 넘어왔다.

분명히, 그 눈에 강한 경계가 보인다.

대체 내 뭐가 무서운 거냐고. 그레그 님이 훨씬 무섭지.

시선을 따라간다. 그 눈이 뭘 보고 있는지 알았다.

진홍색 눈이 향한 곳은 내 얼굴이 아니라 내 가슴── 목에 걸고 있는 시트리 슬라임이 들어 있는 금속 캡슐이었다.

한 걸음 앞으로 나섰다. 늑대 기사가 한 걸음 뒤로 물러난다.

그 눈은 내 쪽으로 향해 있지만, 그렇다고 날 보고 있는 건 아니다.

으응~? 어라라.

이렇게 커다란 팬텀이 캡슐만 보고도 겁을 먹다니, 대체 뭐가 들어 있는 거지?

내가 대체 뭘 가지고 나온 걸까아?

한 걸음 더 다가갔더니, 늑대 기사들이 나란히 두 걸음 뒤로 물러났다.

……완전히, 날 독이 들어 있는 양이라고 인식했다.

운이 찾아왔다. 아무래도 여기는 내가 죽을 곳이 아닌 것 같다.

눈은 계속 늑대 기사를 보면서, 뒤쪽을 향해 말했다.

아무렇지도 않은 척하고 있지만, 심장은 아직도 아플 정도로 세게 뛰고 있다.

"티노, 뛸 수 있어?"

"예, 예에…… 물론이죠!"

멍하니 있던 티노가, 내 질문에 힘차게 대답해줬다.

이 방에는 길이 세 개 있다. 정면에 있는 길은 늑대 기사가 막고 있다.

아무리 겁을 먹었다고는 해도, 늑대 기사들이『독이 들었으면 어때』라는 결론을 내릴 가능성도 부정할 수는 없다. 거대한 두 마리를 돌파하는 건 무리다.

지금은 일단 철수하고, 티노와 다른 사람들을 쉬게 한 뒤에 다 같이 일치단결해서 탈출해야겠지.

"그쪽이야."

제일 가까운 오른쪽 길을 가리켰다.

조금 전까지 쇠몽둥이를 들고 있던 놈이 막고 있었던 길이다. 기껏 비켜줬으니까 고맙게 받아들이자.

"저, 저기, 마스터. 쓰러트리는 게, 좋지 않을까요?"

티노가 죄송스럽다는 표정으로 물었다.

응, 그래, 그렇겠지. 쓰러트릴 수 있다면 쓰러트리는 게 좋겠네. 내가 쓰러트릴 수 있을 리가 없잖아, 날 뭘로 보는 거야 짜샤.

될 대로 되라는 심정으로 시트리 슬라임을 집어 던져서 상대가 죽는 쪽에 걸어보는 것도 좋은 방법이지만, 어떤 슬라임인지도 모르는 물건에 목숨을 걸기에는 위험부담이 너무 크다.

캡슐에 들어 있는 상태에서 효과가 있다면, 그대로 써야겠지.

한숨을 쉬고, 귀여운 후배한테 타이르는 것처럼 말했다.

"티노, 중요한 게 뭔지 잘못 판단하면 안 돼."

"!! 그, 건──"

제일 중요한 것. 굳이 말할 필요도 없다.

그것은── 자신의 목숨이다.

목숨을 건 싸움이라니, 내 입장에서는 너무나 바보 같은 이야기다.

자기 책임으로 멋대로 할 때는 알아서 하건 말건 상관없지만, 난 죽어도 안 할 거야.

그때, 문득 어디선가 덜컥, 하는 소리가 났다. 티노가 작은 소리를 냈다.

"아————"

시야에 그림자가 비친다. 칠흑의 갑옷이 눈앞까지 다가와 있었다.

인간 미사일을 맞고 쓰러져 있던 늑대 기사가 부활했고, 단걸음에 거리를 좁힌 것이다.

그것을 알아차렸을 때는, 날의 폭이 내 키 정도는 되는 거대한 칼날이 내 머리를 향해 휘둘러지고 있었다.

분노와 위압이 담긴 포효와 짐승 냄새가 모든 감각을 흔들었다. 마치 쥐라도 난 것처럼 몸이 굳어졌다.

반응할 수 없었다. 손가락 하나 까딱할 수 없었다.

칼날이 마치 단두대처럼 떨어진다.

내 몸을 간단히 쪼개버릴 수 있는 수준의 일격이 덮쳐왔고,

──그리고, 나한테 상처 하나 내지 못하고 튕겨져 나갔다.

"……어?"

그레그 님의 목소리. 덤벼들던 늑대 기사의 눈이 휘둥그레졌다. 완전히 예상 밖이었겠지.

몇 걸음 뒤로 후퇴했고, 그 순간만큼은, 원한도 잊고서 두 손으로 쥐고 있는 칼을 내려다봤다.

이어서, 포격 같은 소리와 함께 발사된 거대한 화살이 내 이마에 명중했고, 마찬가지로 튕겨 나갔다.

아무래도 내가 들이받은 팬텀은, 한 마리도 안 죽었던 것 같다.

그리고…… 화가 나 있다. 당연하겠지. 갑자기 뒤에서 들이받아서 벽에 처박히게 했으면 나 같아도 화가 날 테니까.

활이, 대검이, 그리고 다른 늑대 기사 두 마리가 나를 노려봤다.

나는 그저 씁쓸한 미소만 지을 뿐이다. 짓는 수밖에 없었다.

이건── 죽는다. 죽는 수밖에 없다.

여기까지 와서야, 나는 겨우 반격 행동에 나서야 한다고 생각을 했다.

집게손가락을 내밀고, 마치 총이라도 되는 듯이 늑대 기사들 쪽으로 겨눴다.

왼손 새끼손가락에 장비한 보구── 샷 링(탄지) 중에 하나, 쇼크 샷 링(달리는 충격의 반지)을 기동시켰다.

손끝에 파란 불빛이 생기고, 마법 탄환을 형성.

탄환을 쏘기 직전, 나는 갑자기 하드보일드한 대사를 떠올리고, 반사적으로 그것을 말했다.

"아쉽게 됐네. 내 목숨은── 열일곱 개거든."

트레저 헌터는 재능의 세계다.

인간은 약하다. 특히 그 신체능력은 수많은 생명 중에서도 밑바닥에 위치하고, 가혹한 보물전에 들어가거나 마물이나 팬텀과 싸울 수 있게 만들어져 있는 것이 아니다.

그 원칙을 벗어나서 헌터로서 살아가기 위해서는, 마나 머티리얼 흡수율을 비롯한 몇 가지 재능이 절대적으로 필요하다. 이 트레저 헌터가 인기 있는 시대에도, 헌터의 숫자가 일정 이상으로 많아지지 않은 것도 그런 이유 때문이다.

나한테 있어 불행한 일은, 그걸 알아차린 게 헌터가 된 뒤였다는 점이다.

그리고 운이 좋았던 것은 소꿉친구들 중에서 재능이 없는 게 나 하나뿐이라는 점이고.

《비탄의 망령(스트레인지 그리프)》이라는 이름을 지은 우리 파티는, 나를 빼고도 간단히 보물전을 공략할 수 있을 정도의 재능을 지니고 있었다.

그리고 거기서 가지고 온 부와 쌓여가는 명예가 나를 아주 조금 『제대로』 만들었다.

그래서 재능도 용기도 의욕도 없고 꿈도 희망도 없지만, 나는 아직 살아 있다.

세이프 링(결계지)은 보구 반지 중에서도 샷 링(탄지) 만큼이나 유명한 보구다.

효과는 공격을 받았을 때 자동적으로 일정한 강도의 결계를 일정시간 동안 발생시키는 것.

설명이 조금 복잡한 것 같은데, 단적으로 말하자면…… 딱 한 번 공격을 막아주는 보구다.

똑같은 결계지라고 해도 결계의 강도와 지속시간에 따라서 다양한 종류가 있다. 가격도 희소성도 다른데, 절대로 죽고 싶지 않앞던 나는 강도도 지속시간도 상관없이, 엄청나게 비싼 그 반지를 살 수 있는 만큼 사들였다.

원래 초일류 헌터가 만약의 사태에 대비해서 가지고 다니는 부적 같은 보구를 이렇게 잔뜩, 항상 장비하고 있는 사람은 이 넓은 제도를 뒤져봐도 나 하나밖에 없겠지.

당연히 열 개밖에 안 되는 손가락에 다 끼울 수도 없어서 주머니 안에도 넣어뒀는데, 그래도 효과는 발휘된다.

솔직히 이 반지가 없었다면 나이트 하이커 같은 무시무시한 보구를 쓸 생각도 못 했다.

물론 무적은 아니다.

세이프 링의 결계 발동 시간은 아무리 길어도 1초. 보통은 한순간이다.

한 번 발동하면 충전된 마력을 전부 소비해서 평범한 반지로 돌아가는데, 여기 오는 중에 벽과 충돌하면서도 발동했으니까, 앞으로 공격을 몇 번만 더 맞으면 빈대떡이 돼버리겠지.

그 전에 어떻게든 도망쳐야만 한다.

목숨이 열일곱 개 있다는 건 완전히 과장이었다.

"……피할 거야!"

루다가 외쳤다. 화살처럼 빠른 속도로 발사된 파란 탄환에, 대검을 쥔 늑대 기사가 재빨리 반응했다.

머리를 노린 탄환을, 몸을 조금 낮춰서 회피.

그 동작을 보고 눈살을 찌푸렸다. 마치 날아오리라는 걸 알고 있었다는 것 같은 움직임이다.

파란 탄환은 그대로 머리 위를 통과했고—— 둔한 소리가 동굴 안을 흔들었다.

"?!"

강렬한 충격 때문에 늑대 기사가 바닥에 처박혔다.

피해버린 탄환이 그냥 지나가 버린 직후, 반전해서 뒤통수에 명중한 것이다.

늑대 기사들이 동요했다. 나는 그쪽은 보지도 않고 소리쳤다.

"티노, 뛰어!"

"?! 아, 예."

티노와 길베르트 소년 등이 재빨리 뛰쳐나갔다.

늑대 기사들은 나 하나만 보고 있고, 그쪽은 쫓아가지 않았다.

샷 링은 마법 탄환을 쏘는 보구들을 통틀어서 부르는 이름이다.

쇼크 샷 링은 착탄과 동시에 강한 충격을 주는 탄환을, 최대 충전 상태에서 일곱 발까지 쏠 수 있는 샷 링이다.

하지만 사실은 겉보기만 화려할 뿐이고 위력은 거의 없다. 머리에 맞고 바닥에 엎어진 늑대 기사도 그냥 조금 놀란 정도겠지.

샷 링은 종류가 풍부하기는 하지만 팬텀을 쓰러트릴 만큼 강력한 건 없고, 고작해야 견제 정도에나 쓸 수 있는 수준이다.

바닥에 엎어진 늑대 기사가 손을 짚고서 천천히 일어났다. 예상했던 대로 눈에 띄는 상처는 없다.

늑대들이 나를 중심으로 부채꼴 모양 진을 짰다. 전위 둘에 후위 둘, 균형이 좋은 것 같다.

나는 그 모습을 찬찬히 관찰하고, 이제 와서 후위 늑대가 들고 있는 총기를 확인하고는 눈살을 찌푸렸다.

저 총 위험한 거 아냐? 연사 공격이라니, 상성이 제일 나쁜데?

기껏 시트리 슬라임으로 겁을 줬는데, 반격당한 것 때문에 화가 난 쪽이 더 큰 것 같다. 눈에 드리운 것은 두려움 10%, 분노 30% 원한 30%, 경계 30% 정도려나(대충).

일단 생각해야 할 것은 티노가 도망칠 시간을 만드는 것이다. 나 혼자서라면, 최악의 경우에는 한 번 더 날아가면 된다.

무기를 쥐면 상대를 어느 정도 견제할 수 있겠지.

나는 실실 웃으면서 등에 메고 있던 칼집에서 검 보구를 뽑――으려고 하다가 헛손질을 했다.

몇 번이나 잡으려고 했지만 손에 닿는 것은 크로스보우형 보구―― 탄도 조작 능력을 지닌, 딱히 그걸로 쏜 건 아닌 인간 미사일과 마법 탄환의 궤도를 조작하게 해주는 『반드시 탄환을 맞힌다 군』뿐이다(이름은 내가 지었고, 절대로 탄환을 맞히는 능력은 없다).

뭐야…… 떨어트렸나?

칼집은 있지만 알맹이가 없다.

오는 중에 있었던 일을 생각해봤는데, 필사적으로 부딪치는 횟수를 줄이려고 하는 데 정신이 팔려 있었다 보니, 언제 떨어트렸는지도 생각이 나지 않았다. 그거 비싼데.

뭐, 어쨌거나 이 상황을 타파할 수 있는 능력은 없지만…….

늑대 기사들이 영문 모를 움직임을 보이는 나를 경계하고 있다.

"마스터?! 뭘――"

뛰어갔던 티노도 길 입구에서 날 보고 있다.

티노뿐만이 아니라 다른 멤버들도 날 기다리고 있는 것 같다. 뛰어가라고 했잖아아아아아아아.

그리고 뭘 하는 건지는 내가 묻고 싶다. 난 뭘 하려고 했던 걸까.

보물전에서 보구를 잃어버리다니, 대체 무슨 바보짓을 한 거야. 운이 나쁘다든지 그런 문제가 아니야. 완전히 바보잖아?

······단순한 바보라고.

곤봉을 두 손으로 잡은 팬텀이 마치 공포를 물리치려는 것처럼 포효했고, 이쪽으로 한 걸음 내디뎠다. 오른쪽 새끼손가락에 끼고 있던 위험 탐지 효과를 지닌 보구, 디재스터 슬립(새끼 쥐의 지혜)이 살기를 감지하고 뜨거워졌다. 하지만, 도망칠 수가 없다.

크게 휘두른 곤봉이 내 몸을 빈대떡처럼 만들어버리려고 했지만, 결계 때문에 튕겨 나갔다.

큰일이다. 예상보다 훨씬 어쩔 도리가 없다. 몸이 움직이지 않는다. 괜찮다는 걸 알아도 무섭다.

초중량급의 일격을 맞고서도 꿈쩍도 하지 않은 나 때문에, 팬텀들이 부르르 떨었다. 나도 떨었다.

허리에 차고 있던 충실한 독 체인(개 사슬)이 주인의 위기를 느끼고 부들부들 떨었다.

귀중품이라서 망가지면 슬프지만, 내 목숨이 더 아깝다. 적을 잠깐 막아주는 정도는 할 수 있겠지.

찰칵, 소리를 내면서 벨트에 차고 있던 사슬을 풀었다. 마력을 충전한 지 얼마 안 된 독 체인이 자기가 활약할 때가 왔다는 것처럼 날아올랐고, 뱀처럼 움직여서 곤봉을 든 늑대 기사를 향해 질 주했다.

적을 쓰러트릴 정도의 힘은 없지만, 거구를 자랑하는 팬텀한테는 정말로 상대하기 힘든 적이겠지. 늑대 기사의 발에 감겨서 균형을 무너트렸다.

아무래도 독 체인은 경험해본 적이 없는지, 나머지 세 마리는 경계하고 있는 것 같다.

그래, 그래, 무섭겠지. 나도 처음 봤을 때는 무서웠거든.

하지만 아무래도 독 체인 하나만 가지고 발을 묶어두는 건 무리겠지. 솔직히 총이랑 활도 무섭잖아? 이 세상에는 무서운 것들이 너무 많다. 후다닥 도망치면 쫓아오려나?

늑대 기사들은 나를…… 정확히는 시트리 슬라임을 경계하고 있다.

하지만 그 눈에는 억누르지 못할 정도의 분노가 깃들어 있다.

나는 도망치고 싶을 뿐이다. 구조 대상 따위는 어떻게 되건 상관없으니까, 집에 가고 싶다.

나는 진절머리를 내면서 두 손을 벌렸다. 그리고 샷 링을 기동했다.

반지 보구는 비교적 유명한 것들이 많았지만, 장비해야만 효과를 발휘하는 것과 가지고 있기만 해도 효과가 있는 두 가지 종류가 있다는 건 그다지 알려지지 않았다.

그리고── 샷 링은 그중에서도 후자에 해당된다.

"?!"

길베르트 소년이 멍한 표정을 지었다.

내 손바닥 위에 수많은 빛의 탄환이 떠 있었다.

허리에 찬 주머니에 잔뜩 채워온 샷 링을 전부 기동했기 때문이다. 보구 반지의 메리트 중 하나는 가볍다는 점이다. 그리고 샷링은 보구치고는 아주 싸고.

그래서 돈이 좀 있고, 노력도 조금만 하면 이런 짓도 할 수 있다.

마법탄의 색은 샷 링의 종류에 따라서 다르다. 잔뜩 떠 있는 빛의 탄환들은 아주 컬러풀하고 요란한 색이라서, 눈길을 정말 잘 끈다(그리고 아주 약하다).

늑대 기사들이 술렁거린다. 생긴 것만 보면 보통 마법 공격 같아서 경계하고 있는 거겠지.

하지만 소용없다. 이렇게 많은 탄을 피하는 건 불가능하니까.

원래 마법 탄환의 궤도는 특별한 샷 링 외에는 전부 직선이지만, 나한테는 『반드시 탄환을 맞힌다 군』이 있다.

탄환이 둥실 떠오르고, 내가 조작한 대로 종횡무진인 궤도를 그리면서 늑대 기사들을 덮쳤다.

늑대 기사들이 산개하여 회피하려고 했지만, 탄도를 조작해서 몰아붙였다. 무기를 휘두를 틈도 주지 않는다.

결국 피할 방법이 없다고 생각했는지 유도탄이라고 착각한 건지, 늑대 기사들이 그 자리에서 바닥에 엎드렸다. 거북이처럼 등을 보이고 엎드린 늑대 기사들에게, 나는 사정없이 마법 탄환을 떨궈댔다.

"주, 죽인다……."

"이게…… 레벨8——"

길베르트 소년이 내 재주를 보고 감탄했다는 것 같은 소리를 냈다.

루다도 그레그 님도 같은 의견인 것 같다. 티노도 눈이 번쩍거리고 있다.

솔직한 칭찬은 기쁘다. 구경 값이라도 주면 더 기쁘겠지만 그건 일단 넘어가고, 가능하다면 후딱 도망쳐줬으면 좋겠다.

탄환이 명중한다. 늑대 기사의 머리에, 팔에, 어깨에, 눈에, 뒤집어쓴 해골에.

불꽃이 타오르는 것 같은, 물이 얼어붙는 것 같은, 마비되는 것 같은, 또는 터지는 것 같은, 다양한 탄환들이 다양한 소리를 울렸다. 내가 가지고 온 샷 링은 똑같은 것들이 하나도 없다.

팬텀이 짐승이 내는 것 같은 낮은 신음 소리를 울렸다.

마법 탄환의 빛이 사라지고, 어둠이 돌아왔다.

그런데 내 전법은 요란하고 엄청나게 세 보이기는 하지만, 딱 한 가지 치명적인 약점이 있다.

……아주아주 약하다.

모든 사람이 마른침을 삼키면서 지켜보는 가운데, 거북이처럼 공격을 견디고 있던 늑대 기사들이 아무 일도 없었다는 것처럼 몸을 일으켰다. 몸에도 머리에도 상처를 찾아볼 수가 없다.

"?! 그, 그렇게, 공격을, 맞았는데……."

루다가 울먹이는 목소리로 말했다. 루다뿐만이 아니라 공격을 맞은 팬텀들도 어딘가 이상하다는 소리를 내고 있다.

어쩔 수 없잖아. 사실 대부분의 보구는 살상을 위해서 만들어진 것이 아니다. 무기형 보구는 얘기가 좀 다르지만, 그쪽은 사용자의 능력에 의존하는 부분이 많아서, 싸움에 관한 재능이 하나도 없는 내가 쓸 수 있는 물건이 아니다.

팬텀들이 일어나서 자기들이 무사한 것을 확인하더니, 일제히 장난 같은 공격을 날린 나를 노려봤다.

역시 안 먹혔나…… 샷 링 중에는 대상을 마비시키는 것이나 잠재우는 것도 섞여 있었다. 어쩌면 먹힐지도 모른다고 생각했었는데, 아무래도 무효화 돼버린 것 같다. 뭐, 원래 사람을 상대하는 걸 상정해서 만들어진 보구인 것 같으니까, 괴물한테 안 먹혀도 어쩔 수 없는 일이겠지.

하지만 이걸로…… 손쓸 방법이 거의 사라지고 말았다.

하는 수 없지, 각오하자. 이대로 가면 가만히 앉아서 죽을 뿐이다.

"이런이런, 어쩔 수 없지, 이것만은 쓰고 싶지 않았는데."

반쯤 될 대로 되라는 느낌으로 목에 걸고 있던, 집게손가락이 들어갈 정도 크기의 금속 캡슐을 벗었다.

늑대 기사들의 눈이 휘둥그레졌고, 그 존재가 생각났다는 것처럼 몇 걸음 뒤로 물러났다.

역시 이놈들이 무서워하는 건 내가 아니라 이거였어. 알고는 있었지만.

어차피 죽을 바엔 다 같이 이 시트리 슬라임—— 소꿉친구 중 한 사람인 시트리가 만든 유난히 위험한 것 같은, 슬라임?(자세한 건 모르고 알고 싶지도 않다)한테 잡아먹히는 게 차라리 낫다.

나는 긴장 때문에 떨리는 손으로 뚜껑을 열고는, 던지기 전에 슬쩍 캡슐 안을 들여다봤다.

"…………."

눈을 비비고 다시 한번 확인했다. 눈살을 찌푸리고, 조심조심 집게손가락을 안에 집어넣어 봤다.

티노와 다른 사람들이 걱정하는 눈으로 날 봤다.

나는 고개를 한 번 크게 끄덕이고, 다시 뚜껑을 닫았다.

그대로 팔을 크게 휘둘러서 늑대 기사들 쪽을 향해 던진 것과 동시에, 그것을 노리고 충격탄을 쐈다.

늑대 기사들이 술렁거리고, 민첩한 동작으로 거리를 크게 벌렸다.

탄도가 조작된 마법 탄환이 캡슐에 명중한 걸 확인한 것과 동시에, 나는 티노 쪽을 향해 뛰어갔다.

"티노, 서둘러!"

뛰어오는 나를 보고, 다른 사람들도 정신이 번쩍 든 것처럼 일제히 뛰어갔다.

금속 캡슐이 터졌다.

늑대 기사들이 위압하는 것처럼 포효했지만 상대해줄 틈은 없다.

안이 비어 있다는 걸 들키기 전에 서둘러서 도망쳐야 한다.

……뭐야 저거? 알맹이 어디 간 거야? 무섭다.

온 힘을 다 짜내서 뛰었다. 필사적으로 숨을 고르며, 죽어라 다리를 움직였다.

이렇게 뛰는 건 오랜만이다. 뒤쪽을 신경 쓸 여유도 없다.

어둡고 좁은 길을 죽어라 뛰어갔다. 차가운 공기가 뺨을 어루만졌다.

그레그 님과 길베르트 소년, 루다와 티노가 내 바로 앞에서 뛰고 있었다.

그리고, 알아차렸다.

어라? 혹시 내가 뒤처지지 않게 천천히 뛰어가 주고 있는 거야?

대검을 손에 들고서도 태연하게 뛰고 있던 길베르트 소년이 뒤를 돌아서 나를 보고, 눈살을 찌푸렸다.

내가 오기 전에는 위기적인 상황이었지만, 지금 저 소년의 표정에는 여유가 있었다.

설마 뛰면서 회복한 건가.

"그런 속도 가지고는, 따라잡힌다고. 더 빨리 뛰는 게——"

"바보야! 크라이는 다친 티노를 신경 써서 그러는 거야!"

"!! 그, 그랬구나…… 미안해."

고함 소리 같은 루다의 지적에 길베르트가 정신이 번쩍 들었다는 것처럼 사과했다.

어? 다쳤어? 그리고 내 최대 속도가 다친 티노랑 같은 속도야?

어라? 그렇게 느린 건 아니지? 티노가 너무 빠른 거지?

혹시, 무의식적으로 날 신경 써주고 있었던 거야?

조금 상처받았지만, 그 말을 듣고서 조금 진정되었다. 뒤쪽에서 이상한 소리가 들리지 않는 걸 확인하고 멈춰 섰다.

나한테 도적(시프)의 능력은 없지만, 만약에 적이 쫓아오고 있다면 티노가 말해주겠지.

아무래도 따돌린 것 같다.

내가 멈춰 선 걸 보고서 다른 멤버들도 멈췄다. 탐색하는 중에 사이가 좋아졌는지 꽤나 솔직하다.

"?? 이제 된 건가?"

"따돌린 것 같네. 위험했어. 덕분에 살았다고."

그레그 님이 고맙다는 말을 했는데, 사실은 내가 사과해야 할 상황이겠지.

하지만 지금은 일단 태세를 바로잡는 게 우선이다.

토할 것 같은 기분을 참으면서, 살짝 헐떡이는 숨을 고르고, 티노 쪽을 봤다.

내 시선을 느낀 티노가 겁먹은 것처럼 자기 몸을 끌어안았다.

"마, 마스터어⋯⋯."

"크라이. 티노도── 저, 정말 열심히 했어. 티노가 없었으면, 우리는, 틀림없이 그쪽이 오기 전에 전멸──"

어째선지 루다가 변명하는 것 같은 투로 말했다.

"으, 응. 그렇겠지. ⋯⋯미안해. 이 말 한마디로 끝낼 수 있으면 얼마나 좋을까."

"?!"

굳이 말할 필요도 없다. 열심히 했다는 건 그 모습만 봐도 알 수 있으니까.

상당히 심하게 움직였는지 항상 깔끔하게 정돈돼 있던 머리카락이 흐트러졌고, 얼굴도 핏기가 사라진 것처럼 하얗다. 어디서

긁히기라도 했는지 검은색 숏 팬츠의 오른쪽 허벅지 언저리가 찢어져서 하얀 살갗이 드러나 있는데, 그 대비가 자꾸만 시선을 끌어들인다. ……이 녀석, 엄청 섹시해졌잖아.

시선을 눈치챘는지, 갑자기 티노가 그 바지 밑단을 잡고서는 허벅지를 훤히 드러내 보였다.

……이봐요, 여기서 이러시면 안 됩니다. 안 그래도 짧은 바지인데 말이야…… 팬티 보이잖아.

티노가 창피하다는 것처럼 시선을 피했다.

입술을 꼭 다물고 있는 티노를 빤히 보고 있었더니, 길베르트 소년이 질렸다는 것처럼 말했다.

"《천변만화》너, 치료까지 할 수 있는 거냐……."

…………아~ 다쳤다는 데가 거기구나. 말하라고. 내가 그걸 어떻게 알아차리겠냐고. 항상 하던 못된 장난인 줄 알았잖아.

아니 뭐, 치료하려고 멈춰 선 게 맞기는 한데.

보란 듯이 드러낸 잘 발달된 하얀 허벅지.

혈관이 희미하게 비쳐 보이기는 하는데, 상처라고는 보이지도 않는다.

하지만 뭐, 눈에 보이지 않을 뿐이지 대미지는 남아 있겠지. 아무래도 그것 때문에 내가 있는 힘껏 뛰는 것과 비슷한 속도로밖에 뛸 수 없었다는 것 같으니까.

물론 회복용 보구도 가지고 있다. 오히려 내가 안 가지고 있으면 이상하지.

목에 걸고 있는 은 십자가 목걸이—— 힐링 호프(자비로운 헌신)를 벗어서 티노의 허벅지에다 댔다.

십자가에서 파란빛이 났고, 그 빛이 허벅지에 스며드는 것처럼 사라지자, 바로 티노의 얼굴에 편한 느낌이 찾아왔다.

미안해~ 알아차리지 못해서.

"정말 고맙습니다. 마스터어. 아픔이 사라졌어요."

뭐, 티노는 아직 한참 더 열심히 해줘야 하니까.

치료하는 광경을 보고서, 길베르트 소년이 어딘가 안심한 것처럼 말했다.

"아…… 역시 치료는 보구로 하는 거구나."

치료고 자시고, 전부 다 보구로 했는데 그게 뭐?? 응? 불만 있냐?

여기가 보물전이 아니었다면 기분을 잡쳐서 클랜 하우스로 돌아갔을 상황이다.

"크라이. 그 울프 나이트들은…… 쓰러트린 건가?"

지금 막 뛰어온 길을 경계하면서, 그레그 님이 물었다.

쓰러트렸는지 아닌지 묻는다면, 틀림없이 쓰러트리지 않았다.

늑대는 냄새를 잘 맡는다고 한다. 조금 전의 울프 나이트? 들이 무서워하던 건 캡슐에 묻어 있던 슬라임의 냄새겠지.

슬라임한테서 냄새가 나는지 아닌지는 모르겠지만, 그것 말고는 상상도 할 수 없다.

아마도 지금쯤은 미친 듯이 화를 내고 있겠지. 텅 빈 금속 캡슐에 속아서 사냥감을 놓쳤으니까.

지금부터 우리가 생각해야 할 일은 오로지 도망치는 것뿐이다.

뭔가 엄청나게 끔찍한 모습이었지만, 보물전 밖으로 나가기만

하면 그 팬텀도 쫓아오지 못한다.

어차피 구조 대상은 죽었을 테니까. 구하려고 하다가 우리까지 죽으면 웃기지도 않는 일이잖아.

한숨을 한 번 쉬고, 크게 기지개를 켰다. 잃어버린 검은 정말 아깝지만 목숨이 더 중요하다.

독 체인이 돌아올지도 모를 일인데, 그건 클랜으로 돌아가면 누구한테 찾아달라고 부탁해야지.

"쓰러트리지는 않았어. 하지만, 그때는 그게…… 최선이었어. 지금 생각할 일은 그게 아냐. 일단 걸어가자."

"그, 그래."

자, 문제는…… 여기가 어디고, 출구는 대체 어디려나.

나는 선두에 서서 묵묵히 걸어갔다. 피곤해서 그런지 대화는 없다.

사전에 지도를 보고 확인한 대로, 【흰 늑대 둥지】는 좁은 통로가 개미굴처럼 이리저리 갈라지는 구조로 되어 있는 것 같다.

그게 무슨 뜻이냐면, 어디를 가도 전부 비슷해 보여서 어디를 어떻게 지나가고 있는지 모른다는 뜻이다.

그렇게까지 넓은 보물전은 아닌 것 같은데, 어쩌면 같은 길을 맴돌고 있을 가능성도 있다.

그나저나 왜 내가 선두인데? 나, 도적 아니거든? 이런 건 도적이 할 일이잖아?

이 파티엔 도적이 둘이나 있잖아.

티노 쪽을 봤는데, 나랑 눈이 마주치자마자 바로 시선을 돌리고 말았다.

마치 날 거절하는 것 같다. 마스터어하고는 말도 하기 싫어요, 콱 죽어주세요, 라고 말하는 것처럼. 그렇게 나를 잘 따르던 티노가 저런 눈으로 날 보다니.

어라라? 후딱 엎드려 비는 쪽이 좋았으려나? 이 위험한 보물전 안에서? 막다른 골목인가?

하는 수 없이, 뭐가 뭔지도 모르는 채 앞으로 나아갔다. 때로는 그냥 별생각 없이 샛길로 들어가기도 했고.

팬텀이 그다지 없는 보물전인지, 한 번도 적과 조우하지 않은 게 그나마 다행이었다. 아마도 티노가 은근슬쩍 팬텀이 없는 방향으로 유도해주고 있는 거겠지.

때때로 구멍 속에서 포효 같은 소리가 울리기도 했지만, 아직 멀리 있다.

멀다고 생각한다. 멀리 있지 않을까. 멀리 있으면 좋겠다.

하지만 한참을 걸었는데도 출구에 도착하지 못했다.

아마 방향은 맞는 것 같은데, 이래서 동굴 타입 보물전은 싫다.

슬슬 티노한테 엎드려 빌어야 하려나.

고민하기 시작했을 때, 길베르트 소년이 더 이상 못 참겠다는 것처럼 말했다.

"저기…… 만약 일부러 말하지 않은 거라면 미안한데…… 지금, 어디로 가는 거야? 출구인가?"

매우 얌전해졌네…… 하지만 아쉽게도, 나도 몰라. 뭐, 목표지

점이 출구라는 건 맞는데.

그렇게 말하려고 했을 때, 티노가 서둘러서 끼어들었다.

"길베르트, 마스터어의 의도를 읽는 것도 훈련의 일부. 그리고 출구로 가는 건 아니야. 보스 방에서 오른쪽 길은 어떻게 가도 출구로 연결되지 않아. 출구로 가려면 다시 한번 보스 방을 지나가야 해."

"그, 그런 건가…… 이런 상황에서 훈련, 이라니……."

그, 그런 건가……. 마음속으로 길베르트 소년과 똑같은 반응을 하고 말았다.

출구라고. 최소한, 내가 가려고 하는 곳은 틀림없이 출구야.

그런데 오른쪽 길로 가면 출구로 연결되지 않는 건가……. 그리고 거기 보스 방이었던 거야? 어쩐지 예상보다 강해 보이는 팬텀이 있더라니.

그럼 뭐야? 지금이라도 그곳으로 돌아가야 한다는 거야?

게다가, 뭐라고? 티노 너, 이런 상황에서 훈련하고 있었어? 출구 말고 대체 어디로 간다는 거야. 또 뭐가 있는데?

이래서 자기 자신한테 엄격한 인간은…….

"그런데 말이야, 크라이. 슬슬 어디로 가고 있는지 가르쳐줘도——"

"…………."

루다가 조심조심 물었다. 그 말 때문에 나 자신이 너무나 한심해졌다.

어디로 가고 있는 걸까. 난 항상 인생의 미아다.

이정표도 없다. 오히려 대체 뭐가 어떻게 된 건지, 내가 이정표처럼 돼버렸다.

일단 은근슬쩍 U턴하자. 시간도 꽤 지났으니까, 아마 그놈들도 없어졌겠지.

아아, 인생도 U턴해버리고 싶은 기분이다. 울고 싶었지만, 최대한 겉으로 드러내지 않고 표정을 다잡았다.

길모퉁이에서 방향을 틀었다. 같은 방향으로 두 번 돌면 실질적으로 U턴이니까.

……정말로 괜찮으려나?

마음을 다잡고 걸어가기를 몇 분, 슬슬 모퉁이를 돌아야겠다고 생각했을 때, 그레그 님이 메마른 목소리로 말했다.

고개를 돌려보니, 마치 괴물이라도 보는 눈으로 날 쳐다보고 있었다.

"말도 안 돼…… 흔적은…… 없었다. 조사하지도, 않았을 텐데── 어떻게."

"……그래서 내가 말했어. 마스터어는 적당히 일을 처리하는 법이 없어."

"그런 소리 할 때가 아니잖아! 빠, 빨리 도와줘야지!"

루다가 뛰쳐나갔다. 그제야 겨우, 나는 길 저쪽 앞에 사람 몇 명이 쓰러져 있다는 걸 알아차렸다.

크기를 보면 팬텀은 아니다. 자세히 보니 아주 조금이지만 움직이고 있다는 것도 알 수 있다.

뭐야 저거. 지금 그레그 님도 저걸 보고서 말한 건가?

너희들, 진짜 눈이 좋구나. 나, 까딱하면 있는 줄도 모르고 모퉁이를 돌아버릴 뻔했는데.

그런데, 혹시 저게 이번 구조 대상인가?

설마 아직도 살아 있었을 줄이야…… 운이 좋네. 그 행운을 나한테도 좀 나눠줬으면 좋겠다.

어째선지 티노가 자랑스럽게 가슴을 활짝 펴고, 내가 너무 눈부시다는 것처럼 쳐다봤다.

"그래서 말했어. 마스터어는 전부, 읽고 있다고."

"무슨 소리야, 상식적으로 생각했을 때, 아무리 봐도 우연이 잖아."

그런 미래를 읽는 건 보구를 써도 무리라고.

"……왜 길을 안내한 본인이 그런 소리를 하는 건데."

당연한 말을 하는 나한테, 길베르트 소년이 질렸다는 눈으로 쳐다보며 말했다.

구조 대상은 그레그 님보다 덩치가 더 큰 남자였다.

옅은 먹색으로 빛나는 전신 갑옷에 녹색으로 칠한 커다란 방패. 옆에는 인간들 간의 전쟁에서는 절대로 쓰지 않을, 거대한 원추형 랜스가 언제든 쥘 수 있도록 놓여 있다. 빛나는 걸 보면 아마도 보구겠지.

로돌프 더브. 들어본 적도 없는 이름이고 지금은 축 늘어져 있지만, 그의 체격은 레벨5로 인정받은 헌터라는 말을 납득할 수 있을 만큼의 위용을 자랑했다.

그리고 티노나 그레그 님은 아는 사이였던 것 같다. 너희들, 레벨5 헌터가 조난당한 곳이라는 걸 알면서도 내 부탁을 들어준 거야. 진짜 질린다.

아무래도 뼈는 부러지지 않은 것 같고, 재빨리 다가가서는 깔끔한 동작으로, 나로서는 대체 어디를 어떻게 벗겨야 좋을지 짐작도 할 수 없는 갑옷을 벗기고는 포션을 먹였다. 티노랑 다른 사람들이.

근처에 쓰러져 있던 다른 멤버들도 온몸이 엉망진창이고 중상을 입은 사람들도 몇 명이나 있지만, 아무래도 다들 아슬아슬하게 살아 있는 것 같다.

이런 보물전 깊숙한 데서 쓰러져 있으면서도 목숨이 붙어 있는건, 아마도 기적에 가까운 일이겠지.

"아픔은?"

티노가 말을 걸자, 로볼프가 갈라진 목소리로 고맙다고 했다. 얼굴은 많이 야위었지만 그 눈은 약간이나마 남아 있는 생명의 불꽃을 불사르고 있는 것처럼 빛이 났다.

"허…… 허억, 허억…… 괘, 괜찮다. 고, 고맙다. 더, 덕분에 살았다."

"고맙다는 말은 마스터어한테 해."

"아니, 난 아무것도 안 했거든……."

진짜로 아무것도 안 한 데다 하나도 도움이 안 됐다. 한 일이라고는 티노를 여기로 보낸 정도고.

……어라? 혹시 나, 고맙다는 말을 들어야 하는 건가?

로돌프가 흐리멍덩한 눈으로 날 바라봤다.

사흘이나 이런 구덩이 속에 있었으니, 아픔은 가셨어도 체력은 엄청나게 소모된 상태겠지.

너무 안 돼 보여서, 항상 간식으로 가지고 다니는 초코바를 줬다.

그 초코바를 허겁지겁 씹어 먹는 로돌프. 다 먹을 때까지 기다렸다가 물었다.

"식량은?"

"큭…… 으윽…… 바, 밖에…….."

"마스터어, 저희 것도 밖에 있어요. 밖에서 캠핑할 생각이었어요."

"아~ 그렇구나. 우리는 항상 안에서 캠핑을 했었거든."

내 소꿉친구들은 위험한 보물전을 언제든지 훈련할 수 있는 편리한 곳이라고 생각하는 녀석들이거든.

조금 진정됐을 때 상황을 다시 한번 확인했다. 의식이 없는 사람이 몇 명 있었지만, 포션을 먹였으니까 일단 죽지는 않겠지.

하지만 전부 살아 있다 보니, 또 새로운 문제가 발생했다.

그들의 생존은 의뢰를 발주한 탐협한테는 좋은 소식이지만, 직접 그들을 구해야 하는 처지에서 보면 아주아주 귀찮은 일이다.

먼저 부상자 다섯 명을 운반하는 건 상당히 귀찮은 일이다. 저렇게 무시무시한 팬텀이 나온다면 더더욱 힘든 일이고.

우리한테도 여유가 없다. 로돌프는 레벨5 헌터라서 믿음직해 보이지만, 거의 먹지도 마시지도 못하고…… 사흘이나 조난된 상태에서 저 팬텀을 상대하는 건 무리겠지.

무엇보다 그놈들한테 져서 지금 이 상황이 됐을 테고.

그나저나 움직일 수는 있는 거야? 저런 커다란 갑옷을 입고?

그걸 운반하라니, 절대로 무리거든. 아마 창을 들어서 나르는 것도 무리다. 여기 오는 중에 떨어트린 검 보구가 있다면 얘기가 달라지지만, 최악의 경우에는 갑옷을 벗으라고 해야겠지.

계속 이런 데 쓰러져 있으면 언제 팬텀이 올지 모르는 일이다.

로돌프는 운이 좋다고 할 수도 있지만, 내 입장에서는 엄청나게 운이 없는 일이다.

아직 정신을 제대로 차리지도 못한 로돌프의 눈을 빤히 쳐다보면서 상황을 확인하기 시작했다. 티노가.

지금은 아주 급한 상황이다.

"무슨 일이 있었어? 당신은 레벨5…… 지금 이 보물전에서도 충분히 싸울 수 있을 텐데."

맞아. 레벨5라는 건 일류라고 불러도 되는 레벨이다. 나처럼 레벨만 잔뜩 올라간 불쌍한 헌터도 아닐 텐데 말이야. 게다가 로돌프는 혼자서 이 보물전에 들어온 것도 아니다.

티노의 질문에, 로돌프가 잠깐 입을 꾹 다물었다가 떨리는 목소리로 호소하기 시작했다.

크게 뜬 녹색 눈이, 얼마나 큰 공포를 맛봤는지를 말해주고 있었다.

"허억, 헉…… 위, 위험한 놈이, 있다. 이건, 레벨3이 아니야…… 여기엔── 위험한 놈이, 있다. 방심, 한 건 아니다. 하지만── 통하지를 않았다. 맞지를 않았다. 창도, 이 녀석의, 공격도──"

"그래, 뭔지 알아. 그 사람 뼈로 얼굴 절반을 가린 울프 나이트

말이지. 우리도 싸웠어."

길베르트 소년이, 몸을 바들바들 떨고 있는 로돌프의 말을 듣고서 어깨를 으쓱거렸다. 분위기 파악 못 하는 소년이다.

하지만, 그 말을 들은 로돌프는 눈이 휘둥그레져서 고개를 크게 저었다.

"저⋯⋯절반? 아, 아니다. 우리가, 당한 건, 다치게 한 건──얼굴 전체를, 뼈로 가린, 팬텀이다. 빨리 도망쳐야──"

창백한 얼굴. 크게 뜬 그 눈은 마치 그『적』의 환상이라도 보고 있는 것처럼 공포에 물들어 있었다.

하지만, 그것보다 강한 놈이 있는 건가⋯⋯ 클레임이라도 넣고 싶은 기분이다.

대체 어떻게 돼먹은 거냐고, 이 보물전.

⋯⋯아무리 운이 없다고 해도, 서, 설마 그놈이랑 마주치는 건 아니겠지?

웃어넘기고 싶었지만, 도저히 그럴 기분이 아니었다.

마스터어⋯⋯ 역시 대단해요. 신! 신이야!

"⋯⋯그거, 어떻게 된 거야?"

"비밀."

작은 가죽 파우치에서 초코바를 계속 꺼내서 동료들에게 나눠주고 있는 경애하는 헌터의 모습을 보며, 티노는 가슴이 벅찬 기분이었다.

제도는 넓다. 우수한 헌터는 얼마든지 있지만, 티노한테 그중에서 딱 한 사람만 고르라고 한다면 크라이 안드리히를 선택할 것이다.

그 용감한 모습은── 친해지기 쉽다는 점까지 포함해서, 티노한테는 동경의 대상 그 자체였다.

"초콜릿 말고는 없어?"

"없어. 초코바라면 잔뜩 있지만."

루다의 질렸다는 얼굴, 길베르트의 무례한 말에도 딱히 신경 쓰지 않는 분위기. 작은 가죽 파우치에서 마치 마법처럼 줄줄이 나오는 초코바가 긴박한 분위기를 풀어주고 있었다.

티노의 스승, 『언니』는 강하다. 괴물처럼 강하지만, 마스터어는 강한 정도가 아니었다.

주어진 시련을 헤쳐 나오지도 못한 못난 자신을 아슬아슬한 상황에서 구해주는 상냥한 점.

전투 중인데도 저런 팬텀, 간단히 해치울 수 있으면서도 그럴 시간까지 절약하면서 중요한 일── 티노의 머릿속에서 완전히 잊혀졌던, 조난자 구조를 우선하는 판단력.

멈춰 서지 않고 신속하게 조난자를 찾아내는 도적에게도 뒤지지 않는 추적 능력. 지금까지 단 한 번도 팬텀과 마주치지 않은 건 그 존재를 감지하고 있었기 때문일까, 아니면 보스 방에서 봤던 것처럼 팬텀 쪽이 마스터의 존재를 두려워하고 있는 걸까.

그리고, 잊어선 안 되는 것이── 자존심을 버리고 스스로 광대 행세를 해서 분위기를 풀어주는 힘이다.

젊은 헌터들 중에서 최강을 따질 때는 아크의 이름이 나오는 경우가 많지만, 아크는 그런 일을 못 한다.

어떤 점을 따져 봐도 완벽하다. 티노 입장에서 보면, 마스터야말로 레벨10에 어울리는 헌터다.

주위에 자신의 재능을 기준으로 삼은 극악한 시련을 내려주는 취미 하나만은 문제지만, 그것도 다 사랑의 채찍이다. 정말로 안 될 것 같을 때는 이렇게 구하러 와준다. 결점이라고 할 수는 없겠지.

"이제 어떻게 할 거지?"

"물론 후딱 여기서 나가야지. 목적은 달성했으니까."

그레그의 질문에 마스터가 바로 대답했다.

헌터에게 있어 강적과의 전투와 승리는 명예다. 하지만 그 답에는 망설임이 없었다.

아마도 구조 대상의 체력을 생각해서 한 말이겠지. 영양가가 높은 초코바를 먹었다고 해도, 조난당한 여섯 명이 완전히 회복된 건 아니니까.

어쩌면 그 정도 팬텀 정도, 마스터한테는 신경 쓸 필요도 없는 상대일 수도 있지만…….

그 모습을 보기만 해도, 엄청나게 지쳐 있던 몸에 힘이 솟아났다.

더 이상, 동경하는 사람 앞에서 못난 꼴을 보이고 싶지 않았다.

안 그래도 시련을 제대로 완수하지 못했다. 도와주러 왔을 때는 너무나 기뻤지만, 티노로서는 인정받고 싶었다.

레벨8의 기준으로 봤을 때, 티노의 힘이 먼지만도 못한 것이라고 해도.

그때, 문득 마스터의 눈이 티노 쪽을 봤다. 겨우 그것뿐인데, 심장이 거세게 뛰었다.

그리고 동경하는 마스터는 부드러운 미소를 지으면서 말했다.

"뭐, 이번 의뢰의 리더는 티노니까, 티노가 하자는 대로 할게."

"?! 그…… 그건…… 저 같은 건, 마스터어랑 비교하면……."

속내가 흘러나온다. 아니, 티노가 아니라도 무리다.

레벨8에 경험 풍부, 시내에 있으면서도 보물전의 이상을 파악할 정도의 신과 같은 계산과 귀신같은 지모를 자랑하는 무패의 《천변만화》보다 뛰어난 헌터는, 제도가 아무리 넓다고 해도 거의 찾아볼 수 없을 것이다.

하지만 위축된 티노에게 마스터는 진지한 표정으로 말했다.

"이것도 경험이야. 안 되겠다 싶으면 도와줄 테니까."

그렇게까지 말하면, 전부 마스터한테 맡기겠다는 말을 할 수가 없다.

티노는 흘끗흘끗 안색을 살피면서도 자기 나름대로 생각하고, 말했다.

"저도, 마스터어가 말씀하신 것처럼, 최단거리로 밖에 나가는 걸 우선해야 한다고 생각합니다."

"물론 티노가 안내해줄 거지?"

마스터의 물음에 반사적으로 고개를 끄덕였다.

헌터로서 당연한 일이지만, 이 보물전의 지도는 이미 머릿속에 넣어뒀다.

현재 지점도 알고 있다. 길을 잃을 걱정은 없다.

조난 대상 발견은 마스터가 안내하는 대로 가만히 따라갔지만, 언제까지고 그 상냥함에 기댈 수만은 없다.

"물론입니다. 마스터어처럼 모든 팬텀을 피하는 건 힘들지도 모릅니다만……."

"뭐? 그래, 응, 그렇겠지. …………뭐, 최대한 피해서 가자고. 그건 정말 중요한 일이니까."

"예. 물론입니다. 아픔은 가셨으니까, 이번엔 제대로 뛸 수 있습니다."

"?! 그, 그렇겠지. 아까는 느렸으니까. 뭐 그래도, 지금은 조난 당한 사람들도 있으니까…… 그걸 잊어버리면 안 된다."

그 말을 듣고, 티노는 너무 창피해서 얼굴이 새빨개졌다. 완전히 깜박하고 있었다. 마스터가 보고 있다는 걸 너무 의식해서 자기 생각만 했다. 맹렬하게 반성했다.

뭐, 조난자도 웬만큼 레벨이 되는 헌터니까 조금 전에 도주했을 때보다는 빨리 뛸 수 있겠지만, 그걸 굳이 지금 입에 담을 필요는 없겠지. 마스터의 말은 그런 의미가 아니다.

쥐구멍에라도 들어가고 싶은 기분이지만, 심호흡을 크게 해서 마음을 다잡았다.

지금은 자신의 수치심 따위를 생각하고 있을 상황이 아니다. 무엇보다 마스터한테는, 티노의 부족한 점 정도는 얼마든지 보일 것이다. 지금 해야 할 일은 최선을 다하는 것.

그 진지한 시선 앞에 위축될 것 같은 기분을 견디며, 티노는 확실하게 말했다.

"그리고…… 일단은, 입니다만. 마스터어가 계시니까, 쓸데없는 걱정일 수도 있지만…… 그러니까, 로돌프를 공격한 인간형 울프 나이트에 대한 이야기를 들어두는 게 좋을지도 모르겠습니다."

문득, 발소리도 없이 들어온 작은 그림자를 보고, 백은색 울프 나이트가 천천히 고개를 들었다.

그 발밑에는 찌그러진 금속 조각이 있었다.

지금껏 맡아본 적이 없는 냄새가 밴 금속 조각이다. 하지만 냄새를 맡은 순간, 본능적으로 그것을 경계해야 한다는 걸 알았다.

하지만 지금은 그것이 안전하다는 것을, 자신이 속았다는 것을, 예전에 존재했던 실버 문 이상의 지능을 지닌 그 개체는 이미 이해하고 있었다.

다음에 만나면 갈가리 찢어발길 수 있다는 것도.

발에 감겨서 은색 울프 나이트들을 움직이지 못하게 했던 신기한 사슬도 지금은 힘을 잃고 바닥에 떨어져 있다. 설령 다음에 비슷한 사슬을 날린다고 해도, 그 대처 방법은 이미 알아냈다. 큰 문제는 안 될 것이다.

자기 키 만큼이나 되는 거대한 대검을 들고, 어딘가 겁먹은 것처럼 보이는 느릿한 동작으로 고개를 돌렸다.

얼굴 오른쪽 절반을 가리고 있는 해골의 눈구멍 너머로 보이는 진홍색 눈에는 아까보다 강한 원한이 담겨 있었다.

매복이라도 하려는 것처럼 방 안에 머물러 있던 두 마리—— 활을, 곤봉을 든 같은 급의 울프 나이트들이 똑같이 고개를 들었다.

그 시선이 향한 곳에는—— 얼굴 전체를 환희의 미소를 드리운 해골로 가린 작은 사람 모양의 그림자였다.

하늘을 찌를 정도로 큰 키를 자랑하는 백은의 울프 나이트에 비하면 3분의 1도 안 될 정도로 작지만, 그 몸에 감도는 죽음의 기운은 울프 나이트들을 훨씬 뛰어넘었다.

손에 쥐고 있는 것은 중간 크기의 칼이다. 백은의 울프 나이트가 들고 있는 무기와 달리, 완전히 투명한 칼날의 검이었다.

사일런트 에어(정숙의 별).

한눈에 봐도 보통 무기와 다른 빛을 지닌 그 보구가, 대충 들고 있는 손 안에서 흔들렸다. 그것에 원래는 레벨8 헌터의 등에 있었고 중간에 내던진 물건이라는 사실을, 울프 나이트들은 알 도리가 없다.

몸에 걸친 것은 플레이트 메일과 다른, 마치 가벼운 몸놀림을 중시한 것 같은 너무나 인간다운 경장. 하지만 그 무릎까지 올라와 있는 부츠만이 백은색으로 빛나고 있었다.

【흰 늑대 둥지】라는 보물전은 옛 유린의 역사, 마수 실버 문이 남긴 저주 그 자체다.

거기에 배어 있는 원한의 감정은 그 동굴 안에 축적된 마나 머티리얼에 강한 영향을 줬다.

그곳에 있는 것은 인간에 대한 증오이며, 동시에 강한 동경이다.

힘에 대한 동경. 모습에 대한 동경. 지혜에 대한 동경.

동경과 증오는 표리일체.

백은의 울프 나이트가 두 발로 서 있는 것도, 도구를 사용하는 것도 그 동경의 표현이다. 그리고 그 머리 절반을 덮고 있는 것처럼 보이는 사람 두개골 같은 뼈도 마찬가지고.

그렇다면, 완전한 뼈로 얼굴을 가린 개체는?

지금까지 마나 머티리얼이 부족해서 그렇게까지 강한 저주를 실현하지 못했던 그 보물전이지만, 지금은 레벨5 헌터를 격퇴할 정도의 마경으로 변했다.

울프 나이트 세 마리 앞에, 웃는 얼굴 두개골로 얼굴 전체를 가린 그림자가 담담한 걸음걸이로 다가왔다.

오랜 증오를 담아, 울프 나이트들이 포효했다.

제5장　　　　비탄의 망령

　로돌프 더브는 자신의 힘에 절대적인 자신을 갖고 있었다.

　제국 기사단에 들어가서 피눈물 나는 노력 끝에 손에 넣은 창술은, 트레저 헌터로 직업을 바꾸고 마나 머티리얼을 흡수하면서 더더욱 강력해졌다.

　그 힘은 예전에 기사단에서도 톱 클랜의 창술사(랜서)라고 불리던 시절과 비교할 정도가 아니다.

　강철 봉조차 비틀어버릴 정도의 힘으로 내지르는 거대한 랜스 모양 보구——『풍룡섬』은 두꺼운 금속 방패를 관통하고, 보구의 부수적인 능력인 바람은, 막아낸 자를 폭풍으로 유린한다.

　뛰어난 것은 공격력만이 아니다. 로돌프는 기사였다. 그 진가는 방어 능력에 있다고 할 수 있다. 몸에 걸친 전신 갑옷은 보구가 아닌 보통 갑옷이지만, 어지간한 팬텀(환영)의 공격에는 흠집 하나 나지 않았고, 왼손에 들고 있는 방패까지 사용하면 철벽같은 방어를 자랑한다. 그 방어 능력은 그 유명한《비탄의 망령(스트레인지 그리프)》의 일원이자 가장 단단하다고 일컬어지는《부동불변(不動不變)》에게도 뒤지지 않는다고 자부했다.

　헌터 경험은 적어서 레벨은 아직 5밖에 안 되지만, 이대로 경험을 쌓으면 별명을 얻는 것도 꿈은 아닐 것이다.

　파티 멤버들도 로돌프 자신에게는 못 미치지만 하나같이 우수한 자들이다.

이번에 들어온 『어떤 의뢰』를 받아들인 것도 그 자신감 때문이었다.

대상은 레벨3의 보물전. 로돌프와 동료들이 항상 탐색하는 보물전보다 레벨이 2정도 낮은 곳이다.

딱히 우려할 점도 없었다. 레벨이 낮다고 해서 준비를 게을리한 것도 아니었다.

처음에는 순조로웠다. 나타나는 팬텀들을 간단히 해치우면서 계속 앞으로 나아갔다.

이변을 느낀 것은 보물전에 온 지 사흘째 되는 날이었다.

갑자기 나오는 팬텀들의 레벨이 올라가기 시작했다. 처음에는 아주 작은 차이였지만 그 차이는 점점 더 벌어졌고, 평소의 【흰늑대 둥지】에서는 상상할 수 없을 만큼 강한 팬텀이 나오기 시작했다.

굳이 문제를 따지자면, 로돌프 일행이 너무 강했다는 점이다.

의뢰 관계상 로돌프의 파티는 한 사람이 부족한 상태였지만, 그래도 로돌프 더브와 그 파티는 레벨이 껑충 뛰어오른 팬텀들과 비교해도 너무나 강했다.

처음에는 경계했지만, 그 경계심은 금세 사라져버렸다. 팬텀의 레벨이 갑자기 상승하는 것은 분명히 이상한 일이지만, 이쪽의 힘이 그것보다 강하다면 아무 문제도 안 된다.

백은색 털가죽을 지닌, 해골을 뒤집어쓴 이형의 울프 나이트가 나타났을 때는 눈살을 찌푸렸지만, 그것도 로돌프의 괴력과 보구, 그리고 동료들로 구성된 파티가 같이 대응하면 크게 고전할 상대는 아니었다.

하지만 이상 사태라는 것은 느끼고 있었다. 하지만 원래 예정대로라면 앞으로 하루만 더 탐색하고 제도로 돌아갈 예정이고, 아직 힘에도 여유가 있다. 로돌프는 잠시 망설였지만, 바로 의뢰를 계속 수행하기로 결정했다.

그리고 탐색 마지막 날. 로돌프는 마주치고 말았다.

완전한 사람 두개골을 뒤집어쓴 울프 나이트── 실버 문의 원념(怨念), 그 화신을.

모두의 의식이 돌아오고 어느 정도 체력을 회복했을 때, 운명을 결정하는 귀환을 시작했다.

전쟁에서도 철수할 때 가장 큰 피해가 발생하는 법이다. 게다가 부상자가 절반을 차지하고 보물전에 확실한 이상이 발생하고 있는 지금 이 상황에서는, 전원이 살아서 돌아갈 수 있을지는 솔직히 말해서 신에게 달린 문제다.

그레그 님이 덩치 큰 두 사람, 길베르트 소년이 한 사람, 루다가 제일 가벼운 여자 멤버를 부축했다.

무리하면 걸을 수도 있을 것 같지만, 만약의 경우를 대비해서 체력을 온존해두는 쪽이 좋다.

전력으로 삼을 수 있을 것 같은 로돌프에게는 힐링 호프(자비로운 헌신)의 마력을 전부 써서 어떻게든 제 발로 걸을 수 있을 정도로 회복시켜줬다.

아직 만전이라고 할 수는 없지만 창을 지팡이처럼 짚으며, 장비를 완전히 갖추고서 한 걸음 한 걸음, 천천히 걸어갔다.

티노가 선두에 서서 경계했다. 힘도 없고 내구력도 없는 나는 완전히 짐짝이다.

하지만 인정 레벨은 내가 제일 높단 말이야.

로돌프가 당장이라도 쓰러질 것 같은 얼굴로, 그러면서도 확실하게 말했다.

"만약에, 그 보스가 나온다면, 내가 방패가 되겠다. 조금이라도, 시간을 벌어보겠다."

"버리고 갈 생각은 없어."

티노가 바로 대답했다. 훌륭한 헌터가 되었다니까.

그 힘이 실린 말에는 대답하지 않고, 로돌프는 작게 신음하는 것처럼 말했다.

"동료들의 목숨을…… 부탁한다. 어떻게든, 제블디아까지 데려다, 주게. 부탁한다."

그 목소리에서는 강한 회한이 느껴졌다.

헌터에게 실력이 필요한 것은 물론이지만, 그 이상으로 운이 필요하다. 높은 레벨로 인정받은 천재가 어느샌가 안 보이게 되는 건 아주 흔한 일이다.

뭘 하러 이런 곳까지 왔는지는 모르겠지만, 안전을 잘 고려한 멤버들로 구성된 것처럼 보인다. 운이 나빴다고밖에 할 말이 없다.

이 임무는 상당히 힘들다. 그 얼굴 전체가 해골로 덮여 있다는 보스가 나타나지 않더라도, 백은의 울프 나이트와 마주친 시점에서 모두가 살아서 돌아가는 건 꽤 힘들어진다.

나조차도 알고 있는 그 사실을, 로돌프는 그 누구보다 강하게 인식하고 있겠지. 그리고 그럴 때는 우선, 제일 초췌해진 구조 대상을 버리게 된다는 것도.

레벨5 인정은 거저 받는 게 아니다. 로돌프는 지금까지 수많은 동료와 친구들의 죽음을 봤을 것이다.

장절한 각오가 담긴 그 말에, 티노가 아주 간단하게 대답했다.

"안심해. 마스터어가 있는 한은 아무 문제 없어."

신뢰도가 장난 아닌데? 내가 있어봤자 할 수 있는 건 도망치는 것밖에 없거든.

나이트 하이커(밤하늘의 어둠 날개)는 일인용이다. 하지만 아주 무리하면 한 사람 정도는 안고서 날아갈 수도 있겠지.

다행히도 티노는 체구가 작다. 나는 최악의 경우에는 길베르트 소년과 다른 사람들을 버리고, 구조 대상도 버리고, 티노 하나만 안고 날아서 도망칠 생각이었다.

물론 여기까지 온 이상은 전부 살아 돌아갈 생각이다. 최선은 다하지만, 우선도를 잘못 판단해서는 안 된다.

로돌프가 나를 보며 고개를 깊이 숙였다.

하지만 난 신이 아니니까, 기도해봤자 아무것도 못 해준다.

좁은 길을 걸어가면서 로돌프가 말했다. 마치 이야기를 해서 공포를 잊으려는 것처럼.

"우리가 살아남은 것은 틀림없이——그놈이 우리를 가지고 놀았기 때문이다."

"가지고 놀아?"

"검을 가지고 있었다. 엄청난 실력이었다. 내, 보구의, 온 힘을 쏟은 일격을, 받아넘겼다. 일격이 방패를, 갑옷을 뚫고서 살을, 뼈를 부쉈다. 진심이었다면 순식간에, 전부, 죽었다. 놈은 우리에게, 상처를 입히고, 방치했다. 아마도, 약하게 만들고, 괴롭히며 죽이기 위해서. 아니면, 방치해서, 굶어죽게 만들 생각이었을까. 잔학성도, 지성도, 힘도, 보통이 아니다."

더듬더듬 말하는 믿을 수 없는 내용에, 길베르트 소년도 진지한 표정을 지었다.

팬텀은 보물전에 차 있는 마나 머티리얼이 진하면 진할수록 강력해진다.

지성. 힘. 무장. 하위 보물전에서는 짐승과 조금 다른 정도의 팬텀이 나올 뿐이지만, 상위 보물전으로 가면 사람 말을 이해할 정도의 지성이 있는 것들이 나오는 경우도 많다.

하지만 틀림없이, 원래 이런 보물전에서 나올 존재는 아니다.

로돌프가 계속해서 말했다.

"나는…… 딱 한 번, 레벨6 보물전에, 들어가 본 적이 있다. 중간에, 도망쳤지만, 이번에 내가 마주친 팬텀은——그걸, 뛰어넘었다. 틀림없다."

말도 안 돼. 여기는 원래 레벨3짜리 보물전인데. 어느 정도 환경 변화가 일어났다고 해도 난이도가 그렇게까지 높아질 리는 없는데 말이야.

돌연변이가 일어나서 강력한 팬텀이 만들어지는 경우도 있지만, 이렇게까지 큰 폭으로 달라졌다는 이야기는 들어본 적이 없다.

"믿을 수 없다는 마음은…… 이해한다. 하지만, 나는── 봤다. 절망적일 정도의, 실력 차. 이해할 수 없는, 정말 무시무시한, 검술 실력. 그 실력은──"

로돌프의 날렵하고 강인해 보이는 얼굴이 공포 때문에 일그러진다. 그 커다란 몸이 오싹, 하고 떨린다.

그리고, 떨리는 목소리로 그 이름을 말했다.

"어쩌면── 그 《천검》에도, 필적──"

"《천검》……이라고?!"

그레그 님이 눈이 휘둥그레져서, 깜짝 놀란 것처럼 따라서 말했다.

검사(소드맨)라면 모르는 사람이 없는 이름이다. 길베르트 소년도 그 이름을 듣고서 눈빛이 진지해졌다.

티노가 내 표정을 흘끗흘끗 엿보고 있다. 괜찮아, 그렇게 신경 쓸 필요 없다고.

《천검》이란 이 제도에서 최강이라는 소문이 도는 검사의 별명이다. 검성의 제자로서 정통 검술을 배웠고, 그것을 바탕으로 온갖 검술을 익힌 희대의 대검호, 다시 말해 검술밖에 모르는 바보.

《천검》 루크 사이콜. 숨길 필요도 없겠지, 우리 파티 멤버다. 웃긴다니까.

모든 사람이 깜짝 놀란 속에서, 나 하나만 그 말을 듣고도 동요하지 않았다.

루크의 별명은 나처럼 거창한 게 아니다. 루크는 검술 실력만 따지면 최강이다. 그 아크조차도 루크한테는 도저히 못 미칠 정도고. 그래서 그 정도 수준이라고 생각할 수 없었다.

그런 팬텀이 있으면—— 이미 오래전에 루크가 싸우러 갔을 테니까.

하지만, 꽤나 무시무시한 분위기다.

졌기 때문에 무서운 것도 있겠지만, 도와주러 온 사람한테 이렇게까지 말할 정도니까. 엄청나게 강하다는 건 틀림없겠지. 절대로 안 마주쳤으면 싶다.

티노 실력으로는 이기지 못할 가능성이 상당히 크다. 젠장, 역시 아크가 올 때까지 기다려야 했나.

아까부터 계속 늑대 하울링 소리가 들려온다. 그때마다 심장이 조여드는 기분이 들었다.

좁은 통로 안에서 울리는 소리다 보니 거리감을 파악할 수가 없다. 뭐, 나한테는 그런 기능 자체가 없지만.

디재스터 슬립(새끼 쥐의 지혜)이 감지해주면 좋겠지만, 이 보구는 반응하지 않는 경우도 꽤 많으니까.

"그놈은…… 작았다. 얼굴 절반을 가린 나이트의, 절반도 안 됐다. 사람 정도 크기였지만—— 얼굴 절반을 가린 나이트를, 한참 뛰어넘었다."

"……오늘은, 액이 낀 날인가."

그레그 님이 깊은 한숨을 쉬었다. 나도 같은 의견이다. 이 사람하고 같이 한잔하면 참 좋을 것 같아. 둘 다 무사히 살아서 돌아갈 수 있다면, 말이지만.

로돌프도 여기까지 오면서 팬텀을 몇 마리나 쓰러트렸다는 것 같다.

예상치 못한 팬텀 때문에 놀라면서도, 그들은 흔들리지 않았다. 우리가 조우했던 얼굴 절반에 두개골을 뒤집어쓴 팬텀도 몇 마리 쓰러트렸고, 탐색을 어느 정도 마치고 슬슬 돌아가려고 하던 때에 공격당했다는 것 같아.

인기가 없는 의뢰니까, 만약 우리가 안 왔다면 틀림없이 힘이 빠져서 죽었겠지.

길베르트 소년이 부축하고 있던 남자가, 마치 잠꼬대라도 하는 것처럼 중얼거렸다.

"로돌프는…… 날 위해서, 여기에——"

"……말하지 마. 헬리안."

아무래도 로돌프 일행 쪽에도 이런저런 사정이 있는 것 같다.

하지만 안 그래도 음울한 상태인데, 그런 이야기를 듣고 있을 수는 없다. 어깨를 으쓱거리고, 슬쩍 지적했다.

"뭐, 그쪽 내부 일은 내부에서 처리하라고. 제도에 돌아간 뒤에 말이지."

"그……그래……."

"역시 대단해요, 마스터어…… 역시 신이야."

내가 신이라면 이 보물전에 벼락을 떨어트려서 다 태워버렸을 텐데.

구조 대상들에게 맞춰서 느릿한 페이스로 걸어갔다.

절반 정도 돌아왔으려나. 거기서 그레그 님이 얼굴을 심하게 찌푸렸다.

그러고는 다들 생각하면서도 말하지 않았던 것을 입에 담았다.

"이봐, 이거, 위험한 거 아냐?"

"……무슨 일이 일어나고 있는 거야?"

길베르트 소년도 불안해 보였다.

늑대의 포효가 울려 퍼지는 빈도가 아까까지 하고는 비교도 안 될 만큼 빈번해졌다.

처음에는 울음소리가 들릴 때마다 멈춰 섰지만, 지금은 그 소리가 안 나는 쪽이 이상할 지경이다.

무슨 일이 일어나고 있는 건지는 모르겠지만, 무슨 일이 일어나고 있는 건 분명하다.

열일곱 개를 가지고 왔던 세이프 링(결계지)도 이제 다섯 개밖에 안 남았다. 즉, 앞으로 여섯 번째 공격을 받으면 난 죽는다.

쓸 수 있는 보구가 거의 없다. 독 체인(개 사슬)도 돌아오지 않고, 샷 링(탄지)는 아직 쓸 수 있지만, 이미 한 번 보여줬다. 발을 멈추게 할 수도 없겠지. 그밖에 마법을 저장할 수 있는 보구가 있기는 하지만, 거기에는 동생이 넣어준 주위 일대를 납작하게 만들어버리는 마법이 들어 있기 때문에, 어디까지나 최후의 수단이다. 한 번밖에 못 쓰는 데다, 광범위 공격 마법이다 보니 위력 자체는 단발 공격 마법보다 약하다. 레벨7로 추정되는 강력한 팬텀에게 먹힐지는 모를 일이다.

어라, 외통수 아냐? 보구를 잘못 골라서 가지고 왔나?

하나부터 열까지 전부 예상 밖이다.

이런 보물전에, 정말로 티노가 상대할 수 없을 만큼 강한 팬텀이 있었던 것도 예상 밖이고, 구조 대상이 살아 있었던 것도 예상 밖이다. 길베르트 소년 일행이 의외로 열심히 해준 건 예상 밖이지만 그것 말고는 상당히 좋지 않은 상황이다.

게다가 보구까지 잃어버리고 말이야, 아주 엉망이다. 내가 평소에 그렇게 잘못 살았나?

그런 생각을 하고 있는데, 눈앞에서 걸어가던 티노가 멈춰 섰다.

"……마, 마스터어. 뭔가…… 큰 게, 와요."

뒤를 돌아본 그 표정은 깜짝 놀랄 정도로 힘이 없고, 지금까지 본 적이 없었던 수준으로 불안이 가득 차 있었다.

뭔가 엄청나게 보호욕을 자극한다.

그 말을 듣고 길베르트 소년과 다른 사람들이 순식간에 임전 태세에 들어갔다. 부축해주고 있던 구조 대상을 내려놓고 벽 쪽에다 앉혀 놓았다.

로돌프가 그 투박한 얼굴에 식은땀을 흘리면서 창을 들었다.

다들 싸울 생각이다. 긴장된 분위기, 무겁고 답답한 기운이 어깨가 위축되게 만든다.

하는 수 없이, 티노를 당겨서 내 뒤로 보내고, 내가 제일 선두에 섰다.

이런 나한테도, 자존심이라는 게 있기는 하거든.

"마, 마스터어?!"

"위험하니까 물러나 있어."

하는 수 없지. 지금, 내가 할 수 있는 최강의 인간 미사일을 보여주겠어.

사실 나이트 하이커도 마력이 얼마 안 남은 것 같지만, 한 방먹이는 정도는 할 수 있겠지.

저쪽도 설마 상대의 본체가 엄청난 속도로 달려들 거라는 생각은 못 할 테니까, 처음 한 방은 맞힐 수 있⋯⋯을 거야. 아까는 갑옷에 맞았지만, 기적이 일어나면 머리를 뚫어버릴 수도 있겠지.

물론 한 방 맞히면 내 목숨도 한 개 줄어드는 거지만, 이 상황에서는 어쩔 수 없지.

너무나 심한 불안 때문에, 심장 고동은 오히려 진정돼 있었다.

한 바퀴 돌아서 제자리로 돌아왔다고 해야 하나. 이런 일도 있는 건가.

뭐, 상대가 진짜로 루크 급이라면, 난 아무것도 못 하고 죽겠지만.

눈에 힘을 주고 앞쪽을 노려봤다.

그리고, 희미한 불빛밖에 없는 어둠 속의, 모퉁이에서—— 그것이 나타났다.

"큭⋯⋯."

로돌프가 깜짝 놀랐다. 절망 때문에 얼굴이 새파래졌다.

모퉁이에서 나타난 것은, 로돌프가 말했던 것처럼 얼굴 전체에 사람 두개골을 뒤집어쓴 인간 모양의 존재였다.

크기는 백은의 울프 나이트의 대략 절반, 나랑 비슷한 정도인데, 그 몸에서 느껴지는 압박감은 아까 조우했던 울프 나이트와 비교할 정도가 아니었다.

울프 나이트보다 훨씬 사람과 닮은 모습. 옆에서 보면 늑대 귀가 달려 있기는 하지만, 머리 모양이나 머리카락은 인간과 비슷했다.

그 손에는 칠흑의 검을 쥐었고── 질질, 뒤쪽으로 늘어트리고 있다.

"뭐야…… 저놈은."

강하다. 틀림없이 강하다. 디재스터 슬립이 이제 와서 뜨거워지기 시작했다. 너무 늦었잖아.

길베르트 소년이 갈라진 목소리로 말했다. 몸이 떨리고 있다.

내가 봐도 격이 다르다는 걸 알 수 있는 팬텀이다. 길베르트 소년은 나보다 훨씬 잘 알 수 있겠지.

그리고, 마치 그것을 쫓아온 것처럼, 그림자가 또 하나 나타났다.

처음에 나타난 팬텀과 비교하면 상당히 코미컬한, 웃고 있는 해골을 뒤집어쓴 작은 그림자다.

경장이라서 갑옷은 입지 않았지만, 금속제 부츠가 발부터 무릎 언저리까지를 덮고 있다.

가벼운 발걸음으로 다른 한쪽의 해골에게 다가가는 그 그림자의 손에는, 눈에 익은 내 보구…… 어디선가 떨어트렸던 사일런트 에어(정숙의 별)와 독 체인을 쥐고 있었다.

나도 모르게 눈을 비비고, 그것을 가만히 응시했다.

"두, 두 마리……라고?!"

"세상에…… 크, 크라이── 이제 어쩌지?"

그레그 님과 루다가 절망에 빠진 목소리를 냈다.

이 중에서는 제일 강한 로돌프도 예상치 못한 사태에 얼어붙어
버렸다.

"히익?!"

하지만, 제일 큰 반응을 보인 건 티노였다.

당장이라도 울음을 터트릴 것 같은 비창한 목소리를 내며 내 팔
에 매달렸다.

거기에 존재하는 것은 얼마 전처럼 응석을 부리는 게 아니라,
순수한 공포.

"?! 마, 마스터…… 세상에…… 도와주세요. 마스터어, 이젠 끝
장이에요. 죄송해요. 죄송해요. 열심히 할게요. 뭐든지 할게요.
그것만은 용서해주세요. 살려주세요."

"?!"

항상 겉으로는 쿨한 척하고 있는 티노가 크게 당황하는 모습
에, 길베르트 소년을 비롯한 임시 파티 멤버들과 로돌프가 멍한
표정을 지었다.

그리고 웃는 해골 쪽이 천천히 움직여서, 내 쪽을 봤다.

그 눈구멍은 울프 나이트와 다르게 어둠보다 어두웠고, 그 일
그러진 입가는 웃는 모양처럼 보이는 동시에 이 세상에 대해 탄
식하는 것처럼 보이기도 했다.

이젠 뭐가 뭔지 하나도 모르겠다. 믿을 수가 없다.

나는 매달려 있는 티노를 안심시키기 위해 머리를 쓰다듬어주고, 절망의 벼랑 가에 몰려 있는 다른 사람들은 신경 쓰고, 일단 머릿속에 떠오른 것을 있는 그대로 말했다.

"뭐야 저거, 리즈잖아."

왜 이런 데 있는 거지?

막대한 마나 머티리얼이 흰 늑대 둥지에 걸맞은 그것을 나타나게 했다.

의식이 각성했다. 뇌가 곧바로 사고를 시작한다. 자아를 확립한다.

제일 처음 느낀 것은 『원한』이 아니라 『상쾌』였다.

어둠 속을 꿰뚫어 볼 수 있는 눈. 멀리서 울리는 소리를 정확하게 구분할 수 있는 귀.

움직이기 시작한 오감이 방대한 정보를 뇌로 보내줬다. 온몸에 가득 찬 힘이 느껴진다. 그리고, 허리에 차고 있는 칼을 쓰는 방법도.

그것은 비유하자면 실버 문의 왕. 그 수많은 원한과 이상의 끝에 존재했던 것.

그 모습은 모방의 바탕이 된 인간을 닮았다. 하지만 그 존재방식은 인간과 결정적으로 달랐다.

얼굴을 덮고 있는 사람 뼈는 아직 늑대라는 증거. 하지만, 사실은 짐승보다 사람에 가깝다.

흰 늑대 둥지에 축적된 방대한 마나 머티리얼이 원래 존재하는 팬텀, 레드 문을 보다 상위 존재로 다시 구축했다.

지혜를 지니고 무기를 자유자재로 다루는 백은의 울프 나이트가 무수히 만들어졌다.

그것들은 신하였다. 무리의 보스를 섬기는 우수한 기사.

원한과 저주를 남기고 멸망한 실버 문이 사라지고 십 년 이상이 지난 지금, 원래 그랬어야 마땅한 형태에 도달한 것이다.

원래 이 정도 힘이 있으면 실버 문이라는 마수가 전멸당하는 이도 없었을 것이다.

힘이 있다. 침입해온 다섯 명의 헌터는 예전에 욕망이 이끄는 대로 실버 문을 사냥했던 헌터보다 높은 능력을 지니고 있었지만, 상대도 안 됐다.

제일 힘이 강한 창을 든 거한도, 보스와 통솔된 무리 앞에서는 버거운 상대가 아니었다.

창의 일격에는 두꺼운 갑옷을 뚫을 정도의 위력이 있었지만, 맞지 않으면 의미가 없다.

힘도 민첩함도 기술도, 그리고 지성마저도, 지금의 보스는 헌터를, 인류 전체를 능가하고 있다.

다른 늑대들과 달라서, 보스한테는 원한 따위는 존재하지 않는다. 그저 상쾌할 뿐이었다.

자신의 힘 앞에 무릎 꿇은 어리석은 헌터 놈들이 힘이 부족하다는 걸 알면서도 발버둥 치는 그 꼴이, 희망이 꺾여버리면서 절망한 표정으로 바뀌는 그 순간이, 그 모든 것들이 너무나도 우습고 유쾌했다.

자기도 모르게 출구가 없는 방향으로 도망친 헌터들을 그냥 보내줄 정도로.

【흰 늑대 둥지】는 사냥터다.

동굴 안으로 들어온 불쌍한 사냥감을 기다리는 것은 죽음뿐.

그 보스의 칼날 앞에서는 그 누구도 도망칠 수 없다.

자신의 성을 더럽히는 어리석은 침략자에게 죽음을 내린다. 몰아넣고, 희망을 주고, 그리고 절망하게 만든다. 발버둥 치며 괴로워하는 헌터들의 모습은, 보스와 동료들의 무료를 달래줄 것이다.

최종적으로는 둥지를 확장하는 것도 생각해야겠지만, 그것은 동료가 더 늘어난 뒤에 해도 된다.

굳이 헌터가 목표로 삼는 보스 방을 벗어나서 기회를 엿보고 있던 보스의 귀에 동료들의 비명 같은 포효가 들려온 것은, 슬슬 일부러 놓아준 헌터들을 쫓아가야겠다고 생각한, 바로 그때였다.

그리고, 마주쳤다.

환희의 미소를 지은 『비탄의 망령』과.

그것을 비유하자면—— 바람.

그림자. 벼락. 불. 또는, 폭풍.

"……어?"

길베르트 소년이 얼빠진 소리를 냈다.

분명히 말하는데 눈도 한 번 깜박이지 않았다. 그런데도 갑자기, 보스의 몸이 날아가 버렸다.

그 몸이 바닥에 바운드하고 둔한 소리를 울렸을 때, 『웃는 해골』이 내 눈앞에 서 있었다.

"뭐————"

옆에 서 있던 로돌프가 눈을 한계까지 크게 뜨고, 바로 코앞에 나타난 『웃는 해골』을 봤다.

손에 쥐고 있는 긴 창의 꽁지가 바닥을 탁탁 때린다. 노려본다기보다는 현재 상황을 파악하지 못했다고 해야 할, 멍한 시선.

안 보였다. 아무도 인식하지 못했다.

역전의 헌터가 손가락 하나 움직일 틈도 없이, 『웃는 해골』이 얼굴을 나를 향해 쑤욱 들이밀었다. 그 머리에서는 핑크 블론드색 머리카락이 보였다.

가면 속에서 울린 것은 웅얼거리는, 그러면서도 톤이 약간 높고 귀여운 목소리다.

"혹시 몰라서 확인하는 건데 말이야, 크라이."

팔에 매달려 있던 티노가 내 뒤로 숨으려고 한다.

『웃는 해골』은 그쪽을 보지도 않았다. 그저 엄지손가락으로 자기 뒤쪽을 가리키면서 물었다.

"『저거』혹시…… 우리 새 멤버야?"

긴장감 없는 목소리. 평소와 똑같은 분위기 때문에 왠지 안심이 되었다.

벽 가까이로 날아가 버린 보스가 한쪽 무릎을 세우고 일어섰다.

그 눈이 등을 돌리고 있는 『웃는 해골』을, 얼굴만 보면 자신과 비슷한 사람을 노려본다.

저런 살벌한 아는 사람은 없는데 말이야…… 아니, 더 살벌한 사람은 있지만.

계속 말하고 있는 『웃는 해골』 때문에, 티노를 제외한 모든 사람이 무서워하고 있다. 아니, 티노가 제일 무서워하고 있나.

나는 굳어지려는 얼굴을 억지로 움직여서 웃어 보였다.

"아니야. 그리고 말이야, 그 가면 좀 벗으면 안 될까?"

"……그래야겠지. 다행이다아. 정말이지이, 리즈도 아니라고 생각하긴 했지만 말이야아, 왠지 비슷한 가면을 썼잖아아? 아, 이거, 떨어져 있더라아. 크라이 거지?"

아, 이거 엄청 열 받았다.

어딘가 달콤한 느낌의 목소리. 리즈가 사일런트 에어와 독 체인을 내밀었다.

리즈가 자기 이름을 일인칭으로 사용한다는 건, 엄청나게 화가 났다는 신호다.

그리고 그 손이 뜸 들이는 동작으로 가면에 닿았고, 얼굴을 완전히 덮고 있던 그 가면을 벗었다.

아무도 움직이지 못했다. 그레그 님이나 길베르트 소년 등은 물론이고, 리즈 뒤쪽에 있는 보스조차도 아무것도 못 하고 그 모습을 지켜볼 뿐이었다.

묶지도 않은 긴 핑크 블론드 머리카락이 파도처럼 흔들렸다.

달아오른 피부. 작은 입술. 예쁜 코. 그리고 무엇보다, 반짝반짝 빛나는 연분홍색 눈동자.

생김새는 가련하지만, 지금 거기에는 당장이라도 폭발할 것 같은 위험한 분위기가 감돌고 있었다.

루다가 침을 꿀꺽 삼켰다.

"이, 인······간? 뭐······뭐야?"

"큭······ 설마——"

그레그 님이 주눅이라도 든 것처럼 한 걸음 물러났다. 알고 있었나. 의외로 유명한 사람들 좋아하는 거야?

그때 리즈는 처음으로 나 말고 다른 사람들이 있다는 걸 알아차렸다는 듯이 시선을 옮겼다.

"뭐야? 설마 리즈를 모르는 거야?"

번쩍번쩍 빛나는 눈. 그 볼을 일그러트리고 웃어 보였지만, 눈은 웃지 않는다.

"그러고도 헌터야? 크라이가 있는데? 혹시 사이비? 말도 안 돼. 설마 이 제도에——"

벗은 가면——《비탄의 망령》파티의 심볼인『웃는 해골』이 바닥에 떨어졌다.

그리고 리즈가 팬텀도 헌터들도 전부 들으라는 것처럼, 오만불

손하게 비웃었다.

"우리——《비탄의 망령》을 모르는 사람이, 있다니."

그것을 비유하자면—— 바람.
그림자. 벼락. 불. 또는, 폭풍.

작은 몸에는 태양처럼 에너지가 가득 차 있었다.
그 모든 것들이《절영》리즈 스마트라는 헌터의 성질을 보여주
고 있다.
그런데, 왜 이런 데 있는 거지?
드러난 그 얼굴, 자세는 틀림없이 진짜다.
입이 떡 벌어진 사람들. 모든 것이 의문인 나한테, 리즈가 속삭
였다.
"미안해, 크라이."
하나도 안 미안하다는 표정이다.
작은 입술이 마치 오열을 참는 것처럼 떨리고 있다. 격정을 참
지 못하겠다는 것처럼.
당장이라도 울음을 터트릴 것 같은 표정처럼 보이지만 리즈는
절대로 울지 않는다.
"리즈 말이야, 정말 슬퍼. 기껏【성】을 공략하고 급하게 뛰어서

돌아왔는데, 아무도 없고, 크라이는, 보물전에 갔다고 하고."

목소리가 무너져간다.

피부가 달아오르고, 그 눈이 마치 불이라도 켜진 것처럼 번쩍인다. 리즈 주위의 공기가 일그러진다.

뜨거웠다. 그 몸에서 피어오르는 열기가 동굴 안의 차가운 공기를 타고 전해져 왔다.

점점 감정이 격해졌다. 보물전을 공략한 지 얼마 안 돼서 아직까지 흥분이 가라앉지 않았을 거야, 틀림없이.

고농도의 마나 머티리얼 때문에 헌터의 성격이 거칠어지는 건 흔히 있는 일이다.

그리고 【만마의 성】은 뛰어서 돌아올 수 있는 거리가 아닐 텐데, 어떻게 한 거야?

"슬퍼. 슬프다고. 그리고 엄청나게——"

리즈가 토하는 것처럼 말했다.

"——창피해!!"

눈썹이 일그러진다. 눈이 가늘어지고, 볼이, 입술이 일그러진다.

"사실은 말이야, 믿고 있었어. 뭔가 잘못됐을 거라고 생각했어. 틀림없이, 크라이가 조금 걱정되기는 했지만, 설마, 이, 리즈의, 제자가…….."

"『쓰레기 청소』도 하나, 제대로…… 못하다니이."

그 서슬에, 티노를 제외한 모든 사람이 동요했다. 티노는 동요

를 넘어서 당장이라도 죽을 것 같다.

아까부터 딱딱 하고 이 부딪치는 소리가, 내 등을 꼭 잡고 있는 그 손을 통해서 전달되었다.

괜찮아, 죽이지는 않을 거야, 걱정하지 말라고.

"아니, 저기, 무슨 소리——"

"뭐? 너, 죽어. 지금 리즈가 사과하는 게 안 보이는 거야아?!!"

못 참겠다는 것처럼 말을 걸——려고 하던 길베르트 소년이 벽에 꽂혔다.

뒤늦게, 갑옷을 꿰뚫어버리는 묵직한 소리가 울렸다. 동굴이 떨린다. 물리법칙이 엉망이 됐다.

눈이 뒤집히고, 갑옷이 함몰되고, 손이 움찔움찔 경련하고 있다. 거룩한 희생이다.

그레그 님이 황급히 달려가서 길베르트 소년을 부축해서 일으키고, 포션을 뿌려줬다.

배짱은 좋았지만, 상대를 봐가면서 말하라고. 리즈는 누구보다 성질이 급하니까.

자기가 쓰러트린 상대는 보지도 않고, 리즈가 내 뒤에서 완전히 위축된 티노를 봤다.

"응, 티~? 리즈가 말이야, 어떻게 해야 좋을까아? 저기 말이야, 리즈가, 무능했어? 아니면, 부족했어? 단련이 부족했어? 아니면 재능이 없는 거야? 농땡이 피웠어? 부족한 거 아냐? 힘에 대한 『갈망』이. 응, 응, 야, 대답하라고! 인마! 이 쓰레기 자식! 난 그런 쓰레기로 키운 적 없어! 너 때문에, 리즈가, 미움받게 생겼잖아! 창피하게 만들고 말이야!! 죽어버려! 할 마음이 없으면 콱 죽어버리라고! 크라이한테 폐 끼치기 전에 길바닥에 쓰러져 죽어버려!! 혀 깨물고 죽으라고!!!"

"죄송해요, 죄송해요, 언니. 제가 다 잘못했어요. 폐 끼쳐서 죄송해요. 제가 약한 게 잘못이에요. 용서해주세요."

살벌한 목소리로 소리 지르는 리즈에게 티노가 망가진 오르골처럼 사과했다.

"리즈한테 사과하지 마! 사과할 사람은 딴 데 있을 텐데!"

다들 완전히 질려버렸다. 보스까지 질려버렸다.

열심히 했어. 티노는 정말 열심히 했다고. 리즈도 잘못한 건 없어. 잘못은 이상한 의뢰를 맡긴 나한테 있어.

하지만 지금, 『잘못은 나한테 있어』라고 말하면, 리즈는 틀림없이 티노한테 뭐라고 하겠지.

리즈는 그런 녀석이다.

그래서 나는 당장이라도 티노를 때릴 것 같은 리즈의 어깨를 붙잡으면서 말했다.

"리즈, 티노는 정말 열심히 했어. 팬텀도 쓰러트렸고, 이렇게 의뢰받은 대로 구조 대상도 찾아냈고, 응, 맞아, 잘했어, 정말 잘했어."

그게 네 입으로 할 소리냐.

아마 지금 여기 있는 사정을 알고 있는 사람들은, 전부 그렇게 생각하고 있겠지.

하지만 지금까지 있었던 일을 모르는 리즈는 눈이 휘둥그레졌다. 순식간에 목소리가 원래대로 돌아와서 날 쳐다봤다.

"뭐? 잘했어? 진짜로?"

"응, 맞아. 다 같이 힘을 합쳐서 하얗고 커다란 놈을 한 마리 해치웠다는 것 같아. 대단한 일이야. 정말로."

"…………한 마리? 겨우 한 마리? 그거, 살아 있을 가치…… 있는, 건가아?"

대체 뭐가 리즈의 마음에 안 들었던 걸까.

티노를 열심히 칭찬하는 날 보면서, 리즈가 이상하다는 것처럼 고개를 크게 갸웃거렸다.

마치 맹수를 달래는 기분이다.

"있어, 있다고. 난 살아줬으면 하거든. 그리고 리즈도 힘 조절을 할 수 있게 됐네. 정말 대단해."

"아! 알아봤어? 대단하지? 나, 직전에 멈추는 법을 배웠어! 크라이가 꼭 배우라고 했잖아."

리즈의 표정이 휙 바뀌었다. 조금 전까지 화내던 게 거짓말이라도 되는 양 기분이 좋아졌다.

어라, 제대로 맞았는데 말이야? 직전에 멈췄다고? 대체 어디서 멈췄는데?

뭐, 길베르트 소년이 살아 있는 것만 해도 대단한 진보겠지. 예전 같았으면 틀림없이 죽었을 테니까.

제노사이드 몬스터한테 참는 법을 가르치다니. 나, 천재인가?

뭐, 딱히 한 건 없지만.

"폐를 끼쳐서 죄송했습니다. 마스터어."

최고의 타이밍에 티노의 가늘고 더듬거리는 목소리가 들려왔다.

역시 괜히 오랫동안 리즈 밑에서 제자 노릇을 한 게 아니라니까. 뭘 좀 아네.

"티노도 말이야, 재능은 있어. 의욕과 노력과 죽을 각오가 부족할 뿐이지. 내 백배는 약하니까 백배는 노력하란 말이야."

"응, 응. 맞아."

무슨 소린지 모르겠지만, 아마도 리즈와 티노 사이에도 사제간의 사랑이라고 할까, 서로 통하는 뭔가가 있는 거겠지.

아직도 짜증이 난다는 것처럼 바닥을 퍽퍽 밟아대고 있지만, 어떻게 리즈의 화도 가라앉은 것 같다.

리즈는 기분파라서 어디서 갑자기 화를 낼지 모르는 구석이 있기는 하지만, 그게 오래 가지 않는 게 그나마 다행이다.

우리끼리 싸우는 동안, 얼굴 전체에 해골 가면을 쓴 보스는 한 발짝도 움직이지 않았다.

그저 칼을 들고, 관찰하는 것 같은 눈으로 리즈의 일거수일투족을 보고 있었다.

리즈의 일격을 맞았으면서도 그 몸에는 대미지를 입은 기색이 하나도 안 보였다. 길베르트 소년과 다르게 갑옷에도 갈라진 곳이 하나도 없다.

발소리가 들렸다. 리즈가 걸어온 쪽에서, 새로운 한 마리가 나타났다.

천장까지 닿을 정도로 거대한 몸. 좁다는 것처럼 몸을 숙이고 다가온 그 개체는 본 기억이 있다.

보스 방에서 만났던 백은색 털가죽의 울프 나이트다. 무기는 그 거대한 육체에 어울리는 거대한 총기.

원래 상대를 쓸어버리는 데 쓰는 물건이겠지. 팬텀이 사용하는 총기들 중에 상당수는 고대의 어떤 시기에 번영했던 고도 물리 문명에 기원을 두고 현대 문명에서는 재현할 수 없는 것들이 많고, 마나 머티리얼로 강화한 육체조차도 꿰뚫을 정도의 위력을 지니고 있다. 헌터라고 해도 쉽게 상대할 수는 없다.

보스가 자기보다 훨씬 거대한 그 울프 나이트를 보며, 턱짓으로 이쪽을 가리켰다.

울프 나이트는 대답도 하지 않고 우리 쪽으로 고개를 돌렸다.

설마 지금까지 공격하지 않았던 건 빈틈을 노리고 있었기 때문도 아니고 리즈가 무서워서 그런 것도 아니고── 자기편을 기다리고 있었기 때문인가?

보스에게 있어 경계해야 할 대상은, 적이라고 생각할 수 있는 건 리즈뿐이겠지.

나머지는 반쯤 죽은 것 같은 상태인 헌터 여섯 명과 멀쩡하지만 힘이 부족한 헌터. 그리고 인정 레벨만 높은 나.

그리고 인정 레벨의 위광은 헌터들 사이에서는 통해도 마물이나 팬텀한테는 통하지 않는다.

리즈가 고개도 돌리지 않고, 의외라는 목소리로 말했다. 관심 없다는 듯이.

"어라? 아직도 남아 있었어? 그럼…… 티, 하나 줄게."

"……어……언……니?"

"날…… 실망, 시키지 마."

상대는 제압력이 강한 중화기, 피아 거리는 약 10미터. 너무 멀다. 옆에는 보스도 있다.

아무리 티노라도 회피는 불가능. 아니, 보통 헌터라면 무리다.

"내, 내가, 막겠다. 어떻게든, 틈을 만들겠다."

그 대화에, 갑옷이 움직이면서 삐걱거리는 소리가 끼어들었다.

지금까지 굳어져 있던 로돌프가 방패를 쥐고서 리즈 옆으로 나섰다.

들고 있는 커다란 방패는 녹색 도장이 벗겨지고 여기저기 자잘한 상처가 나기는 했지만, 마치 작은 벽처럼 두꺼웠다.

온몸을 가릴 정도의 크기는 아니지만, 대부분의 총탄은 막아낼 수 있겠지. 믿어도 될 것 같다.

좋은 사람이네, 이 사람.

하지만, 그 모습을 곁눈질로 슬쩍 확인한 뒤에—— 리즈의 얼굴에서 표정이 사라졌다.

"……아…… 됐어, 됐다고. 김 다 샜네."

"뭐……라고……?"

"티한테 시키려고 했는데, 리즈, 피곤하니까 말이야. 쿨 다운도 해야 하고오. 티 때문에……『우리』가…… 얕보이는 것도…… 정말…… 불쾌…… 아아, 더는, 참을 수가 없어."

리즈의 가느다란 손가락이 가면을 집었다.

떨리는 그 표정을 가리려는 것처럼 가면을 썼다.

거의 동시에, 격렬한 총소리가 울렸다.

울프 나이트가 겨누고 있던, 한 아름이나 되는 거대한 화기에서 수많은 탄환이 발사됐다.

총구에서 빛이 번쩍인 순간, 어둠이 벗겨졌다.

덮쳐오는 탄환 때문에, 누가 지른 건지도 모를 비명이 터져 나왔다. 어둠이 돌아왔다.

조준은 리즈와 그 주위에 있는 우리 모두.

──하지만, 아무도 쓰러진 사람은 없었다.

리즈가 그 앞으로 쫙 뻗고 있던 왼손을 벌렸다. 후두둑, 금속 조각이 바닥에 떨어졌다.

그것은 지금 막 날아왔던 총탄의 조각이었다.

울프 나이트가 겁먹은 것처럼, 일단 내리려던 화기를 다시 들었다.

그 모습을 보고 만족하지도 않고, 리즈가 소리를 들었다. 아~ 또 화났다.

"그딴 화기 따위── 맞을 리가 없잖아아아아아! 이 쓰레기 놈들아! 물리계 문명에서 가져온 무기 따위! 이미 초월했단 말이야아아아아아! 자기 같은 피라미를 기준으로! 얕보지 말라고! 날, 무시하는 것도, 작작 하란 말이야!! 으아아아아아아아아아아아아아아아아아아!"

또다시 총탄이 폭풍처럼 날아온다. 좁은 동굴 안이 떨린다.

리즈는 한 걸음도 움직이지 않았다. 그랬는데도 날아오던 탄환들이 사라졌다. 무슨 농담이라도 되는 것처럼, 힘을 잃은 탄환이 후두둑 떨어졌다.

숨을 헐떡이지도 않고, 소리를 질렀다.

"방패 따위는 필요 없다고오오오오오오! 티?! 이런 개똥같이 느린, 위력도 낮은 무기 때문에, 고전했다는 거냐아아아아아? 너, 지금까지, 이 리즈한테서 뭘 보고 배운 거야?! 네가 무능한 탓에에! 리즈를 창피하게 만들겠다는 거냐?! 너도 할 수 있지이이이이?"

그건 무리지.

루다가 얼굴이 새파랗게 질렸다. 혹시 움직임이 보였던 걸까. 로돌프도 입이 떡 벌어져 있다.

온화한 미소를 지으며, 화를 내는 리즈를 지켜봤다.

나한테는 안 보였지만 뭘 했는지는 안다.

왜냐하면 내가 헌터가 되겠다는 꿈을 완전히 포기하게 만든 이유 중 하나가, 바로 이걸 봤기 때문이거든.

리즈가 한 행동은 단순하다.

방대한 에너지를 지닌 총탄을 맨손으로 움켜쥐고 버렸다. 단지 그것뿐이다.

원리는 알지만, 그것은 이미 빠르다든지 그런 수준이 아닌 무언가였다.

제일 처음에, 마치 새로운 장난감이라도 자랑하는 것처럼 그것을 보여줬을 때 봤던 리즈의 웃는 얼굴은 내 트라우마 중에 하나다.

그런 괴물 같은 능력이 필요한 보물전은, 나 같은 보통 사람은 도저히 따라갈 수가 없다.

사격이 멈췄다. 총탄이 다 떨어진 것이다.

탄환을 잃은 그 울프 나이트가 이제 어떻게 나올지 관심이 없는 것도 아니지만, 그걸 알게 될 기회는 영원히 찾아오지 않는다.

리즈 스마트에게는 약점이 많다.

마법을 못 쓰고, 말보다 손이 먼저 움직인다. 제자에게 엄하고 단 음식도 싫어한다. 분위기를 파악하는 능력도 없다. 하지만, 딱 한 가지 누구에게도 지지 않는 장점이 있다.

리즈는——『빠르다』. 이 세상에 존재하는 그 누구보다, 그 무엇보다 빠르다.

그림자조차 남기지 않는 신속. 그래서, 《절영(絶影)》.

리즈가 손을 가볍게 탁탁 털고, 다시 울프 나이트와 보스 쪽을 봤다.

가면을 써서 표정은 보이지 않지만, 대충 예상할 수 있다.

그리고—— 유린이 시작됐다.

나는 그 움직임이 하나도 보이지 않았다.

마치 과정을 생략하고 결과만 보는 것 같은 기분이다.

"이런, 갑옷을 입은 팬텀은, 갑옷째로 죽여어! 갑옷을 입었다고, 반드시 딱딱한 건, 아니니까아! 그 위에서, 죽여! 머리를, 날려버려! 알아서 죽여! 끝, 내주게 재미있잖아아아아아아아아?!"

단걸음에 거리를 좁히고, 울프 나이트가 경계할 틈도 없이 날린 발차기가 두꺼운 갑옷을 종잇장처럼 찢어버렸다.

리즈의 키와 비교하면 너무나 큰 거대한 몸이 벽에 처박혔고, 그 흔적만 남기고 사라져버렸다.

겨우 몇 초 만에, 위협 중의 하나가 사라져버렸다.

사라진 적 쪽은 보지도 않고, 『웃는 해골』이 칼을 들고 있는 보스 쪽을 봤다.

이젠 어느 쪽이 팬텀인지도 모를 지경이다.

보스는 칼을 겨누고서 리즈를 경계하고 있다. 그 몸놀림은 숙달된 것이고, 로돌프가 말했던 것처럼 탁월한 기능을 지녔다는 것을 엿볼 수 있었다.

한 걸음이라도 그 칼의 범위 안으로 들어가면 갈가리 찢겨나갈, 그런 강렬한 검기. 떨어져 있어도 전해지는 그 느낌 때문에 로돌프의 표정이 굳어지는 게 보였다.

하지만 리즈는 마치 산책이라도 하는 것처럼 그 범위 안으로 들어갔다.

찢어지는 기합소리와 함께, 칼날이 사라졌다. 하지만 비명소리는 들리지 않았다.

로돌프의 눈이 마치 눈알이 굴러떨어질 정도로 크게 떠졌다.

이 얘기를 해주면 누구나 말도 안 되는 농담이라고 생각하겠지.

치사의 영역에 들어간 뒤에도, 리즈의 태도는 전혀 달라지지 않았다.

눈에 보이지도 않는 속도로 종횡무진 휘둘러대는 참격. 그 모든 공격이, 스치지도 못하고 허공을 갈랐다.

마치 칼과 리즈가 춤이라도 추는 것처럼.

　리즈는 도적이라서 내구력은 그다지 강하지 않다. 어쩌다 실수로 한 방이라도 맞으면 정말 위험하겠지만, 그 칼날은 단 한 번도 리즈에게 닿지 않았다.

　"칼은, 쥐고! 쳐내고! 회피해! 알아서 하라고! 뭐가 문제인데, 말해보라고!"

　게다가 잔상밖에 보이지 않는 그 칼날을 말 그대로, 손끝으로 잡아내 보였다.

　보스가 뒤로 물러나려고 했지만 칼날은 꿈쩍도 하지 않았다.

　뭐라고 했더라?《천검》수준의 실력이라고?

　리즈는—— 그《천검》과 셀 수 없을 정도로 많이 싸워봤다.《비탄의 망령》은 계속 그렇게 절차탁마 해왔다. 이 정도 레벨이 되면 내 눈에는 대체 뭘 하고 있는 건지도 모를 지경이지만, 아무래도 리즈한테 이 보스는 경계할 가치도 없는 상대인 것 같다.

　다행이네, 리즈 앞에서《천검》수준이네 어쩌네 하는 말을 안 해서. 리즈는 소꿉친구에 대한 모욕을 용서하지 않거든.

　그렇게 큰 소리를 지르면서, 틈틈이 칼을 놓고 저항하는 보스를 두들겨 패기 시작했다.

　맨손의 일격이 두 팔을 붙여서 막은 가드를 뚫고서 갑옷을 때렸다.

　"파바박 하고, 하는 거야! 피하면 안 맞아! 맞히면 못 피해! 알아서 잘하는 거야! 죽을 기세로 해! 알았어? 알았지? 재능에 만족하지 말라고! 이 얼간이가! 서둘러! 서두르면서 살아! 티 너한테, 시간 따윈 없어! 내 백배는 노력해! 차이가 계속 벌어지잖아! 이 굼벵이!"

무슨 소리를 하는 건지는 모르겠지만, 폭풍처럼 날아오는 매도 때문에 내 등에 달라붙어 있던 티노가 결국 훌쩍훌쩍 울기 시작했다. 진짜 불쌍하다.

리즈 너, 가르치는 재주가 너무 없다.

"진짜, 기분 좋았는데 말이야. 이 똥 덩어리!"

마무리라는 것처럼 신발 모양 보구, 하이스트 루츠(하늘에 도달하는 기원)를 신은 다리가 보스의 배를 세게 차올렸다.

둔한 소리가 동굴 전체를 뒤흔들었고, 루다의 눈이 휘둥그레졌다.

다리가 갑옷을 뚫고, 보스의 몸통에 박혔다.

그 몸이 경련하고, 뜻을 알 수 없는 비명이 동굴 안에 울려 퍼진다.

피가 튀고, 해골 가면에 묻었다. 심볼을 다른 걸로 할 걸 그랬네…….

"리즈, 진정됐어?"

"아…… 아주 조금."

조금 전까지 욕설을 퍼붓던 것과 다른 차분한 목소리. 티노는 울음소리를 죽였다. 마치 더 이상 심기가 불편해지지 않도록 조심하려는 것처럼.

리즈가 보스한테 박혀 있는 다리를 억지로 잡아 뽑았다. 축축한 소리가 나고 보스가 털썩, 바닥에 쓰러졌다.

사라지지 않는 걸 보면 아직 살아 있다는 뜻이겠지. 하지만 완전히 치명상이다. 오래 가진 않는다.

이젠 관심이 사라진 건지 바닥에 쓰러져 있는 보스 쪽은 보지도 않고, 리즈는 느긋하게 내 쪽으로 걸어왔다.

신발은 완전히 피에 절어 있고, 옷과 피부에도 피 때문에 얼룩이 져 있다.

압도적인 힘. 철저한 폭력성. 인간으로서 뭔가가 결여된 극대의 재능 그 끝.

인간 사회에서 제대로 살고 있다는 걸 믿을 수 없는 제노사이드 몬스터, 리즈 스마트가 거기에 있다.

루다와 다른 사람들이 다리가 완전히 풀린 것처럼 주저앉았다.

믿을 수가 없겠지. 이 녀석, 우리 도적이거든.

도적(시프)이라기보다는 산적(밴디트) 같지만. 나도 항상 그렇게 생각한다.

리즈가 가면을 벗었다.

그 피로 물든 손가락을 입에 물고서, 나만을 보면서, 조금 쑥스러워하는 미소를 지었다.

"아, 깜박하고 말 안 했네. 다녀왔어, 크라이."

"……수고했어, 리즈."

나한테 안기는 리즈를, 나도 안아줬다.

리즈의 몸은 불을 붙여놓은 것처럼 뜨거웠다.

Epilogue 비탄의 망령은 은퇴하고 싶다

지금 막 완성된『웃는 해골』을 쓰고, 질렸다는 목소리로 말했다.

『헤에…… 멋있네. 크라이가 디자인한 거야?』

『그런데 이거, 이런 걸 쓰고 싸우면 틀림없이 무서워하겠지…….』

『괜찮지 않겠어? 이런 게 없어도, 어차피 금세 무서워할 테니까.』

얼굴 전체를 덮는 그 가면을 쓰면, 몸의 크기나 성별과 관계없이 괴물처럼 보였다.

예전에, 어느 시골 마을에 헌터를 동경하는 여섯 명의 아이들이 있었다.

누구보다 용감한 소년은 검을 사랑해서, 무쌍의『검사(소드맨)』를 목표로 삼았다.

누구보다 호기심이 강했던 소녀는 남들보다 앞서가기를 추구하여, 가장 빠른『도적(시프)』을 목표로 삼았다.

누구보다 상냥했던 소년은 모두를 지키기를 원해서, 최고의『수호기사(팔라딘)』를 목표로 삼았다.

누구보다 똑똑했던 소녀는 그 지식에 의한 최강의 힘을 가지고 싶어, 지고의『마도사(마기)』를 목표로 삼았다.

누구보다 약했던 소녀는 자신이 할 수 있는 일을 생각해, 가장 뛰어난 『연금술사(알케미스트)』를 목표로 삼았다.

항상 웃고 있었다.
강함을 추구했다. 천성과 노력은 그들을 배신하지 않았다.
『웃는 해골』은 루크가 말한 대로, 어느샌가 아는 사람은 아는 두려움의 상징이 되어 있었다.

그리고 나는——.

"난, 잘못 생각했었어."
《시작의 발자국(퍼스트 스텝)》의 클랜 하우스 라운지에서, 길베르트가 임시로 짰던 파티 멤버들을 빙 둘러봤다.
【흰 늑대 둥지】 공략. 지옥 같은 의뢰에서 살아 돌아온 지도 벌써 하루가 지났다.
길베르트는 정신이 없는 채로 운반됐기 때문에 나중에 들은 이야기지만, 쇠약해져 있던 구조 대상도 무사히 제도까지 바래다줬다는 것 같다.
탐색자 협회의 의뢰는 완수했다고 할 수 있다.
【흰 늑대 둥지】의 이상에 대해서는 탐협과 제국에 맡기기로 했다. 가까운 시일 내에 원인 조사를 위해서 더 높은 레벨의 헌터를

파견할 것이다.

"나는 계속 내가 강하다고 생각했어. 강해졌다고 생각했지. 하지만—— 한참 모자랐어."

옆에 세워놓은 연옥검을 봤다.

지금까지는 길베르트는 모든 적을 없애왔다. 고전했던 적은 있지만 전부 자기 힘만 가지고 타파해왔다.

자부심도 있었고, 이제 시간이 지나면 최강에 도달할 수 있을 거라고 생각했다. 하지만, 이번 탐색에서 얼핏 봤던 그 자리는 아직 너무나 먼 곳에 있었다.

갑자기 죽을 뻔했던 것에 대해 원한은 없다. 길베르트는 그 순간의 일을 전혀 기억하지 못하기 때문이다.

방심했던 건 아니다. 오히려, 정신은 날카롭게 긴장된 상태였다.

그런데도, 무슨 짓을 당했는지조차 기억나지 않는다.

그것은 피아간에 너무나 큰 차이가 존재했다는 것을 뜻한다.

처음에는 혼자였다. 그러다가 자신보다 수준이 떨어지는 동료와 같이 헌팅을 했고, 거만해졌다.

다시 혼자로 돌아왔고, 재능이 있는 동료와 만나고, 그래도 힘을 합쳐야만 쓰러트릴 수 있는 팬텀(환영)과 만나고, 그리고 마지막으로, 그 모든 것들을 아주 간단히 뭉개버릴 수 있는 진짜 괴물과 만났다.

그리고 물론, 그런 것들을 이끄는《천변만화》는 그중에서도 한참 위에 있는 존재겠지.

그가 얼마나 대단한지는 실제로 그 모습을 눈으로 보고 일거수

일투족을 확인한 길베르트조차도 전부 이해할 수가 없었다.

아마도, 서로의 위치가 너무나 멀리 떨어져 있기 때문에.

아주 짧은 기간 동안의 일이었지만, 그 경험은 길베르트 부시의 심정을 바꿔놓고도 남을 만한 것이었다.

보수는 거의 없고 아주 위험한 임무였지만, 그만한 가치가 있었다.

겨우 하루하고 조금 더 되는 기간이었지만, 같이 싸우면서 어느 정도 서로를 이해한 동료들을 보며, 길베르트가 말했다.

"난 아직, 더 위쪽이 있다는 걸 모르고 있었어. 지금의 나는, 아직은 거기까지 도달할 가망이 보이지 않아. ……지난번 파티에…… 사과하고, 한 번 더, 처음부터 다시 단련── 다시 시작하겠어."

"……그래."

그 말을 들은 티노가 표정 하나 달라지지 않은 채로 살짝 고개를 끄덕였다.

헌터는 성장한다. 싸움을 겪으면서, 패배를 겪으면서, 그리고 저 높은 곳을 알게 되면서.

중간에 좌절하는 자도 적지 않다. 하지만 길베르트는 큰 좌절을, 절망을 겪었으면서도, 그 눈에는 아직도 강한 의지가 깃들어 있었다.

그렇다면 티노가 해줄 말은 거의 없다.

길베르트가 개운한 표정으로 자리에서 일어났다.

짐 가방을 어깨에 메고, 동료들의 얼굴을 보고, 마지막으로 티노에게 말했다.

"미안하지만 《천변만화》한테 고맙다는 말 좀 전해줘. 여러모로 폐를 끼쳐서 미안하다는 얘기도. 그리고…… 그래…… 두고 보라고, 금세 총알 정도는 잡을 수 있게 될 거라고, 말이야."

"아마 무리라고 생각해."

티노가 작은 소리로 대답했다.

그 노골적으로 안 믿는다는 표정을 향해, 길베르트가 힘차게 손가락을 내밀었다.

큰 소리로 외쳤다. 마치 선언하는 것처럼.

라운지 안에 있는 《발자국》 멤버들이 무슨 일인가 하고 티노 일행이 있는 식탁 쪽을 봤다.

"오해하지 말라고. 난, 아직 최강을 포기한 게 아니야! 방법을 조금 바꿨을 뿐이라고. 금세 따라 잡아주겠어. 너도 말이야, 리더! 그럼 나, 간다!"

"아…… 길베르트, 이거 가지고 가야지——"

일어나서 빠른 걸음으로 걸어가려는 길베르트를 루다가 불러 세웠다.

테이블에 기대어 세워놓은 연옥검을 가리켰다.

트레저 헌터의 생명이라고도 할 수 있는 무기를 잊어버리다니, 제정신이 아니다.

하지만 길베르트는 뒤도 돌아보지 않았다. 눈을 조금 크게 뜨고, 큰 소리로 대답했다.

"그건 더 이상, 필요 없어. 지금의 나한테는 과분한 무기야! 그

건 분명히 강력하지만, 보구에 의존하면 강해질 수 없어! 난《절영》처럼, 맨손으로 탄환을 잡을 수 있게 될 거라고!"

"으에……."

"그러니까, 그건 《천변만화》한테 주겠어! 아니…… 그냥 맡기는, 거야. 내가, 강해질 때까지 맡겨두겠어! 두고 보라고, 금세 찾으러 올 테니까!"

"뭐야, 하나도 달라진 게 없잖아."

한심하다는 것 같은 그레그의 목소리. 하지만 그 말이 진심이 아니라는 것은 그 표정이 말해주고 있었다.

연옥검은 보구로써의 힘을 제외하더라도 강력한 무기다.

헌터가 된 지 얼마 안 됐을 때 그것을 손에 넣었고 지금까지 계속 휘둘러온 길베르트에게 연옥검이 없는 싸움은 상당히 힘들고 괴로울 것이다.

그것을 본인이 모를 리가 없다.

하지만 그걸 알면서도, 저 소년은 무기를 버렸다.

그것은 각오였다. 본인만이 이해할 수 있는 각오. 그 누구도 그것을 더럽힐 수는 없다.

티노는 눈살을 찌푸리고 잠시 망설였지만, 결국 길베르트의 뒷모습을 향해 말해주기로 했다.

"길베르트."

"……뭔데? 말리지 마."

"아니, 말리려는 건 아니고……."

아마도 길베르트는 강해질 것이다.

티노에게는 인간의 미래 같은 건 보이지 않지만, 파티에 참가한 직후에는 아무것도 안 보였지만, 아무래도 그 신 같은 계산 능력과 귀신같은 지모를 지닌 마스터가 파티에 참가시킨 헌터다.

그리고 티노는 심호흡을 한 번 하고, 어깨에서 힘을 빼고 말했다.

그 미래가 눈부시게 빛나기를 빌면서.

"언니의 가면은 눈 부분에 구멍이 없는 특별제고…… 탄환을 잡았을 때도, 계속 보이지 않았을 거야…… 목표로 삼으려면, 그…… 그런 부분도 생각해두는 게 좋을, 지도……."

"……뭐라고?"

정신적으로도 육체적으로도 엄청나게 피곤한 하루였다.

세이프 링(결계지)은 어디까지나 위급한 순간을 위한 방어수단이다. 그런 수단을 절반 이상 소모했다는 건, 내 목숨이 위험했다는 사실을—— 정말로 위험했다는 사실을 보여주고 있다.

"수고하셨습니다, 크라이 씨. 탐협 쪽이 난리가 난 것 같더군요."

"응~."

집무실 의자에 몸 전체를 기대고 흔들흔들 흔들면서 에바의 말을 들었다.

【흰 늑대 둥지】에서 발생한 이상 사태는 흔히 일어나지 않은 규모의 일이었다.

이번에는 어떻게 전부 살아서 돌아왔지만, 원래는 헌터가 몇 명 정도는 죽은 뒤에야 겨우 알게 되는 부류의 일이다. 사망자가 나오지 않은 건 그저 행운일 뿐이다.

정말 말도 안 되는 속도로 다른 사람들을 놔두고 뛰어서 돌아온 리즈가 없었다면, 그리고 그 리즈가 피로를 무시하고【흰 늑대 둥지】로 쳐들어오지 않았다면, 나를 포함한 헌터 열 명이 전멸했겠지.

큰 소파에서 무릎을 끌어안고 잠들어 있는 리즈를 봤다.

역시 피로가 많이 쌓여 있는지 몸을 웅크린 채로 꼼짝도 하지 않고 잠들어 있는 그 모습은, 기분 나쁜 가면만 안 쓴다면 귀엽다고 할 수도 있을 텐데.

가면을 디자인한 사람은 바로 나다. 실수로 눈 부분에 구멍 뚫는 걸 깜박한 것도 나인데, 리즈네가 그걸 계속 쓰고 있는 건 내 책임이 아니다.

가면을 쓰면 정말로 아무것도 안 보이는데, 그런데도 아무렇지도 않게 움직이고 말이야.

리즈와 친구들의 성장 속도는 처음 제도에 왔던 그 시절부터 변함이 없다.

내가 보물전에 안 가게 돼서 더 그럴 수도 있겠지만, 지금에 와서는 피아 차이가 백 배나 이백 배 정도가 아니겠지.

평소에는 클랜 하우스 꼭대기에서 거만하게 앉아 있어서 실감이 가지 않았지만, 오랜만에 실제로 보물전에 가서 평화에 찌들어 있던 머리에 자극을 때려 넣었더니 그것이 뼈저리게 느껴졌다.

우리는 영웅이 되고 싶었다. 예전에 헌터가 되고자 했던 순간부터 그것을 목표로 삼아왔다.

하지만, 리즈는 그걸 알고 있을까.

나한테는 이미 리즈가── 영웅으로 보인다는 걸.

솔직히 말해서 성격은 개선할 여지가 아주아주 많지만, 그래도 어떻게든 인간 사회에서 살아가고는 있다.

나는 한숨을 한 번 크게 쉬고, 각오를 하고서 말했다.

"나, 헌터를 그만두겠어."

에바가 또 그 소리 한다, 같은 눈으로 날 봤다.

심심하면 말하는 탓에 믿어주질 않았다.

하지만, 이번에는 진심이다.

"이번에 티노랑 다른 사람들을 위험하게 만들고서야 알았어. 이제 내 힘으로는 전선에 설 수 없어. 공백도 있고, 하나도 도움이 안 됐어."

"티노 양은 『마스터어는 신』이라고 했습니다만."

"나쁜 생각이 없기는 했지만, 이번에는 티노한테 정말 미안한 짓을 했어. 그만두는 거로 책임을 질 수 있는 건 아니지만, 이제 지긋지긋해. 아하하하⋯⋯ 나도 나이를 먹었나."

"당신, 젊은 헌터들의 톱 아닌가요."

"더 이상 헌터 짓을 하면, 이번에는 정말로 돌이킬 수 없는 실수를 저지를 것 같아. 그게 무서워. 돈도 조금 있으니까, 고향으로 돌아가서 은거하면서 살 정도는 될 거야."

큰돈은 필요 없다. 사치를 부리지 않아도 되고. 내 분수에 맞는 검소한 삶을 살 수 있을 만큼의 돈만 있으면 된다.

맑은 날엔 농사를 짓고 비 오는 날에는 책을 읽는, 그런 삶을 사는 거야. 좋잖아. 생명의 위기가 없는 세상.

팬텀을 상대하는 건 이제 무리다. 생각만 해도 몸이 떨릴 지경이다. 인간 미사일도 두 번 다시 하고 싶지 않고.

길베르트 소년이라든지 그레그 님이라든지, 그런 잔챙이 느낌인 사람들도 자기한테 걸맞은 힘을 가지고 있다.

이제 내가 나설 자리는 없다.

시대가 달라졌기 때문이다.

헌터들의 황금시대. 나한테는 조금, 너무 눈부신 세상이다.

진심을 담아서 말하는 나에게, 에바가 안경을 치켜올리고는 도끼눈을 뜨고서 말했다.

"분명히 말씀드립니다만, 크라이 씨는 두 번 다시 평온한 삶은 살 수 없습니다. 얼굴이라도 바꾸면 또 모를까."

"무슨 그런 소리를 하는데."

하다못해 리즈가 리버스 페이스(전환하는 인면)를 부수지만 않았어도…….

"하지만, 아는 사람이 하나도 없을 만큼 멀리 가면 될 것 같아. 내가 얼굴이 평범하잖아. 정 안 되면 죽은 거로 하고——"

"에헤헤…… 그럼, 크라이가 그만두면 나도 같이 그만둘래……."

어느샌가 내 뒤에 와 있던 리즈가 의자 뒤쪽에서 날 끌어안았다.

두 사람 몫의 무게 때문에 의자가 삐걱 소리를 내면서 흔들렸다. 소파 위쪽을 확인해봤더니 가면만 남아 있었다.

어라라? 조금 전까지 푹 자고 있었는데. 혹시 유령인가?

"무슨 소리야, 리즈는 아직 꿈이 있잖아?"

따지자면 《비탄의 망령(스트레인지 그리프)》 전원의 목표지만.

레벨10. 트레저 헌터의 정점.

거기에 도달하기 위해서, 우리는 헌터가 됐다.

나는 일찌감치 그만뒀지만, 대부분의 헌터들은 도저히 도달할 수 없는 그곳에, 리즈와 친구들의 재능이 있다면 도달할 가능성도 있다.

리즈의 인정 레벨은 아직 6이지만, 그건 리더인 나한테 실적 포인트 일부를 양도했기 때문이고, 내가 없었다면 최소한 레벨7은 됐겠지.

리즈가 웃는 얼굴로 볼을 나한테 딱 붙였다.

나보다 훨씬 뜨거운 체온이 전해져 온다.

에너지가 넘쳐나는 헌터들의 체온은 보통 사람보다 훨씬 높다.

그리고 그 열기가 나와 리즈의 큰 차이를 보여주고 있다.

"그렇기는 한데, 크라이가 그만두면 더 이상 할 필요도 없겠다 싶어서. 혼자서 꿈을 이뤄봤자 재미도 없고, 어차피 난 이미 최강이잖아?"

목소리는 밝고 달콤하지만, 그 꿈이 그렇게 간단한 이유로 포기할 수 있는 게 아니라는 건 잘 알고 있다.

헌터는 재능이다. 하지만 그 재능은 노력이 있을 때 비로소 빛을 발하는 것이다.

리즈와 친구들이 지금까지 해온 노력은, 겪어온 일들은, 또래 헌터들보다 훨씬 가열찼다.

하지만 그 말에서 거짓은 느껴지지 않았다.

내가 그만두면 최소한 리즈는 주저하지 않고 날 따라서 은퇴하겠지.

그만둘까? 그만둬버릴까? 그만두지 말까? 아마도 그만두지 않을…… 것 같은 기분이 안 드는 것도 아닌데 말이야.

무리인가?

"리즈가 없어지면 파티가 와해되잖아."

"괜찮아. 그때는 다들 그만둘 테니까."

리즈가 아무렇지도 않게, 엄청난 소리를 했다. 나도 모르게 어깨를 부르르 떨었다.

나한테는 아무런 미련도 없지만 리즈랑 다른 친구들은 아니다.

그 실력은 제도에서도 널리 알려진 데다 영향력이 상당히 크고, 게다가 강하다.

국가기관에 정식으로 소속된 사람도 있고, 일부 귀족이나 군대에서 초빙하고 싶다는 제안을 받은 사람도 있다.

틀림없이 쫓아오는 사람을 보내겠지. 높은 레벨 헌터를 보낼 가능성도 크다.

그리고 그 이유가 나 때문이라는 걸 알게 되면 엄청난 원한을 사게 될 것이다. 날 죽이려고 들 가능성도 충분히 있다.

생각할 필요도 없이 『취소』다.

아니, 그런 이유가 아니라도── 나 때문에 리즈랑 다른 친구들의 노력을 다 날려버리게 할 수는 없으니까.

한참동안 뭔가 좋은 방법이 없을까 생각해봤지만, 평화에 찌들어 있던 내 불쌍한 머리로는 아무런 생각도 떠올릴 수가 없었다.

"⋯⋯⋯⋯조금 더 열심히 해볼까."

"응. 열심히 하자~! 나도 열심히 할래에!"

리즈가 자기 볼을 내 볼에 딱 붙이고, 다리를 덜렁덜렁 흔들면서 얼빠진 목소리로 말했다.

그래. 보물전에만 안 가면 되는 거야. 거크 자식, 나한테 이상한 의뢰나 떠넘기고 말이야.

이제 다시는 아크가 없을 때 의뢰받으러 가지 않을 거야.

나는 현실에서 눈을 돌리고, 마음속에 그렇게 새겨뒀다.

Interlude   가장 뛰어난

그것은 혁신적인 병기였다.

그것은 지금까지 존재했던 어느 생명체와도 다른 것이다.

그것은 그 몸에 모든 학도가 한 번쯤 생각하고, 그러면서도 동시에 그 확실한 위험성 때문에 몽상하는 것조차 용납되지 않은 금단의 기능을 지니고 있다.

태어나고, 눈을 떴을 때 처음으로 느낀 것은 강한 굶주림이었다. 견디기 힘들 정도의 굶주림이었다.

하지만 본능보다, 주어진 지성이 더 강했다.

작은 급속 캡슐 안에 갇혀서 아무것도 보이지 않는 암흑 속에서, 그것은 스스로에게 변화를 강요했다.

자기 진화. 환경에 대한 적응 능력.

그것은 긴 시간을 들여서 끈적끈적한 점성 육체를 바꿔가고, 완벽하게 밀폐된 급속 캡슐을 투과하고, 그러면서 다른 섭리에 의해 동떨어진 장벽에 저지당했다.

그 격벽은 그것이 절대로 부술 수 없는 최악의 상성을 지니고 있었다.

그것은 기다렸다.

그 문이 열릴 때가 오기를, 그것은 액체 상태인 몸에서는 상상도 할 수 없을 만큼, 그 마법 생물이 지닌 것이라고는 생각할 수 없을 만큼, 고도로 발달된 지성을 통해서 이해하고 있었다.

그것은 『가장 뛰어난』 『연금술사(알케미스트)』가 만들어낸 『최저 최악』의 산물이다.

그리고, 그날이 찾아왔다.

"예? 호위……말인가요?"

갑자기 들려온 목소리에, 티노는 눈이 휘둥그레졌다.

스승이 훈련의 일환이라는 이유로 맡긴 보물전 탐색을 준비하던 때였다.

미안하다는 것처럼 미소를 짓고 있는 사람은 티노가 경애하는 마스터. 이 제도에서도 손꼽히는 레벨을 자랑하는 크라이 안드리히가 말했다.

대낮이라서 그런지 클랜 라운지에는 아무도 없다. 헌터들은 낮에 활동하는 경우가 많기 때문에, 이건 딱히 이상한 일이 아니다.

마스터는 여전히 갑옷 따위는 걸치지도 않은, 헌터로 보이지 않는 편한 차림새였다.

하지만 자세히 보면 보통 헌터들은 상상도 못 할 만큼 많은 숫자의 보구를 지니고 있다는 걸 알 수 있다.

허리에 차고 있는 사슬부터 은제 목걸이, 소매에 달려 있는 단추까지 전부 보구라는 것은 공공연한 비밀이었다. 그가 《천변만화》라는 별명을 얻은 이유도 그것 때문이라는 것 같다.

깜짝 놀란 티노의 표정을 보고, 마스터는 엉뚱한 쪽으로 시선을 돌리고서 말했다.

"그러니까 말이야, 그게~ 갑자기 보구 가게에 가고 싶어졌거

든…… 원래는 리즈한테 부탁할 생각이었는데, 안 보여서 말이
야—— 아하하하하."

"갈게요."

"그래, 그래, 귀찮기는 하겠지만, 티노도 보구에 대한 공부가
될 거로 생각하거든. 응, 슬슬 가질 때가 됐잖아, 그러니까 티노
를 위해서도—— 어라…… 뭐? 괜찮은 거야?"

"가겠습니다."

티노가 바로 대답하자 크라이의 눈이 휘둥그레졌다. 그 앞에서
재빨리 자료를 집어넣고, 일어났다.

분명히 지금부터 시작할 목숨을 건 보물전 공략의 준비도 중요
하지만, 마스터의 부탁이다. 생각할 필요도 없다.

티노가 당황한 건 『호위』라는, 원래 존재할 필요도 없는 단어가
나왔기 때문이다.

티노는 분명히 실력이 있다는 말을 듣고 있다. 하지만 어디까
지나 레벨4 중에서는 실력이 있다는 수준이다.

쭈뼛쭈뼛, 의식적으로 눈을 치켜뜨고 마스터에게 물었다.

"그런데, 마스터어. 마스터어 입장에서 보면 저 같은 건, 먼지
나 마찬가지예요. 호위로서 도움이 될지……."

"……티노는 먼지라는 말을 참 좋아하네…… 일상에서 쓰는 사
람은 너밖에 못 봤어."

호위 대상보다 약한 호위가 과연 도움이 될까.

원래 부탁하려고 했던 스승이라면, 백 보쯤 양보하면 이해가
된다. 《절영》은 티노와 같은 도적(시프)이지만 티노와는 차원이 다

르다. 기척 감지 능력도 순수한 전투 능력도, 티노는 도저히 못 따라간다.

그리고 무엇보다, 과연 이 치안이 좋은 제도에서 호위 같은 게 필요하기는 한 걸까. 티노의 의문에, 크라이가 평소처럼 웃는 얼굴로 대답했다.

"아, 괜찮아, 괜찮아. 아마도 공격당하는 일은 없을 것 같으니까, 그러니까, 뭐랄까. 그냥 데이트라고 생각하면서, 편한 느낌으로……."

"?! 데이트?!"

그 예상도 못 한 단어 때문에 티노의 눈이 휘둥그레졌다.

크라이는 티노가 동경하는 헌터다. 예전부터 아는 사이고, 경애하고 있다. 그 속에는 존경만이 아닌, 남녀 사이에서 발생하는 달콤한 감정도 조금은 포함돼 있다.

문제는 그 마스터가 스승이 친애하는 상대라는 점이다.

싸우는 건 생각할 수도 없다. 티노에게 있어 마스터는 손이 닿지 않는 높은 곳에 있는 존재였다. 응석을 부리면 상대해주지만, 그렇게 간단히 응석을 부릴 수 있는 상대는 아니다.

보구 상점이 데이트하기 좋은 장소인지 아닌지는 상관없다. 마스터의 취미가 보구 상점 구경이고, 티노뿐만이 아니라 다른 사람들도 데리고 다닌다는 것도 상관없다.

스승 대신이라는 것도…… 뭐, 어쩔 수 없다.

티노는 자기 차림새를 확인했다. 패션보다는 방어력을 중시한 것 같은 가죽 재킷. 기동성에만 특화된 하프 팬츠와 발바닥에 철판을 심은 검은 부츠. 벨트에는 큼직한 나이프와 포션을 차고 있다. 전형적인 헌터 룩이다.

결코 보기 나쁜 건 아니지만, 아무래도 너무 밋밋하다. 데이트라는 상황에는 어울리지 않는다.

지금 당장 전장으로 가도 이상하지 않은 차림새다. 데이트라는 것은 한순간 동안 열리는 전쟁터 같은 것인데, 보통 생각하는 전쟁터와는 의미가 다르다.

티노는 리즈 스마트의 단 하나뿐인 제자다. 스승의 얼굴에 먹칠을 할 수는 없다.

스승에게 질 수는 없다. 티노는 진지한 얼굴로 말했다.

"……옷 갈아입고 오겠습니다."

"뭐?! 아냐, 괜찮아. 저기, 티노——"

티노가 자리에서 일어나려고 했지만, 마스터가 팔을 붙잡고 잡아당겼다.

"하다못해, 차림새만이라도—— 마스터어, 허락해주세요. 이대로 갈 수는 없어요! 하긴, 제가 아무리 꾸며도 마스터어한테는 어울리지 않을지도 모르지만! 이건 제, 여자가 지녀야 할 마음의 문제예요!"

"괜찮다니까! 내가 미안해지니까 괜찮아!"

몸을 비틀어서 도망치려고 하는 티노에게 크라이가 무정하게도 독 체인(개 사슬)을 날렸다.

"마스터어는 정말 나쁜 사람이에요."

티노가 뚱한 표정으로 심정을 토로했다.

결국 옷은 갈아입지 못했다. 보구까지 썼으니까 끝까지 무턱대고 고집을 피울 수도 없고, 일단은 호위니까 괜찮다고 말하면 더 이상 저항할 방법이 없다.

제도의 시내는 평소처럼 떠들썩했다. 쓸쓸하게 웃고 있는 마스터 옆에서, 일단은 경계하면서 걸어갔다. 주위에서 봤을 때, 티노와 마스터는 과연 데이트하는 사이처럼 보일까?

아마도, 안 보이겠지. 고작해야 동료 헌터다.

티노 혼자만이라도 차림새를 바꿨다면 조금은 가능성이 있다. 지금보다는 나을 것이다.

태도로 기분 나쁜 심정을 보여주는 티노의 팔을, 마스터가 톡톡 두드렸다.

"그렇게 뚱한 얼굴 하지 말라고…… 괜찮아, 티노는 지금 이대로도──"

"……지금 이대로도?"

기대가 담긴 티노의 말에, 마스터는 빙긋 웃었다.

"정말 강해 보여."

"마스터어는 여자 다루는 방법을 좀 더 배워야 해요."

강해 보인다니, 데이트에서 할 말이 아니다.

"농담이야, 농담. 자, 손이라도 잡으면 조금 더 데이트처럼 보이지 않을까."

마스터가 껄껄 웃으면서, 입을 삐죽 내민 티노의 손을 잡았다.

그 행동에, 티노는 지금까지 있었던 일을 전부 없었던 일로 하고 기분을 풀기로 했다.

"티노는 참 쉬워서 좋네. 그래, 착하지, 착해."

머리카락을 마구 쓰다듬어주자 얼굴이 풀어졌다.

놀리고 있다는 건 알고 있지만, 이건 이것대로 데이트 같아서 좋지 않을까.

"마스터어, 그렇게 칭찬해봤자 기껏해야…… 10만 길 정도밖에 못 줘요."

지금 티노가 가진 전 재산이다. 제자는 돈이 많이 필요하다.

"보구 한 개 값도 안 되잖아. 티노는 도움이 안 되네."

"마스터어, 알고 계시죠? 농담이에요. 농담."

진지한 표정으로 심한 말을 하는 마스터에게 티노는 확실하게 못을 박았다.

제도의 데이트 장소인 다양한 가게들이 줄지어 있는 큰길을 벗어나 뒷길로 들어섰다.

좁은 골목길을 몇 번이나 돌고 돌아서 데려간 곳은, 왠지 수수해 보이는 보구 상점이었다.

아주 조금이나마 평범한 데이트를 할 수 있지 않을까 기대하기도 했지만, 굳이 말은 하지 않고 간판만 올려다봤다. 명목이 어떻게 됐건, 티노가 크라이를 따라서 보구 상점에 온 건 처음이 아니다.

그 가게——『마기즈 테일』도 몇 번이나 와본 적이 있는 곳이다.

이래 보여도 창업한 지 백 년이 넘는 오래된 가게고, 이 제도에서도 아는 사람은 아는 유명한 가게라는 것 같다.

가게의 심볼로 보이는 종 마크가 그려진 간판을 보며, 티노는 자기도 모르게 눈살을 찌푸렸다.

"마스터어, 혹시…… 저는 입장권인가요?"

"응, 그래. 맞아."

"슬픔 때문에 온갖 것들을 토할 것 같아요."

"응, 그렇구나."

마스터는 이미 티노 쪽은 보지도 않았다. 너무 큰 충격 때문에 팔을 끌어안았지만, 반응하지도 않고 가게 안으로 들어갔다.

보구를 이용해서 시원하게 만들어놓은 공기가 달아오른 볼을 식혀줬다.

은근히 지저분해 보이는 바깥 모습과 달리 가게 안에는 다수의 보구가 모양에 따라 분류돼서 깔끔하게 진열돼 있었다.

보구는 보통 보석 같은 것들보다 고급품이다. 가게 입구에 서 있던 완전무장한 경비원이 티노, 티노가 매달려 있는데도 태연하게 구는 마스터를 보고 눈살을 찌푸렸지만 바로 그 정체를 알아차리고는 진지한 표정을 지었다.

티노의 마스터는 이 가게의 단골손님이다. 티노가 알고 있는 것만 해도 열 개 이상의 보구를 구입했다.

벌써 몇 번이나 왔는데도, 마스터의 눈이 날카롭게 빛났다. 이젠 이게 데이트라는 것도 잊어버린 것 같다.

"대단한 건 없네…… 자주 오니까 어쩔 수 없는 일이기는 하지만, 세이프 링(결계지) 재고도…… 없나."

"돈, 없던 거 아니셨나요, 마스터어."

보구는 자연의 산물이다. 이런 보구들을 가게에 진열하려면 헌터들한테서 매입해야 한다.

가게의 라인업이 그렇게 자주 바뀔 리가 없다.

마스터어, 저, 아이스크림이 먹고 싶어요. 그렇게 자주 왔다면 오늘은 그냥 가도 되잖아요? 제가 사드릴 테니까 가시죠.

그 말을 삼켜버렸다.

티노는 데이트에는 관심이 있지만 보구에는 관심이 없다. 스승도 보구를 쓰는 건 아직 이르다고 했고, 손에 넣은 보구도 대부분 진상하고 있다. 티노가 가난한 건 그것 때문이다.

그리고 티노가 여기에 오고 싶지 않은 이유는 또 있다.

가게를 한바탕 둘러본 마스터는 한숨을 쉬고는, 아무도 없는 카운터를 탁탁 두드리면서 외쳤다.

"이봐요 마티스 씨! 티노 데리고 왔어요! 티노라고요!"

안쪽에서 초로의 남성이 나왔다. 아직 잔뜩 남아 있는, 하지만 노화 때문에 하얗게 물들어버린 머리카락. 주름이 잔뜩 새겨진 얼굴에서 그 눈만이 유난히 날카롭다.

보구를 감정한 경력만 오십 년. 마스터의 말로는 이 바닥의 달인. 『마기즈 테일』의 점장인 마티스다. 삐딱해 보이는 두 눈이 마스터를 확인하고, 보란 듯이 혀를 찼다.

"……쳇. 뭐야, 또 너냐."

"단골손님한테 그게 무슨 소리야."

신을 신이라고 여기지 않는 태도다. 티노도 처음에는 그걸 보고 발끈했었지만, 지금은 일상적인 대화라는 걸 알고 있어서 딱히 아무 느낌도 없다.

그리고 경애하는 마스터가 무뚝뚝한 얼굴의 티노의 양쪽 어깨를 붙잡고, 마티스 앞으로 쑤욱 내밀었다.

마티스는 실력이 좋다. 연줄도 있고. 상품이 있더라도 인정한 상대가 아니면 팔지 않는 고집쟁이다. 제도에 있는 헌터들 중에도 어렵게 생각하는 사람들이 많다.

하지만 그 눈은 무뚝뚝한 얼굴의 티노를 확인하고는 아주 조금, 알아차리지 못할 정도로 아주 조금 풀어졌다.

이유는 모르겠지만, 아무래도 이 삐딱한 노인은 티노가 마음에 든 것 같다.

자신만만하게 티노를 내민 마스터가 말했다.

"자, 티노 데리고 왔어. 안에 들여보내줘. 자꾸 이러면 이제 다시는 안 온다?"

"마스터어…… 제 몸이 목적이었군요."

티노의 반쯤 진심인 농담에, 마스터는 평소대로 응, 맞아, 라고만 대답했다.

이게 티노가 여기 오기 싫은 이유다. 여기 올 때, 티노는 입장권이다.

이 가게 안쪽에는 공방이 있고, 아직 감정이 끝나지 않아서 밖에 내놓지 않은 보구들이 산더미처럼 쌓여 있다.

발단은 예전에 티노를 데리고 여기 왔을 때, 마티스가 특별히 안쪽까지 들여보내 준 것 때문이었다.

거기에 맛을 들였는지, 그 뒤로 티노는 번번이 여기로 끌려왔다.

그런다고 딱히 무슨 짓을 당하는 건 아니고, 눈빛이 좋게 보이지 않는 이 점장이 싫은 것도 아니지만, 아무리 그래도 이건 너무한다는 생각이 들었다.

데이트도 아니고, 호위도 아니다.

마티스가 떨떠름한 표정을 짓고 있다.

안쪽에 있는 건 작업장이다. 외부인을 들여보내는 건 원칙에 어긋나는 일이겠지.

"네 눈에 들 만한 물건은 없어."

"그게…… 티노한테 꼭 보구를 보여주고 싶어서 말이야……."

크라이가 멀쩡한 얼굴로 티노한테도 뻔히 보이는 거짓말을 했다.

아직 떨떠름한 표정을 짓고 있는 마티스 앞으로, 티노의 등을 툭, 두드려서 내밀었다.

어쩔 수 없이 입장권으로서 할 일을 다 했다. 마티스한테는 미안하지만 티노한테도 자기 입장이 있으니까.

무뚝뚝한 표정에 감정이 실리지 않은 목소리는 최소한의 저항이다.

"최대한…… 전부, 보여주세요. ……할아버지."

"크흑…… 쿨럭…… 커헉……."

숨이 막히는 마티스를 보고, 마스터가 티노의 머리를 쓰다듬어 줬다.

카운터 안쪽에 있는 작업장은 점포보다 공간이 넓었다. 하지만 물건들이 정신없이 놓여 있는 탓에 점포보다 훨씬 좁아 보였다.

벽에 줄지어 있는 책장에는 훌륭한, 그러면서도 빛바랜 장정의 책들이 꽂혀 있고, 자리가 모자란 탓에 바닥에도 잔뜩 쌓여 있었다. 커다란 철제 탁자 위에는 티노는 이해할 수 없는 정체불명의 기구들이 굴러다녔다. 보구를 감정하기 위한 물건이려나.

바닥에는 수많은 나무 상자들이 굴러다니고, 본 적도 없는 도구들이 잔뜩 채워져 있다.

아마도 저 안에 있는 것들은 쓸모없는 보구겠지.

보구는 마나 머티리얼이 재현하는 옛 영광의 잔재다.

출현하는 보구는 천차만별이고, 착각하는 경우가 많은데, 사실 보물전에서 발견되는 보구 중에 대부분은 아무런 쓸모도 없는 물건들이다.

조금이나마 효과가 있으면 그나마 다행이고, 개중에는 마력을 충전할 수는 있지만 아무런 효과도 발휘하지 않는 물건도 있다. 그런 물건을, 헌터들은 쓰레기 보구라고 부르고 있다.

하지만 보물전에서 주운 보구가 쓰레기인지 아닌지 판단하는 건, 헌터들에게는 힘든 일이다. 유명한 물건이나 효과가 확실한 물건이라면 판단할 수 있지만, 그렇지 않은 물건에 대해서 자세하게 판정하려면 과거의 문명에 대한 깊은 지식이 필요하다.

얼핏 보면 쓰레기 보구라도 사실은 유용할 가능성이 있다. 만약에 강력한 보구라면 한 개만 가지고도 호화 저택을 세울 수 있으니, 헌터들은 보구 같은 아이템을 발견하면 전부 가지고 돌아와서 감정소에 맡기게 된다.

티노는 잘 이해할 수 없지만, 그런 미지의 보구를 가지고 돌아와서 감정받는 것을 삶의 보람으로 여기는 헌터도 있다는 것 같다. 일종의 도박 같은 것이려나.

티노는 가게에서 준비해준 의자에 앉아서 다리를 덜렁덜렁 흔들면서 이야기를 나누고 있는 마스터와 마티스를 구경했다.

테이블 위에 있는 보구를 손가락으로 가리키며 눈을 어둡게 빛내고 있는 마스터는, 티노가 있다는 걸 완전히 잊어버렸다.

데이트라고 하지 않았나요, 마스터어…….

보구 상점에 간다는 말을 들은 시점에서 각오는 했었지만, 이렇게 방치해두니까 좀 쓸쓸하다.

이럴 때 언니였다면, 같은 생각도 했지만, 그 무의미한 IF는 바로 떨쳐버렸다.

너무 많은 것을 바라면 모든 것을 잃을 수도 있다.

티노가 도끼눈을 뜨고 쳐다봤지만, 등을 돌린 마스터는 알아차리지도 못한다.

"가호 페에 발동형 S피…… 음, 마티스 씨, 설마 실력이 떨어졌어?"

"정말 무례한 놈이네…… 이번에는 물건이 안 들어왔을 뿐이야!"

이야기 내용도, 보구 같은 걸 쓰느니 때리는 쪽이 빠른 편인 티노한테는 이해할 수 없는 것들이다.

다음에 올 때까지 공부해둬야겠다고, 다시 한번 마음속으로 다짐했다. 이런 일이 있을 때마다 생각하지만, 티노는 수행도 해야 하고 보물전 탐색도 해야 하다 보니 쉽사리 시간을 낼 수가 없다.

크라이가 테이블 위에 있는 물건들의 확인을 마쳤다.

아무래도 이번에는 쓸 만한 물건이 없는지, 표정이 그다지 좋지가 않다.

이제 돌아갈 수 있다. 돌아가는 길에 잘 부탁하면 좀 더 데이트 같은 곳에 들러 줄지도 모른다. 겨우 보이기 시작한 광명 때문에 표정이 밝아진 티노 앞에서, 크라이가 쓰레기 보구들이 들어 있는 나무 상자를 뒤져대기 시작했다.

이번에는 티노도 참지 못하고 한마디 했다.

"저기…… 마스터어?"

"아, 미안해. 조금만 기다려. 젠장, 역시 쓰레기밖에 없네…… 틀렸다. 틀렸어."

"?! 잠깐이라는 게, 몇 시간인가요?!"

나무 상자는 질려버릴 정도로 많이 있다. 그냥 바닥에 늘어놓은 거로 모자라서 벽 쪽에다 쌓아놓은 것까지 하면 백 개는 될지도 모른다.

안에 들어 있는 것들은 딱 보기만 해도 알 수 있는 잡동사니들이다.

실용적인 모양이 아닌 보구는 높은 확률로 쓰레기 보구다.

절망 때문에 굳어진 티노를 안됐다는 눈으로 보며, 마티스가 입을 열었다.

"이봐, 아가씨를 이렇게 놔두지 말라고. 불쌍하잖아! 정말이지, 이래서 보구 마니아 놈들은…… ."

"음…… 아~ 그래야지."

내키지도 않는다는 대답과 함께, 마스터가 나무 상자에서 꺼낸 뭔가를 티노 쪽으로 던졌다.

두 손으로 잡아서, 그것을 조심조심 쳐다봤다.

던진 물건은 철(鐵)색의 반지였다. 아무리 봐도 싸구려고 가치가 없는 물건이다.

마티스가 얼굴을 찌푸리고, 깜짝 놀란 티노에게 가르쳐줬다.

"샷 링(탄지) 중에서도 쓸모없는 물건이야. 위력이 하나도 없는 마법 탄환을 쏘는 고물이지. 그런 주제에 마력은 보통 샷 링만큼 처먹어. 빛이 약해서 미끼로 쓸 수도 없고."

"……마스터어, 이게 어쨌다는 건가요?"

조금만 설명을 들어도 알 수 있는 잡동사니다.

의아해하는 표정으로 물은 티노에게, 친애하는 마스터는 나무 상자를 쳐다본 채로 말했다.

"난 지금 조금 바쁘니까, 티노는 그걸로 샷 링 쓰는 연습이라도 해. 마티스 씨한테 배워서."

"……예?"

너무 심한 대응 때문에 티노가 짧은 비명을 질렀고, 의자에서 일어나려고 했다.

마티스 씨도 너무하다고 생각했는지 큰 소리로 뭐라고 말했다. 그런 두 사람에게, 비틀린 목조 도넛 같은 쓰레기 보구 쪽을 보면서 말했다.

"아, 그렇지. 잘 쓰게 되면, 제대로 된 샷 링을 선물해줄게. 돈이 남을 때 얘기지만. 오케이?"

"!! 할게요! 가르쳐주세요!"

"그, 그래. 뒤쪽에 과녁이 있으니까. 그런데, 정말 그래도 되겠어, 아가씨는?"

갑자기 의욕이 넘치는 티노를, 마티스가 불쌍하다는 눈으로 쳐다봤다.

그래도 된다. 과정이 어떻게 됐건, 데이트에서 반지를 사줬다는 사실이 중요하니까.

설마 그런 깜짝 이벤트가 있을 줄은 몰랐다.

샷 링. 써본 적은 없지만 보구 중에서는 쓰기 편한 축에 속한다고 한다.

반드시 성공해야만 한다.

지금까지 품고 있던 불만들이 전부 사라지고, 전의가 샘솟았다.

다시 쓰레기 보구를 뒤지기 시작한 마스터를 슬쩍 보고, 티노는 주먹을 꽉 쥐었다.

샷 링을 쓰는 건 어려웠다.

감각을 모르겠다. 처음부터 보구 조작이 어렵다는 건 알고 있었지만, 생각보다 더 어려웠다.

손가락에 끼운다고 바로 기동할 수 있는 것도 아니다. 어떻게 해야 좋을지 몰라서 곤혹스러워하는 티노에게, 보구 전문가인 마티스가 아주 친절하고 꼼꼼하게 방법을 가르쳐줬다.

이래저래 고생하기를 약 한 시간. 마티스의 조언대로 몇 번이고 몇 번이고 시행한 끝에, 겨우 티노는 샷 링을 기동하는 데 성공했다.

반지를 끼운 집게손가락에서 발사된, 안개처럼 흐릿한 빛이 천장에 명중하고는 소리도 하나 없이 사라져버렸다.

눈을 깜박이는 티노에게 마티스가 박수를 했다.

"대단한데 아가씨. 간단한 샷 링이라고 해도 겨우 한 시간 만에 다룰 수 있게 되다니, 재능이 있어. 상성이 좋았는지도 모르겠네."

"고맙습니다."

살짝 고맙다는 인사를 했다.

보구를 기동한 건 처음이었다.

지금까지도 보구를 손에 넣을 기회는 있었지만, 쓰겠다고 생각해본 적은 없다.

스승도 아직 이르다고 말했다. 보구를 다룰 시간이 있으면 심신을 단련하라면서.

『좀 그렇다니까, 보구는. 때리는 게 더 빠르잖아? 한 개 쓰는 것도 고작인데, 몇 개나 가지고 다니는 건 생각도 못 하겠어.』

스승이 했던 말을 떠올렸다.

그때는 실감이 가지 않았지만, 보구를 경험해본 지금은 스승이 한 말이 무슨 뜻인지 이해할 수 있을 것 같다. 이건 분명히…… 어렵다. 때리는 게 빠르다. 사용하는 부분이 다르다는 기분이 든다.

난도가 낮은 샷 링인데도 이 고생을 했다. 보구를 다루려면 많은 연습이 필요하다는 것도 납득할 수 있다.

다수의 보구를 다루는 헌터가 거의 없는 이유를 알 수 있었다.

……당분간 보구는 됐다.

겨우 한 시간 연습했는데 피곤해하는 티노를 보고, 마티스가 눈을 가늘게 뜨고서 씁쓸한 미소를 지었다.

"다음엔 명중인데…… 탄환을 만드는 데까지 해냈으면 금세 맞힐 수 있게 될 거야. 샷 링의 탄도는 기본적으로 직선이니까…… 잠깐 쉴까?"

"……아뇨. 이대로, 하겠습니다."

이제 당분간 보구는 신경도 쓰고 싶지 않은 기분이지만, 그것과 이것은 별개다.

정신적인 피로를 물리치고 티노는 예전에 마스터가 사용하던 모습을 떠올리면서, 집게손가락을 과녁을 향해 겨눴다.

시선이 느껴진다. 동경하는 마스터가 티노를 보고 있다.

눈을 감고서 크게 심호흡을 했다. 긴장되지는 않았다.

마티스가 말한 대로, 과녁에 맞히는 건 어렵지 않았다.

원래 티노는 투척 기술을 지니고 있다. 시력도 공간 파악 능력도 좋다. 단검이건 돌이건, 이 정도 거리에서 과녁에 맞히는 건 간단하다.

마법 탄환은 발사하는 요령이 다르기는 해도 똑바로 날아가니까, 오히려 단검이나 돌보다 간단했다.

한 번에 맞히라고 한 건 아니지만, 기왕이면 멋진 모습을 보여주고 싶다.

정신을 집중하고, 눈을 떴다.

그리고 티노는 팔을 쭉 뻗고, 손끝을 과녁을 향해 겨누고서 탄을 발사했다.

공기 속으로 사라져버릴 것만 같은 옅은 색 마법 탄환이, 간단히 과녁 중심에 빨려들어 가서 사라져버렸다.

안도의 한숨을 쉬는 티노를 향해 마스터가 박수하면서 칭찬해 줬다.

"잘하는데, 티노. 대단해."

짧은 말이었지만, 큰 고생을 한 것도 아니지만, 칭찬을 받으니까 심장이 거세게 뛰었다.

자기도 모르게 얼굴이 풀어지려고 했지만 간신히 다잡고, 티노는 새침한 얼굴로 말했다.

"아뇨. 마티스 씨 덕분입니다."

어떤가요, 마스터어? 해냈어요. 저, 해냈어요! 반지! 반지!

계속 옆에서 봐줬던 마티스가, 티노의 말을 듣고는 쑥스럽다는 듯이 얼굴을 찌푸렸다.

"아니 뭐, 난 아무것도 안 했어. 그냥 기본만 가르쳐줬을 뿐이야. 이건 틀림없이 아가씨가 노력한 결과야."

겸손하게 말하고는 있지만, 티노 혼자서는 절대로 샷 링을 기동하지 못했을 것이다.

빚이 생기고 말았다. 다음에 어떻게든 답례를 하는 게 좋을지도 모르겠다.

기대를 담은 시선으로 마스터를 봤다. 어쨌거나 티노는 성공했다. 해낸 것이다.

샷 링을 기동하는 게 다가 아니라 과녁에 맞히기까지 했다. 불만이 있을 리가 없겠지. 과녁까지의 거리가 너무 가깝다고 한다면, 더 멀리 있는 과녁을 맞혀 보일 수도 있다.

샷 링이라고 해도 다양한 반지가 있다. 은, 금, 색이 다른 것도 있고 작은 반지가 달린 것도 있다. 성능에 따라서 가격도 천차만별이다.

티노는 보구로써의 성능 따위는 아무래도 좋으니까 예쁜 걸로 골라줬으면 싶지만, 마스터가 선물해준다면 뭐든지 좋다.

티노는 두근두근하면서 마스터가 뭐라고 말을 해주길 기다렸지만, 크라이는 마티스 쪽을 보고서 말했다.

그 손에는 작은 갈색 파우치를 들고 있다.

……?

반지는 아직인가요, 마스터어?

"그러고 보니까 마티스 씨, 나무 상자에서 이런 걸 찾았는데 말이야."

"음…… 또 이상한 물건을 찾아냈군."

빨리 반지를 골라줬으면 싶지만, 기다리기로 했다.

지금의 티노에게는 조금 기다려줄 만큼, 마스터의 병 같은 놀이에 어울려줄 정도의 도량이 있었다.

나무 상자 속에 있는 것들은 전부 쓰레기 보구다. 마티스는 눈썰미가 상당히 좋은 것 같기는 하지만, 마스터의 마음에 드는 물건이 그리 쉽게 나올 것 같지는 않다.

"쓰레기 등급 매직 백이야. 도저히 어떻게 써야 좋을지를 모르겠어."

유명한 보구의 이름에 눈썹이 움찔, 하고 움직였다.

매직 백은 공간을 확장하는 힘을 지닌 가방이다.

간단히 말하자면 보기보다 훨씬 큰 수납 능력을 지닌 가방이다. 공간 확장은 현대의 마법으로 대용할 수도 있지만, 보물전에서 나오는 매직 백 중에는 다른 편리한 기능이 달린 것들도 많다.

수용 가능 용량과 특수 기능에 따라서는 믿을 수 없는 금액으로 거래되는, 고가에 거래되는 보구의 대명사 같은 존재다. 흔하게 발견되지 않고, 괜히 유용한 탓에 시장에서 유통되지도 않는 귀중품이다.

그런 것의 쓰레기 등급이라니, 대체 어떤 걸까.

두근두근하는 티노 앞에서, 마티스가 한심한 표정을 지으면서 말했다.

"……초콜릿밖에 안 들어간다."

뭐죠 그게?!

자기도 모르게 반지에 대한 건 완전히 잊어버리고, 마음속에서 따지고 들었다.

"초콜릿이라면 꽤 많은 양이 들어가고 무게도 거의 제로가 되는데, 입구가 너무 작아서 큰 물건은 들어가지도 않고, 안에 있는 것들을 한 번에 잔뜩 꺼낼 수도 없어…… 뭐, 쓰레기 같은 물건이지. 고도 마법 문명 시대에 있었던 애들 과자 주머니를 재현한 물건은 아닌가 싶은데──"

엄청난 쓰레기 보구였다. 이걸 주워온 헌터도 상당히 실망했겠지. 매직 백이라고 생각했더니 과자 주머니였으니까.

분명히 재미있는 보구이기는 하지만, 아무리 마스터라도 이런 쓰레기 보구에는 관심이 없겠지.

  하지만 정작 마스터의 표정은, 그 너무나 끔찍한 내용을 듣고도 달라지지 않았다. 심각해 보이는 표정으로 물었다.

  "정말로 초콜릿만 들어가?"

  "초콜릿만 들어간다."

  "쿠키라든지, 아이스크림은 안 들어가는 거야?"

  "안 들어가. 물건이 물건이다 보니 시간을 들여서 확인해봤는데, 초콜릿만 들어가더라고."

  정말 쓸모없다. 마티스의 표정이 상당히 아쉬워 보인다.

  마스터어. 그런 쓰레기 보구는 됐으니까 반지! 반지!

  끈기 있게 기다리는 티노 앞에서, 크라이는 한참 동안 팔짱을 끼고 신음을 내더니, 고개를 크게 끄덕이고서 이렇게 말했다.

  "나름대로 쓸 데가 있겠는데."

  "?!"

  ……없다고요. 마스터어.

  "크라이, 너 언젠가 지옥에 떨어질 거다."

  "뭐? 어째서?"

우와, 아주 좋은 물건을 샀다. 설마 쓰레기 속에 그렇게 좋은 보구가 숨어 있었을 줄이야, 이래서 보구 상점 구경을 그만둘 수가 없다니까.

여전히 츤데레 같은 마티스 씨한테서 험한 인사를 들으면서 『마기즈 케일』을 뒤로했다.

뒤에서는 티노가 유령처럼 칙칙한 분위기를 풍기면서 따라오고 있다.

"정말 미안해, 돈까지 빌려달라고 해서. 다음에 꼭 갚을게."

"……괜찮아요. 괜찮아요, 마스터. 괜찮아요."

썩어도 매직 백이다. 돈을 꽤 많이 가지고 왔는데, 설마 모자랄 줄은 몰랐다.

모자란 금액이 아주 조금이라서 티노한테 빌리고 말았다. 뭐, 결과가 좋으면 다 좋은 거지.

돈도 떨어졌으니까 바로 클랜 하우스로 돌아가서 초콜릿을 채워 넣는 작업을 시작해야지…… 그래, 초콜릿 바 정도라면 들어가겠지. 넣자, 넣자고. 정말 기대된다.

깡충깡충 뛰고 싶을 정도로 기분이 좋은 나와 반대로, 티노의 걸음걸이는 무겁다.

아마도 샷 링 연습 때문에 피곤해서 그렇겠지. 일단 칭찬해주기는 했는데, 한 번 더 말해줘야겠다.

나는 리즈랑 달라서 칭찬하면서 키우는 타입이니까.

"그나저나 티노도 정말 열심히 했네. 이제 언제든 샷 링을 쓸 수 있겠어."

"……예…… 가진 게 없지만. 가진 게 없지만 말이죠."

"왜 이렇게 축 처졌어. 뭐, 티노는 샷 링 같은 걸 가지고 있어도 의미가 없을지도 모르겠네. 그건 기본적으로 그다지 세지도 않고, 공격력이 낮은 헌터가 보조용으로 쓰는 물건이니까."

"……마, 마스터어, 바보!"

진심에서 나온 말을 했더니 갑자기 티노가 멈춰 섰고, 울먹이면서 나한테 소리를 지르고는 뛰어가 버렸다.

붙잡을 틈도 없었다. 혼란에 빠져 있는 사이에 사라져버렸다.

발이 빠르네…… 역시나 도적이야.

혼자서 멍하니, 길바닥에 남겨졌다.

여자가 도망쳐버린 나를, 주위 사람들이 동정하는 눈으로 쳐다봤다.

눈을 크게 뜨고 티노가 도망친 쪽을 봤지만, 절대로 못 쫓아간다. 보구를 쓸 수도 없고.

하지만 저 항상 냉정한 티노가 저렇게까지 감정을 드러내다니…….

내 행동을 되새겨봤다. 평소에 하던 대로 보구 상점에 갈 때 호위를 부탁했는데…….

그래…… 아무래도 티노를 너무 혼자 놔뒀나. 들어갔을 때는 낮이었는데, 벌써 해가 저물기 시작하니까. 돈을 빌린 것도 잘못한 일인지도 모른다.

우등생이고 무난한 애라서 너무 편하게 대했다. 다음부터는 조심해야겠네.

다음에 만나면 제대로 사과하자. 그래, 뭔가 선물을 주는 게 좋을지도 모르겠네.

마음속에 똑똑히 새기고, 나는 저녁노을 속에서 혼자 클랜 하우스를 향해 걸어갔다.

나중에 티노가【흰 늑대 둥지】에 들어가고, 거기서 싸우는 중에 샷 링 연습이 도움이 되기는 했지만, 그것은 또 다른 이야기다.

작가 후기

처음 뵙는 분은 처음 뵙겠습니다, 그렇지 않은 분은 다시 뵙게 돼서 영광입니다. 츠키카게입니다.

이 졸작을 이렇게 구입해주셔서 정말 감사합니다.

몬스터헌터 월드의 필드가 엄청나게 아름다우니까, 왠지 모험 판타지를 쓰고 싶다.

이 작품은 그런 애매한 욕구에서 시작됐습니다.

아름다운 필드를 여행하고 각지에 잠들어 있는 보물들을 찾는 왕도적인 영웅담을 쓰고 싶다.

하지만 느긋한 슬로우 라이프도 쓰고 싶고, 코미디도 쓰고 싶고. 동료들끼리 시끌시끌 법석을 피우는 것도 좋겠지. 착각물 같은 것도 좋아하고 말이야.

하지만 시간은 그렇게 많지 않습니다. 저는 생각했습니다.

그래── 섞어버리자.

먼저 후기부터 보시는 분을 위해서, 이 작품에 대해 간단히 설명하겠습니다.

이 작품은 『이세계 판타지 영웅담 코미디』입니다.

주인공인 크라이 안드리히는 꿈이 무너진 청년입니다.

어떤 일을 계기로 다섯 친구와 함께 영웅(트레저 헌터)이 되려고 했던 크라이지만, 바로 자신에게 재능이 없다는 걸 알게 됩니다. 그리고── 눈물을 흘리면서 포기하죠.

하지만, 세상은 크라이를 버리지 않았습니다.

──같이 영웅이 되자고 했던 소꿉친구들이 하나같이, 영웅이 되고도 남을 재능을 가지고 있기 때문입니다.

그리고 소꿉친구들은 절대로 주인공을 놓아주지 않았습니다.

이 작품은 할 수 있는 게 아무것도 없다는 이유로 파티 리더에 임명되고 모험에 끌려나가는 사이에 어째선지 최강이라는 소문이 돌게 된 주인공이, 토할 것 같은 기분을 맛보면서 주위의 기대에 응하는 착각 코미디입니다.

줄거리를 읽어보면 주인공이 상당히 고생할 것처럼 보이지만, 힘든 일을 겪는 건 주로 주위 사람들입니다.

주인공은 제일 약하지만 딱 두 가지 특기가 있습니다.

현실도피와 엎드려 빌기입니다. 지금까지 이런 주인공이 있었던가요.

가볍게 웃으면서 읽으실 수 있는 작품을 쓰려고 했습니다.

가장 약한 헌터의 특이한 모험담.

웃으면서 읽어주신다면, 작자로서 정말 기쁘겠습니다.

마지막으로 감사 인사로 마무리하도록 하겠습니다.

제가 만든 애매한 설정(머리카락 길이라든지 가슴 보통이라든지를 바탕으로 상상했던 것보다 훌륭한 일러스트를 만들어주신 일러스트레이터 치코 님. 정말 감사합니다. 특히 티노와 크라이와 리즈가 마음에 듭니다. 전부 마음에 듭니다. 앞으로도 애매하게 지정할 것 같습니다만, 부디 용서해주세요.

담당편집자 카와구치 님. 그리고 출판을 위해 노력해주신 GC 노벨즈 편집부 여러분과 관계 각사 여러분. 저는 소설을 쓰는 것밖에 못 하는 인간입니다, 하나부터 열까지 정말 많은 신세를 졌습니다. 이렇게 졸작이 훌륭한 책으로서 세상에 나오게 된 것은, 전부 여러분 덕분입니다. 정말 감사합니다. 앞으로도 잘 부탁드리겠습니다. 마감을 어기지 않게 조심하겠습니다.

그리고 무엇보다, 인터넷 연재 시절부터 오랫동안 응원해주신 독자 여러분과 서적판을 구입해주신 여러분께 깊은 감사를 드립니다.

2018년 7월 츠키카게

비탄의 망령은 은퇴하고 싶다 1

2020년 8월 15일 1판 1쇄 발행
2021년 4월 1일 1판 3쇄 발행

저　　　자	츠키카게	
일 러 스 트	치코	
옮 긴 이	김정규	
발 행 인	유재옥	
본 부 장	조병권	
편집부장	성명신	
담당편집자	김민지	
편집 1팀	이준환 정현희	
편집 2팀	정영길 김민지 조찬희	
편집 3팀	오준영 곽혜민 김혜주	
편집 4팀	성명신	
미　　　술	김보라 서정원	
라이츠담당	김슬비 한주원	
디 지 털	박상섭 이성호 최서윤	
물　　　류	허석용	
발 행 처	㈜소미미디어	
등　　　록	제2015-000008호	
제 작 처	코리아피앤피	
주　　　소	서울시 마포구 토정로222, 403호(신수동, 한국출판콘텐츠센터)	
판　　　매	㈜소미미디어	
마 케 팅	한민지 이주희	
전　　　화	편집부 (070)4164-3962, 3963 기획실 (02)567-3388	
	판매 및 마케팅 (070)4165-6688, Fax (02)322-7665	

ISBN 979-11-6507-866-9
　　　 979-11-6507-865-2 (세트)